Atemberaubend

GRAZINA DALIBAGAITE

Atemberaubend

Bibliografische Information der Deutschen Nationalbibliothek
Die Deutsche Nationalbibliothek verzeichnet diese Publikation
in der Deutschen Nationalbibliografie; detaillierte bibliografische
Daten sind im Internet über http://dnb.d-nb.de abrufbar.

© 2017 Grazina Dalibagaite
Umschlagbild „Ozean und die Möwen": Grazina Dalibagaite
Umschlagdesign, Satz, Herstellung und Verlag:
BoD – Books on Demand
ISBN 978-3-7431-4566-5

UND ALLES, WAS IHR IM GEBET ERBITTET,
WERDET IHR ERHALTEN,
WENN IHR GLAUBT.

MATTHÄUS 21,22

PROLOG

Gleich sein der Klippe, an der sich pausenlos die Wellen brechen. Sie aber steht fest und um sie herum beruhigt sich die Brandung.

»Ich Unglücklicher, dass mir dies passieren musste.« Nein doch. Stattdessen: »Ich Glücklicher, dass ich, obwohl mir dies passiert ist, keine Schmerzen habe, von dem gegenwärtigen Unglück nicht zerbrochen werde und zukünftiges Leid nicht fürchte.« Denn solches könnte jedem zustoßen, deswegen aber keine Schmerzen zu empfinden, das wäre nicht jedem vergönnt gewesen. Warum sollte jenes Ereignis also mehr ein Unglück als dieses ein Glück sein? Verstehst du denn überhaupt unter einem Unglück eines Menschen ein Ereignis, das kein Missgeschick der menschlichen Natur ist? Scheint dir das ein Missgeschick der menschlichen Natur zu sein, was nicht gegen den Willen seiner Natur ist? Wieso denn? Den Willen kennst du. Hindert dich etwa dieses Ereignis daran, gerecht, großherzig, beherrscht, besonnen, zurückhaltend, wahrhaftig, taktvoll, unabhängig zu sein und die übrigen Tugenden zu haben, bei deren Vorhandensein die Natur des Menschen über das verfügt, was ihr eigentümlich ist? Denk in Zukunft bei allem, was dir Leid bereitet, daran, diesen Grundsatz zur Geltung zu bringen:

»Dies ist nicht nur kein Unglück,
sondern es mit Anstand zu ertragen, ist ein Glück.«

Mark Aurel

TEIL 1

Er misshandelte sie wieder und wieder, Tag und Nacht, so eiskalt, grausam und gefühllos. Er bedrohte sie ständig ...

Ihr Beine und Arme waren oft blau ...

Es war Nacht in einem sehr dunkel verfärbten Schlafzimmer mit uraltem Vorhang am Fenster und fest geschlossenen Rollladen. Er drückte ihren Kopf mit beiden Händen ganz fest und biss in ihren Hals, nachdem sie kurz eingeschlafen war. Sie schreckte vor Schmerz sofort aus dem Schlaf hoch.

»Was machst du?! Mach Licht!«

»Mein Herzblättchen, ich schütze dich, weil ich dich liebe!!«, antwortete er sehr aufgeregt.

»Warum beißt du mich?!«

»Du verstehst keine Sprache, du willst nicht lernen!!«, schrie er weiter mit rotblauem Gesicht und aufgerissenen Augen, als er versuchte, sie zu fressen mitten in der Nacht.

Sie zitterte wieder, ihr Herz raste ohne Ende ... Sie ging ins Bad, schaute in den Spiegel, der Biss am Hals blutete. Sie sah im Spiegel ihren Ehemann, wie er versuchte, sich hinter ihrem Rücken zu verstecken, sie brach zusammen ...

Saule feierte ihren letzten Geburtstag in der Heimat, zusammen mit Freunden bei Lora, vor der Abreise in den Westen zum Traummann.

Das war ein sehr gefühlvoller Tag mit gutem Essen, trinken und tanzen. Nur Lora hatte Tränen im Gesicht.

»Saule, bleib noch hier!«

»Lora, ich bin so glücklich, dass mein Traummann mich sehr liebt, und auch ich bin sehr verliebt, und er wartet auf mich. Das weißt du, er telefoniert mit mir jeden Tag und schreibt viele Liebesbriefe!«

»Saule, jetzt kannst du noch hier in der Stadt bleiben und den Führerschein machen, und die neue Sprache kannst du auch hier lernen, später kannst du in den Westen reisen.«

»Lora, aber dort, wo mein Traummann lebt, ist alles viel besser, das moderne Westeuropa ist ein hochentwickeltes Land, dort ist alles traumhaft und wunderschön, ich will meine Familie gründen, mit vielen Kindern!«

»Saule«, sagte mit Tränen in den Augen Lora, »du siehst alles mit offenem Herzen und viel Liebe, aber ich habe kein gutes Gefühl.«

Saule und Lora waren seit ihrer Kindheit gut befreundet, schätzten sich sehr.

Als vor vielen Jahren beide nach dem Besuch der Kunstschule am Abend ins Kaffeehaus gingen, versuchten nach dem Verlassen zwei kräftige und große Männer Lora brutal ins Auto zu ziehen, weil diese manchmal eine zu lange Zunge hatte und zu viel redete. Beide Männer waren extrem wütend auf Lora. Die winterliche Straße war so dunkel, dass Saule und Lora richtig große Angst hatten, nach Hause zu kommen. Saule hielt Loras Hand ganz fest und versuchte beiden Männern zu erklären, dass sie Lora in Ruhe lassen sollen, ihr nichts Schlimmes antun sollen, aber beide wollten Lora um jeden Preis in ihr Auto zerren. Die Situation war sehr gefährlich. Saule und Lora konnten nicht viel dagegen tun. Auf der Straße ging ein älterer Mann in einer Militäruniform und beide Mädchen baten um Hilfe, aber er ging weg, dann liefen Saule und Lora schnell weg bis zur Bäckerei, um sich zu verstecken, aber beide Männer warteten mit ihrem Auto vor der Tür. Total in Panik telefonierte Lora in der Bäckerei mit ihren Eltern und bat um Hilfe. Der Vater kam sie sofort abholen und brachte beide nach Hause. Wenige Jahre danach hatten beide den Kunstschulabschluss und begannen als Musikpädagoginnen an einem kleinen Ort voller Lebensfreude zu arbeiten, sie waren sehr glücklich.

Lora hatte in dieser Zeit eine Beziehung mit einem interessanten Mann und war sehr verliebt. Als er sich von Lora wegen wichtigen Dingen trennte, war Loras Leben in großer Gefahr. Saule war für Lora immer da und hat ihr wieder und immer wieder sehr geholfen, weil Saule immer dachte, dass sie eine gute und ehrliche Freundin ist und niemand das Geheimnis erzählt. Danach brachte Lora ihr Leben wieder in Ordnung. Wenige Monate danach ist Saule umgezogen in eine andere Stadt, ganz weit weg.

Nach mehreren Jahren, als sich beide wieder getroffen hatten, freuten sie sich sehr und waren wieder sehr gute Freundinnen.

Lora besuchte Saule. Danach hat Saules Bruder Saule mehrere Tage in der

Wohnung von Ane (Mutter) sehr sadistisch von Kopf bis Fuß immer wieder geschlagen, als beide allein waren. Als das Telefon klingelte, schrie die Ane ganz laut: »Mein Liebling, du musst Saule töten, das weißt du genau, und zwar sofort!!«

Der Bruder fragte: »Mama, meinst du jetzt?!«

»Ja, sofort, heute musst du Saule töten, das weißt du!!«, schrie Ane am Telefon.

Er hielt Saule ganz nah an sich, als er mit Ane telefonierte, danach schlug er Saule weiter, aber sie schrie ganz laut: »Du kannst mich nicht töten, du kannst niemanden töten, hör sofort damit auf!!«

Danach telefonierte Saule mit der Polizei, aber der Bruder war plötzlich weg. Er nahm Saules persönliche Dinge weg, weil er sein ganzes Leben berufslos und arbeitslos war, das alles geschah seit vielen Jahren mit Anes Hilfe und er wurde von seiner Mutter wie ein »Kampfhund« ausgebildet.

Das geschah in den letzten Tagen in dieser Wohnung, wo Saule aufgewachsen war und von ihren Eltern grausam gefoltert wurde. Saule befreite sich von dieser »bestialischen Familie« für immer, um ein neues Leben zu gestalten und ganz weit weg auszuwandern. Das wunderschöne weiße Telefon in Anes Wohnung kaufte Saule, als sie von der Hauptstadt zurückkam, wie viele andere Dinge auch in dieser Wohnung. Saule hat für den neuen Anschluss bezahlt und ihn angemeldet, um mit ihren Freunden zu telefonieren. Das war das erste Telefon in dieser Wohnung überhaupt. Am nächsten Tag telefonierte Saule mit ihrem anderen Bruder um Hilfe, sie wollte ihre persönlichen Dinge abholen, weil sie keinen Schlüssel hatte, aber er war genau wie die Ane seit vielen Jahren, er attackierte Saule eiskalt, grausam und brutal mit gleichen Worten. Er war der Erste, der von seinen Eltern lernte, seine jüngste Schwester Saule zu hassen. Die Ane folterte die kleine Saule und erzählte, dass sie keinen Menschen, sondern einen »Bankert« geboren habe, deswegen müsse sie Saule so lange foltern, bis eines Tages ein richtiger Mensch aus ihr werde. Als der Bruder klein war, saß er auf dem Sofa in der Ecke, total in Schock, kaute seine Fingernägel und »lernte« ganz genau, wie die Eltern seine kleine Schwester sadistisch folterten mit Wutausbrüchen. Vater kaufte ein altes Klavier, zum Glück, und das war das einzige Spielzeug in der Wohnung. Saule lernte von früher Kindheit an, mit großer Freude zu musizieren. Trotzdem hassten die Eltern Saule weiterhin, sie konnten nie akzeptieren, dass sie eine sehr gute

Schülerin war. Die Ane bestrafte Saule mit Drohungen, sie zwang sie auf dem Boden zu knien, mit beiden Händen eine Kerze gerade nach oben zu halten, stundenlang ohne Bewegung. Sie zwang Saule oft zu dieser Strafe und die beiden Brüder bewachten Saule dabei. Bei der kleinsten Bewegung schlugen die Brüder auf Anordnung Anes Saule mit der Faust und den Füßen in den Rücken und an den Kopf. Danach zwangen die Eltern Saule, mit einem kleinen Tuch auf den Knien den ganzen Boden der Wohnung zu putzen. Viel Grausames hatte sie erlebt. Die zehnjährige Nachbarstochter, zu der Saule gegen den Willen der Eltern Kontakt hatte, wurde leider sehr grausam getötet und in dem Wald gefunden, wo Saule mit ihrem Vater manchmal alleine hinfuhr. Zum großen Glück hat Saule jedes Mal überlebt!

Die Erinnerung bleibt für immer, wie Saule alles ganz nah erlebt und überlebt, circa ein Drittel ihres Lebens. Sie ist selbst Augenzeugin für ihr Leben und sie will nie mehr in ihrem Leben diesen Bestien begegnen, für Saule ist diese »Familie« für immer gestorben. Sie arbeitete sehr viel und hatte vieles verloren. Sie wurde viele Jahre ausgenutzt und ausgeraubt von dieser »grausamen« Familie, aber sie hat wieder ein neues Leben in Freiheit!

Lora hatte immer alles ganz nah erlebt und sah, wie Saule von Kopf bis Fuß blau geschlagen war, danach übernachtete sie in Loras Wohnung. Am nächsten Tag gingen beide zu einem Rechtsmediziner für ein ärztliches Attest und brachten dieses zur Polizei und erstatteten Anzeige wegen Körperverletzung.

Bei Lora hatte Saule eine schöne Zeit und arbeitete viel. Für Lora und für deren Tochter, auch für Loras Schwester strickte Saule mit ihren Händen alles kostenlos: Kleider, Jacken, Strumpfhosen, Pullover, Hosen, Mützen. Bei Lora blieben einige von Saules persönlichen Dingen, die Bücher, sehr wertvolle Stoffe zum Nähen, für den Sommer ein weißer Mantel, ein schwarzer langer Rock aus Samt und noch mehr, was sie sehr gut gebrauchen konnte. Denn in den baltischen Ländern gab es fast nie warme Kleidung zu kaufen. Auch für ihre Freundin Leni aus der Kunstschule strickte sie Kleider und Pullover. Diese war vor wenigen Monaten, im März mit ihrem Ehemann und den beiden Kindern nach New York ausgewandert. Saules Freundin Reda wanderte mit ihrer Familie auch aus, nach Tel Aviv, und hat ebenfalls von Saule Kleidung bekommen. Dora, die als Erste ausgewandert war, alleine zur Oma nach Chicago, hatte von Saule auch vieles bekommen. Auch für andere Freundinnen strickte Saule viel und verdiente sich damit Geld. Saule machte das alles sehr gern, mit Herz und Liebe für ihre Freundinnen, und war sicher, wenn sie eines Tages Hilfe brauchen würde, dann kämen die guten und ehrlichen Freundinnen sofort zum Helfen. Alle hatten versprochen, sich regelmäßig zu treffen, zu Silvester, am Geburtstag oder in den Ferien. Der Abschied war für beide sehr schmerzhaft und mit vielen Tränen verbunden.

Danach schaute Saule sich ihre Geburtstagsgeschenke an: von Lora ein echtes, aus braunem Leder handgemachtes Fotoalbum, von Irma einen wunderschönen Kerzenständer aus echtem Porzellan.

Als Saule schon seit einigen Monaten in Deutschland lebte, schickte sie für Lora und ihre Tochter Geld für Weihnachten und Geburtstage und einige Pakete für andere Freundinnen im Heimatland. Sie telefonierte oft und schrieb regelmäßig Briefe.

Nach wenigen Monaten nahm Saules Ehemann persönliche Dinge von Saule weg: Dokumente, Papiere, Briefe. Auch das von Saule aus der Heimat Mitgebrachte war plötzlich ohne Worte verschwunden.

»Das ist nichts, das brauchst du nicht!«, schrie der Ehemann immer.

Er nahm von Saule permanent alle persönlichen Dinge weg, alle ihre Kleider, Schuhe, Handtaschen … darunter auch ein altes filigranes, aus massivem Silber bestehendes Armband, oben eine Radierung mit einem Pflanzenmuster und am Schloss eine kleine Kette mit zwei Glocken. Saules Lieblingsschmuckstück, ein Geschenk ihres Opas, bevor er starb. Unter anderem auch ein versilbertes Besteck aus circa 30 Teilen mit altem Barockmuster. Alles nahm er Saule weg. Die wunderschönen edlen Porzellantassen, die Saule kaufte, schmiss er auf den Fliesenboden in der Küche mit einem Lachen im Gesicht.

Sie war allein mit dem Ehemann in seinem Haus und er nahm permanent alles von Saule weg. Mit Hassausbrüchen, und dabei war er sehr stolz auf sich.

Saule war in Schock und immerzu in Schock …

»Sofort ins Bett, sofort!! Du bist krank und ich habe Medikamente für dich!«

Er brachte aus dem Keller eine große Kiste voller Medikamente, die er seit vielen Jahren sammelte.

»Siehst du, wie ich mich um deine Gesundheit kümmere, ich habe immer die besten Medikamente für dich gekauft, bitte nimm!! Dein Herz ist krank und deine Beine zu schwach und kaputt! Du bist eine kranke Frau!!«

»Nein, brauche ich nicht!«, antwortete Saule.

Er schimpfte sie weiter und weiter … Danach hatte Saule eine Erinnerung: »Vor wenigen Wochen hast du mich mit Medikamenten gefüttert und mein Herz explodierte«, sie zitterte sehr und extrem raste das Herz, »dass ich zum Glück überlebt habe! Das war ein grausames Erlebnis kurz nach unserer Hochzeit, das vergesse ich nie!«

Als Saule in Hannibals Haus gekommen war, hatte er stundenlang erzählt, dass er sie sehr liebe und ihr helfen wolle. Er hatte für Saule große Packungen Medikamente gekauft, die erste war »anabol loges«, dunkelbraune runde Medikamente; wie er erzählte, seien das sehr teure Vitamine für Frauen. Er gab sie Saule in den Mund, mehrere Mal am Tage und sagte, dass er nur aus Liebe helfen wolle, und Saule hat ihm vertraut.

»Mein Herzblättchen, weil du krank bist!«

»Ich mache regelmäßig Sport: Jogging, Schwimmen, Fahrradfahren, Yoga … das weißt du genau und hör auf, mich zu erziehen und zu erniedrigen, deine Attacken sind ungerecht!«, erklärte Saule.

Er drückte mit beiden Händen auf ihre Arme, mit ganzer Wut spuckte er in Saules Gesicht. »Du weißt genau, was mit dir passiert, wenn du nicht tust, was ich dir sage! Der Mann meiner Schwester Margot hat in der Armee gearbeitet und seitdem ist eine Waffe im Haus, du kannst in einer Sekunde im Himmel sein. Willst du das!! Hast du mich jetzt verstanden?!«, schrie Saules Ehemann.

Sie zitterte, sie schaute zu ihm mit großen ängstlichen Augen, total sprachlos, voller Tränen im Gesicht. Sie nahm mehrere Medikamente vom Ehemann und schloss sich im WC ein. Dort schmiss sie alles ins Klo und spülte mit Wasser nach, als wäre alles in Ordnung.

Vor der Tür fragte er: »Hast du alles genommen, mein Herzblättchen, ich habe ein Glas Wasser zum Trinken für dich.«

»Ja, ja«, antwortete Saule leise.

»Mein gutes Mädchen, öffne sofort die Tür und sofort ins Bett!«

Total in Schock ging sie zurück ins Schlafzimmer, langsam und traurig. Danach öffnete sie den Rollladen und schaute durchs Fenster so lange, bis er ins Auto einstieg und zur Arbeit fuhr.

Vor der Arbeit machte er wie jeden Tag erst einen Kurzbesuch bei seiner Schwester, die in der Nähe wohnte.

In der Frühe am Morgen wurde sie vom Sonnenaufgang begrüßt, sie war alleine in ihrem Zimmer. Ihr Herz zitterte und raste noch, sie versuchte, sich zu beruhigen ...

Wenn er von der Arbeit kommt, dann versuche ich wieder mit ihm zu reden, dass er mir alle meine persönlichen Dokumente und Papiere gibt, und danach werde ich sofort das Haus verlassen, um zurückzukehren in die Heimat, dachte Saule.

Aber er kaufte Karten für ein Konzert, das Saule sehr mochte, und in den nächsten Tagen besuchten sie gemeinsam abends ein Konzert mit dem Tenor Andrea Bocelli; damals war er am Anfang seiner großen Karriere, und zwar mit klassischen italienischen Liedern und mit berühmten italienischen Opernarien. Er hatte sich in kurzer Zeit weltweit einen Namen als junger Sänger mit einer faszinierenden Tenorstimme gemacht, er hatte ein einzigartiges Talent, alle Arten von Musik mit natürlicher Kraft und unglaublichen Gefühlen zu interpretieren – von Opernarien über Liebeslieder. Es war ein fantastisches Konzert und Saule hatte einen wunderschönen Abend.

Danach versuchte sie, zuhause ein wenig zu schlafen, aber die Schmerzen der letzten Tage waren noch sehr stark.

Kühle Luft drang durch das offene Fenster. Plötzlich wurde es sehr still. Die nackten Zweige des Tannenbaums bewegten sich sehr unruhig am Morgenhimmel und sie ging immer wieder ans Fenster und schaute hinaus. Als sie nach wenigen Stunden erwachte, war es ein wolkenloser Morgen, als würde ein wunderschöner neuer Tag beginnen, das dachte Saule und hatte so viele Wünsche. Jetzt zuerst mit Freundinnen in der Heimat telefonieren, sie hatte so große Sehnsucht. Sie versuchte, ihr Notizbuch mit allen Adressen und Telefonnummern zu finden, sie schaute überall, in allen Schränken, Schubladen ... keines da, keines.

Sie merkte plötzlich Schritte hinter ihrem Rücken und schaute zurück. »Was machst du hinter meinem Rücken, wo ist mein Notizbuch, wo?! Ich möchte mit meinen Freundinnen telefonieren!«, sagte Saule.

Er war total aufgeregt, mit aufgerissenen Augen und rotem Gesicht schaute er zu Saule.

»Mein Herzblättchen, alles in meinem Schrank eingeschlossen, weil ich dich schützen und dir helfen will!«

»Ich brauche deine Hilfe nicht!«

»Wir telefonieren zusammen, wir sind verheiratet!«, schrie er weiter. Er öffnete seinen Schrank und legte Saules Notizbuch auf den Tisch.

»Warum nimmst du meine persönlichen Dinge, was soll das alles?«, fragte sie.

»Komm, wir telefonieren in deine Heimat zusammen und ich bleibe da, um dir zu helfen«, sagte er.

»Wie bitte?!«

»Und du redest nur kurz, weil das zu teuer ist!«, sagte er.

»Dann gehe am besten weg, ins andere Zimmer!«

»Nein, wir sind verheiratet, du bist meine Frau in meinem Haus!!«, erklärte er mit aufgeregtem Gesicht.

»Lora, bitte komm zu mir, ich kann nicht mehr!«, sagte Saule am Telefon mit zitternder Stimme.

»Was ist?«, fragte Lora. »Ich glaube, du bist so glücklich, du hast dich immer so gefreut vor Liebe und Glück.«

»Ja, aber bitte komm, ich warte sehr auf dich«, sagte Saule weiter.

»Ich habe dich sehr vermisst und wir alle denken, wie es dir geht!«

»Lora, alles ganz neu nach der Hochzeit, alles …«

»Das ist sehr interessant. Ich möchte gerne zu dir kommen und du holst mich am Flughafen ab.«

»Ja, natürlich Lora, ich komme«, sagte Saule.

Saule würde zu Weihnachten und zum Geburtstag für Lora und ihre Tochter das Geld schicken, in der Hoffnung, dass die beiden bald zu Besuch kommen würden.

»Was hat Lora geredet, warum hast du so lang telefoniert?«, fragte er.

»Lora kommt zu mir und ich hole sie am Flughafen ab, das ist ein großes Glück«, sagte Saule.

»Nein, wir fahren zusammen! Du weißt genau, was dir passiert, wenn du ohne mich fährst, überleg genau, was du tust!«, sagte er leise.

»Was meinst du?«, fragte Saule mit großen Augen.

»Ich will dich schützen.«

»Vor was?«, fragte Saule.

»Du verstehst meine Sprache nicht!«

»Nein, nicht richtig«, sagte sie, »seit der Hochzeit verstehe ich dich nicht mehr, das alles ist wie Horror …«

»Das stimmt nicht«, sprach er weiter, »du arbeitest nicht genug.«

»Ich mache allein den ganzen Haushalt, das ist nicht genug für dich, und du kaufst statt Lebensmitteln nur Schrott!«, sagte Saule. »Und du bedrohst, beschuldigst mich permanent!«

Er schlug die Türe zu und ging weg, wie immer zu seinen Geschwistern.

Der Himmel war strahlend blau, sie versuchte auf der Terrasse zu frühstücken, aber im Kühlschrank waren wie immer nur stinkende Konserven, Käse, Wurst und Butter, auch die gekochte Marmelade seiner Schwester …

Saule aß zum Frühstück immer selbstgemachtes Müsli, trank ein Glas Natursaft, eine Tasse guten Kaffee, aber jetzt …

Er versuchte Saules Ernährung zu ändern, mit viel Gewalt und Drohungen.

Sie trank eine Tasse Kaffee, langsam überlegte sie, wie das Leben für sie weitergehen sollte. Ich verstehe nicht mehr, warum er so grausam ist, was das alles bedeutet, dachte Saule. Aber wenn Lora kommt, wird er mich vielleicht mit Lora in die Heimat zurückfliegen lassen.

Am Abend war er wieder da, es war spät. Mit brennenden Augen und glühendem Gesicht sagte er: »Ich bin sehr froh, dass wir zusammen sind!«

»Es ist noch nicht zu Ende«, sagte sie.

»Ich liebe dich so sehr, warum bist du verzweifelt?«, fragte er. »Es wird alles gut, vertrau mir, was ich dir sage, du hast große Probleme – das ist die Sprache, die du lernen musst.« Plötzlich war er so ruhig und sehr nett. »Und ich habe auch Obst, Gemüse und Fisch gekauft«, sagte er.

Saule war sehr überrascht …

Danach tranken beide ein Glas Sekt. Es war ein schöner Abend auf der Terrasse. Sie hat sich selten so amüsiert. Er hat den ganzen Abend geredet, wie sehr er sie liebt, und wieder versprochen, sie zu unterstützen und ihr zu helfen. In der nächsten Zeit zu reisen, irgendwo nach Norden, wo es viel Schnee gibt und es kalt wie in Saules Heimat ist. Und sie hat ihm wieder vertraut. Danach ging jeder in sein Schlafzimmer.

Am nächsten Morgen wurde sie früh wach.

»Das ist sehr komisch, wo war ich?«, fragte Saule.

»Natürlich im Bett, wo sonst!«

»Das ist sehr anders, warum erinnere ich mich nicht, ich fühle mich, als hätte ich mehrere Tage geschlafen.«

»Mach dir keine Sorgen, du warst zu müde«, sagte er.

»Aber heute ist Freitag, das heißt, ich habe mehrere Tage geschlafen?«

»Ja, natürlich, alles ist gut! Morgen kommt deine Freundin Lora und wir fahren zusammen zum Flughafen.«

»Ich fahre allein, du musst arbeiten, oder?«

»Mein Herzblättchen, nur zusammen, wir sind verheiratet! Mach dir keine Sorgen, alles ist in Ordnung, ich habe einen freien Tag.«

Das ist für mich nicht okay, bin richtig genervt, dachte Saule, gut ist anders.

Am nächsten Tag früh um fünf Uhr, es war noch dunkel, aber die frische Luft machte sie richtig wach und nachdenklich, gingen beide zum Auto und er fuhr zu seinem Bruder Haperd.

»Wo fährst du hin? Warum zu Haperd?«, fragte Saule sehr überrascht.

»Komm, mein Herzblättchen, nur ganz kurz«, sagte er.

Beide stiegen aus dem Auto aus und gingen zum Bruder ins Haus, aber Saule hatte richtiges Herzrasen …

Was soll ich tun?, dachte sie.

»Was bedeutet das alles?«, fragte sie wieder.

»Der Haperd fährt auch mit«, sagte er ganz leise, »und wir fahren sofort mit Haperds Auto.«

»Was?!« Mit großen Augen fragte Saule: »Du weißt genau, ich fahre nur mit dir.«

Saule wusste nicht, was beide geplant hatten, sie war total in Angst.

»Dann fahre ich am besten mit dem Zug«, sagte Saule.

»Mein Herzblättchen, es ist alles gut, dir passiert nichts, beruhige dich, wir fahren alle drei mit Haperds Auto.«

Saule wollte gehen, sie schaute in ihre Handtasche, aber ihr Geldbeutel war verschwunden.

»Mein Herzblättchen, die Zugkarte ist für dich zu teuer, steig sofort ins Auto!«

Sie war sehr schockiert und stieg sofort ins Auto, sie fühlte sich sehr schlecht. Ihr Ehemann saß am Steuer, neben seinem Bruder Haperd. Saule saß auf dem Rücksitz.

Die ersten Sonnenstrahlen wärmten ihr Gesicht, sie sah durchs Fenster, wie der Tag erwachte. Die Blätter an den Bäumen verfärbten sich durch die Sonnenstrahlen und den blauen Himmel. Saule träumte von wichtigen Dingen ihres Lebens und der Zukunft mit vielen neuen Ideen.

»Warum fährst du so früh am Morgen mit uns, Haperd, willst du meine Freundin Lora kennenlernen?«

»Nein, nein, ich habe dort etwas zu erledigen«, antwortete er sehr betont.

»Tatsächlich, bist du sicher?«, immer weiter fragte Saule.

»Ja, ja!!«

»Was willst du dort erledigen?«

»Du brauchst das nicht zu wissen!!«

Haperd war ein sehr dominanter Mann und wusste immer alles besser als andere. Saule wusste, dass er sehr großes Interesse an anderen Menschen hatte, das war sein Hobby.

Danach war Totenstille im Auto, die Fahrt dauerte mehrere Stunden.

Saule spürte, plötzlich, spontan und sehr schnell, dass ihr Ehemann und sein Bruder einen mysteriösen Plan hatten.

Ihr einziger Gedanke war, so schnell wie möglich sich mit Lora am Flughafen zu treffen.

Wie war sie froh, Lora wiederzusehen.

»Lora, Lora!«

»Saule!«

Beide nahmen sich in die Arme.

»Es ist wunderschön, dich wiederzusehen.«

Beide strahlten vor Glück, sie fühlte sich nicht mehr allein, und beide redeten und erzählten ohne Ende.

Saules Ehemann begrüßte Lora nur ganz kurz mit sehr leiser Stimme.

»Hallo, hallo«, antwortete Lora sehr überrascht.

Haperd stand hinter seinem Bruder und musterte Lora von Kopf bis Fuß mit düsterem Blick ohne Worte. Danach sagte er zu seinem Bruder: »Die Schlampe, Schlampe!!!«

Zum Glück verstand Lora kein Wort. Beide Freundinnen lächelten weiter vor Lebensfreude.

»Aber der Alte benimmt sich wie ein kleines Kind, und er weiß nicht, wie man andere Menschen begrüßt, und schimpfen kann er natürlich am besten.«

»Ja Lora, der kleine alte Haperd und sein Bruder sind besonders.«

»Aber warum ist dein Mann plötzlich so rot geworden«, fragte Lora.

»Lora, wir sind in Westeuropa.«

Beide lächelten und gingen zum Auto. Und alle zusammen fuhren nach Hause.

Beide schauten mit Begeisterung durch das Autofenster. Sahen eine wunderschöne Naturlandschaft, bei herrlichem Wetter, ein frischer Sonnentag mit einer milden Brise.

Die beiden Freundinnen sehnten sich nach Freiheit und Lebensfreude: Frische Luft atmen, auf einer weichen Wiese liegen und den Vogelgesang hören, den Duft des Sommers riechen.

Nur zwei alte Narzissen nickten ungestüm mit ihren Köpfen …

Spät am Abend, als alle wieder zuhause angekommen waren, stellte sich heraus, dass alles wieder in bester Ordnung war. Beide Freundinnen verabschiedeten sich von Haperd und gingen ins Haus.

»Wir sind zuhause!«, freuten sich die beiden nach der langen Fahrt.

Saules Ehemann fuhr mit Haperd weiter zu seiner Schwester Margot.

»Die beiden sind sehr komisch und unfreundlich«, sagte Lora.

»Ich glaube, das ist nicht nur das, sondern beide haben Angst vor Menschen, das sieht so aus.«

»Was hat der Haperd am Flughafen gesagt, er hat geschimpft, oder?«, fragte Lora.

»Nicht so wichtig, Lora, Hauptsache, du bist da, ich habe dich sehr vermisst!«, antwortete Saule. »Das war eine sehr lange Fahrt, bestimmt hast du Hunger und bist müde«, sagte Saule.

»Müde nicht, aber richtig hungrig schon. Jetzt ist Partytime, wir feiern den ganzen Abend!«

»Ja, ja, ja, ja, ja!«, sangen beide Freundinnen. Beide fühlten sich voller Energie und bereiteten in der Küche das Abendessen vor. Der Kühlschrank war voll, das erste Mal seit einem Jahr. Lora war sehr überrascht.

»So viele Lebensmittel, er hat voll geladen, was ein guter Mann, du lebst wie im Paradies, Saule.«

»Lora, das wünsche ich auch, was du sagst, aber Paradies ist total anders«, antwortete Saule traurig. »Ich mache jeden Tag den ganzen Haushalt … nach der Hochzeit ist alles anders geworden.«

»Was sagst du? Aber alles braucht seine Zeit, das ist der Anfang, und du musst die Sprache lernen, dann wird alles viel besser, Saule, glaub bitte!«

»Ich hoffe«, antwortete Saule leise.

»Wann feiern wir deine Hochzeit mit allen Freundinnen bei dir, wann?«

»Lora, er will davon plötzlich nichts wissen, das alles kostet Geld, betont er oft wütend, hier müssen alle sparen.«

»Wie bitte???«

»Ja, genau, und ich weiß nicht mehr, wie lang ich noch hier bleibe, das alles ist so schmerzhaft …«

»Was sagst du, Saule? Aber hast du auch ein Flugticket in die Heimat, vielleicht fliegen wir beide zurück?«

»Ich weiß nicht, Lora.«

Beide hatten das Abendessen auf der Terrasse am großen Tisch zubereitet.

»Wir feiern allein, keiner da, zum Glück!«

Beide Freundinnen fühlten sich wie zu Hause, erzählten bis mitten in der Nacht über die Heimat. Der Abend war sehr lang und sehr emotional.

Um sie herum waren wohl alle schon eingeschlafen, nur hier auf der Terrasse erfrischte eine leichte Brise ihre Gespräche immer wieder neu. Beide Freundinnen genossen den Abend. Es war so herrlich und wunderbar, dass sie sich wiedergetroffen hatten, freuten sich beide.

Plötzlich roch Saule hinter ihrem Rücken starken Alkoholgeruch und sie schaute zurück … da stand er mit glühendem Blick …

»Wie lang stehst du schon hinter meinem Rücken, was soll das alles?«, fragte Saule.

»Das ist sehr interessant«, sagte er leise.

»Was meinst du?!«, fragte Saule weiter.

Er hatte ein rotes Gesicht und schaute dann nach links, nach rechts, als ob er etwas suchte.

»Komm mit uns an den Tisch zum Abendessen, komm!«

»Will ich nicht!«, sagte er.

»Na ja, die Schwester Margot hat beide Jungs mit Brei gefüttert und danach mit rotem Saft begossen«, lachten beide Freundinnen. Er wurde noch mehr rot und blau im Gesicht und brannte wie Feuer.

»Ich glaube, er wird in der nächsten Stunde explodieren«, sagten beide Freundinnen, »aber zum Glück, er hat nichts verstanden.«

»Komm bitte zu uns, trink ein Glas Wasser!«

»Wir trinken mit dir! Vielleicht erlischt das Feuer …«

Es dauerte lange, bis er sich traute, mit ihnen zu feiern. Er öffnete eine Flasche kalten Sekt, die er aus dem Keller geholt hatte.

»Trinken wir zusammen ein Glas«, sagte er, »auf einen schönen Abend!«

»Ja, sehr gern und auf unseren Gast«, sagte Saule.

Er war in seinen Gedanken ganz tief in sich, manchmal schaute er zu Saule, dann lange zu Lora, ohne Worte, ohne Fragen.

Die beiden Freundinnen redeten in ihrer Heimatsprache emotional und mit Lächeln. Dann wurde er plötzlich unruhig und verschwand ohne Worte. Kurze Zeit später stand er hinter Saules Rücken und schaute beide Freundinnen mit glühenden Augen an, danach stand er hinter Loras Rücken.

»Alles in Ordnung?«, fragte Saule. »Vielleicht isst du mit uns, wir haben alles geschmackvoll zubereitet für das Abendessen.«

Er nahm wieder Platz am Tisch und war wieder verschwunden in seinen Gedanken.

Später um Mitternacht gingen alle in ihre Schlafzimmer. Aber Saule konnte noch lange Zeit nicht einschlafen … ihr Herz raste …

Viel später kam er zu Saule und schaute sie ohne Worte an.

»Warum hat dein Bruder Haperd Lora als Schlampe beschimpft, er weiß nicht, wie man Menschen begrüßt?«, fragte Saule.

»Er ist mein Bruder, und er sagt, was er will!«

»Zuerst darf dein Bruder die Menschen nicht beschimpfen, Lora ist meine gute Freundin, er hat nichts hier zu suchen, dieser alte Sack!«

»Na und!«

»Er benimmt sich wie ein kleines Kind und du genauso!«

»Nein, nein!!«

»Aber sicher!«

Wütend schlug er die Türen zu und ging weg. Es war Mitternacht und sehr dunkel. Saule versuchte zu schlafen, sie war total müde, die Augen klappten zusammen nach diesem sehr langen Tag. Zum Glück war er weg …

Die Morgensonne begrüßte sie mit strahlenden Blicken. Der neue Tag hatte begonnen. Sie ging in die Küche.

»Lora, bist du schon richtig wach?«

»Ja, ja.«

»Hast du gut geschlafen, was hast du geträumt?«

»Ich erzähle dir alles später, habe die ganze Nacht wenig geschlafen«, sagte Lora.

»Und ich überlege, wo wir frühstücken sollen. Es ist ein sonniger Morgen, essen wir auf der Terrasse.«

Saule deckte mit Loras Hilfe den Tisch. Die beiden Freundinnen waren sehr überrascht, wo er die ganze Nacht war.

Danach erzählte Lora, dass in der Nacht vor ihrem Zimmerfenster im Erdgeschoss eine Person gewesen sei. Sie konnte nicht erkennen, welche, da es sehr dunkel gewesen war.

»Was meinst du, Lora?«

»Ich hörte laute Schritte und geredet hat er auch, aber ich konnte nichts verstehen und wusste nicht, wer da war, ich hatte die ganze Nacht große Angst … das Zimmer, in dem ich übernachtet habe, ist so alt und sehr dunkel …«

»Lora, du hättest bei mir an der Tür klopfen und mit mir reden sollen, nicht die ganze Nacht zittern!«

»Ich dachte, dass du mit deinem Ehemann schläfst, wollte ihn nicht erschrecken.«

»Lora, ich habe allein geschlafen, er war nicht bei mir die ganze Nacht, irgendwann verschwand er nach dem Gespräch.«

Plötzlich hörten sie Kirchenglocken, sie klangen lauter und lauter, mehr und mehr …

»Was ist das?«, fragte Lora.

»Hier, nicht so weit weg ist eine sehr alte Kirche.«

Beide holten tief Luft und tranken ihren Kaffee weiter.

»Und das alles kann ich essen?«, fragte Lora.

»Ohne Frage, alles, was du willst!«

»Aber trotzdem hast du ein gutes Leben hier, Saule, du musst nur die Sprache lernen und dann studieren oder arbeiten, wie du das willst.«

»Das ist nicht so einfach, Lora, wie du denkst. Er ist ganz anders geworden, nach der Hochzeit, manchmal verstehe ich das alles nicht mehr«, erzählte Saule leise.

Nach dem Frühstück gingen beide in den Ort spazieren. Der blaue Himmel verschmolz mit der Sonne.

»Die Blumen, schau, Saule, solche habe ich noch nie gesehen: Die Farben und die Blätter sind einzigartig! Bei uns wachsen solche Blumen nicht, schau!«

»Natürlich, hier wachsen wunderbare Blumen und sehr viele«, sagte Saule. Der Blumenduft begleitete beide beim Spaziergang mehrere Stunden. Danach gingen sie in die Weinberge. Lora sah das erste Mal in ihrem Leben eine große Plantage.

Der Weg nach Hause war nicht einfach und dauerte mehrere Stunden. Am Haus waren alle Blüten aufgeblüht und ihre rosaroten Köpfe tanzten im Wind. Die Pflanzen prangten im starken Grün der jungen Blätter und die Blütenbeete am Haus erfüllten die Luft mit ihrem nostalgischen Duft.

Beide Freundinnen gingen ins Haus. Der Ehemann wartete auf der Terrasse, gut gelaunt begrüßte er beide. Er hatte den Tisch vorbereitet fürs Abendessen und einen wunderschönen Topf Blumen darauf gestellt.

»Das ist eine Überraschung für euch!«, sagte er. »Was wollt ihr trinken, Kaffee oder Tee?«

»Ich will Kaffee, und du, Lora?«, fragte Saule.

»Ich auch Kaffee.«

»Ja, sofort, und das Essen habe ich für euch zubereitet«, sagte er. Er war ein richtiger Gentleman, aber nur selten.

Danach kam seine Schwester Margot mit selbstgemachtem Kuchen und Torten.

Der Bruder war auch da, er schaute Lora und Saule von Kopf bis Fuß an, danach nahm er Platz am Tisch.

Irgendwie fühlten beide eine Unruhe in sich.

Saule fragte ihren Ehemann sehr leise: »Wo warst du letzte Nacht?«

»Ich bin müde, lass mich in Ruhe!« Er stand auf und ging ins Haus. Danach kam er wieder, sehr rotblau im Gesicht.

»So wie du willst, wir sind verheiratet«, sagte Saule leise.

»In wenigen Tagen fahren wir alle mit dem Schiff auf dem Fluss, ich habe Plätze reserviert und Tickets gekauft. Die Reise wird einen Tag dauern«, erzählte der Ehemann.

»Was sagt er?«, fragte Lora.

»Wir fahren mit dem Schiff!«

»Das ist wunderschön!«

Plötzlich unterbrachen die Kirchenglocken das Gespräch, die Glocken klangen lauter und lauter, intensiv und geheimnisvoll, wie Zeichen von Bedeutung. Plötzlich war es still, keiner redete mehr …

Nach wenigen Tagen fuhren alle zusammen mit dem Schiff: Lora, Saule mit Ehemann, Margot und Haperd.

Vor der Abreise wollte Saule eine Frühstückstüte packen, aber ihr Ehemann sagte: »Nein, das brauchst du nicht!«

»Lora und ich ohne Frühstück, vielleicht etwas Obst?«, fragte Saule.

»Wir fahren!!«

Er riss die Tüte aus Saules Händen und schmiss sie weg.

Lora schaute überrascht zu, beide waren sehr schockiert.

Auf dem Schiff redeten beide Freundinnen nur miteinander und hielten Distanz zu ihm. Das Schiff war voll besetzt und bewegte sich langsam nach vorne, nach Norden. Lora und Saule nahmen Platz am Fenster und schauten sich die wunderschöne Naturlandschaft und den schmalen Fluss mit den vielen Schiffen an.

Der Ehemann war plötzlich da und fragte, was beide essen wollen.

»Kaffee und kaltes Wasser, das wars!«, sagte mit lautem Ton Saule.

»Na ja, alles kostet Geld!«, sagte er mit rotem Gesicht.

»Gibts hier was umsonst, na irgendwas?«, fragte Saule. »Wir sind noch ohne Frühstück!«

»Ja klar!«, dann bestellte er etwas und schaute mit einem Lachen zu Haperd.

Die Kellnerin brachte zwei Gläser Wein, eins für Saule, eins für Lora.

»Was soll das alles?«, fragte Saule.

Haperd sagte in sehr bestimmendem Ton: »Ihr beiden Russinnen trinkt viel Alkohol, so wie dort, wo ihr geboren seid! Dann trinkt!«

Saule antwortete sofort: »Zuerst sind wir keinen Russinnen und nicht aus Russland! Den Wein trinkt ihr selbst, der ist für euch!«

Und dann gingen beide Freundinnen zu einem anderen Platz und machten sich einen wunderschönen Tag.

»Mein Herzblättchen, bitte, bleibt hier, wir sind verheiratet«, sagte er laut.

»Aber wir können sehr schnell getrennt sein«, erklärte Saule.

»Was ein alter …«, sagten beide Freundinnen.

»Und danach erzählt er stundenlang, wie er mich liebt, wenn wir allein im Haus sind …«

»Ja, das ist nicht so einfach, aber eine neue Erfahrung.«

»So habe ich ihn noch nie erlebt, Lora.«

»Ich verstehe nicht richtig, warum er dich heiratete und große Liebe und ein wunderschönes Leben versprach und … So viele Liebesbriefe hat er dir geschrieben und so oft …«

»Morgen ist ein neuer Tag«, sagte Saule.

Wenige Tage danach fuhren Saule und Lora, der Ehemann, Haperd und Margot mit einem Omnibus auf eine Blumeninsel. Saule hatte keinen Cent in ihrem Portemonnaie und der Ehemann erzählte wieder, dass alle essen und trinken würden in einem Restaurant und Kaffeehaus, deswegen soll Saule nichts mitnehmen zum Essen. Aber Saule und Lora waren wieder den ganzen Tag ohne Essen und Trinken, der Ehemann erzählte plötzlich, dass alle sparen müssen, Essen und Trinken gebe es später am Abend zu Hause. Saule und Lora waren sehr schockiert, als der Ehemann dann für beide Bier zum Trinken kaufte, obwohl beide nie Bier tranken. Er und Haperd und Margot hatten in ihren Taschen zu essen dabei und fraßen beim Spaziergang alles wie Verhungerte … Der Ehemann präsentierte sich immer, wer er ist und was er kann.

In den nächsten Tagen besuchten Saule und Lora ein Museum, dort war eine Ausstellung von dem faszinierenden Leonardo da Vinci, ein sehr talentierter Maler, Zeichner, Bildhauer, Architekt, Ingenieur und Naturforscher der italienischen Renaissance. Seine Vielseitigkeit und sein Genie entsprach dem hohen Bildungsideal seiner Zeit. Es war ein Traum, dass sie so viele großartige Werke sehen durften.

Am nächsten Tag gingen beide Freundinnen zu Fuß in die Stadt, das dauerte über eine Stunde, aber es war ein wunderschöner warmer Tag, wolkenlos mit blauem Himmel. Beide gingen die große Treppe nach oben und besuchten den Dom.

»Das ist so gigantisch! Was für eine Architektur!« Begeistert redete Lora.

»Das Bauwerk stammt aus dem 15. Jahrhundert, die Baugeschichte des monumentalen roten Sandsteinbaues begann sehr früh und dauerte mehrere Jahre«, erzählte Saule.

Dann machten sie einen Rundgang und schauten sich alles an, was dort war: jedes Bild, jedes Fenstermosaik. Danach nahmen sie Platz für stille und tiefe Gedanken zu Gott. Das fühlte sich so magisch und beruhigend an … beide kamen aus einem katholischen Land, zum Glück. Das alles braucht seine Zeit, das Leben zu erkennen, besonders in einem neuen Land.

Lora hatte kurze schwarze Haare und große dunkle Augen in einem wunderschönen Gesicht. Sie hatte ein gelbes Kleid mit kleinen Blümchen an, das ihr bis zum Knie ging, und in der gleichen Farbe offene Schuhe. Das passte so wunderschön zusammen zu ihrem lächelnden Gesicht und wirkte sehr natürlich.

Saule kleidete sich so hervorragend, dass ihre Freundinnen häufig die Kleider haben wollten, die sie an ihr sahen. Das meeresfarbene Kleid betonte ihre Sinnlichkeit mit kleinem Dekolletee und schmaler Taille, dazu eine passende Handtasche. Ihre langen blonden Haare wehten im Wind und ihre porzellanweißen Arme leuchteten. Sie war eine Blondine mit Stil und Lebensfreude. Die beiden Freundinnen rochen nach französischem Parfüm mit magischer Harmonie des Lebens.

»Ja, Lora, ich möchte sehr gern in die Heimat mit dir fliegen, aber er gibt mir mein Flugticket nicht mehr zurück«, sagte Saule.

»Was sagst du? Ehrlich, er sieht sehr komisch aus und ist immer sehr aufgeregt, das irgendwie verstehe ich nicht richtig … er schlägt dich?«, fragte Lora.

»Lora, nicht so laut, wir sind in einem Restaurant, zuerst essen wir, dann reden wir weiter, ich habe Hunger.«

»Du willst nicht erzählen, stimmts? Das alles ist sehr mysteriös und das Haus ist sehr ungepflegt und macht mir Angst. Er erzählte, dass er ein berühmter Maler ist, und jetzt plötzlich arbeitet er in einer kleinen Schule. Was erzählt er noch? Was macht er mit dir?«, fragte Lora weiter.

»Vielleicht fragen wir beide heute Abend nach dem Flugticket und fliegen in die Heimat«, sagte Saule.

»Das ist die beste Idee, ich wünsche das auch!«

Das war alles zu viel, die ganzen Rätsel mit dem Ehemann und seinen Geschwistern.

Als beide am Abend zurück ins Haus kamen, atmete Saule ganz tief durch und sagte mit lächelndem Gesicht: »Ich hoffe, alles wird gut.«

»Du bist eine endlose Optimistin!«, sagte Lora.

»Die Optimisten haben ein besseres Leben, und es lohnt nicht, Pessimist zu sein.«

»Mein Herzblättchen«, am Eingang begrüßte er beide, »es war ein langer Tag, ihr beide seid natürlich müde und habt Hunger!«

»Natürlich nicht!«, sagte Saule. »Wir haben den Dom besucht, danach im Restaurant gut gegessen und Lora war so begeistert von der wunderschönen Stadt. Danach haben wir Musik-CDs und die Noten gekauft.«

»Aber das kostet Geld, besser wäre es, das Geld zu sparen«, sagte ihr Ehemann.

»Deswegen hast du beim Hausbau so richtig gespart«, sagte Saule, »und beim Garten auch. Nicht klar ist, ist es ein Garten oder eine Mülldeponie?« Auf dem Grundstück mit der großen Mauer liegt unter dem Rasen begraben eine Badewanne, ein WC, eine große alte Zauntür aus Metallgitter, alte Fenster, viel gebrochenes Glas, verrostete Metallstangen und noch mehr … in der Mitte ist eine große schwarze Mülltonne mit Resten von Lebensmitteln, das alles stinkt zum Himmel!«

»Du musst mir helfen, du arbeitest nicht genug«, hatte er so oft geschrien.

»Du hast viele Jahre so viel Müll gesammelt, bleib so weiterhin, das ist nicht mein Leben, am besten suchst du eine Haushälterin oder Pflegerin, die dir die Pampers wechselt.« – Aber er hat das nicht verstanden, wie immer!

»Saule, sei nicht so frech, bitte! Wir brauchen Tickets, Saule.«

»Ja, Lora, alles wird gut, hoffe ich …«

Auf der Terrasse nahmen alle drei Platz und tranken ein Glas Wasser. Danach brachte er eine große frisch gebackene Pizza vom Supermarkt an den Tisch, die beiden Freundinnen schauten sehr überrascht zueinander.

»Essen wir etwas, vielleicht schmeckt es ja«, sagte Saule mit freundlichem Lächeln.

Er schnitt ein kleines Stück für jede ab und servierte es auf einem Teller und brachte vom Keller eine Flasche Roséwein.

Danach war ein ruhiger Abend. Saule ging ans Klavier, das sie vor wenigen Monaten gekauft hatte, und musizierte gefühlvoll, später mit Lora zusammen, die klassische Musik erfüllte die Abendluft mit leichter Harmonie der wunderschönen Melodien. Er schaute so überrascht … Lora ging später ins Zimmer und packte ihre Koffer.

Saule überlegte: Sollte sie fragen wegen der Tickets, wie wird er reagieren?

Er sagte: »Ich habe das Zugticket für Lora gekauft … in den nächsten Tagen kann sie allein fahren und du bleibst hier, wir sind verheiratet!«

»Moment, aber ich brauche mein Flugticket und alle meine persönlichen Papiere und Dokumente. Ich will mit Lora in die Heimat fliegen und danach komme ich zurück, wir sind verheiratet!«, antwortete Saule.

Er schlug die Türen sehr laut zu und verschwand zu seinen Geschwistern. Saule war sehr schockiert.

»Lora, ich kann nicht mehr …«

»Das habe ich nicht gedacht, dass er so radikal und eiskalt ist«, sagte Lora, »aber ich fahre dann allein und du versuchst nachzufahren, das schaffst du, ich bin mir sicher.«

»Lora, das alles ist sehr schwer …«

Die beiden blieben auf der Terrasse bis Mitternacht und diskutierten ohne Ende. Er war nicht da, zum Glück. Beide hörten die neuen Musik-CDs, die sie am Tag gekauft hatten.

»Mit Musik ist das Leben schöner und leichter, besonders in der Nacht«, sagte Saule. »Trotzdem gibts immer eine Lösung im Leben, ich bin sicher. Wie lange ich hierbleibe, entscheide nur ich selbst«, redete Saule weiter.

»Nur du selbst, aber du brauchst deine Dokumente, diese muss er zurückgeben und nicht verstecken«, sagte Lora.

»Ja, natürlich … das war eine warme, volle Musiknacht, die uns Hoffnung macht.«

Danach ging Lora zum Schlafen, nur Saule blieb auf der Terrasse bis zum Sonnenaufgang, dann ging auch sie schlafen.

Am Morgen, früh, sehr leise öffnete er die Tür zu Saules Zimmer und setzte sich ans Bett.

»Mein Herzblättchen, ich habe das Frühstück vorbereitet für uns!«

Saule schaute noch im Schlaf und sagte: »Mach eine Überraschung, bitte, schließ die Tür von der Diele, ich will schlafen!«

»Ja, mach ich«, sagte er leise.

Saule erinnerte sich, wie sie sich vor mehreren Jahren kennenlernten, wie er mit Saule die schönsten Pläne für die Zukunft kreierte, wie er sie eroberte mit so viel Liebe und den schönsten Komplimenten. Er sagte sehr oft, wie er als berühmter Maler seine Ausstellung vorbereitete und Saule seine einzige große Liebe nannte. Wie er mit Saule eine Familie gründen und viele Kinder haben wolle, wie er große Reisen in die ganze Welt versprochen hatte und dass sie neue Kulturen kennenlernen, er würde Tickets für große Opern, Theater- und Weltreisen mit den besten und größten Schiffen kaufen und … und …

Jetzt wusste Saule, dass das alles nur seine ausgeprägten Fantasien waren. Das machte sie sehr traurig und total sprachlos.

Am Hochzeitstag hatte Saule zum ersten Mal den Ausweis ihres Ehemannes gesehen und war sehr schockiert. Obwohl sie beide sich mehrere Jahre kannten, hatte er gelogen über sein Alter und seinen Lebenslauf. Warum tat er so etwas, wer war er überhaupt? Alles war sehr mysteriös und geheimnisvoll.

Viel später hatte Saule ausgeschlafen und ging ins Badezimmer. Unter der Dusche erfrischte sie sich mit warmem Wasser von Kopf bis Fuß, das tat so gut, das machte sie oft. Das warme Wasser massierte das Gesicht und den ganzen Körper. Danach nahm sie ein großes Badetuch und trocknete langsam die Haut, shampoonierte auch die schönen langen Haare, massierte den Kopf, das Badezimmer roch so traumhaft nach Wildrosenöl mit Meeresbrise, da wollte sie am liebsten den ganzen Tag hier verbringen. Das fühlte sich sehr angenehm an, wie eine Göttin. Danach zog sie ihr weißes Leinenkleid an und ging in die Küche. Dort wartete Lora.

»Ich hoffe, du hast gut geschlafen«, sagte Saule.

»Ja, nach so einem langen Tag wie gestern habe ich sofort geschlafen«, antwortete Lora.

»Und was machen wir heute, fahren wir vielleicht in eine andere Stadt?«

»Ja, Lora, heute zeige ich dir eine Stadt, da wirst du überrascht sein, das ist mein Favorit«, mit Begeisterung erzählte Saule, »und wir bleiben dort den ganzen Tag.«

»Sehr gute Idee, ganz toll«, freute sich Lora.

Aber plötzlich war der Ehemann da und fragte: »Wo wollt ihr beiden hinfahren, wo?!«

»Du brauchst nicht alles zu wissen, am besten geh zu deinen Geschwistern«, antwortete Saule.

»Ich will nur helfen, vielleicht fahren wir zusammen?«, fragte er.

»Wir fahren nicht zusammen, fahr mit deinen Geschwistern«, sagte Saule.

»Wir sind verheiratet!«

»Wir können sofort getrennt sein und lass mich in Ruhe«, sagte Saule.

Beide Freundinnen fuhren nach dem Frühstück in eine große Stadt, dort, wo Saule ihr Klavier gekauft hatte. Die Stadt war so ähnlich wie im Heimatland die Hauptstadt. Sie hatten einen wunderschönen Tag und vieles gesehen. Sie gingen beide in ein Schloss und genossen ihr Mittagessen. Später gingen beide Geschenke für Loras Tochter einkaufen, schauten viele Läden an. Lora war begeistert, dass es hier so vieles gab, so etwas hatte sie noch nie gesehen, und sie kaufte für ihre Tochter ein schönes Kleid. Danach ging Lora zielstrebig auf die Schuhabteilung zu, wo die High-Heels und Sandalen standen. Dort kaufte sie ein Paar High-Heels aus schwarzem strukturiertem Leder mit hohem Absatz und braune Sandaletten.

»Saule?«, fragte Lora. »Kaufst du auch, warum probierst du nicht? Im Heimatland hattest du immer sehr moderne und wunderschöne Schuhe, und seit du geheiratet hast, brauchst du nichts mehr, was ist los mit dir??«

»Ja, Lora, du hast recht, aber ich brauche alles genau wie in der Heimat! Wenn ich beginne zu arbeiten, dann kaufe ich alles, was ich will.«

»Ich bin sehr überrascht, Saule.«

Später entdeckten die beiden Lederhandtaschen, genau passend zu Loras Schuhen, dann noch einen Ledergürtel mit einer sehr modernen Silberschließe und eine dunkle Sonnenbrille mit einem kleinen silberfarbenen Herz auf der Seite.

Im nächsten Laden waren sie begeistert von der duftenden und verführerisch glitzernden Parfümabteilung mit faszinierenden Flakons aus Kristallglas, auch Kosmetik. Als einzige Verlockung kauften beide nur den unikaten Duft, Lippenstift, Wimperntusche mit Lidschatten. Auch die gute Handcreme, die sie immer in der Handtasche hatten.

»Aber ich habe meine Tochter sehr vermisst und sie wartet sehr auf mich«, sagte Lora.

»Wenn wir am Abend nach Hause kommen, telefonierst du am besten sofort, vielleicht hat sie einen besonderen Wunsch, dann kaufe ich es für sie«, sagte Saule.

»Das ist eine gute Idee, aber erlaubt mir dein Ehemann zu telefonieren? Er erzählt immer, dass er sparen muss, er ist ein sehr armer Mann, wie ich das sehe …«

»Auf jeden Fall probieren wir es, Lora! Aber nächstes Mal kommst du mit deiner Tochter zu mir, versprochen?«

»Ich hoffe, Saule, zuerst muss dein Leben in Ordnung sein, das ist sehr wichtig.«

»Mach dir keine Sorgen, die richtige Lösung finde ich schnell und ich will die Sprache weiter lernen«, erzählte Saule.

Saule und Lora kauften voll Tüten und hatten so viel Spaß. Spät am Abend fuhren beide zurück mit dem Zug nach Hause, wo Saules Ehemann wartete.

Lora verbrachte mehrere Wochen bei Saule, dabei hat sie so viel Schönes erlebt und gesehen, aber über die Familie, in die Saule eingeheiratet hatte, war Lora sehr schockiert. Sie hat oft ganz tief durchgeatmet, wie auch Saule.

Den letzten Abend verbrachten die beiden Freundinnen auf der Terrasse und wussten noch nicht, dass es bis zum nächsten Treffen sehr viele Jahre dauern würde.

Saule half den Koffer zu packen, sie gab alles für ihre Freundin.
Lora fragte: »Ist das alles für mich und das auch?«
»Ja, Lora, für dich und deine Tochter!«
Sie bedankte sich sehr für alles und versprach wiederzukommen.
Am frühen Morgen fuhr der Ehemann mit beiden Freundinnen zum Bahnhof. Loras Koffer war so schwer, sie brauchte richtig Hilfe, aber Lora machte sich keine Sorgen und freute sich auf die Heimat und die Tochter mit großer Sehnsucht.

»Wir sehen uns wieder!!« Dann stieg sie in den Zug, schaute durch das Fenster mit traurigem Gesicht zu Saule, nickte mit dem Kopf als »pass auf dich auf«. Saule holte tief Luft und schaute dem Zug hinterher, bis er langsam am Horizont total verschwunden war. Plötzlich war Saule wieder allein mit ihrem Ehemann ...

Er sagte: »Nächstes Jahr kannst du auch in die Heimat fahren, wenn wir Geld haben, das Leben hier ist sehr teuer, mein Herzblättchen!«
»Wo ist mein Flugticket?«, fragte Saule.
Er nahm Saules Hand und ging zum Auto. »Fahren wir in die Stadt, ich will was kaufen, du kannst mir helfen.«
Beide gingen in einen Buchladen und er kaufte mehrere Kochbücher. Für Saule kaufte er das Bildkochbuch »Was Kinder gern essen«.
Saule war sehr überrascht und fragte: »Warum kaufst du mir Kinderbücher?! Warum??«
»Weil du das brauchst!!«
»Kinderbücher brauche ich nicht, am besten kannst du das für dich behalten!«
»Ich habe Hunger, wir fahren nach Hause!« Er nahm Saules Hand wieder mit ganzen Hassausbrüchen und brachte sie durch die Stadt ins Auto.
Zuhause schnitt er das Brot und bereitete das Abendessen vor. Er servierte für Saule einen Teller mit sehr günstigem Essen und schmiss ihn auf den Tisch.
»Ich esse, wann ich will und was ich will«, sagte Saule.

»Wir sind verheiratet und du bist in meinem Haus!!«, schrie er. »Gehe zum Essen!!«

»Ich bin nicht dein Kind, okay?«

»Du tust, was ich dir sage!! Bei mir gibt es keinen Luxus!!«

»Schade, richtig schade …«

Zuhause war es sehr leer und kalt und Saule durfte nur eine kleine Lampe anschalten im Wohnzimmer, das war so grausam … aber sie schaltete alle Lichter an, um zu schauen, wie er reagiert.

»Sparen, du musst sparen!!« Als würden ihm die eigenen Eier abgerissen.

Er war rotblau im Gesicht, sprang von einer Seite zur anderen, dann nahm er Saule an den Armen und drückte sie mit Gewalt an die Tür. Saule zitterte und ging sofort ins andere Zimmer. Ich will sofort in die Heimat fahren, dachte sie, aber wie … Sie versuchte, sich zu beruhigen mit wunderschöner klassischer Musik und lag auf dem Bett, das Herz raste … Nach wenigen Stunden ging sie zum Ehemann, um zu reden, ganz in Ruhe.

»Ich bitte dich, alle meine persönlichen Papiere und Dokumente mir zurückzugeben, und ich will dein Haus verlassen, sofort, ich kann nicht mehr«, erzählte Saule.

Er war am Schreibtisch, schaute lachend zu Saule und sagte: »Ich habe im Moment viel Arbeit, wir reden am besten morgen, du siehst sehr schlecht aus, geh am besten schlafen. Später bringe ich dir ins Bett sehr gute Medikamente, ich will dir helfen, bitte vertrau mir!«

»Aber ich möchte alle meine Papiere heute«, sagte Saule, »und alle persönlichen Dinge, die du mir abgenommen hast, ich will von hier weg!«

»Wir sind verheiratet und du bleibst bei mir. Bitte, vertrau mir! Du hast ein wunderschönes Leben und in der nächsten Zeit lernst du die Sprache weiter, später dann alles andere, das wird alles noch besser, ich verspreche dir …«, und … und … und …

Dann nahm er mit beiden Händen Saule an den Armen und schlug sie auf das Schrankeck, wieder und wieder … bis sie zusammenbrach. Danach fragte er: »Willst du noch was?!! Willst du noch?!!! In den nächsten Tagen gehe ich zur Polizei, die mir helfen soll, meine russische Ehefrau zu einer perfekten Ehefrau zu erziehen.« Er schrie weiter: »Geh bitte zu meiner Schwester und lern richtig zu kochen und backen!! Dann helf meiner Schwester die Straße und den Hof zu kehren, sie ist eine ältere Frau, du musst ihr helfen!!«

»Ich bin Vegetarierin und Musikerin, das ist mein Leben«, antwortete Saule.
»Du bist ein Nichts, du bist faul, du weißt nicht, was das Leben bedeutet!!«
»Mein Leben gehört mir«, sagte Saule, »und ich bin keine Russin!«
»Du bist verheiratet mit mir!!«
»Du bist ein Sadist, ich will nur die Scheidung«, sagte Saule und ging ins andere Zimmer.
»Hau ab, hau ab, du …«, schrie er, »Musikerin, ha, ha, ha …«
Saules Schmerzen waren so stark, als wären alle ihre Knochen gebrochen, an den Armen hatte sie wieder blaue Flecken. Sie versuchte zu schlafen, aber ihr war sehr übel und dann ging sie langsam ins WC, sich übergeben, die ganze Nacht lang … wieder und wieder.
Es war noch zu dunkel um etwas zu erkennen, aber sie hörte, wie er sich durch ihr Zimmer bewegte. Sie wurde wach und lag zitternd im Bett, das Herz raste, sie versuchte den Atem anzuhalten. Dann schloss er die Tür behutsam hinter sich, dann war er fort.
Sie öffnete den Fensterrolladen und sah, wie er mit dem Auto wegfuhr. Danach versuchte Saule zu schlafen, wenn auch nur eine Stunde, das war besser als ohne Schlaf. Sie war sehr erschöpft und kraftlos …
Mittlerweile war es heller Tag, sie wurde wieder wach, es schimmerte ein Stück blauer Himmel mit leichten Sonnenstrahlen durch das Fenster. Sie wusste nicht mehr weiter: Was soll sie tun … sie wollte weg von hier, nur weg.
Am Mittag war er wieder da.
»Mein Herzblättchen, meine Liebe, ich habe eine Überraschung für dich, wir fahren sofort, bitte beeil dich, mein Herzblättchen!«
»Was??«, schaute Saule erschreckt zu ihm. »Ich will nur zurück in die Heimat!«
»Liebes, ich will dir nur helfen, ich bin dein Mann! Ich habe einen Termin für dich beim Orthopäden Dr. Ebenschrod gemacht, jetzt, sofort, er hilft sehr gut, er ist ein sehr guter Arzt.« Er redete und redete sehr lang, bis Saule ihm wieder vertraute, und wieder, sie hatte keine andere Wahl.
Danach sagte er: »Nach dem Arztbesuch kaufen wir Schuhe für dich, welche du willst, mein Herzblättchen!«
»Meine Schuhe aus meiner Heimat hast du mir weggenommen, jetzt bitte kauf mir genauso sehr gute Qualität«, antwortete Saule.
»Natürlich, nur das Beste für mein Herzblättchen!!«

»Aber zuerst fahren wir Schuhe kaufen, gute Schuhe sind sehr wichtig, ich habe im Moment nur ein einziges Paar, das zu klein und unbequem ist«, sagte Saule.

»Nein, zum Arzt!!«

»Nein, nein, nein!«

Trotzdem fuhr er schnell zur Arztpraxis Dr. Ebenschrod. Mit rotem Gesicht erzählte er weiter, wie er ihr helfen will, weil er behauptete, dass sie sehr krank sei. Danach öffnete er die Autotüren und sagte: »Wir sind da, beim Arzt!«

»Aber ich will nicht«, sagte Saule. Ihr Herz raste so sehr …

Sofort nahm er Saule an den Händen und zog sie aus dem Auto, danach gingen sie zur Arztpraxis mitten in der Stadt.

»Ich brauche nur eine Salbe für die Schmerzen, mehr nicht, das Problem sind nur die günstigen Schuhe, die du gekauft hast«, sagte Saule, »und ich will allein zum Arzt.«

»Wir sind verheiratet, du kannst die deutsche Sprache nicht«, sagte er.

»Ich brauche keine perfekte Sprache, der Arzt sieht alles mit Ultraschall, ganz genau«, sagte Saule.

»Ich gehe trotzdem mit dir zum Arzt!!«, schrie er weiter.

In der Praxis fühlte sich Saule sehr übel … sie wollte weggehen, aber er hielt Saule ganz fest an der Hand.

»Nur zusammen, wir sind verheiratet!!«

Saule fühlte sehr starke Übelkeit, sodass sie sich jeden Moment würde übergeben müssen, hier in der Praxis.

Der Ehemann erzählte dem Arzt, aus welchem Grund er mit Saule gekommen war. Der Arzt untersuchte Saules Füße eine ganze Stunde und diskutierte darüber mit dem Ehemann. Er war ein junger Mann mit schwarzen langen Haaren, sehr gepflegt. Er wollte alles tun, um ihr zu »helfen«, denn Saule hatte eine private Krankenversicherung.

Saule schaute zu ihm und dachte, ist der Dr. Ebenschrod blind oder gehörlos, warum redet er nur mit dem Ehemann?! Oder hat er nicht verstanden, wer der Patient ist. Saule war total überrascht, so hatte sie noch keinen Arzt erlebt. Aber er war der erste Arzt, seit Saule in diesem Land lebte. Hochinteressant, dachte sie.

»Die Operation findet nächste Woche statt«, im Treppenhaus erzählte es der Ehemann.

»Wie bitte«, fragte Saule, »ist das ein Witz?!«

»Ich habe mit dem Arzt alles abgeklärt, über deine Beschwerden am Fuß, jetzt kann er dich operieren«, redete er weiter und weiter.

»Aber ich will dann das Röntgenbild von meinem Fuß, was will er operieren?!«

»Das brauchst du nicht zu wissen!!«, schrie er weiter. »Besser sofort operieren, später kann es große Probleme geben, vielleicht muss der ganze Fuß amputiert werden.«

»Was sagst du, das stimmt nicht, ich bin sehr gesund«, antwortete Saule. »Operation, das will ich nicht, wo ist mein Röntgenbild vom Fuß?«

»Dein Fuß wird operiert, du hast einen Termin, bitte vertrau mir, das ist sehr wichtig für deine Gesundheit, ich will nur helfen!!«

»Aus welchem Grund?«, fragte Saule.

»Wir fahren jetzt!!«

Den ganzen Weg nach Hause redete und redete er ohne Ende … Danach ging Saule ins Haus und er fuhr weiter zu seinen Geschwistern.

Sie war sehr hilflos, sprachlos und traurig. Am liebsten wollte sie sofort weglaufen.

Am Abend war er wieder da, Saule ging in ihr Zimmer und schloss die Tür. Dann schaute sie Fernsehen, danach hörte sie Musik. Die Melodie der Sologeige erinnerte an eine von Eis erstarrte Winterlandschaft im Morgengrauen und begleitete mit brillanten Klängen das ganze Orchester: lebendige Rhythmik, eine ungewöhnlich bildhafte, effekterfüllte Sprache der Musik mit improvisierenden Elementen, fantasievolle musikalische Bilder. Sie lag auf dem Bett und hörte stundenlang diese wunderbaren Klassiker …

Die Zeit ging sehr schnell vorbei und die nächste Woche war schon da. Der Ehemann fuhr früh am Morgen mit Saule zum Orthopäden Dr. Ebenschrod, »der Beste«, wie er immer betont hatte.

Saules Fuß wurde ganz schnell ambulant in der Praxis operiert. Obwohl Saule immer nach dem Röntgenbild fragte, sprach der Arzt nur mit Saules Ehemann und betonte, dass alles nur viel besser werde. Dr. Ebenschrod hatte am kleinen Zeh einen Knochen abgeschnitten, ohne Saule den Grund zu erklären. Nach der Operation konnte sie kaum gehen, die Schmerzen waren sehr, sehr stark …

Nach einer Woche schaute der Arzt Saules Fuß ganz kurz an und das wars. Er hatte den Zeh etwas abgeschnitten, was für ein »perfekter und talentierter« Arzt …

Nach ungefähr drei Terminen bei Saules Orthopäden war der gesunde Fuß zerstört … wusste ein solcher Arzt, was es bedeutet, als Arzt zu arbeiten, oder wollte er nur Geld machen?! Das Erstaunliche daran war, dass die Krankenkasse dieses Spiel mitmachte!

Saule lag mehrere Tage mit Schmerzen im Bett …

»Mein Herzblättchen, das ist wunderbar, jetzt wird alles viel besser«, sagte er, »und du hast bald keine Schmerzen mehr.«

Wegen der Schmerzen konnte Saule nicht aufstehen und nicht gehen …

Danach hatte er ihr wieder Medikamente ans Bett gebracht.

»Ich habe wegen deiner Schmerzen sehr teure Medikamente für dich gekauft, nur das Beste für mein Herzblättchen!«

Saule schaute sehr traurig. »Am besten steck sie dir in den Popo! Seit mehreren Tagen habe ich nichts gegessen, der Kühlschrank ist leer, besser kauf was zu essen, du ›perfekter Ehemann‹!«

Er schaute zu Saule und lächelte mit aufgeregtem Gesicht, dann war er fort.

Am nächsten Tag erwachte sie von lauten Geräuschen auf der Treppe. Warum fährt er nicht zur Arbeit, es ist zehn vor neun?! Sie fühlte plötzlich einen inneren Schmerz und eine Traurigkeit, weil es noch eine ganze Reihe von Dingen gab, die sie sich für ihr Leben vorgenommen hatte, doch nach der Hochzeit war es eine Katastrophe geworden, was sie so tief schockierte.

Sie ging in den Flur und schaute nach unten ins Erdgeschoss. Warum brennt der Kamin? Ganz leise schaute sie zu, wie er ihre Kleider, Schuhe, Handtaschen in den Kamin warf, das alles brannte den ganzen Tag …

»Meine Kleider!! Warum verbrennst du meine Kleider, auch alle meine anderen Dinge, warum?!«, schrie Saule von oben total in Schock und zitterte …

Er schaute nach oben.

»Geh sofort ins Bett, du bist eine kranke Frau, sehr krank!!«

»Was soll das alles, warum tust du das, warum?!«

»Du brauchst das nicht mehr, du bist meine Frau!!«

An dem Tag hatte er alle Kleider und alles komplett, was sie aus ihrem Heimatland mitgebracht hatte, im Kamin seines Hauses verbrannt.

Saule lag im Bett, ihr Herz raste ohne Ende, sie hatte Todesangst ...
Danach kam er wieder in Saules Zimmer.

»Meine Herzblättchen, das brauchst du nicht mehr, das alles ist nur Schrott, du weißt genau, wie ich dich liebe, du bist meine einzige Liebe!!« Danach schaute er zu Saule mit glühenden Augen und sagte: »Du hast keine Erziehung, ich will dich erziehen zur perfekten Ehefrau.« Er betonte jedes Wort mit Hassausbrüchen und bewegte seine Hände sehr extrem.

»Sprich bitte nicht so mit mir, überleg mal«, sagte Saule.

»Lass mich reden«, schrie er weiter. Er bedrohte sie wieder und wieder ...

»Du weißt, was mit dir passiert, wenn du weggehst ohne mich, wir sind verheiratet!!«

Sie schaute zu ihm total in Schock, mit großen Augen, wie versteinert, sie fühlte sich wie gefroren, sie konnte sich kaum bewegen ...

Er hatte wie jeden Tag ein großes Taschenmesser an eine Lederschnur gebunden in der Hosentasche, heute hing das Messer zur Hosentasche heraus und er griff vor Saule ständig danach.

»Hast du verstanden?!«, fragte er.

Das Taschenmesser hatte er gekauft, um Saule zu schützen, wie er ihr nach der Hochzeit erklärt hatte. Sie war am Abend aus ihrem Heimatland mit dem Flugzeug gekommen und hatte Hunger und Durst. Sie erwartete von ihrem Ehemann ein Abendessen mit Blumenstrauß an diesem ersten Abend in seinem Haus. Der Ehemann nahm mit feuerrotem Gesicht und zitternden verkrampften Händen das große Taschenmesser und hielt es vor Saules Augen. »Ich will dich schützen, du bist meine Frau«, schrie er. Danach brachte er an den Tisch eine Flasche Rum zum Trinken, obwohl er wusste, dass sie nur etwas Sekt oder Champagner trank. Saule war total in Schock ...

Sie erinnert sich, dass ihre Freundinnen Lora und Soja sie mit Tränen verabschiedet hatten, als sie in die falsche Richtung flog.

Als er am nächsten Morgen früh zur Arbeit fuhr, bereitete Saule sich darauf vor, in die Heimat zurückzufliegen. Sie nahm seine Koffer und Taschen, schaute alles durch und hatte wieder einen Schock ... alle persönlichen Papiere und Dokumente aus ihrer Tasche waren weg, Flugticket und Geld auch. In der Nacht hatte Hannibal alles komplett ausgeraubt ... Saule hatte sich im WC übergeben, sie zitterte, das Herz raste, sie war wie gefroren, sie hat gedacht, das sei ein Witz, und hat gelacht, aber danach war alles sehr gefährlich geworden, mehr und mehr.

»Warum lachst du?«, schrie er mit rotblauem Gesicht. »Warum?!«

Müde war sie nach der vielen Arbeit im Haushalt und bereitete sich im Badezimmer vor, dann wollte sie zum Schlafen gehen.

»Vielleicht kannst du noch die Fenster putzen und danach tapezieren und … und …«, fragte er vor der Tür.

»Es ist so spät und du verlangst von mir wieder Arbeit ohne Ende, du lässt mich keine Stunde zur Ruhe kommen! Auch zum Einkaufen kannst du nicht ohne mich fahren, musst auch für deine Geschwister einkaufen. Jeder hat sein Auto und soll sich selbst um sein Leben kümmern. Wenn du alle bedienen willst, dann ohne mich. Ich habe mein Leben für mich und bin total müde, genug zum Einschlafen«, sagte Saule.

»Du bist meine Frau, du arbeitest nicht genug!!«

»Ja, du verlangst von mir, dass ich arbeite wie eine Sklavin, ich bin deine Frau, wie lang noch?!«, sagte sie.

Sie holte tief Luft und ging ins Schlafzimmer, lag auf dem Bett, die Schmerzen waren sehr stark …

Der Ehemann kaufte danach für Saule einen grünen Mantel, bis zum Boden lang und sehr breit, mehrere Jacken viel zu groß, sehr konservative Röcke, Blusen, Pullover, unmoderne Schuhe, Unterwäsche, alles nach seinem Geschmack, alles sehr, sehr günstig. Er erklärte: »Das alles ist für dich, mein Herzblättchen, das musst du tragen, das ist dein Stil, du musst Kleider tragen wie die Frauen von meiner Familie, und bei der Friseuse mache ich auch einen Termin für dich, weil deine Haare zu lang sind.«

Am nächsten Morgen kam er früh ins Zimmer, obwohl Saule noch schlief, saß am Bett und sagte: »Mein Herzblättchen, aufstehen!« Es schien, als wollte er sie angenehm überraschen. »Heute fahren wir zum Traubenlesen zu meinem Neffen, er braucht Hilfe.«

»Oh wirklich, es ist sehr freundlich von dir! In der Woche ist nur ein Sonntag und ich brauche Ruhe! Nur wenige Stunden habe ich geschlafen und du verlangst wieder von mir, zur Arbeit zu fahren. Am besten fährst du ohne mich, ich habe keine Zeit, am Sonntag zu arbeiten, ich will schlafen«, sagte sie.

»Wir fahren, sofort aufstehen!! Ich habe versprochen, dass wir zum Helfen kommen«, schrie er.

Es war Sonntag. Weil Saule das alles nicht mehr hören konnte, ging sie in die Küche, schaute in den leeren Kühlschrank; während sie eine Tasse

Kaffee trank, hörte sie die Kirchenglocken bimmeln. Gleichmäßig wieder und wieder.

»Schnell, schnell, beeil dich!!«

Langsam machte Saule sich fertig, nahm ihre Sonnenbrille, die Haarklammer und ging ins Auto.

Es war ein kühler Morgen mit etwas Sonne, nur wenige Menschen waren unterwegs. Die Fahrt auf der Landstraße mochte sie sehr, der herrliche Geruch der Blumenwiese und die frische Luft machten sie wach. Und am weiten Horizont sah sie, wie die Sonne versuchte herauszukommen, mit ihrem strahlenden Blick den Himmel zu erobern. Es roch nach Herbst und die Farben leuchteten.

Der Ehemann und Saule redeten kein Wort, Totenstille war im Auto.

Als beide beim Neffen und dessen Frau ankamen, begrüßten sich alle. Nicht viele Freunde waren gekommen, um zu helfen. Das Traubenfeld war viel zu groß, um an einem Tag alles zu verarbeiten. Saule war überrascht, als sie das sah ...

»Schneller arbeiten, trag nur volle Eimer mit Trauben, versuch, so viel wie möglich zu tragen«, kommentierte der Ehemann hinter Saules Rücken beim Traubenlesen.

Saule fühlte sich von ihm sehr überfordert und er machte immer weiter Druck auf sie.

»Hör sofort auf!«, sagte sie.

Nach einigen Stunden blutete plötzlich Saules Gesicht, sie hatte zum Glück Taschentücher dabei. Sie fühlte sich sehr schrecklich und saß total blass zwischen den Traubenreihen auf dem Boden.

»Bitte hilf mir«, sagte Saule zum Ehemann.

Er schaute zu ihr ohne Worte.

»Ich will nach Hause fahren!«

»Du bist zu faul, du arbeitest nicht genug«, sagte er. »Wir bleiben den ganzen Tag hier, bis wir alle Trauben gelesen haben!«

Wenige Stunden danach gab es eine kleine Mahlzeit im Freien für alle, die zum Helfen gekommen waren. Es gab Würstchen mit Senf, Käsebrote, Säfte, Limonade und Wein. Saule fühlte sich sehr müde und übel, sie wollte nur reines Wasser zu trinken. Sie fragte ihren Ehemann, aber er antwortete: »Hier gibts keinen Luxus, du musst essen wie alle anderen.«

Saule versuchte die Ehefrau des Neffen zu fragen, aber sie zeigte Saule die kalte Schulter, wie immer, wenn Saule mit ihr reden wollte.

Am späten Nachmittag nach der vielen Arbeit kehrten sie nach Hause zurück, ohne Abschied, ohne Dank für die Arbeit vom Neffen und seiner Frau, obwohl Saule mit dem Ehemann viele Male dort half.

Saule überraschte das alles sehr, das war eine neue Erfahrung. Sie lernte die Familie des Ehemannes als erste überhaupt in diesem Land kennen, eiskalte und gefühllose Menschen …

Wenn die Menschen nicht fähig sind, mit anderen freundlich zu kommunizieren, dann stimmt es mit ihnen selbst nicht, dann ist in ihnen selbst tiefer Hass …

Er, ein bis an die Zähne bewaffneter Hannibal, der Menschenfresser, der Mann, der sich vor vielen Jahren in sie verliebte und sie heiratete. Der Mann, mit dem Saule träumte, eine Familie zu gründen und alt zu werden, mit so viel Liebe. Er konnte sich sehr gut präsentieren als »perfekter Mann« … bis zum Hochzeitstag. Die Eltern verschmolzen den kleinen Buben mit »Sein Kampf« nach der Geburt, und das war der »Erzieher«, bis er heranreifte zum bis an die Zähne bewaffneten Hannibal, sein ganzes Leben lang geprägt vom Kampf gegen alle und gegen sich selbst, um seinen im Krieg gefallenen Vater und seine früh verstorbene Mutter.

Saule war auf einer Reise nach Westeuropa und dort lernten sich beide kennen, er war sehr nett und freundlich. Sie war in einem Kaffeehaus und trank eine Tasse Kaffee. Er war mit dem Auto überall unterwegs auf der Suche, wie er damals erzählte. Nur sie hat nicht verstanden, was er suchte, was ihm fehlte. Er hat sie angesprochen und erzählte stundenlang über sich, aber sie hat aus Lebensfreude gelacht. Er präsentierte sich als berühmter Maler, dessen Bilder in großen Kunsthallen ausgestellt sind, auch als Grafiker, er sei ein berühmter Fotograf mit künstlerischer Begabung, sehr anerkannt, er sei ein sehr professioneller Gitarrist und Liedermacher und … und …

Aber wenn Saule nach bestimmten Dingen über Malerei und Musik fragte, wurde er plötzlich rotblau im Gesicht. »Na ja … um ja, ja … ich arbeite sehr viel, deswegen bin ich sehr müde«, sagte er. Er habe zuhause die besten Gerüste für Kunst und den Drucker für Grafiken, ein großes Gerät für Profis, erzählte er weiter sehr aufgeregt. Saule hörte zu mit lächelndem Gesicht.

Danach erzählte er, dass er eine Nonne sehr gut kenne, die aus dem Ausland gekommen sei und hier eine Organisation gegründet habe, um Ausländerinnen zu helfen. Sie könne auch ihr helfen.

Saule fragte: »Wie soll sie mir helfen, was meinst du?«

Er wurde rot und redete plötzlich weiter über andere Dinge. Er redete danach sehr viel. Er bekam Saules Adresse und Telefonnummer, obwohl sie keinen weiteren Kontakt mit ihm wollte. Danach verabschiedeten sich beide sehr freundlich und er verschwand mit seinem Auto. Wer ist er überhaupt?, dachte Saule.

Wenige Tage danach fuhr sie in ihre Heimat.

»Mach dir keine Gedanken, Saule«, beruhigten sie die Freundinnen im Omnibus, »das ist ein Maler, ein Künstler, er sucht seine Muse, bestimmt!«

»Wisst ihr, was er noch erzählt hat? Er ist Single, hat ein schönes Haus und würde gerne ein wunderschönes Mädchen kennenlernen«, erzählte sie den Freundinnen. »Ich will nicht, er ist nicht mein Typ, er ist sensibel und nervös, er soll sich irgendwo eine andere suchen«, sagte Saule.

»Aber er hat ein Auge nur auf dich, Saule!«

»Im Moment bin ich als Single sehr zufrieden und habe viel Arbeit, und die neue Sprache will ich so schnell wie möglich lernen«, erzählte Saule.

In der Heimat am späten Abend angekommen, war Saule sehr müde, als das Telefon klingelte.

Der berühmte Maler war am Telefon und fragte: »Mein wunderschönes Mädchen, wie gehts dir, schon zuhause?«

»Tut mir so leid, ich bin vor wenigen Minuten angekommen und sehr müde«, sagte Saule.

»Ich will nur wissen, ist alles okay?«

»Ja, natürlich, und ich habe keine Zeit.«

»Ja, ja, ich melde mich bei dir in wenigen Tagen!«

»Ich habe viel Arbeit, keine Zeit! Der berühmte Maler …«

Nach wenigen Tagen war er am Abend wieder am Telefon.

»Hallo, ich habe sehr große Sehnsucht nach dir, wie gehts dir?«

Saule war total überrascht, holte tief Luft und sagte: »Sehr gut!«

»Ich weiß, dass du viel Arbeit hast, aber das Notenbuch und die Musik-CDs und das Malerei-Lexikon, das du gesucht hast, habe ich für dich gekauft und mit einem Postpaket heute an deine Adresse geschickt. In wenigen Tagen bekommst du ein Paket von mir!«

»Wie bitte?«, fragte Saule überrascht.

»Ich will dir sehr gerne helfen.«

»Was kostet alles zusammen, wie viel Geld bekommst du von mir?«, fragte Saule.

»Das alles sind nur kleine Geschenke von mir!«

»Aber ich will für das Paket bezahlen«, sagte Saule.

»Nein, nein, nein, ich will dir eine große Freude machen, bitte, Saule.«

»Das ist sehr großzügig von dir, was soll ich dir schenken, was willst du von meinem Heimatland haben?«, fragte Saule.

»Saule, ich habe alles, ich habe ein sehr gutes Leben, aber ich bin Single.«

»Ja, ja, ich bin auch Single, aber ich habe viel Arbeit«, sagte sie.

»Was hast du vor, was sind deine Pläne?«

Saule wollte eine neue Sprache lernen, danach im Ausland studieren, arbeiten und eine Familie gründen mit einem liebvollen Mann und noch vieles mehr …

»Beim Sprachelernen kann ich dir sehr gut helfen, hier bei uns gibt es eine Euroschule!«

Saule sagte: »Die Sprache lernen kann ich hier, wir haben auch sehr gute Schulen, und jetzt treffe ich mich mit meinen Freundinnen, goodbye!«

Saule dachte, dass er richtig versuchte, sie zu erobern, aber das interessierte sie absolut nicht und sie vertraute Menschen nicht so schnell. Vielleicht ist es nur ein Witz von ihm, dachte Saule.

Mit ihren Freundinnen machte sie sich einen wunderschönen Tag, hatte so vieles zu erzählen von der Reise: Museum Louvre, Center Pompidou, Eiffelturm, Museum d'Orsay, Museum Rodin und Versailles, Straßburger Münster, Freiburger Münster – schönster Turm der Christenheit, ein herausragendes Meisterwerk der Gotik, Schlösser und Kirchen mit ihren imposanten Architekturen. »Wir waren von allem sehr begeistert und fasziniert und kreierten Pläne für unsere Zukunft«, sagte Saule.

»Und wie sind die Französinnen?«, fragte Lora.

»Sie tragen gern figurbetonte Klamotten und sehen darin immer bestens in Form aus. Die Französin weiß, wie man ohne großen Aufwand einen hinreißenden Look kreiert.«

»Ja, Saule, aber wie das hinkriegen trotz der sehr köstlichen Küche ihres Landes?«

»Ganz einfach, ihren Kaffee trinken sie immer schwarz, ohne Milch oder Zucker.«
»Saule, genau wie wir!«
»Ja, richtig!«
»Erzähl weiter, Saule!«
»Beruhige dich bitte.«
»Saule, ich will alles wissen!«
»Im Restaurant bestellen sie komplizierte Menus, aber zuhause wird ganz einfach und mit guten Zutaten zubereitet. Eine Französin würde nie ein kalorienreiches Menu mit einem Dessert abschließen.«
»Saule, genau wie wir!«
»Ja, genau. Auch sie essen nie irgendwo und irgendetwas.«
»Das gehört auch zu unserer Mentalität, Saule.«
»Französinnen bewegen sich sehr viel und sie gehen, wenn möglich, viel zu Fuß, genau wie wir.«
»Saule, und die Deutschen?«
»Total anders und ich bin selbst überrascht.«
»Warum, Saule?«
»Anderes Land, andere Mentalität, ganz einfach.«

In den nächsten Tagen hatte sie viel zu tun, und noch das Studium, aber das war nicht das, was sie richtig wollte. Mit Sicherheit wollte Saule ins Ausland, aber die neue Sprache! Während der Reise nach Westeuropa mit ihren Freundinnen hatte sie viele Informationen gesammelt, welche Möglichkeiten es zum Studieren und Arbeiten gab. Alle wollten am besten gleich nach Westeuropa, die Frauen aus Ostnordeuropa waren gewohnt, mit Disziplin viel Neues zu lernen. Die Freundinnen hatten bis zu dieser Zeit berufliche Erfahrungen als Musikerinnen und Künstlerinnen gesammelt und wollten sich im Ausland beruflich weiterentwickeln und ihre Träume verwirklichen.

Am späten Abend wieder ein Anruf.
»Hallo, Saule, ich habe dich sehr vermisst, wie gehts dir? Ist mein Paket angekommen?«, fragte er.
»Nein, noch nicht!«
»Trotzdem, können wir noch den ganzen Abend miteinander reden?«

»Ja, natürlich! Was macht deine Malerei?«, fragte Saule. »Welchen Stil malst du?«
»Ich habe eine Grafik gemacht mit dem Drucker«, sagte er, »einen schwarzen Vogel!«
»Warum einen Vogel und noch schwarz?«, fragte sie. Das ist richtig interessant, dachte Saule.
»Weil es das ist, was ich mag, es ist eine wunderschöne Grafik geworden«, erzählte er aufgeregt weiter.
»Wie bist du auf diese Idee gekommen, einen ›schwarzen Vogel‹?«
»Das entspricht meinen Interessen«, erzählte er. »Warum denn nicht? Am besten besuchst du mich und ich zeige dir alle meine Bilder: Grafik und Aquarellmalerei, das wird dir bestimmt gefallen, und ich habe in meinem Haus eine sehr große Bibliothek.« Er wusste, dass Saule sehr gern Bücher las.
»Das ist eine sehr gute Idee, aber im Moment habe ich sehr viel zu tun«, antwortete Saule. »Bei uns in den Kunstgalerien gibts auch sehr gute Ausstellungen. Wir haben hier viele professionelle Künstler und große Staatsbibliotheken. Du kannst mich besuchen, du warst noch nie in Ostnordeuropa, das würde dir gefallen, und du kannst in einem Hotel übernachten.«
»Ja, Saule, vielleicht. Wenn du mich besuchst, kann ich auch danach zu dir kommen. Ich habe ein wunderschönes Haus und du kannst bei mir übernachten.«
»Vielleicht irgendwann«, aber Saule wusste genau, zu ihm würde sie nie kommen.
»Saule, ich würde dich sehr gern wiedersehen«, redete er weiter und weiter.
»Und was spielst du mit deiner Gitarre?«, fragte sie.
»Eigentlich alles, ich bin ein sehr guter Gitarrist und Liedermacher. Ich habe mehrere sehr teure Gitarren, wenn du mich besuchst, dann zeige ich dir alles, meine ganze Kunst, und ich werde spielen und singen nur für dich!«
»Ach was, sehr interessant«, lachte Saule freundlich. »Wie lang spielst du schon Gitarre, wie lange hast du Erfahrung?«, fragte Saule.
»Mein ganzes Leben, dir wird es gefallen, ich bin sicher«, sagte er. »Vor wenigen Tagen habe ich ein Lied für dich geschrieben: ›Die Nachtigall‹.«
»Dann bist du ein richtiger Profi«, sagte sie.
»Nächste Woche«, erzählte er, »bin ich im Studio und wir machen eine CD.«
»Welche Musik?«, fragte sie. »Country, Rock 'n' Roll, Balladen, oder was ganz Neues?«

»Ja, Saule, ich verrate dir nichts, am besten komm zu mir. Danach male ich dich, ein großes Bild, nur für dich.« Er erzählte weiter und weiter, ohne Ende.

Dann sagte Saule: »Heute Abend habe ich Karten für ein klassisches Musikkonzert mit den Freundinnen und leider muss ich wieder goodbye sagen!«

»Ja, Saule, wenn du zu mir kommst, kannst du mich zuerst ein paar Tage besuchen, dann kaufe ich Karten zu sehr berühmten Musikkonzerten und für die Oper, ich liebe klassische Musik auch! Auf Wiedersehen!«

Er telefonierte sehr oft mit Saule, nur wie alt er war, hatte er nie verraten. »Ich bin voller Energie, ich fühle mich, als wäre ich ungefähr 33, und ich bin sehr gesund, das ist das Wichtigste«, erzählte er oft. »Auf meinem Ausweis steht etwas mehr, aber das ist nicht so wichtig.« Er schrieb für Saule die schönsten Liebesbriefe und er machte viele Komplimente, er wusste, was Frauen mögen.

Einen Moment lang überlegte sie, vielleicht ist er doch mein Traummann, wer weiß …

Es war Winter, es war bitterkalt geworden, das Wetter bemühte sich, der Jahreszeit zu entsprechen. Allein im kalten Zimmer … nicht die beste Zeit.

Am Abend deckten die weißen Schneeflocken den ganzen Fußgängerweg zu und die Bäume glänzten vor Frost wie Kristalle, das war so faszinierend wunderschön, dass Saule mit ihren Freundinnen einen langen Spaziergang machte. Danach gingen alle in ein Kaffeehaus, eine heiße Tasse Kaffee zu trinken.

Lora sagte mit lächelndem Gesicht: »Wie Französinnen, ohne Zucker, ohne Milch.«

»Ganz genau! Am Abend habe ich keinen Hunger, vielleicht du, Lora? Du bist immer so schlank, wie ein Model!«

»Nein, danke, nur eine Tasse Kaffee!«

Plötzlich war Irma da, und alle diskutierten mit viel Lebensfreude, das war so ein Genuss!

Saule hatte so viele Ideen für die Zukunft und wollte nicht zu lange warten. Mit den Freundinnen traf sie sich öfter und alle hatten Lust auf etwas Neues.

»Saule, ich bin sicher, dass er ein sehr guter Mann ist«, sagte Lora.

»Aber ich bin nicht sicher, zu ihm zu fahren, ist das eine gute Idee?«, sagte Saule.

»Du hast so viele Ideen und er kann dir bestimmt helfen als guter Freund. Jetzt kennst du ihn viel besser, dann hast du mehr Möglichkeiten für deine berufliche Zukunft«, sagte Lora.

»Das ist auch meine Meinung, aber ich kann ihn nur für ein paar Tage besuchen, danach schaue ich, wie es weitergeht, was am besten für mich ist.« Saule überlegte sehr lange, ob sie zu ihm fahren soll.

Am späten Abend klingelte das Telefon: »Hallo, wie gehts dir?«

»Sehr gut, wie immer!«

»Saule, am Flughafen hole ich dich ab, mach dir keine Sorgen, es wird alles gut«, bestätigte er.

»Ja, aber ich komme nur für ein paar Tage zu dir!«

»Ja, natürlich, wie du willst, ich freue mich riesig, dich wiederzusehen«, sagte er, »und habe alles vorbereitet für dich! Du bist eine Vegetarierin, stimmts?«

»Ja, ja, bin ich!«

»Ich auch, Saule, wir haben so viele Ähnlichkeiten«, freute er sich.

»Kannst du ein Hotelzimmer für mich zum Übernachten reservieren?«, fragte Saule.

»Na ja, ich habe ein großes Haus mit Gästezimmern, du kannst schauen, vielleicht gefällt es dir? Danach kannst du entscheiden, wie du willst.«

»Am besten ein Hotel, das will ich«, sagte sie.

»Saule, meine Familie wohnt am gleichen Ort, mach dir keine Sorgen, und im Moment habe ich nicht zu viel Zeit, ein Hotel zu suchen, es wird alles gut! Auf Wiedersehen, Saule!«

»Goodbye!«

Sie heißt Saule und die Eltern schenkten ihr den christlichen Glauben und ein altes Klavier, dort, wo sie geboren worden ist.

Lassen Sie sich entführen in das sehr authentische Land mit seiner tiefen künstlerischen Seele, wo der Duft von weißen Orchideen die Luft über den malerischen Wäldern und Seen bezaubert mit leiser harmonischer Melodie.

Ein Land, das mit seiner fast unberührten Schönheit der Natur eine große Ruhe ausstrahlt.

Lange Straßen führen durch eine melancholisch anmutende Landschaft, vorbei an saftigen Weiden und grünen Wäldern mit goldgelben Kornfeldern. Mit ihren sanften Hügeln, verwunschenen Seen haben die Jahrhunderte einen einzigartigen Schatz an Liedern, Märchen und Gedichten hervorgebracht, die schon Johann Wolfgang von Goethe faszinierten.

Auch nachdem Thomas Mann die Kurische Nehrung besuchte, war er von der Schönheit und Einzigartigkeit der Dünenlandschaft so bezaubert, dass er beschloss, in den Dünen ein Sommerhaus zu bauen. Danach konnte er für wenige Jahre von seinen Arbeitszimmer durch die Fenster inspirierende Blicke genießen auf das zwischen Kiefern und Laubbäumen gelegene glänzende Haff mit seinem weißen Strand.

»Schönheit hat mit Weisheit zu tun.
Nämlich durch das Mittel des Lichts.
Denn das Licht ist das Mittel und ist die Mitte,
von wo Verwandtschaft strahlt, nach drei Seiten hin,
zur Schönheit, zur Liebe und zur Erkenntnis der Wahrheit.
Diese sind eins in ihm und das Licht ist ihre Dreieinigkeit.«

Thomas Mann

Saule erinnerte sich sehr gut an ihre Kindheit, wie sie träumte, eines Tages Westeuropa zu besuchen.

Sie begann sehr früh zu musizieren in der Musikschule. Mit viel Freude lernte sie große Komponisten: J. S. Bach, L. van Beethoven, Ph. Telemann, G. F. Händel, die hier in Westeuropa ihre Werke komponierten. W. A. Mozart komponierte und spielte zusammen mit seiner Schwester Nannerl Konzerte hier. Sie sah das alte Gemälde von beiden am Klavier.

Saule war in der ersten Klasse, hatte in der Schulbibliothek die Märchen der Gebrüder Grimm gefunden und war sehr inspiriert.

Die Märchenoper »Hänsel und Gretel« von E. Humperdinck besuchte sie in der Hauptstadt in der Oper mit Begeisterung. Sie wünschte sich, nach Westeuropa zu kommen (wo ihr altes Klavier gebaut wurde), alle Opern zu besuchen und mehr wunderschöne klassische Musik kennenzulernen.

F. Nietzsche, R. M. Rilke, H. Hesse, E. Kant und viele andere haben hier für viele Generationen ihre großen Werke geschrieben. Sie erinnerte sich an Besuche in vielen Kunstmuseen, an die traumhaften Bilder von Malern und Grafikern der Frührenaissance wie Albrecht Dürer, an die Maler der Romantik wie Anselm Feuerbach und an viele andere großartige Künstler. Ein Land mit einem sehr reichen Kunsterbe.

Ein Land mit vielen magischen Schlössern und Kirchen, mit einer gigantischen imposanten Architektur. Das alles inspirierte und faszinierte Saule seit vielen Jahren.

»Welch eine himmlische Empfindung ist es seinem Herzen zu folgen.«
Johann Wolfang von Goethe

Saule lernte die neue Sprache in der Euroschule, in kleinen Gruppen mit anderen Ausländern, und hatte sehr viel Freude. Der Unterricht war mehrere Male in der Woche in einem sehr alten Gebäude, dorthin fuhr sie mit dem Omnibus. Zuhause machte sie ihre Hausaufgaben und lernte sehr fleißig.

»Mein Herzblättchen, ich will dir helfen!« Er riss ihr die Hefte aus der Hand und schaute, was sie schrieb.

»Bitte, gib mir meine Hefte zurück, ich habe viel Arbeit«, sagte Saule überrascht.

»Bei den Hausaufgaben helfe ich dir, du schreibst alles, wie ich es dir erkläre«, sagte er.

»Das mache ich allein, lass mich in Ruhe!«, sagte sie.

Er schrieb Saules Hausaufgaben selbst und sagte: »Im Unterricht zeigst du deine Hausaufgaben, bitte!« Und er warf Saules Hefte vor sie auf den Tisch. »Du bist meine Frau und machst alles, wie ich es dir sage!! Hast du verstanden?«, schrie er weiter. »Die Bücher für die Euroschule habe ich für dich gekauft und die Sprachkurse bezahlt. Weil ich dich liebe, mein Herzblättchen«, erzählte er mit glühenden Augen.

»Du musst aufhören zu schreien, okay?«, sagte Saule. »Und du hast kein Recht, mich zu erziehen, ich bin kein kleines Kind!«

Saule kaufte Back- und Kochbücher, um neue Rezepte zu lernen, auch Bücher zum Lesen. Sie las auch gern Frauenzeitschriften. Der Ehemann schaute natürlich alles ganz genau an, um zu wissen, was Saules Interessen waren, was sie las. Auf der letzten Seite einer Zeitschrift waren Anzeigen, um Freunde für gemeinsame Hobbys kennenzulernen und sich zu treffen. Der Ehemann schrieb sofort an seinem Computer an die Redaktion einen Brief mit Saules Namen auf die Anzeige in der Zeitschrift.

»Den Brief habe ich für dich geschrieben und dann lernst du viele neue Freunde kennen«, sagte er.

»Wie bitte?!«, fragte Saule. »Aber meine guten Freundinnen habe ich in meinem Heimatland, du musst nie mit meinem Namen Briefe schreiben, tu das nie!«

»Neue Freunde brauchst du hier und nicht in deiner Heimat«, schrie er.

Wenige Wochen danach war mit Saules Namen die Anzeige da. Sie schaute in die Zeitschrift und konnte nicht glauben, was sie sah. Sie war sehr schockiert.

»Jetzt bitte sofort diese Anzeige abmelden! Ich habe dir erklärt, dass du keine Briefe mit meinem Namen schreiben und verbreiten darfst, oder hast du einen Defekt in deiner Birne?!«

»Hast du nur Angst, neue Menschen kennenzulernen, kannst du nicht mit Menschen umgehen, du bist eine … und …«, schrie er.

In wenigen Wochen hatte Saule mehrere Briefe mit sehr schlechter Schrift bekommen und wollte alles in den Müll schmeißen, aber der Ehemann riss ihr die Briefe aus der Hand und beantwortete alle.

»Du musst es mindestens versuchen, die Leute warten auf deine Briefe, ich habe sie alle beantwortet, weil ich dir helfen will!«, sagte er.

»Ich habe dir gesagt, du musst aufhören!«, sagte Saule.

»Nein, du musst versuchen, andere zu kontaktieren«, schrie er.

Wenige Tage danach rief er sie ans Telefon, um mit einer Brieffreundin zu reden. Saule war nach dem kurzen Gespräch sehr überrascht, wie der Hannibal allein alles organisierte …

»Wenn du keinen Kontakt aufnimmst, dann weißt du, was mit dir passieren kann, du tust alles, was ich dir sage!!«, schrie er. Danach schrieb er die Briefe weiter und weiter.

In einem Brief war eine Einladung, mit sehr schlechter Handschrift geschrieben, eine Person wollte sich mit Saule treffen. Saule sollte ihn am Wochenende in seinem Haus besuchen, da er nach einem Autounfall sehr schwer verletzt im Bett lag. Diese Person wohnte ganz allein und sehr weit weg in einem kleinen Ort. Der Ehemann erzählte, dass er Saule zu dieser Person mit seinem Auto hinbringen wolle.

»Spinnst du, oder bist du ein …?!«, fragte sie. »Ein Treffen in einem fremden Haus, das mache ich nie in meinem Leben, meine Welt ist das nicht!«

»Nein, nein, wir fahren zusammen«, sagte er.

»Mit dir zusammen fahre ich nie mehr und ich gehe zur Polizei«, sagte Saule.

»Wozu zur Polizei, wenn du der Polizei alles erzählst, dann bist du ganz schnell im Himmel, du weißt genau, was mit dir passiert!! Du bist sehr krank!!«

»Aber du selbst bist ›sehr perfekt‹«, sagte sie.

»Na und!!«

Er schlug die Tür zu und ging wie immer zu seinen Geschwistern.

Am Abend war er wieder da und bereitete das Essen zu. Bei jeder Mahlzeit erklärte er, was Saule essen muss und wie viel ganz genau: wie viel Scheiben Brot an einem Tag, wie viel Käse, wie viele Konserven Dosenfisch, oder er kaufte nur immer den gleichen panierten Fisch, danach immer die gleichen Obstkonserven mit viel Zucker und servierte das oft mit Schlagsahne. Genau das, was Saule nie essen wollte, und er schrie jeden Tag: »Du willst nur ein Luxusleben!«

»Will ich, natürlich!«, sagte Saule. »In meinem Heimatland haben die Hunde ein viel besseres Leben. Und du versuchst mit ganzer Gewalt mich hier mit Schrott zu füttern. Du frisst mein Leben ständig!«

»Du hast keine Erziehung, das ist dein Problem«, schrie er mit rotblauem Gesicht.

»Deine Umgangsformen stammen auch nicht von einer exklusiven Erziehung, weil du ein Menschenfresser bist!«, sagte Saule und ging ins andere Zimmer, hörte wunderschöne Musik und strickte wunderschöne Pullover für sich, für ihre Freundinnen, manchmal eine ganze Nacht lang. Auch für den Ehemann und seine Familie, in der Hoffnung, dass er aufhört, mit grausamer Gewalt sie zu vernichten und dass sie sich von ihm trennen kann. Jedes Mal war sie nach Gesprächen mit ihm schockiert.

Der Dozent an der Euroschule schaute Saules Hausaufgaben nach und jedes Mal war er überrascht, dass alles falsch war. Saule wusste, dass der Ehemann das alles ganz bewusst tat. Nach dem Unterricht machte Saule mit anderen einen Spaziergang in die Stadt und sie gingen in ein Kaffeehaus oder in ein Restaurant zum Essen. Nur am Abend war sie wieder da, zuhause beim Ehemann.

»Meine Hausaufgaben, die du für mich schreibst, sind total falsch«, sagte Saule. »Warum tust du das, was willst du von mir?«

»Ich bin ein perfekter Ehemann und ich will dir helfen, weil ich dich liebe!!«, schrie er.

»Das sind nur Hassausbrüche von dir!«, sagte Saule.

Nach drei Monaten in der Euroschule kündigte er Saule, ohne Erklärung. Sie holte tief Luft und ging schwarz gekleidet spazieren, um die letzten Sonnenstrahlen dieses Tages an diesem kleinen Ort zu genießen. In Wahrheit war sie sehr traurig und erschöpft. Die frische Abendluft machte sie wach, nachdenklich und ihr Herz stand nicht still. Sie spazierte trotzdem langsam und holte wieder tief Luft. Nur der Rückweg war sehr, sehr lang. Sie wusste, dass Reden mit ihm heute nicht möglich wäre. Das hätte keinen Sinn. Morgen telefoniere ich am besten mit den Freundinnen, dachte Saule, vielleicht können sie mir helfen. Aber sie wollte nicht alles erzählen, wie sie hier lebte, trotz allem.

Zuhause wartete er auf Saule, gut gelaunt sagte er: »Alles wird gut, bitte vertrau mir, ich liebe dich sehr und du bist das Beste, was ich habe.« Dann öffnete er eine Flasche Sekt und beide tranken zusammen.

Saule war sprachlos, sagte kein Wort, aber sie dachte viel nach. Er erzählte, dass er im Sommer mit Saule in den Urlaub fahren will, dorthin, wo Saule hinwill.

»Ich will in mein Heimatland mit dir fahren«, sagte Saule plötzlich.

»Mein Herzblättchen, natürlich, wenn ich Zeit habe!«

»Du hast mehrere Wochen Ferien, du hast Zeit«, sagte Saule.

»Aber bei uns an die Ostsee, vielleicht ist es dort noch besser, dort ist alles neu renoviert, das wird dir gefallen, ich bin sicher«, sagte er.

»Wann fahren wir in meine Heimat, wann?«, fragte Saule.

»Zuerst lernst du die Sprache, dann kannst du mich besser verstehen, kochen musst du auch lernen, wie meine Schwester.«

Saule wollte in ein anderes Zimmer gehen, aber er nahm sie an der Hand und sagte: »Bleibst du hier!! Hör, was ich dir sage!!«

»Dann hör, was ich dir sage«, sagte Saule. »Warum hast du dein Alter nur am Hochzeitstag gezeigt, deinen Ausweis, du kannst nur mein Vater sein! Warum hast du erzählt, dass du ein berühmter Maler, Grafiker, Fotograf, Gitarrist und … und … Was soll das alles!«

»Mein Herzblättchen, ich bin wie ungefähr 33, das weißt du doch, voller Kraft und Energie, das Blut kocht in mir!! An der Wand hängt mein Bild ›Schwarzer Vogel‹, das ist von mir!«

»Du bist nicht nur der schwarze Vogel, sondern viel schlimmer.« Das hat keinen Sinn, weiter zu diskutieren, dachte Saule.

»Du verstehst meine Sprache nicht und kannst sie auch nicht lernen, weiß ich nicht, aber du hast ein wunderschönes Leben mit mir«, sagte er. Danach brachte er vom Keller ein geöffnetes Paket, auf dem Saules Namen war.

»Warum hast du es geöffnet, warum?«, fragte Saule.
»Du bist meine Frau!!«
»Das Paket ist auf meinen Namen, mach das nicht mehr, hast du verstanden?!«, fragte Saule.
»Das gehört mir auch!!«
»Meine Dinge gehören nur mir«, sagte Saule. Es war ein Paket von ihrer Freundin Soja, eine echte Leder-Schultertasche, circa 30 x 15 cm groß, zweifarbig schwarz und braun, ein Unikat, eine echte Handarbeit, sehr wunderschön, in der Tasche war ein Brief für Saule, der auch geöffnet war. »Meine Briefe gehören nur mir«, sagte Saule. »Beschäftige du dich bitte mit deinen persönlichen Sachen und Finger weg von meinen Dingen!«

Wenige Wochen vor Weihnachten schickte sie Pakete an Soja, auch an Lora und Irma von ihrem Geld und telefonierte mit ihren Freundinnen regelmäßig, nur keine wusste, was mit Saule war. Sie wollte ihr Leben immer allein kreieren und Probleme lösen, denn Hilfe von anderen hatte sie selten. In dieser Zeit wusste sie noch nicht genau, wer er ist. Sie schrieb Briefe an ihre Freundinnen und ging zur Post. Vor der Post wartete er im Auto, dann ging er zu Saule und schrie: »Gib mir die Briefe, ich bringe alle zur Post per Einschreiben«. Er riss ihr alles aus der Hand, verschwand in der Post und war schnell wieder da. Danach verlor sie den Kontakt zu ihrem Heimatland und allen Freunden.
»Jetzt schnell ins Auto, wir fahren zusammen«, sagte er mit rotem Gesicht.
Saule ging überrascht ins Auto, das Herz raste …
Er fuhr schnell in Richtung Stadt und redete, Saule soll ihm gut zuhören und alles tun, was er will. Sie zitterte im Auto und wusste nicht, was als Nächstes passieren würde …
Danach fuhr er in einen Schuhladen und kaufte für Saule cremefarbene Schuhe. »Nur das Beste für dich«, sagte er. Die Schuhe waren richtig gut, sie war sehr überrascht. Aber nach kurzer Zeit waren die Schuhe verschwunden.
»Später kaufe ich dir noch ein Paar, wenn du willst.«
»Nein, nächste Woche habe ich ein Vorstellungsgespräch in einer Kunstschule, dann verdiene ich mein Geld und kaufe alles, was ich will«, sagte Saule so glücklich.
Danach kaufte er Lebensmittel im Supermarkt, wieder das Gleiche wie immer. Saule nahm, was sie wollte, zum Essen: frisches Obst, Gemüse, geräu-

cherten Fisch, Nüsse. Aber er nahm alles vom Wagen und brachte es ins Regal zurück.

»Das kostet viel Geld, sparen!! Nur deutsche Produkte und die günstigsten darfst du kaufen!! Du willst wieder nur Luxus!!«

»Natürlich, will ich, ich will essen wie jeder normale Mensch! Deine Schwester soll dich mit Grieß- und Reisbrei füttern, wie immer seit vielen Jahren. Ich esse nur das, was ich will, ich bin eine Vegetarierin!«

Auf der Rückfahrt nach Hause redete er nicht mehr; zum Glück, dachte sie.

Sie wollte schnell ins Haus, aber er schrie: »Du musst mir helfen und alles tragen!«

Sie half. Vielleicht beruhigte er sich ... Aber er war wie immer.

Am nächsten Tag fuhr Saule mit dem Ehemann zum Vorstellungsgespräch zur Kunstschule und er ging mit hinein. Er diskutierte mit Saules Schulleiter, er ließ Saule kein Wort sagen, dann nahm er den Arbeitsvertrag, den sie bekommen hatte. Der erste Arbeitstag war morgen und das war ein großes Glück! Er füllte alle Papiere von Saule wie immer aus und verabschiedete sich.

In der Bank hatte er auch alle Papiere von Saule ohne Erklärung ausgefüllt, danach nahm er mit zitternden Händen ihr alles weg, für sich. Er hatte eine sehr große Sucht, er zitterte nach Saules persönlichen Papieren, Dokumenten und allen Dingen, die sie hatte.

»Gib bitte alle meine Papiere zurück«, sagte Saule.

»Du bist meine Frau, wir sind verheiratet, die brauchst du nicht«, schrie er. »Das Leben hier ist sehr, sehr teuer und für alles bezahle ich allein und dein Geld gehört jetzt uns beiden!!«

»Wie bitte?? Ich brauche meine Bankkarte, gib sie mir, bitte«, sagte Saule.

Sie wusste nicht, was eine Vollmacht bedeutet, und hatte auf jedem Papier unterschrieben. In Saules Heimatland gab es kein Bankkonto und sie wusste vieles nicht. Er und seine Familie hatten kein Wort über das Leben hier erzählt. Es war alles neu für sie. Mit Gewalt und Bedrohungen manipulierte er sie überall, wo er nur konnte. Er saugte jeden Monat Saules Konto leer, viele Jahre lang, er bedrohte sie ständig ...

Er machte Termine bei der Friseuse in einem kleinen Friseursalon am gleichen Ort. Mit grausamer Gewalt verlangte er von Saule, dass sie ihre langen Haar kurz schneidet und dunkel färbt. Er sagte oft: »Du musst deine Haare tragen wie meine Schwester.« Und die Friseuse hat alles nach seinem Geschmack gemacht. Er war oft dabei. Allein war Saule kraftlos und konnte sich nicht mehr schützen …

Am ersten Arbeitstag fuhr Saule mit ihrem Ehemann zur Kunstschule und er blieb im Unterricht und beobachtete sie bis zum Abend. Danach fuhren sie zusammen nach Hause.

Am Abend sagte Saule: »Zur Arbeit fahre ich mit dem Zug allein, ohne dich! Ich bin kein Kind, dass du mich überallhin begleitest und alles für mich entscheidest. Heute warst du das erste und letzte Mal dabei, meine Sachen mache ich allein.«

»Wir sind verheiratet!! Du bist meine Frau und wir gehen überall nur zusammen hin«, schrie er. »Zur Arbeit in die Kunstschule fährst du nur mit mir, nicht mit dem Zug, oder dir passiert was sehr Schlimmes, hast du verstanden!!«

Saule diskutierte nicht mehr weiter und bereitete das Abendessen zu.

Plötzlich war Margot da und schaute hinter Saules Rücken, was Saule machte. Danach sagte sie wütend: »Was macht sie zum Abendessen, Bruder, schau du, sie ist wie eine psychisch kranke Frau, ha, ha, ha. Wie war dein erster Arbeitstag? Du darfst nie allein fahren, nur mit meinem Bruder zusammen, oder es passiert etwas sehr Schlimmes, ha, ha, ha!«

Margot präsentiert sich selbst sehr perfekt; sie ist ein echter Profi, dachte Saule.

Er erpresste unter Drohungen und Gewalt den Kredit für sein neues Auto.

Sie hatte studiert, sie arbeitete, sie verdiente viel Geld. In ihrem Beruf hatte sie viel Freude und Erfolg. Aber er, zusammen mit seiner Anhängerschaft, versuchte, Saule zu zerreißen und zu vernichten, um sich gesättigt über die Leichen …

Sie selbst nannten das »Ausbildung mit Spaß«, maskiert unter dem Titel »Die grausamen Hirnwäscher und Manipulierer«.

Er wiederholte ständig: »Zu einer perfekten Frau möchte ich dich erziehen, weil du keine Erziehung hast, und ich liebe dich so sehr, das weißt du!!«

Am Wochenende fuhr er mit Saule in eine Stadt, die sie sehr mochte. Sie war ähnlich wie die Hauptstadt in Saules Heimat. Die beiden spazierten durch kleine alte Straßen, die in verschiedene Richtungen führten, mit Restaurants und Kaffeehäusern, kleinen feinen Porzellanläden, Boutiquen und Bernsteinläden sowie Kirchen. Saule war begeistert. Er schaute ihr tief in die Augen, wie sie strahlte vor Freude, wie sie natürlich und harmonisch aussah mit langem blondem Haar und dem ihre Taille betonenden Sommerkleid.

Danach gingen sie ins Kaffeehaus, tranken eine Tasse Kaffee, aßen Himbeertorte mit Himbeersoße, das hatte einen edlen Geschmack und erfüllte alle Wünsche in dem Moment.

Sie fühlte sich so glücklich in dieser Stadt ... Hier hatte sie ihr Klavier gekauft und ein Saxophon zum Musizieren in der Kunstschule. In einem modernen Musikladen kaufte sie Noten und CDs.

Am späten Nachmittag fuhren beide zurück nach Hause, sie redeten kein Wort, es war Totenstille. Sie schaute durchs Autofenster, sah andere Paare auf der Straße, die sich umarmten, sich küssten und lachten vor Liebe und Glück ...

Er schaute zu Saule, nahm ihre Hand und küsste diese. »Du bist so wunderschön«, sagte er, »und wenn du willst, können wir heute Abend zusammen ins Restaurant gehen bei uns am Ort.« Sie genoss es, wenn man ihre Schönheit bewunderte. Saule schaute zu ihm ohne Worte und atmete tief durch.

Er fuhr weiter, im Radio sang eine Soul-Diva gefühlvolle Lieder. Sie hatte so große Sehnsucht nach Liebe und Geborgenheit mit einem ehrlichen und männlichen Traummann ...

Zuhause machten sie sich einen schönen Abend und schauten sich einen Liebesfilm von Francois Truffaut, einem französischen Filmemacher, an. Er bereitete sich Tee mit Rum, setzte sich zu Saule, legte seine Hand auf ihre Schulter ganz nah, und sie genossen den ganzen Abend lang die Ruhe, die so selten war in diesem Haus. An diesem friedlichen Abend war er sehr nett.

Am nächsten Vormittag regnete es, der Himmel war so dunkelgrau wie ein Steinberg. Es war kalt, denn mit dem Regen hatte sich auch ein starker Sturm erhoben. Donnerwetter!

»Heute hat meine Schwester Margot Geburtstag! Um drei Uhr gibt es Kaffee und Torten! Mach dich fertig, wir gehen zusammen«, sagte er.

»Aber es regnet noch! Vielleicht gehst du allein, ich komme später, ich will keine Torten oder Kuchen, so viele Süßigkeiten zum Essen mag ich nicht.«

»Saule«, sagte er, »nur zusammen! Das Geschenk hast du eingepackt?«
»Die Parfümflasche«, sagte sie.
»Wie bitte?! Zu wenig!!«, schrie er wie ein Blitz.

»Vor kurzer Zeit habe ich mehrere Pullover in L gestrickt für deine Schwester. Mit dem Geld von meinem Konto kaufst du für deine Familie die teuersten Geschenke, einmal muss genug sein! Und meine Bankkarte hast du immer noch bei dir, gib sie mir zurück!«
»Mein Herzblättchen, du hast ein wunderschönes Leben, was willst du noch?!«
»Meine Bankkarte zurück!«
»Natürlich, später! Jetzt, bitte, pack die Handtasche für meine Schwester als Geburtstagsgeschenk, die Soja dir aus deinem Heimatland mit der Post geschickt hat. Meine Schwester hat das Paket gesehen und will die Handtasche sofort haben, hast du verstanden!!«, schrie er.
»Aber die Handtasche gehört mir, Soja hat sie mir geschickt. Du hast mein wunderschönes altes Armband aus massivem Silber mir weggenommen, das alte versilberte Besteck aus dreißig Teilen auch, und das ist nicht genug, du nimmst mir mein ganzes Leben weg!«
Danach schrie er so lang, bis sie sehr tief Luft atmete, dann packte sie die Handtasche für seine Schwester als Geschenk ein.
Saule fühlte sich sehr deprimiert und schockiert ...
Bei der Geburtstagsparty redeten sie kein Wort miteinander. Sie trank etwas und aß eine Kleinigkeit. Außerdem sah sie bezaubernd aus, sie war sehr modern gekleidet und hatte Stil. Sie hatte sehr schöne blaugraue Augen, die strahlten immer wie ein klarer Kristall, und ihre samtweiße Haut betonte die natürliche Persönlichkeit. Die Gäste begrüßten sie mit Komplimenten. Sie hatte sich nicht unterkriegen lassen, sondern trug den Kopf nach oben.
Haperd schaute Saule von Kopf bis Fuß an und fragte: »Saule, warum trinkst du nicht, die Russinnen trinken sehr viel, ha, ha, ha!«
Was ein alter Mühlsack!, dachte sie mit lächelndem Gesicht.
Dann zeigte sich die Schwester Margot von ihrer »freundlichsten und verständnisvollsten Seite« als Gastgeberin und kommentierte laut: »Saule kommt aus einem armen Land und weiß nicht mehr, was sie will. Sie kann nicht kochen, kann nicht backen, mein armer Bruder, sie will nur ein schönes Luxusleben und die Mode, ha, ha, ha, ha!«

Ja, wenn das Hirn voll im Fett schwimmt, dann gestaltet sich das ganze Leben nur nach »Sein Kampf«, wie das seiner Geschwister, dachte Saule.

Margot hatte sich nie für die wertvollen Geschenke bedankt, die Saule ihr schenkte.

Während die Gäste an diesem Abend Fleischkotelett, Wurst, gebratenes Hähnchen mit vielen Soßen aßen, nach den kalorienreichen Torten und Kuchen mit extra Schlagsahne, verließ Saule allein die Abendparty. Sie holte tief Luft und ging durch die dunklen Straßen nach Hause.

Sie trank eine Tasse heißen Kaffee und schaute durchs Schlafzimmerfenster. Irgendwo auf einem Baum sang ganz leise ein kleiner Vogel eine Melodie und sie sah, wie der Himmel seine Farben allmählich änderte in Pastelltönen. In dieser magischen Nacht tanzten Sterne am Himmel einen Tango mit gefühlvollen Bewegungen, ganz langsam, ein Stern nach dem anderen. Die frische Luft berührte ihr wunderschönes sinnliches Gesicht sehr oft, das nach der Berührung noch mehr strahlte.

Sie träumte davon, eines Tages von hier wegzugehen. Einfach war das leider nicht, sie hatte Angst um ihr Leben und wollte es nicht riskieren, sondern ein erfülltes Leben haben, ganz weit weg von hier.

Nach wenigen Stunden stand er hinter Saules Rücken, wie er das oft tat, total alkoholisiert, und fragte: »Da bist du ja, ich habe eigentlich erwartet, dass du die Haustüre öffnest! Wo warst du, warum bist du von der Geburtstagsparty verschwunden?« Dann nahm er Saule ganz fest an den Armen und warf sie aufs Bett. »Du bist eine …«, schrie er.

Saule konnte sich sehr schnell befreien und ging die Treppe nach unten, ans Telefon.

»Ich rufe sofort die Polizei, wenn du nicht schlafen gehst!«

Er konnte kaum auf den Füßen stehen und fiel auf das Bett. Saule übernachtete im Wohnzimmer. Hauptsache, dass er schläft, freute sie sich.

Im Wohnzimmer überraschte Saule alles. Als sie sich umsah, entdeckte sie ein altes ungerahmtes Aquarell-Gemälde mit schmutzigen, dunklen Farben, das aussah, als hätte man sie mit einem Handschlag aufgetragen. Auch das große Foto mit Speck und grüner Flasche lag auf dem Tisch. Hinter dem Kamin in der Ecke lagen mehrere leere Weinflaschen mit alten Gläsern, die offenbar zu seiner Sammlung gehörten. Auf den Regalen stapelten sich die Bücher – die »Bibliothek«, von der er damals erzählt hatte. Saule schaute sich die ganze Buchsammlung an, aber es waren alles nur alte Schulbücher, von der ersten bis zur letzten Klasse. Eine »spannende Lektüre«, dachte sie, alles etwas rätselhaft. Auf dem Tisch lag eine alte abgerissene Decke mit einer Blumenvase, am Fenster hing ein uralter grauer dicker Vorhang, der am hellen Tag kein Licht durchließ. Allmählich wurde es kälter. Sie wollte am liebsten weg von hier, sofort …

Am nächsten Tag war er wütend und brutal, darum fuhr Saule allein zur Arbeit. Den ganzen Abend schrie er. Saule versuchte, die Polizei anzurufen. Dann kam plötzlich Schwester Margot.
»Ruf nie in diesem Haus die Polizei!! Du hast keine Erziehung!! Du machst meinen Bruder und die ganze Familie kaputt!! Das Grundstück und die Terrasse brauchst du nicht aufzuräumen, alles bleibt, wie es ist, du hast dort nichts zu suchen!! Du bist psychisch krank und wir bringen dich in das Haus mit den geschlossenen Türen!!« Sie attackierte Saule genauso, wie der Ehemann es tat … Danach war Margot mit ihrem Bruder plötzlich verschwunden.
Saule erinnerte sich, dass sie den Schrott vom ganzen Grundstück aufräumen und Blumen pflanzen wollte. Der Teich auf dem Grundstück und an der Terrasse war uralt und sehr groß und tief. Saule wollte dort auch alles neu machen und Blumen pflanzen, aber der Ehemann schrie jedes Mal mit rotblauem Gesicht.

Ziemlich überraschend klingelte das Telefon.
»Saule, wie gehts dir?«
»Soja, was für ein Glück, ich habe dich sehr vermisst!«
»Wir denken, du hast ein sehr gutes Leben und hast uns alle vergessen.«
»Nein, nein, ich arbeite sehr viel in der Kunstschule und auch im Haushalt.«
»Natürlich verdienst du sehr viel Geld.«
»Soja, ich verdiene viel mehr als in der Heimat.«
»Jetzt bist du glücklich verheiratet und auch eine reiche Frau. Wie ist das Leben dort? Hast du viele Opern und Konzerte besucht?«
»Weißt du, mein Ehemann machte mir eine Überraschung und kaufte Karten für die Oper ›Norma‹, aber die Oper war in einem kleinen Ort in einer Sporthalle. Gespielt von einer Amateurgruppe aus dem Ausland. Ich war sehr überrascht und schockiert – so etwas habe ich noch nie gesehen.«

»Was sagst du, Saule, ich bin sehr überrascht. Bestimmt hat er noch nie eine Oper gesehen. Er weiß nicht, dass Opern im Operntheater stattfinden und nicht in Sporthallen«, sagte Soja.

»Soja, er war nie in einer Oper, das ist nicht seine Welt.«

»Saule, nächste Woche fahre ich mit meinem Mann nach Deutschland zu Verwandten und möchte dich unbedingt besuchen, was sagst du?«

»Wie schön, Soja, ab nächster Woche habe ich Ferien, wir können uns treffen.«

Beide hatten sich viel zu erzählen und tauschten Neuigkeiten aus, danach verabschiedeten sich die beiden Freundinnen.

Soja und Saule waren Freundinnen seit vielen Jahren, beide hatten die gleiche Kunstschule besucht. Beide hatten vor vielen Jahren an der gleichen Kunstschule zu arbeiten begonnen. Manchmal feierten sie Feiertage und Geburtstage zusammen. Soja war glücklich verheiratet.

Saule war sehr erfreut über Sojas Besuch.

Nach dem Telefonat schaute Saule überraschend zurück und sah, wie der Ehemann an der Zimmertür stand und sie beobachtete.

Mit rotem Gesicht fragte er: »Mit wem hast du telefoniert?«

»Mit Soja, nächste Woche kommt sie mit ihrem Ehemann zu uns.«

»Wie bitte ... na ja ... ich ... ich habe keine Zeit ...«

»Ich habe immer Zeit für meine Freunde«, sagte sie.

Er ging ins Obergeschoss, danach kam er die Treppe runter und schlug die Tür zu.

Moment, was ist los? Er hat richtig Angst, dachte sie.

Nach einer halben Stunde war er wieder da.

»Mein Herzblättchen, ich habe eine Überraschung für dich. Vor wenigen Tagen habe ich eine Ferienwohnung an einem sehr schönen Ort reserviert. Circa 200 Kilometer nach Osten, für uns beide, dort ist ein sehr großes Schwimmbad mit Thermalwasser. Dort kannst du schwimmen gehen und in der Winter-Naturlandschaft spazieren gehen. Dort kannst du dich freuen und die Ruhe genießen in den Ferien zusammen mit mir, weil ich dich sehr liebe, das weißt du doch!«

»Was hast du für eine Idee, im Winter an einen so kleinen Ort zu fahren, wo es nur ein Schwimmbad gibt? Es ist Winter und sehr kalt. Im Winter fährt man in den Norden zum Skiurlaub oder in südliche Länder, wo viel Sonne ist.

Ich will nicht mit dir fahren! Meine Freunde kommen nächste Woche und ich will mich mit beiden treffen! Warum hast du den Urlaub gebucht, ohne mich zu fragen. Wie immer, warum?«

»Wir fahren zusammen, nur zusammen, du weißt genau, wie ich dich liebe, deshalb habe ich den Urlaub für uns beide gebucht!!«

Als Saule am Morgen erwachte, war wieder ein wolkenloser, klarer Himmel und sie legte eine Musik-CD ein, ganz leise, Antonio Vivaldi (Die vier Jahreszeiten). Sie fühlte sich voll frischer Kraft für den neuen Tag, aber sie war ein bisschen ärgerlich über die gestrige Überraschung vom Ehemann. Sie lag noch im Bett und stellte in ihrem Kopf eine Liste zusammen, in der ihre eigenen Prioritäten an erster Stelle kamen. Ihr Leben gehörte niemandem außer ihr. Die ersten Sonnenstrahlen füllten das Schlafzimmer mit Licht und Wärme.

Plötzlich kam er durch die Tür und sagte: »Guten Morgen, mein Herzblättchen, hast du gut geschlafen?«

»Ja, ja, sehr gut, wie immer und ich bin schon lange wach.«

Dann brachte er für Saule eine heiße Tasse Kaffee und setzte sich auf das Bett. Er war ganz ruhig und erzählte: »Ich wollte dir sagen, dass wir zusammen in Urlaub fahren und dort bleiben, bis Soja mit ihrem Ehemann kommt. Danach fahren wir zurück zum Treffen, das verspreche ich dir, und machen eine Party, wir alle zusammen, was meinst du? Ich will auch deine Freunde kennenlernen, deine Freunde sind auch meine Freunde!«

»Das ist ja hochinteressant, warum sagst du es mir erst jetzt?«

»Weil du in den Winterferien Ruhe brauchst, es ist höchste Zeit, mein Herzblättchen, bitte vertrau mir, alles wird gut!«

»Aber es ist keine Logik, so weit zu fahren, über circa 200 Kilometer, wenn man weiß, die Freunde kommen bald. Ich bleibe zuhause.«

»Doch, das ist Logik, weil die Ferienwohnung reserviert ist, sie kostet viel Geld und ich muss wieder für alles bezahlen.«

»Du meinst, dass du allein für alles bezahlst, dann gib mir meine Bankkarte sofort zurück, wie lang muss ich noch fragen?«

»Was du in der Kunstschule verdienst, ist nichts, nur kleines Geld!!«

Wieder schrie er weiter und weiter …

Saule stand auf, ging ins Badezimmer, zog sich an, machte sich schön, nahm ihre Handtasche und den Schlüssel und fuhr in die Stadt.

An der Bushaltestelle wartete er im Auto auf Saule, dann ging er zu Saule und sagte: »Ich fahre mit dir, wohin du willst, mein Herzblättchen, bitte, fahren wir zusammen in unserem Auto.« Er redete freundlich, bis Saule im Auto saß.

»Denk nach, dass ich den Kredit für dieses neue Auto von meinem Geld finanziere!«

»Ja, mein Herzblättchen!«

»Du hast zum ersten Mal ein total neues Auto«, sagte sie, »und jetzt fahr, wohin ich dir sage!«

Beide waren den ganzen Tag in einer großen Stadt. Saule kaufte Bücher, Noten, CDs. Er war sehr liebevoll und redete viel, wie er sie liebt und … und … so lange, bis Saule wieder Hoffnung hatte, dass alles gut wird.

Danach gingen beide ins Kaffeehaus und er sagte: »Du kannst trinken und essen, was du willst!«

Saule war sehr überrascht und trank nur eine Tasse Kaffee … Sie hatte ihr Leben mit dem Ehemann so satt.

Danach spazierten beide ganz langsam durch die kleinen Gassen, schauten sich die alte Architektur an, besuchten eine alte Kirche und nahmen Platz, um in der Stille zu Gott zu finden … Nach der Kirche erzählte er, wie glücklich er mit Saule sei und welch große Bedeutung sie für sein Leben habe. Dass er von der vielen Arbeit sehr erschöpft sei und Urlaub zusammen mit Saule brauche. »Und was meine Geschwister zu dir sagen, das hat keine Bedeutung, das ist nur ihre Meinung – das sind so alte Leute und du verstehst ihre Sprache nicht, das ist dein Problem«, sagte er und küsste ihr Gesicht. »Du musst die Sprache besser lernen!« Saule holte tief Luft … ja, hochinteressant …

In den nächsten Tagen packte Saule ihre Koffer und er auch, danach ging er zu seiner Schwester Margot, um sich zu verabschieden, dann fuhren sie in den Urlaub. Egal, wo er hinfuhr, zuerst besuchte er seine Schwester und erklärte ihr in allen Details, wo er hinfährt. Das ist nicht normal, dachte Saule, so benimmt sich ein Kind.

Es war Winter und sehr kalt, minus sechs Grad. Die Kälte mochte Saule sehr, das war genau, was sie wollte. »Aber ein Skiurlaub wäre viel besser«, sagte sie.

»Ja, natürlich, nächstes Mal fahren wir nach Norwegen, reservieren ein schönes Haus, mein Herzblättchen, und bleiben dort die ganzen Ferien, mehrere

Wochen, dann besuchen wir alle Museen, klassische Musikkonzerte und Opern. Was meinst du?«

»Norwegen ist ein sehr sehenswertes Land mit seiner Landschaft und den Fjorden, den kleinen Fischerdörfern und der alten Architektur und im Westen die Nordsee, das ist ein Traum«, freute sich Saule.

»Saule«, erzählte er weiter, »dort war ich sehr oft, wir haben vor vielen Jahren ein Haus gemietet in der Wildnis, in freier Natur. Dort habe ich sehr viel fotografiert, es wurden sehr wertvolle Bilder, auch die ganze Landschaft habe ich gemalt.«

»Was hast du gemalt, wo sind diese Bilder? Ich will deine ganze Kunstsammlung sehen.«

»Wenn wir aus dem Urlaub zurückkommen, dann zeige ich dir alles, meine ganze Kunst«, sagte er mit rotblauem Gesicht. »Und nächstes Mal male ich dich, ganz natürlich, so wie du bist, mein Herzblättchen …«

Saule fragte: »Warum bist du oft aufgeregt und nervös und warum ist dein Gesicht so oft rotblau, was ist mit dir?«

»Das ist eine Familienkrankheit, eine Allergie haben wir!«, schrie er.

»Warum schreist du jetzt wieder? Warum schreist du permanent, darf ich nicht mit dir reden und nicht fragen, oder was?«

»Ich habe dir gesagt, das ist eine Familienallergie, diese Krankheit!«, schrie er.

»Okay, aber wenn du immer nur schreist, dann muss ich mir eine neue Wohnung suchen, nur für mich allein, an dem Ort, wo meine Kunstschule ist, wo ich arbeite. Dann musst du mich nicht mehr zur Arbeit fahren und hast Ruhe. Beschäftige dich mit deinen Hobbys und nicht mit meinem Beruf. Zu deiner Arbeitsstelle fahre ich nie und beobachte dich nicht, wie du arbeitest, so wie du das mit mir machst«, sagte Saule.

»Weil ich dich liebe und dir helfen will, wir sind verheiratet!!«

»Aber du attackierst und bedrohst mich ständig! Ich kann nicht mehr«, erklärte Saule schließlich. »Nach wenigen Tagen fahre ich allein zurück, ich will mich mit Soja treffen. Danach schauen wir, wie das weitergeht mit uns.«

»Natürlich, wir fahren zusammen zurück, nur zusammen!! Deine Freunde will ich kennenlernen, das weißt du doch«, sagte er.

Saule redete nicht mehr, hörte Musik aus dem Autoradio …

Es war ziemlich windig und richtig kalt an dem Ort, den sie nach mehreren Stunden erreichten. Ohne Worte nahm er seinen Koffer und ging in die Ferienwohnung, zwei kleine Zimmer mit Küchenecke, aber sehr gemütlich. Das Haus lag mitten im Ort, es schneite viel und Saule freute sich auf die Winterzeit.

Er hatte danach das Mittagessen schnell zubereitet, gekochte Nudeln mit Ketchup, wie immer, zum Dessert Dosenobst mit Sahne.

»Jetzt essen wir, bitte zu Tisch!«, sagte er.

»Für mich musst du nie kochen, nie backen und nie eine Mahlzeit zubereiten, du weißt genau, dass ich nie etwas von dir essen würde«, erzählte Saule sehr oft.

»Warum?!«, fragte er.

»Weil deine Nase immer in den Topf tropft, das ist sehr ekelhaft und übel. Ich bin Vegetarierin, bereite meine Mahlzeiten seit vielen Jahren so zu, wie es mir schmeckt.«

»Nein, nein, du willst nur ein Luxusleben!!«

Saule holte ihre Jacke, die Handtasche und ging allein bei Schneefall spazieren. Sie machte sich einen wunderschönen Tag, danach ging sie in ein gemütliches Kaffeehaus. Trank eine Tasse Kaffee, aß Trüffeltorte, die so gut schmeckte, danach einen Espresso. Sie sah den wunderschönen Winter durch die Fenster, die Kristall-Schneeflocken bedeckten langsam den Fußgängerweg. Sie genoss die Zeit und träumte über ihre Zukunft, dort, wo sie ein erfülltes Leben in Harmonie führen könnte. Nach wenigen Stunden ging sie durch den tiefen Schnee zurück in die Ferienwohnung, wo der Ehemann auf sie wartete.

»Meine Wunderschöne, ich habe dich sehr vermisst, wo warst du allein? Ich möchte dich zum Abendessen einladen in ein gutes Restaurant, du kannst dort essen, was du willst. Was meinst du, mein Herzblättchen?«

»Ja, sehr gern, aber in ein deutsches Restaurant mit guter Küche«, antwortete Saule.

Er versuchte wieder und wieder zu erzählen, wie er sie liebt und …

Am Abend machten beide sich fertig für den Restaurantbesuch.

»Aber du musst nur sehr einfache Klamotten anziehen, die ich für dich gekauft habe«, sagte er.

»Du hast für mich Klamotten gekauft, nach deinem Geschmack, mehrere

Konfektionsgrößen zu groß und sehr konservativ und die Farben, die nur du magst«, sagte sie.

»Aber mein Herzblättchen, das sind sehr schöne Sachen, meiner Schwester Margot haben die auch sehr gefallen.«

»Was deine Schwester trägt, das ist ihr Geschmack. Mein Stil gehört nur zu mir. So, wie es mir gefällt, du hast kein Recht, das zu ändern!«

»Weil ich dich liebe!!«, schrie er.

»Ich brauche jetzt Ruhe, geh du allein zum Abendessen«, sagte Saule.

»Du hast keine Erziehung!!«

Im Restaurant war er plötzlich sehr freundlich, nett und ein echter Gentleman.

Es war ein herrliches Abendessen, das Restaurant war schön und warm mit schneeweißen Vorhängen, auf dem Tisch glänzte das Besteck auf einer wunderschönen Tischdecke. Sie aß gebratenen Lachs mit etwas gegartem Gemüse und Preiselbeeren mit Saurer-Sahne-Soße. Er aß ein Schweinefilet mit Pommes und etwas Gemüse. Zum Dessert genoss Saule eine Tasse Espresso mit Mandel-Mokka-Eis. Er aß Erdbeereis und trank ein Glas Dessertwein.

Er redete sehr viel und versprach, dass alles gut wird. Alles im Leben braucht seine Zeit. Danach erzählte er, dass er eine tolle Idee habe, dass er ein Grundstück gefunden hat in der Nähe von Saules Kunstschule, dort will er ein wunderschönes Fertighaus bauen lassen, für sie beide.

»Wie bitte?«, fragte Saule überrascht.

»Wir arbeiten beide und verdienen gutes Geld und jetzt ist die Zeit, das Haus zu bauen, so schön wie du das willst, mein Herzblättchen!«

»Aber dann brauchen wir einen Kredit«, sagte sie.

»Ja, natürlich, ich bezahle den Kredit fürs Haus, mach dir keine Sorgen.«

»Ich weiß nicht, ein Haus für uns beide, das will ich nicht. Ich will den Führerschein machen, will selbst ein Auto fahren, das ich durch einen Kredit finanziert habe, einen Zimmerflügel kaufen, und das Wichtigste ist die Wohnung, wo ich meine Ruhe habe. Deine Geschwister kontrollieren mit dem Hausschlüssel jedes Mal mein Leben, das ist nicht in Ordnung, dass deine Geschwister mich so brutal attackieren.«

»Saule, mein Liebes, aber den Führerschein brauchst du nicht, das Autofahren ist sehr schwer, ich fahre überall mit dir hin, wohin du willst, und meine Geschwister sind ältere Leute und haben eine große Lebenserfahrung und wollen uns nur helfen, das weißt du. Der ganze Ort, wo wir seit vielen Jahren leben, kennt uns als sehr ehrliche und gute Familie«, erzählte er weiter.

»Das Haus will ich definitiv nicht, sonst muss ich wie immer allein arbeiten im Haus«, sagte sie.

»Nein, nein, nicht so weit entfernt gibt es Fertighaus-Musterhäuser, dort können wir bestellen und danach baut die Firma alles komplett fertig. Zuerst schauen wir uns dort alles an und du entscheidest, welches Haus dir am besten gefällt, mein Herzblättchen.« Er erzählte sehr viele Stunden lang, dass er im Haushalt und überall mithelfen wolle. Wie immer versprach er das Paradies auf Erden.

Am späten Abend gingen beide in einer wunderschönen Winternacht langsam zur Wohnung zurück und spielten mit Schneebällen, aber er lachte sehr selten, nur Saule genoss die wunderschöne Zeit … wie herrlich ist der Winter!

Am nächsten Tag besuchten beide das Schwimmbad. Saule schwamm sehr gern und viel, dann hatte sie eine Wassermassage, danach war die Haut sehr straff und wunderschön. Nach der Dusche mit Körperöl fühlte sie sich wie eine Göttin, sie roch so fantastisch sinnlich! Danach legte sie sich in ihrem meeresblauen Morgenmantel auf eine Liege und genoss die Ruhezeit. Sie hatte ein leicht strahlendes Lächeln im Gesicht, hörte mit dem Kopfhörer leise Musik und entspannte sich, ohne zu denken. Vor dem großen Fenster fielen Schneeflöckchen vom Himmel. Am Mittag versuchte Saule mit Soja zu telefonieren, erreichte sie aber nicht. Danach packte Saule die Koffer.

»Wir fahren zusammen, mach dir keine Sorgen«, sagte er.

»Aber es ist so kalt und das Auto macht richtig Probleme. Ich fahre sofort in die Werkstatt mit dem Auto, dort kann man mir helfen.«

Saule war allein und wartete auf ihn den ganzen Nachmittag. Aber er kam nicht, sie konnte es nicht glauben, dass es so lang dauert, eine Ewigkeit. Die Sonne verschwand schon endgültig hinter einer dunklen Wolke, als er zum Haus zurückgerumpelt kam.

»Mein Herzblättchen, wir bleiben hier«, sagte er traurig, »das ist für uns am besten, das Auto macht Probleme, wir müssen noch warten. Mit Soja kannst du dich das nächste Mal treffen. Im Sommer fahren wir in dein Heimatland und bleiben dort mehrere Wochen, du kannst dort alle deine Freunde treffen, ich verspreche es dir!«

»Aber dann fahre ich jetzt mit dem Zug zurück«, sagte Saule.

»Nein, das ist unmöglich, wir sind verheiratet, die Zugkarte kostet viel Geld und sofort zu kaufen ist nicht möglich, weißt du das?!«

»Bitte, gib mir meine Bankkarte«, sagte Saule.

»Deine Bankkarte ist zu Hause im Schrank eingeschlossen. Bitte, beruhige dich, du weißt, wie ich dich liebe! Morgen fahren wir in eine größere Stadt, besuchen ein Kunstmuseum, dort gibt es eine neue Ausstellung mit Impressionisten, danach gehen wir zum Mittagessen in ein Restaurant, wohin du willst, mein Herzblättchen.«

Saule war sehr traurig. Danach erreichte sie Soja doch noch am Telefon und erzählte, dass sie mit dem Ehemann im Urlaub sei und zurzeit kein Treffen möglich wäre.

»Saule, das ist richtig schade, ich habe dich sehr vermisst«, sagte Soja. »Ich wollte mit dir den Silvesterabend feiern, wie damals in der Heimat. Wir alle haben dich sehr vermisst und verstehen nicht, was mit dir ist. Wann wäre es möglich, dich wieder zu treffen?«

»Ja, ich auch«, sagte Saule. »Im Sommer bestimmt, ich fahre mit meinem Ehemann in mein Heimatland. Er will das alles sehen und meine Freunde kennenlernen, das hat er mir versprochen. Grüß alle von mir, und eine wunderschöne Zeit für dich mit deinem Ehemann!«

Saule wusste noch nicht, dass es das letzte Gespräch mit Soja war. Der Hannibal isolierte Saule von allen Freundinnen und nahm alle Briefe an sie weg.

Nach dem Urlaub fuhren beide wieder nach Hause. Saule redete mit ihm kein Wort. Hörte Musik im Radio und schaute sich die Winterlandschaft an, die so anziehend und magisch war. Sie überlegte, was sie am Silvesterabend tun sollte, was sie zubereiten sollte zum Essen, wie sie die Feiertage mit dem Ehemann verbringen sollte.

Die Zeit verging sehr schnell und Saule freute sich aufs neue Jahr. Sie wollte nicht zu viel planen, Hauptsache, dass sie immer wusste, was sie will, und er versprach, dass alles gut werden wird. Paradoxerweise verzieh und vertraute sie ihrem Ehemann wieder und wieder, aber sie hatte Todesangst …

Wenige Tage danach sagte der Ehemann: »Mein Herzblättchen, um elf Uhr besuchen wir meine Schwester Margot. Sie wartet mit ihrer Tochter Annika auf uns!«

Saule dachte, um das neue Jahr zu begrüßen, und sagte: »Gute Idee zum neuen Jahr!«

Genau um elf Uhr gingen sie in Margots Haus, er hatte auch hierfür die Hausschlüssel.

Saule sah Annikas und Margots sehr unfreundliches Gesicht. Sie wollte sie zum neuen Jahr begrüßen, aber Annika attackierte sie sofort: »Du, Saule, zu Weihnachten hast du mir meinen Weihnachtsteller geschenkt, du schenkst mir meine Geschenke zurück!«

»Nein, nein«, sagte Saule schockiert, »den Weihnachtsteller haben wir in Saarbrücken gekauft, das ist ein sehr wertvolles Geschenk für dich und die anderen. Du, Annika, verfolgst mich mit Neid und Hass!«

Später gab sie den Weihnachtsteller, den Annika Saule vor mehreren Jahren geschenkt hatte, zurück. Das war ein kleiner Glasteller für ungefähr zwei Mark. Solchen »Kitsch« brauchte Saule nie und nimmer.

Für dieses Geld sollte Annika am besten Muttermilch für sich kaufen, vielleicht wird sie irgendwann mal bis zur Rente eine erwachsene Frau, wenn das überhaupt möglich wäre, erzählte Saule ihrem Ehemann.

Dann sah Saule, wie ihr Ehemann und Margot lächelten. Er sagte kein Wort, obwohl er mit Saule immer alle Weihnachts- und Geburtstagsgeschenke zusammen packte, er kaufte für seine Familie wertvolle Geschenke von Saules Bankkonto, mit Drohungen und Gewalt …

Annika war viel älter als Saule, sehr unfreundlich und eine unangenehme Frau. Als Saule sie das erste Mal begrüßte, ging sie weg und zeigte ihr die kalte Schulter. Annika hat sich selbst nie akzeptiert, wie sie war, sondern entwickelte ihr ganzes Leben lang nur Hass, Wut, Neid auf andere. Das alles erlebte Saule viele Jahre ganz nah. Wenn Saule da war, verlangte sie, dass sie nicht nur Weihnachts- und Geburtstagsgeschenke für die Familie kaufen sollte, sondern sie musste auch für ihre Kinder Ostergeschenke kaufen. Auch teure Geschenke für ihre Mutter. Sie bettelte wie eine Arme. Manchmal schrieb sie eine Geschenkliste und gab sie Saules Ehemann mit. Der verlangte dann von Saule alles zu kaufen. Er schrie wie immer, bedrohte sie permanent …

Zuhause redete er sehr viel und erzählte, dass er mit Saule zusammen ein Grundstück kaufen und dort ein Fertighaus bauen wolle. Er erzählte, dass Saule alles für das Haus suchen soll, wie sie es will. Das Baugrundstück war an einem schönen kleinen Ort, allerdings ohne Zug- und Busstelle, es gab nur eine Fahrschule.

»Dann mache ich den Führerschein und fahre das Auto«, freute sich Saule.

»Mein Herzblättchen, natürlich, wie du willst«, sagte er. »Und zu deiner Arbeit müssen wir nicht so weit fahren«, freute er sich.

Danach wollte er Kinder mit Saule.

»Wie bitte?«, sagte sie.

»Du weißt, dass wir beide Kinder mögen, du wolltest immer eine große Familie gründen, mit vielen Kindern, das Haus ist bestellt, jetzt können wir versuchen, mit künstlicher Befruchtung Kinder zu bekommen. Ich habe alle Informationen über diesen Vorgang und einen Termin beim Frauenarzt für dich«, erzählte er.

»Aber nicht sofort! Moment, das ist alles zu schnell für mich, ich will alles wissen über künstliche Befruchtung, nicht nur du«, sagte Saule.

»Mein Herzblättchen, das alles ist sehr einfach.«

»Was meinst du?«

»Wir fahren am Freitag zum Frauenarzt in die Stadt, ungefähr 150 Kilometer von hier entfernt, in die Sprechstunde.«

»Moment, aber ich muss arbeiten. Warum machst du einen Termin an dem Tag, an dem ich arbeiten muss, warum?«

»Es gibt keinen anderen Termin, wir bauen das Haus und machen Kinder.«

»Aber das alles geht mir zu schnell, ich will noch nicht!«

»Saule, beim ersten Termin reden wir mit dem Arzt, danach überlegen wir, wie es weiter möglich ist, wie du das willst.«

»Zunächst der Umzug ins neue Haus und gleich soll ich Kinder bekommen und arbeiten, das ist zu viel für mich. Du machst nur Termine für mich, ohne zu fragen, ob ich das überhaupt will.«

»Saule, aber du wolltest immer eine Familie und viele Kinder. Mit künstlicher Befruchtung ist es möglich«, erzählte er. Und redete sehr viel …

Saule hatte keine Alternative und versuchte auf diesem Weg Kinder zu bekommen, obwohl das Herz raste ohne Ende und sie zitterte …

Das war ein totales Horrorerlebnis bei den Frauenärzten wegen der künstlichen Befruchtung. Die neuen Hormonmedikamente-Spritzen – Saule wusste noch nicht, wie gefährlich das ist, die Ärzte machten einfach alles mit Hannibals Entscheidung, er redete viel mit Ärzten ohne Saule. Sie hatte viele

Schmerzen, Gewichtsveränderung in kürzester Zeit und viele Vollnarkosen, nach den Narkosen musste sie in der Diele warten, ohne Trinken, ohne Essen, bis sie sich übergeben hatte. Der Ehemann machte sich keine Sorgen, Hauptsache, er würde mit Saule Kinder bekommen, um jeden Preis … Obwohl ein ausländischer Professor, der in der Gen-Forschung arbeitete, nach einer Gen-Untersuchung zu erklären versuchte, dass ein Junge die Erbkrankheit von seinem Vater erbt und man besser keine Experimente machen soll. Saule war überrascht, dass die Ärzte nicht erklärten, um welche Erbkrankheit es sich handelt, obwohl die Ärzte das genau wussten.

Wenige Zeit danach erfuhr Saule vom Ehemann, um welche Erbkrankheit es sich handelt; sie war so in Schock und wieder in Schock ohne Ende … Danach ging sie sofort zum Scheidungsanwalt, sie wollte ganz weit weg von hier und für immer!

Die Ärzte hatten Saule nichts erklärt, weil das Wichtigste für sie war, mit ihr Geld zu machen, so lang, bis sie am Ende wäre …

So fühlte sie sich …

Trotzdem machten die Ärzte, ohne Saule aufzuklären, eine künstliche Befruchtung. Das Grausamste war, dass alles nur ums Geld ging und sehr wenig um den Menschen, weil Saule privat krankenversichert war. Saule weiß bis heute nicht, was mit den eingefrorenen befruchteten Embryos passiert ist, und Hannibal verschweigt alle Informationen der Ärzte. Ein Wunder ist, dass Saule nie schwanger wurde und keine Kinder von Hannibal bekommen hat. DAS WAR EIN GROSSES GLÜCK!

Wenige Monate danach, als die Wunden und Schmerzen geheilt waren und Saule wieder Freude aufs Leben hatte, besuchte sie an einem wunderschönen Winterabend mit kristallweißem Schnee ein faszinierendes spanisches Tanztheater »Carmen Flamenco«. Das Ballett, das auf der klassischen Novelle Prosper Mérimée von dem französischen Komponisten Georges Bizet basiert, war eine sehr sinnliche Inszenierung mit den Ausdrucksmöglichkeiten des modernen Balletts mit klassischem spanischem Tanz und der feurigen Musik. Die nach Freiheit suchende Carmen wird auf authentische Weise sehr lebendig. Ein Feuerwerk aus Temperament und Sinnlichkeit.

TEIL 2

Wenn die Morgensonne ihre ersten Strahlen aussendet, erwacht plötzlich die ganze Natur. Blumen, Bäume, und die Vögel fangen an zu singen. Das erste Sonnenlicht des Tages, das sehr große Bedeutung hat, die Morgendämmerung, wirkt besonders majestätisch für uns alle …

Saule telefonierte überall, um in der Heimat ihren Vater zu finden. Ihr Ehemann war bei jedem Gespräch dabei.

»Ich will alles wissen, mit wem du telefonierst!!«, schrie er wie immer. »Deine Gespräche kosten viel Geld!!«

Saule hatte die Adresse ihres Vaters von seiner früheren Arbeitsstelle bekommen. »Jetzt ist er schon lange in Rente und lebt mit seiner neuen Ehefrau in einer kleinen Stadt«, erzählte am Telefon eine Kollegin des Vaters und war sehr überrascht, dass er keinen Kontakt mit seinen Kindern hat.

Viele Jahre arbeitete Saules Vater sehr viel und seine große Leidenschaft war Autofahren, auch war er begeisterter Fotograf voller Lebensfreude. Er war selten zuhause, es war nicht klar, mit wem und wo er seine Ferien verbrachte. Nach einiger Zeit war die Ehe mit Ane (Saules Mutter) nicht mehr möglich und nach mehreren Jahren permanenten extremen Streites mit ihr verließ er die Familie, zum Glück. Saule hat alles ganz nah erlebt, im Schock. Danach hat Saule ihren Vater nicht mehr gesehen. Jetzt nach circa 30 Jahren wollte sie ihn finden und freundlichen Kontakt mit ihm aufbauen, sie hatte so viele Fragen an ihn, warum er plötzlich verschwunden war und sich so viele Jahre nie meldete, warum Saule nie ihre Großeltern kennenlernen durfte und die Mutter von der Ane, warum er seine Kinder vergessen hatte, aus welchem Grund, und noch vieles mehr …

Sie wollte ihren Vater zuerst überraschen und schickte mit der Post ein großes Paket mit allen guten Dingen drin. Bestimmt wird er sich freuen, glaubte Saule. Weil er sich nicht meldete, entschied sich Saule zu telefonieren. Sie war so aufgeregt: Wie wird er reagieren nach so vielen Jahren? Alles ist möglich, dachte sie.

Am Telefon war Vaters Ehefrau und sie sagte mit sehr hartem Ton: »Ich bin Saule und möchte mit meinem Vater sprechen.«

»Im Moment ist dein Vater nicht da! Was willst du von ihm?!«

»Ich will mit ihm sprechen und möchte wissen, ob das Paket für Vater von mir angekommen ist.«

»Ach was, du Schlampe, Alkoholikerin und Drogensüchtige!! Das Paket ist da, nur Schrott hast du uns zugeschickt, mehr nicht!« Mit Hassausbrüchen attackierte sie Saule weiter.

»Das Paket ist nur für Vater, wer sind Sie überhaupt? Wir kennen uns nicht, bitte hören Sie auf, so mit mir zu reden!«, betonte Saule am Schluss.

Nach einigen Stunden rief Saule wieder an und ihr Vater war am Telefon.

»Guten Tag!«, freute sich Vater mit zitternder Stimme.

»Hallo, wie gehts dir, Vater, ich bin deine Tochter, weißt du noch?«, fragte Saule.

Dann sagte er: »Dein Ehemann will mich töten wegen deiner Kindheit …« Er redete zitternd weiter und weinte …

»Nein, Vater, nein, nein«, sagte Saule.

Danach erzählte er, wo er wohnt und mit wem er lebt, dass er wieder verheiratet ist mit einer Frau und ein gutes Leben hat: ein Fahrrad, eine Nähmaschine, eine Zwei-Zimmer-Wohnung, und er habe viele Jahre gutes Geld gespart.

Saule weinte auch, sie erinnerte sich, wie sie als Kind in großer Armut lebte, es gab nur sehr wenig zu essen, manchmal überhaupt nichts, deswegen hatte der Vater gut gespart … Er wollte eine gute und glückliche Familie gründen, aber er hatte die falsche Frau geheiratet, weil die Ane alles permanent zerstörte.

Dann fragte Saule weiter: »Hast du mein Paket bekommen, Das ist meine Überraschung für Ostern für dich, Vater?«

»Ja, vielen Dank, ich habe alles erhalten.«

»Vater, ich will mit dir reden, ich habe sehr viele Fragen an dich, wäre es möglich, uns irgendwann zu treffen?«

Saule war eine sehr gute Schülerin gewesen und ein braves Mädchen, in den Schulferien und an den Feiertagen brachten die Eltern ihre Tochter Saule zu Verwandten zur Zwangsarbeit oder ins Kinderlager und zuhause musste sie zwangsarbeiten: waschen, putzen, bügeln und beim Einkaufen helfen, stundenlang allein in der Schlange warten und die schweren Einkaufstaschen tragen.

»Ja, natürlich, ich kann sofort zu Fuß zu dir kommen«, redete Vater weinend mit zitternder Stimme weiter.

Saule weinte auch … danach sagte sie: »Vater, komm zu mir, ich kann nicht mehr … ich kaufe sofort ein Flugticket für dich, komm bitte … ich kann nicht mehr, mein Ehemann …«, redete sie im Schock und weinte.

»Ich will zu dir, ich komme, aber dein Ehemann …«, weinte Vater, »… meine kleine Tochter … ich habe sehr große Sehnsucht nach dir …«

»Ja, Vater, so viele Jahre sind vergangen … ich weiß nicht mehr, wie du aussiehst, schick mir ein Foto von dir, ich will dich sehen.«

»Ja, mach ich und nächstes Mal sprechen wir darüber, wann wir uns treffen«, sagte er.

»Ich hoffe«, freute Saule sich, »im nächsten Monat bekommst du von mir ein Geburtstagspaket.«

»Meine Tochter«, weinte er wieder.

Das Gespräch dauerte über eine Stunde, beide hatten sich nach so vielen Jahren viel zu erzählen. Danach sagte Saule: »Bei Ane in der Wohnung gibts meine große Fotosammlung mit Album, bitte, bring alle meine Fotos und mein Blasinstrument, das du vor vielen Jahren gekauft hast. Ich hoffe, du kommst bald zu mir …«

»Ja, natürlich, alle deine Fotos und das Blasinstrument bringe ich zu dir, und das alte Klavier gehört auch zu dir, du kannst es haben.«

»Ja, Vater, das Klavier will ich auch!«

»Du bekommst alles, was zu dir gehört, und zu deinem Geburtstag will ich dir Bernsteinschmuck kaufen, willst du?«

»Ja, ich will, aber ich habe so große Sehnsucht nach dir, Vater!«

Saule war sehr überrascht, dass Vater jetzt so großzügig war, der Bernsteinschmuck wäre das erste Geburtstagsgeschenk vom Vater. Als Saule Kind war, gabs Geschenke und Süßigkeiten nur für die Brüder. Zum großen Glück hatte Saule großartige Nachbarn und sehr früh begonnen zu musizieren und besuchte oft die Kirche, mit so großer Lebensfreude!

»Goodbye Vater!«

»Goodbye, meine Tochter!«

Der Hannibal blieb das ganze Gespräch lang im Zimmer und mit brennendem, feuerrotem Gesicht beobachtete er alles ganz genau. Aber verstanden hat er kein Wort; zum Glück, dachte Saule.

»Über was habt ihr so lange geredet, was hat dein Vater alles erzählt, ich will alles wissen, das Telefonieren kostet mein Geld!!«, betonte er jedes Wort schreiend.

»Das musst du nicht wissen, kümmere dich am besten um dein eigenes Leben. Deine Sucht um mein Leben ist extrem groß«, sagte Saule.

»Was will dein Vater von dir, was?! Wir bauen ein schönes Haus, nur für uns, dein Vater hat hier nichts zu suchen, er ist ein Krimineller, deine ganze Familie sind schlimmste Kriminelle!!«, schrie er.

»Lass mich in Ruhe! Mein Vater gehört zu meinem Leben und ich will mich mit ihm treffen und reden«, sagte sie.

»Wir sind verheiratet, du bist meine Frau!!«

Saule bereitete sich vor, um zur Arbeit zu fahren, packte Noten und Bücher in ihre Tasche, danach eine Thermoskanne mit heißem Kaffee und etwas Obst.

Mit den Kindern und den Jugendlichen zu musizieren war eine wunderschöne Zeit, denn sie hatte große Freude, weil die Musik die Weltsprache war, die alle Gefühle des Lebens mit dem harmonischen Zauberklang erzählt.

> »Die musikalische Erziehung ist von höchster Bedeutung,
> weil Rhythmus und Harmonie am tiefsten in das Innere
> der Seele eindringen und sie am Stärksten ergreifen,
> die schöne Form schon mit sich bringen
> und der Seele die Schönheit mitteilen.«
>
> *Platon*

Wenige Tage danach hat der Vater angerufen und erzählt, dass er sich mit Saules Bruder getroffen hat und beide bereit sind, Saule zu besuchen, deswegen soll Saule Flugtickets für beide kaufen.

»Vater, wenn mein Bruder zu mir kommen will, soll er kommen bis zu meiner Tür, dann mache ich sofort Strafanzeige bei der Polizei, ich will weder ihn noch den anderen in meinem Leben sehen«, sagte Saule.

»Aber er ist dein Bruder, und du sollst ihm helfen, schick ihm auch Pakete zu«, sagte Vater, »und mir auch.«

Vater versuchte, seinen bestialischen Sohn zu Saule zu bringen, für weitere Folterung und Raub, weil Vater große Angst wegen Saules Kindheit hatte. Aber Saule war schon lang erwachsen, zum Glück …

»Vater, ich kenne ihn sehr gut, ich habe keine Zeit, um ihm zu helfen, er soll einmal erwachsen werden und sich um sein Leben, seine Kinder und seine Ehefrau kümmern. Ich warte nur auf dich, Vater.«

»Meine Tochter, ich bin sehr überrascht, dass alles so ist«, sagte er. »Allein zu fliegen, ich weiß nicht, ich überlege noch.«

»Vater, überleg, wie es möglich wäre, uns zu treffen, ich habe sehr viele Fragen an dich und will dich sehen und dann reden wir über alles und über meine Kindheit, die oft sehr schmerzhaft war … aber du hast mir Musikinstrumente gekauft zum Musizieren und mir ermöglicht, in Musikschulen die faszinierende Musikwelt zu entdecken, das ist ein großes Glück!«

Nach einer Woche bekam Saule einen Brief von ihrem Vater, dass er in nächster Zeit nicht kommen kann, denn er muss seine Schwiegermutter pflegen. Saule war sehr überrascht, wie schnell sich alles änderte. Soll er seine Schwiegermutter pflegen. Vater ist schon lange in Rente, wie alt ist dann seine Schwiegermutter? Vielleicht über hundert, keiner weiß es. Wie Vater entscheidet, so soll es sein, dachte Saule. Sie schrieb mehrere Briefe an Vater, mit Fotos, aber am Telefon erzählte er, dass er die Briefe nicht bekommen hat.

Die angeborene Persönlichkeit bleibt ein ganzes Leben lang, man kann nur wachsen nach oben oder tief nach unten. Der Vater, wie Saule ihn in der Kindheit erlebte, bleibt für immer in Saules Erinnerung, und wir sind alle Augenzeugen unseres Lebens.

Der Ehemann versuchte, sehr negativ über Saules Vater zu reden, er schrie so lange, bis Saule ihm vertraute und der Kontakt mit ihrem Vater zu Ende war. Hannibal hat Saule von allen sehr isoliert, um seine Befriedigung mit grausamster Gewalt zu erleben. Er nahm ihr alle Briefe weg, nahm alles Geld vom Bankkonto und alle Papiere und Dokumente.

Trotzdem schrieb Saule noch Briefe an die Freundinnen und versuchte, um Hilfe zu telefonieren, aber sie konnte keine erreichen, plötzlich war keine mehr da, keine. Keine meldete sich bei Saule, um zu erfahren, wie es ihr geht …

In solchen extremen Lebenssituationen kann man sehr gut erkennen, wer die echten Freundinnen sind, denn jede zeigt unbewusst ihr richtiges Gesicht. Saules Freundinnen hatten zu ihr nur Kontakt, um sie auszunützen, um alles von Saule zu bekommen, so fühlte sich Saule. Danach blutete Saules Herz vor Schmerz, wie viele falsche Menschen in ihrem Leben waren und sie enttäuscht hatten. Aber es ist sehr gut, das alles zu wissen, um zu wachsen nach der Erfahrung und sein Leben neu zu gestalten und die Zukunft mit Menschen neu zu kreieren, so wie man selber ist.

Danach verbreitete der Hannibal überall schriftlich und mündlich sehr falsche Informationen über Saules Leben. Der Hannibal, der Menschenfresser, mit grausamer Gewalt und Drohungen hat er zusammen mit seiner Anhängerschaft Saule permanent manipuliert und Hirnwäschen gemacht.

Zum Glück, alles im Leben ändert sich jeden Tag, jede Stunde, jede Minute und die Zeit läuft weiter. Trotzdem träumt und glaubt Saule, dass eines Tages ihr Leben in Freiheit und Liebe neu beginnt, weil sie es will!

Zur großen Überraschung war sie am nächsten Morgen früh auf, strahlte und freute sich auf den neuen Tag, heute fahren wir an die Ostsee! Der Ehemann hatte eine Omnibusreise für zwei Personen gebucht und Saule war so glücklich. Jetzt wird alles ganz gut, dachte sie jedes Mal. Die Koffer hatte sie schon für sich und den Ehemann vor wenigen Tagen gepackt, allein konnte er das nicht. »Kein Problem, ich packe auch für dich«, hatte Saule wie immer gesagt. Während der Reise entspannen wir, machen wunderschöne Tage, nur wir beide, bestimmt wird der Ehemann wunderbar sein, dachte Saule. Der Omnibus war voll und sie freute sich sehr. Der Ehemann redete mit Saule kaum, er war sehr aufgeregt, die Wut saß im Gesicht, völlig verkrampft schaute er durch das Omnibusfenster. Die Fahrt bis zur Ostsee dauerte circa 18 Stunden, ohne Klimaanlage, bei heißem Wetter. Am Abend im Hotel angekommen, waren sie total müde und hungrig. In einer Viertelstunde gibt es Abendessen im Restaurant, freute sich Saule. Sie ging schnell unter die Dusche zum Erfrischen und machte sich für den Abend fertig.

Der Ehemann schaute Saule mit feuerrotem Gesicht an und sagte: »Du hast so schöne Kleider angezogen, warum?!«

»Für mich!«

»Kannst du was Einfaches anziehen?!«

Sie sah so voller Lebensfreude aus in ihrem pastell-meeresfarbenen Kostüm, den hellen modernen Schuhen, der kleinen Schultertasche in der gleichen Farbe.

»Kann ich nicht, wir gehen, ich habe Hunger!«

Er war feuerrot, sehr aufgeregt. Du meine Güte …, dachte Saule, was ist jetzt los?

Es gab Plätze für alle am großen Tisch, aber noch war niemand da. Saule und der Ehemann waren die Ersten.

Saule fragte: »Am besten warten, bis alle kommen, oder sollen wir allein Platz nehmen?«

Er nahm ganz fest Saule mit beiden Händen an den Armen, drückte zurück, nach links, nach rechts und schrie: »Wir gehen weg von hier, ich will nichts, raus zum Schlafen, du Schlampe!«

Saule schaute mit großen Augen im Schock, drehte sich frei und sagte: »Was ist mit dir los, was willst du von mir, du bist ein Sadist!«

»Wir gehen sofort in unsere Zimmer!!«

»Ich habe Hunger und Durst!«

»Das brauchst du nicht, du musst schlafen gehen!!«

Er schrie, langsam kamen die Leute zum Abendessen, schauten überrascht zu, wie er einen Hassausbruch hatte und explodierte. Saule war sehr schockiert und verschwand in ihr Zimmer, danach ging er alleine zurück, trank Wasser und Kaffee, so lange, bis alle in ihre Zimmer gingen und er auch.

Am nächsten Morgen machten alle zusammen früh mit dem Omnibus Ausflüge in eine andere Stadt, danach gingen alle zum Mittagessen in ein Restaurant.

Der Ehemann sagte: »Saule, ich habe keinen Hunger, wir haben kein Geld, wir gehen spazieren!!«

»Ich habe Durst und Hunger, ich habe mein Geld«, sagte Saule.

»Wir sind verheiratet, wir gehen weg von hier, ich habe keinen Hunger!!«

»Dann warte ich am besten im Omnibus«, sagte sie. Saule hatte Angst, irgendwo mit ihm hinzugehen.

»Ich habe dir gesagt, dass wir spazieren gehen!!«

»Ich will nicht mit dir spazieren gehen.«

Er nahm sie an der Hand, drückte sehr fest, und zog sie durch einen kleinen Wald an die Ostsee. Saule fühlte sich sehr, sehr schlecht …

»Du machst mein Leben kaputt!!«

»Du hast keine Erziehung!! Du bist eine sehr schlechte Ehefrau!! Du bist so hässlich!! Du bist …«, er schrie und schrie mit feuerrotem Gesicht und glühenden Augen, drückte seine Hände zusammen und wiederholte das immer wieder ...

Am Abend machte Saule von ihrem Hotel einen Spaziergang an der Ostsee, er ging hinterher und versuchte, sie zu erziehen, aber Saule ging fort, zu einem Restaurant zum Essen. Bestellte Pizza, aber der Ehemann nahm ihr die Pizza weg. »Das darfst du nicht essen«, wieder schrie er. Der Kellner, ein junger Mann, fragte, was los sei. Der Ehemann sagte, er solle die beiden Pizzen einpacken. »Wir essen im Hotelzimmer.« Der Kellner packte die beiden Pizzen ein und Saule ging mit ihrem Ehemann ins Hotel zum Essen. Im Zimmer schmiss er die Pizzen in den Mülleimer, total wütend mit Hassausdruck schrie er weiter und weiter. Saule ging allein schnell ins Hotel-Restaurant, um etwas zu essen. Es war später Abend. Sie war sehr schockiert und hatte Todesangst, im Zimmer bedrohte er sie stundenlang ... Zum Glück ging die Reise nur übers Wochenende.

Am Morgen nach dem Frühstück fuhren sie zurück nach Hause, wieder bei Hitze. Auf der Autobahn war ständig Stau, die Fahrt dauerte circa 20 Stunden. Zu Hause demütigte, beschuldigte und bedrohte er sie und sagte, dass er nach der Reise nie mehr mit Saule in die Stadt fahren wird, sie sei die schlimmste Ehefrau, sie mache alles nur kaputt. Die Geschwister von Hannibal lachten und freuten sich, dass Saules Leben jetzt nur zu Hause stattfinden würde, sie dürfe nie mehr allein nach draußen gehen. Saule wollte nur noch in ihr Heimatland, sofort, mehr nicht, sie fragte nach ihren Dokumenten und Papieren, aber der Hannibal war wie immer ...

Der Bau des neuen Hauses hatte sehr spät begonnen. Zuerst hat der Ehemann den Keller bestellt, von einer anderen Firma, die er gut kannte, und den wollte er nur zu einem günstigen Preis. Natürlich, sagte der Chef der Baufirma. Aber als der Baukontrakt unterschrieben war, war plötzlich alles anders geworden. Für dieses Fertighaus sollte der Keller nur auf bestimmte Maße gefertigt werden, zum Ende hat der Keller über dreimal mehr Geld gekostet, als geplant war. Der Ehemann war danach so wütend, dass er einen Brief schrieb und die Inhaber der Baufirma sehr beleidigte wegen des höheren Preises.

Saule wollte den Keller nicht, viel wichtiger wäre es, das Haus komplett zu bauen, weil so alles viel teurer würde, aber der Ehemann tat wie immer nur nach seiner Entscheidung und bestellte alles, ohne nach dem Preis zu fragen. Er war der, der alles immer besser wusste, aber am Ende verlor er immer alles.

Eines Tages war das Haus gebaut, wie er gesagt hat, ein Fertighaus. Am Abend besuchten beide das Haus. Saule war total in Schock, das war ein Rohbau, nur Wände und Fenster mit Haustür …

Er sagte: »Ich mache alles selbst in wenigen Wochen fertig, ich bin ein Profi, das ist ganz einfach!«

»Wie bitte?«, fragte Saule überrascht. »Aber alles fertig zu bauen braucht viel Geld, das wir nicht haben! Und wir brauchen richtige Profis für den Innenausbau: die Heizung, die Zimmertüren, das Bad, das WC, um alle Zimmer zu tapezieren, die Böden überall und …« Saule war total sprachlos, dass der Ehemann zu solchen absurden Dingen fähig war.

Der Hannibal … das Erste, was er fertig gemacht hatte, war sein Computerzimmer im Keller, dort »arbeitete« er stundenlang jeden Tag, danach kam er mit rotblauem Gesicht ins Erdgeschoss.

Er schrie ständig: »Du hilfst mir, alles zu bauen, zuerst die Türen, dann die Fliesen ins Bad zu legen, ins WC, in die Küche und … und …!!«

»Aber ich arbeite jeden Tag bis spätabends und bin kein Baufachmann, ich baue kein Haus, hier braucht man Profis«, sagte Saule.

»Saule, wir beide bauen unser Haus ohne Profis, ich bin ein Profi und weiß genau, wie das geht!! Du tust, was ich dir sage, alles ganz genau, Schritt nach Schritt!!«

»Wir haben das Fertighaus bestellt, das du mir erzählt hast, und jetzt verlangst du Zwangsarbeit von mir, und du verstehst nicht, dass ich eine Frau bin!«, sagte Saule noch mal.

»Du machst, was ich dir sage, oder ich beende dein Leben, das weißt du, was mit dir passieren kann!!«, schrie er weiter. »Du arbeitest nicht genug, du willst nur ein Luxusleben!«

»Seit vielen Jahren arbeite ich und verdiene gutes Geld für mein Leben, gib mir meine Bankkarte sofort zurück«, sagte Saule.

»Dein Geld ist nichts, total nichts!«, schrie er.

»Jetzt sofort, oder ich fahre zum Scheidungsanwalt, du machst mein Leben zum Horror, mehr nicht!«, sagte Saule, sie war total am Ende …

»Wir sind verheiratet!!« Er schlug die Haustür zu und verschwand zu seinen Geschwistern, »den Beratern«.

Sie versuchte nicht zu viel zu diskutieren mit Hannibal, Saule war viel beschäftigt mit Musik, sie besuchte Opern, Konzerte, las Bücher, Zeitschriften, ging zum Schwimmen, machte Jogging, trainierte mit dem Crosstrainer, machte Joga, Meditation und … dann fühlte sie sich körperlich und geistig besser, weil sie mehr Energie und Kraft hatte, trotz aller Erschöpfung machte sie alles weiter. Danach wurde die Scheidung immer wichtiger. Saule versuchte auch, ihr Leben zu schützen und eine Lösung zu finden, mit dem Ehemann zu sprechen, aber dann versuchte er Saule mit Gewalt und Drohungen zu zerfressen, denn nach der Hochzeit ging es um Leben und Tod, sie konnte nicht ihr Leben riskieren, alles war sehr, sehr gefährlich. Dann beschuldigte er sie, sie sei die schlimmste Ehefrau und er der »perfekte Ehemann, der Handwerker«, wie er oft überall erzählte.

Saule war manchmal kraftlos und hilflos, sie hatte Schmerzen und eine starke Hautentzündung, die blutete …

Der Hannibal zwang Saule zur Zwangsarbeit, dass sie das Haus innen ausbaute, mit Gewalt und Drohungen …

Saule legte Fliesen in Bad, WC, Küche, bis sie total erschöpft war und auf dem Boden lag …

»Saule, aufstehen, du bist so faul, sofort arbeitest du weiter!!«, schrie er.

Sie wollte sofort weg von dem Hannibal, sofort … sie hatte noch starke Schmerzen von der künstlichen Befruchtung.

Sie arbeitete sehr viel im neuen Haus und er verbrachte stundenlang im Keller an seinem Computer, er »arbeitete« dort auch.

Saule wusste nicht, was er am Computer so viele Stunden machte, in den Keller ging sie nie, konnte nicht …

Später tapezierte Saule im Erdgeschoss langsam Zimmer nach Zimmer, er versuchte etwas zu helfen. »Aber du machst das selbst, das ist dein Haus«, schrie er wie immer.

Danach machte er allein den Holzboden … meine Güte …

»Allein könnte ich es bestimmt besser, du musst das Holz gleich lang schneiden und geradeaus zusammenlegen, aber das ist für dich unmöglich, weil du ein richtiger ›Profi-Handwerker‹ bist«, lachte Saule.

»Du willst nur ein Luxusleben, wir müssen alles sparen, du arbeitest nicht genug, du kannst nichts«, schrie er weiter.

»Natürlich will ich ein Luxusleben, das habe ich schon lang verdient! Als Kind habe ich in den Ferien gearbeitet im Gemüsefeld und habe Obst gepflückt, um mein Brot zu verdienen!« sagte Saule. »Wenn du mich noch mal attackierst, verlasse ich sofort ich!«

»Die Scheidung kostet sehr viel Geld, dann bist du verschuldet, oder du bekommst eine Gefängnisstrafe, ich bin sicher; willst du das?!«, fragte er.

Danach hatte er wieder einen Kredit genommen von der Bank, 50.000 DM, um eine Garage zu bauen, aber die Garage wurde nie gebaut und alles Geld war verschwunden.

»Du musst sparen!«, schrie der Hannibal wieder und wieder.

Saule ging raus, um frische Luft zu schnappen, und machte einen Spaziergang. Die Nachbarin fragte: »Ist alles okay?«

»Ja, ja«, sagte Saule traurig und ging weiter. Sie brauchte Ruhe, sie konnte nicht mehr und genoss die grüne Landschaft und die Blumenwiesen, die so gut rochen nach herrlichem Duft mit allen Farben. Manchmal wollte sie nur weglaufen, in ihr Heimatland, sie hatte so große Sehnsucht nach ihren Freundinnen, mit denen sie eine so wunderschöne Zeit hatte, aber so wie es damals war, würde es nicht wieder sein …

Trotzdem gibts im Leben auch eine glückliche Zukunft und ein erfülltes Leben, nur sollst du es selbst kreieren … als ob das so einfach wäre, dachte Saule. Dann ging sie zurück ins neue Haus und alles war wieder grau … sie konnte ihn nicht mehr sehen, und langsam arbeitete sie weiter, obwohl sie starke Schmerzen hatte.

Später am Abend hatte sie keinen anderen Gedanken mehr als an eine warme Dusche, eine Tasse heißen Kaffee und Schlafen, wenn das möglich war.

Er schrie und schrie und schrie … er machte mit seinen Geschwistern extremen Druck auf Saule, er zwang sie jeden Tag zu arbeiten, beschuldigte sie permanent, bedrohte und demütigte sie.

»Du bist eine psychisch kranke Frau, ha, ha, ha«, lachte er mit seinen Geschwistern.

Wenige Tage danach ging er mit Saule zu seiner Schwester Margot. »Nur ganz kurz«, sagte er leise. Obwohl Saule versuchte, sich immer von Hannibals Familie zu distanzieren. Margot war sehr aufgeregt. Saule schaute mit großen ängstlichen Augen und dachte: Was kommt jetzt? Kurz danach kam Bruder Haperd, begrüßte alle, schaute Saule von Kopf bis Fuß an, nahm Platz am Tisch in der Küche, wo der Ehemann mit Saule und Margot saß. Sie tranken Kaffee und aßen Kuchen. Nach dem Kaffee öffnete Haperd seinen Reißverschluss an der Hose und nahm seinen Schwanz in die Hand, masturbierte sich mit glühenden Augen und schaute zu Saule, die gegenüber auf der anderen Seite des Tisches saß.

Der Ehemann machte auch immer das Gleiche wie der Haperd, wenn er mit Saule ein vegetarisches Lokal besuchte, und zwar unter dem Tisch vor den jungen Frauen aus Südamerika, die dort arbeiteten. Der Ehemann und Margot schauten mit lachenden Gesichtern zu Saule. Saule hatte einen schrecklichen Schock, sie wollte sich übergeben und versuchte, sofort wegzugehen, aber der Hannibal sagte: »Geh nicht, du bleibst hier … Mach nicht so ein ängstliches Gesicht, alles ist in Ordnung, mein Bruder darf tun, was er will, er ist alt genug.« Dann drückte er Saule am Arm nach unten und lachte weiter mit seiner Schwester Margot. Zum Glück kam nach kurzer Zeit Margots Tochter Annika und der Haperd schloss seinen Schwanz schnell in die Hose zurück, als wären sie wieder eine sehr »perfekte Familie«.

Immer wenn Saule ihren Koffer packte und zurück in die Heimat wollte, war der Hannibal plötzlich wieder ein »perfekter Ehemann«.

»Ich liebe dich mehr, als man mit Worten ausdrücken kann. Niemals kann uns etwas trennen. Wir bleiben für immer zusammen«, der Hannibal redete ganz ruhig so lange wieder und wieder, dann war mehrere Tage Ruhe und er versprach in der Zukunft ein Leben in Ruhe und Liebe: ein wunderschönes Haus, viele Reisen, auch in Saules Heimatland, und Konzerte und … und …, bis sie ihm wieder vertraute.

Saule wusste nicht, dass die Scheidung hier so einfach war. Sie glaubte ihm, dass er sich besser auskennt, wie er erzählte. Schade, dass sie keinen Menschen gefunden hat, der ihr half. Alle sagten, dass Saule ein wunderschönes Leben hat … Schade, dass keiner ein Wort über Saules Leben wissen wollte und dass sie versuchten, sie an dem Ort, wo sie wohnte, zu ignorieren. Für Saule war diese Heirat ein absoluter Horror, sie hatte sich in einen Menschenfresser verliebt, solche Unmenschen erlebte sie das erste Mal im Leben, trotzdem versuchte sie eine Lösung zu finden und nach vorne zu schauen mit dem Kopf nach oben, denn morgen war wieder ein neuer Tag.

»Du kannst immer glücklich sein, wenigstens wenn du fähig bist, auch den richtigen Weg zu gehen und die richtige Auffassung von den Dingen zu haben und entsprechend zu handeln. Über diese beiden Fähigkeiten verfügt die Seele der Gottheit wie jedes vernunftbegabte Lebewesen. Von einem anderen sich nicht hindern zu lassen und in der richtigen Einstellung und Tätigkeit am Glauben festzuhalten und hierin ihre Erfüllung zu finden.«
Mark Aurelius

Saule war eine positive Denkerin mit großer innerer unerschütterlicher Kraft und Energie. Sie tat alles, was zu ihrem Leben gehörte, weiter, obwohl der Ehemann versuchte, alles in Saules Leben zu verändern und zu zerreißen, trotzdem glaubte sie an Gott, besuchte die Kirche, diesen magischen Ort mit Orgelmusik und mit fantastischer Architektur. Die Zeit lief richtig schnell, manchmal merkte sie nicht, wann ist es Tag und wann ist es Nacht.

Saule und ihr Ehemann bauten jeden Tag monatelang das Erdgeschoss fast fertig, sie hatte sehr viele schwere Türen, Fliesen, Holzböden, Sanitäreinrichtungen fürs Bad getragen. Er verlangte mit Gewalt und Drohungen Zwangsarbeit von Saule, bis sie blutete vor Schmerzen und zusammenbrach, danach schrie er wieder: »Du arbeitest nicht genug, du bist sehr faul, du bist eine sehr schlechte Frau, du bist eine kranke und hässliche Frau, du verdienst zu wenig Geld, du willst nur ein Luxusleben!!«

»Natürlich will ich ein Luxusleben, ich verdiene mein Geld!«, sagte sie.

Danach stand der Umzug an. Mit kleinem Anhänger transportierte er alles mit Saule ins neue Haus, mehrere Wochen lang. Das war Arbeit für Saule von morgens bis zum späten Abend, viele schwere Möbel tragen, viele Umzugskisten und … in der Nacht wieder grausame Gewalt … ständig …, bis ein an die Zähne bewaffneter Hannibal, der Menschenfresser, machte permanent Saule zu Ende …

Als Saule gekommen war, um mit Hannibal zusammenzuleben, hatte er nur einen kleinen Kleiderschrank mit uralten Klamotten, ein uraltes Auto und ein kleines altes, verschrottetes Haus und hatte sich als berühmter Maler und Grafiker präsentiert. Seitdem er mit Saule verheiratet war, fuhr er plötzlich ein neues Auto, das von Saules Geld finanziert und mit ihrem Namen gekauft worden war, hatte ein neues Haus, das beide kauften. Große Schränke voller Klamotten kaufte er, auch Hosen, egal welche Marke, von der teuersten bis zur günstigsten, Hauptsache, mit großen, tiefen Taschen für seine Munition. Auch Schuhe, eine teure Uhr, kaufte Hannibal mit Saules Bankkarte. Leider war der Kühlschrank fast immer leer. »Wir müssen sparen«, wiederholte er ständig.

Danach bestellte er Muttererde für das Grundstück, ohne nach dem Preis zu fragen. Wie immer, die Erde ist kostenfrei, freute er sich. Ein großer LKW fuhr ohne Ende Erde, bis das ganze Grundstück voll war. Der Fahrer sagte: »Die Erde ist kostenfrei, aber den LKW zu fahren, kostet so viel Geld«, und er druckte für den Ehemann eine Rechnung über mehrere tausend Mark aus, die er bis in zwei Wochen bezahlen sollte.

»Wie bitte?!«, fragte er mit rotblauem Gesicht. »Kann nicht sein, ich schreibe einen Brief und beschwere mich!!«

»Machen Sie«, sagte der Fahrer ruhig und verschwand in seinen LKW mit lachendem Gesicht.

»Du, Saule, verteil die Erde mit der Schaufel gleichmäßig sofort im ganzen Grundstück«, schrie er.

»Hör auf zu diktieren, du bist ein Diktator, du zwingst mich wieder zum Arbeiten, mach du das selbst!« Saule bereitete sich vor, um zum Arbeiten zur Kunstschule zu fahren, ohne Frühstück, ohne Mittagessen, der Kühlschrank war leer ... es gab nur günstiges Brot, immer den gleichen panierten Fisch, Kaffee und ein paar Konserven.

Zuhause fühlte sich Saule nie, obwohl beide das neue Haus gebaut hatten. Sie wusste, dass er wie früher seiner Familie einen Hausschlüssel gab. Das konnte sie nicht akzeptieren, danach dachte sie wieder öfter über Trennung, Scheidung und eine eigene Wohnung nach. Die alte Margot erzählte mit Wut über Saule, was hat Saule in ihrem Schrank, welche Klamotten, welche Marken, wie viel Schuhe. Die Alte wusste alles auswendig, um Saule zu ärgern, aber Saule hat nur gelacht über Margots Hass, Neid und ihre Zwangsucht, weil die alte Margot genau wie ihre Geschwister war, die »perfekte Familie«.

Saule versuchte das Beste aus ihrem Leben zu machen und kreierte ihr Zukunft.

Inzwischen ging das Leben weiter. Morgens war sie allein im Haus, machte Frühstück mit etwas Müsli und Obst, dann trank sie frischen selbstgemachten Saft und eine Tasse Espresso, aß Aprikosenkuchen, den sie selbst gebacken hatte, genoss jede ruhige Stunde und schaute durch die Fenster: Alle Nelken und Narzissen waren aufgeblüht und ihre roten Blütentrompeten schwangen in der Brise. Die Büsche prangten im tiefen Grün der kleinen Zweige und die Rosen mit ihren Blüten erfüllten die Luft mit ihrem nostalgischen Duft.

Am Mittag war er plötzlich da: »Mein Herzblättchen!«

»Was für eine Überraschung, ich glaubte, du arbeitest heute, oder hat dir dein Leiter frei gegeben, um die Ehefrau zu überprüfen?«

»Ich habe so große Sehnsucht nach dir, mein Herzblättchen.«

»Ach was, ich bin überzeugt, dass du große Sehnsucht nur nach deiner Schwester Margot hast, du fährst jeden Tag zu ihr, wie zu einer Geliebten.«

»Saule, sie ist meine Schwester!«

»Aber es sieht aus, als wäre sie deine Geliebte, die sehr wichtig für dich ist.«

»Saule, ich habe für uns und meine Schwester Karten für eine Oper gekauft; die Schwester fährt auch mit uns, sie will sehr!«

»Sie will wieder mit uns fahren, vielleicht will sie in nächster Zeit mit uns in einem Bett schlafen, oder am besten heiratest du sie, das wäre sehr interessant«, lachte Saule.

»Saule, mein Herzblättchen, sie ist wie eine Mutter!«

»Ach was, vielleicht gibt sie dir jeden Tag Muttermilch von der Brust zu trinken, denn den Brei kocht sie noch immer für dich.«

»Saule, aufhören!!«

»Am besten hörst du selber auf!«

»Ich kümmere mich immer um dich!«

»Dann kümmere dich nicht mehr um mich. Ich bin schon lang erwachsen, um mein Leben kümmere ich mich selbst.«

»Jetzt fahren wir beide in die Stadt, wir beide!«

»Wohin denn?«

»Ich habe eine Überraschung für dich!«

»Was?«

»Na ja … wegen deiner Gesundheit mache ich mir Sorgen …«

»Was meinst du genau?«

»Bitte, ganz ruhig, ich habe einen Termin für dich bei einer sehr guten Ärztin wegen deiner Schilddrüsenkrankheit, sie ist spezialisiert …«

»Das ist genau das, was du selbst brauchst!«

»Aber du kannst es versuchen, mein Herzblättchen!!«

»Was?? Was soll ich versuchen, um krank zu sein?«

»Bitte beruhige dich, wir fahren, danach kannst du selbst entscheiden …«

»Zum Arzt fahre ich nicht!«

»Mein Herzblättchen, bitte, dann fahren wir, wohin du willst …«

Saule wollte in die Stadt fahren, sie hatte ein Buch bestellt und wollte es abholen. Sie machte sich fertig, um zu fahren. Nach kurzer Fahrt hielt er an einem kleinen Haus an und ging ganz schnell mit Saule zur Ärztin, obwohl sie wiederholte, das wolle sie nicht.

»Mein Herzblättchen, nur ganz kurz, die Ärztin untersucht dich.«

»Du bist ein Vollidiot!«, sagte Saule leise.

Die Praxis war in einem kleinen Haus, das neu renoviert war, und die Ärztin war eine Ausländerin aus Osteuropa, die sehr freundlich war. Klar, Saule und ihr Ehemann waren privat krankenversichert und für Ärzte ist das eine große Geldquelle, denn sie machen mit den Privatpatienten alles Mögliche, um viel Geld abzukassieren.

Die Ärztin redete sehr viel mit dem Ehemann und war sich sicher, dass Saule an der Schilddrüse untersucht werden muss. Diese Ärztin kannte eine sehr gute Ärztin, auch aus dem gleichen Land wie sie, die die Untersuchung im Stadt-Krankenhaus machte: Röntgen der Schilddrüse.

Wenige Tage danach machte Saule die Untersuchung, obwohl sie wusste, dass sie total gesund war. Sie wusste allerdings noch nicht, dass der Ehemann versuchte, sie zu zerfressen und zu vernichten, zusammen mit den Ärzten …

Nach wenigen Tagen hatte die Ärztin das Ergebnis und wieder fuhren beide zur Praxis, er ging immer mit, und sofort redete er, wie sehr krank seine Ehefrau sei und Hilfe brauchte. Die Ärztin erwartete sie sehr freundlich.

»Frau Saule, die Untersuchung hat ergeben, wie ich schon gesagt habe, Sie haben eine Schilddrüsenüberfunktion, Sie sind sehr krank, genau wie ihr Ehemann bestätigt hat.« Die Ärztin und der Ehemann schauten sich an.

Saule sah das alles ganz genau, die Ärztin wolle nur gutes Geld machen mit Saule und sie mit falschen Medikamenten füttern, dann wäre sie richtig krank. Aber Saule durchschaute alles genau, sie nahm nie die Medikamente. Nur der Ehemann durfte das nicht merken.

»Ja«, sagte Saule ganz in Ruhe. Hochinteressant, dachte sie. Die Ärztin war eine Allgemeinmedizinerin, hatte in einen kleinen osteuropäischen Land studiert.

»Ich behandle Sie so lange weiter, bis Sie gesund werden, und heute bekommen Sie ein Rezept für Medikamente. Wenn die nicht helfen, kein Problem, kommen Sie sofort, dann bekommen Sie andere Medikamente von mir«, erklärte die Ärztin mit eiskaltem Gesicht.

Saule schaute und dachte, so etwas Absurdes gibt es nur hier. Vielleicht sind wir in einer Bananenrepublik.

Der Ehemann nahm das Rezept an sich. Saule durchschaute die ganze Absurdität mit großen Augen, die Ärztin versuchte noch zu erzählen, wie viel und wie gut sie helfen kann, freundlich verabschiedeten sie sich. Dann fuhren beide weiter in die Stadt, der Hannibal kaufte Medikamente wegen der Schilddrüse und andere auch. Saule war überrascht; für was brauchte er mehrere Medikamente!

Dann sagte er: »Du sollst dir um deine Zukunft Gedanken machen, wie habe ich immer gesagt, du bist sehr krank!«

»Das stimmt nicht, die Ärztin hat keine Qualifikation, mich wegen Schilddrüsenüberfunktion zu behandeln, überhaupt nicht.«

»Doch, die Ergebnisse vom Krankenhaus sind da!«

»Das alles hat die Freundin von der Ärztin geschrieben, nach dem Röntgen, die arbeitet im Krankenhaus, und beide wollen Geld von der Krankenkasse kassieren.«

»Ich habe Medikamente gekauft, die sehr viel gekostet haben, ich will für dich nur das Beste, mein Herzblättchen, du musst alles nehmen, weil ich das nicht mehr ertragen kann. Wenn etwas nicht passt, dann verschreibt dir die Ärztin so lange andere Rezepte, bis sie das richtige für dich gefunden hat. Ich mache mir Sorgen um deine Gesundheit.«

»Ach, du ärmster Ehemann, du tust mir so leid!«

»Schlimm genug diese Krankheit!«

»Danke«, sie lächelte ihn an, »wirklich sehr freundlich von dir.« Saule versuchte, sich nicht anmerken zu lassen, was sie dachte und was sie tun würde mit den Medikamenten, pssss ... wie immer ins WC.

»Glück haben wir gehabt, die Ärztin kann sehr gut helfen!«

Saule lächelte wieder. »Toll!«

»Warum lachst du, warum, ich habe Angst um dich!!«

»Was meinst du damit? Es ist ja nicht meine Art zu weinen«, sagte Saule.

Er blickte auf die Uhr mit feuerrotem Gesicht. »Viertel vor sechs, wir hören auf zu diskutieren, wir gehen zum Einkaufen.«

Saule schaute sehr überrascht zu ihm.

»Mein Herzblättchen, du kannst kaufen, was du willst: Kleid, Lederjacke oder Jeans.«

»Ja, ja, natürlich, ich verdiene genug Geld, gib mir meine Bankkarte zurück.«

»Die brauchst du nicht, deine Karte ist zu Hause!«

»Wie bitte??«

»Aber du kannst trotzdem kaufen, was du willst, ich habe meine Bankkarte.«

Langsam probierte sie erst ein Kleid, dann andere Klamotten, dann einen Rock und eine Bluse. Das alles passte brillant zu ihrem Stil, sie sah so geheimnisvoll und schön aus. Sie hat einen modernen guten Stil. Eine samtweiße Haut, die sie gern pflegte, auch lange, wilde, blonde Haare und ein strahlendes Gesicht. Mit leichtem Make-up betonte sie ihre natürliche Sinnlichkeit und Ausstrahlung.

Der Ehemann beobachtete Saule von weitem, schaute mit glühenden Augen zu, wie sie ein Kleid nach dem anderen probierte. Ganz entspannt schaute Saule in den Spiegel, danach entschied sie, was sie wollte.

Schnell war er da und sagte: »Am besten kaufst du das nicht, mir gefällt keines von denen, die du probiert hast, das ist alles irgendwie nichts für dich, das gefällt mir nicht ...«

Der Hannibal fuhr oft mit Saule zum Einkaufen und um ihren Stil zu ändern. Er versuchte, für Saule unmoderne und günstige Kleider zu kaufen. Das tat er mit Hass, um sich selbst zu präsentieren. Für sich kaufte er nur die besten Marken und viel. Seit vielen Jahren hatte Saule einen sehr unikaten Stil von moderner Eleganz mit sinnlicher Harmonie. Das alles kaufte sie von ihrem verdienten Geld, denn seit vielen Jahren arbeitete sie in der Kunstschule. In ihrer Heimat entwarf und kreierte sie manchmal moderne Kleider.

»Aber jetzt gehts zum Friseur, deine Haare sind zu lang. Du lässt sie ganz kurz schneiden. Die Farbe suche ich aus, ich will dir helfen, mein Herzblättchen, das passt zu dir viel besser, bitte, vertrau mir!«

Als Saule nach Deutschland gekommen war, hatte sie wunderschöne lange Haare. Nach circa einem Jahr waren ihre Haare nicht mehr zu erkennen, als würden sie mit Chemikalien gewaschen, sehr zersplittert und strapaziert wie Stroh. Beim Bürsten verlor sie so viele Haare, dass sie sehr schockiert war, ihr Herz zitterte, sie übergab sich und ...

»Wie bitte, du bist ein ›perfekter Mann‹ und immer versuchst du, alles zu ändern«, betonte Saule. »Am besten radier dein Hirn aus, vielleicht wird in deinem Kopf eine gesunde Zelle wachsen, danach kannst du dir ein paar Haare färben wie deine Schwester Margot.«

Bei der Friseuse passierte alles so schnell, dass Saule keine Chance hatte, was zu sagen: Saules Haare waren kürzer und etwas dunkler. Sie schaute in den Spiegel und war richtig schockiert ... Warum ist es so wichtig für Hannibal, dass ich die Haare kurz trage, wie er das will?, dachte Saule. Das war ihr alles sehr, sehr zu viel. Der Hannibal war sehr talentiert ...

In der nächsten Woche machte Saule eine Untersuchung wegen der Schilddrüsenüberfunktion bei einem richtigen Spezialisten in einer modernen Praxis, dort, wo sie arbeitete in der Kunstschule, am gleichen Ort. Der Arzt war Deutscher und großartig. Er untersuchte Saule mit der modernsten Technik und sagte: »Frau Saule, zuerst bin ich sehr überrascht, dass die Allgemeinmedizinerin Sie mit Medikamenten behandeln will. Sie sind sehr gesund. Sie haben keine Spuren von einer Schilddrüsenkrankheit, weder eine Über- noch eine Unterfunktion. Wer ist dieser Mann?« Er schaute zum Ehemann, der an der Tür stand. »Vielleicht ist das Ihr Problem«, sagte der Arzt sehr freundlich.

Der Hannibal schaute zum Arzt, rotblau im Gesicht.

Saule verabschiedete sich und ging mit ihrem Ehemann zum Auto. Sie strahlte vor Glück und sagte mit großer Freude: »Ist das nicht herrlich! Das war ein richtiger Spezialist, ein Arzt für die Schilddrüse. Wie du siehst, ist das eine moderne Praxis, und du hast gehört, was der Arzt gesagt hat. Dass ich total gesund bin, genau wie ich es dir gesagt habe. Aber du willst mich krank machen um jeden Preis. Zum Glück hat der Arzt nur mit mir geredet und mich ohne dich untersucht mit allen Tests. Schade, dass man solche ehrlichen Ärzte nur selten trifft. Was ein toller Mensch!«

Der Ehemann, der Arme, er kochte total vor Hass und Wut, dass Saule gesund war, er konnte das nie akzeptieren.

Danach fuhren beide sofort nach Hause, er nahm irgendwelche persönlichen Dinge, schlug die Haustür zu und verschwand allein mit dem Auto. Sie wusste, dass er bei seinen Geschwistern war, er fuhr jeden Tag dorthin.

Allein zu Hause genoss Saule die Ruhe, die so selten seit der Hochzeit war; im neuen Haus trank sie eine Tasse heißen Kaffee und machte im Kamin ein Feuer, es roch nach Wärme und Gemütlichkeit. Danach, im Badezimmer mit

Kerzenlicht, nahm sie das abendliche Wellness-Bad; nach Orchideenblüten duftete magisch das ganze Bad. Danach zog sie einen pastell-platinblauen engen modernen Hausanzug an und bereitete das Abendessen vor. Sie briet in Kokosöl frische Champignons, Steinpilze und Paprika mit französischem Gewürz an und vermischte alles mit saurer Bio-Sahne und Gorgonzola. Das alles genoss sie mit französischem Weißbrot von wunderschönem Porzellangeschirr, trank aus einem Kristallglas Mineralwasser und hörte am Abend »Best of Classics« von Edvard Grieg. Zum Glück ist er noch nicht da, freute sich Saule. Sie schaute durchs Fenster nach draußen. Am Horizont war der Himmel ganz tiefblau, wie am Meer, nur noch schöner. Am Abend, wenn die Sonne untergegangen war, war alles so feucht und die Luft roch nach Erde und Pflanzen. Später nahm sie Platz im großen Sessel und trank einen Espresso mit einem Trüffelpralinen gefüllten Amaretto-Likör. Diese schönen Momente genoss sie sehr, besonders heute, nachdem der Arzt gute Nachrichten für sie hatte. Es kann sich alles schnell ändern, wenn der Ehemann zurückkommt, dachte Saule und holte tief Luft … Es war sehr still, nur leise Musik verschmolz mit dem magischen Duft, und am Tisch brannten große weiße Kerzen bis tief in die Nacht.

Am nächsten Morgen schlief sie länger als gewöhnlich. Als sie aufwachte und die Augen öffnete, war alles still. Sie schaute durchs ganze Haus, er war noch nicht da. Vielleicht kommt er nie, freute sich Saule, das wäre ihr größtes Glück überhaupt!

Später telefonierte sie mit Bekannten, redete viel über Musik, Mode und alle anderen Dinge, mit offenem Herzen. Saule war hilfsbereit und konnte gut zuhören, vielen Menschen hat sie geholfen.

Saule war allein und bereitete in der Küche das Mittagessen. Vielleicht kommt er. Sie schaute in den Kühlschrank, wieder das Gleiche … Nudeln, Kartoffeln, panierter Fisch und die Konserven, etwas Butter, Marmelade von Margot … Er kaufte immer die gleichen Lebensmittel und nur die günstigsten. »Wir müssen sparen!«, schrie er immer.

Trotzdem kochte Saule die Nudeln, etwas Salz mit Butter. Wenn er mag, soll er das essen, dachte sie. Wenn sie Geld hatte, kaufte sie zu essen, was sie wollte, mehr war nicht möglich.

Am Ort war eine Fahrschule, dort wollte Saule Autofahren lernen und überall allein hinfahren, aber der Ehemann sagte, das sei nicht möglich, das brauche sie nicht, sie müssten sparen.

Aber an diesem Ort gabs keinen Omnibus, keinen Zug!

Sie hatte gesagt: »An diesem Ort brauche ich einen Führerschein und ich habe mein Geld, um den Führerschein zu machen. Du hast mir versprochen, dass das okay ist.«

»Mein Herzblättchen, mit deinem Geld habe ich die Heizungsanlage für das Haus bezahlt und den Holzboden und noch ... das ist auch dein Haus!!«

»Wie bitte, mit meinem Geld?! Ich verdiene Geld für mein Leben, gib mir sofort meine Bankkarte, oder ich telefoniere mit der Polizei.«

Der Hannibal nahm Saule mit beiden Händen ganz fest bis zum Knochen an den Armen, schmiss sie an die Wand, an die Schrankecke, wieder an die andere Wand ... wieder und wieder ...

»Du bist psychisch krank!!

Du darfst nie allein ohne mich irgendwohin gehen, nie!!

Du bist eine Kriminelle!!

Du bist die schlimmste Frau!!

Du machst mein Leben kaputt!!

Du kannst nicht mit Menschen umgehen!!

Du machst meine Familie kaputt!!

Du bist sehr hässlich!!

Deine Arme sind sehr dick, du musst mehr arbeiten!!

Deine Beine sind auch dick und in X-Form!!

Ich zerlege dich in kleine Stücke, dann bist du im Himmel, wenn du mit der Polizei telefonierst!!

Hast du verstanden, wer du bist!!

Die nächsten Tage bringe ich dich in geschlossene Türen ins Krankenhaus, dort bleibst du für immer, du bist sehr psychisch krank!!

Hast du jetzt verstanden!!!«

Der Hannibal schlug die Tür zu und verschwand mit dem Auto.

Saule brach zusammen vor Schmerzen, sie lag auf dem Boden im Wohnzimmer, sie war völlig am Ende ihrer Kraft, sie hatte Todesangst, sie zitterte, das Herz raste ohne Ende ... Danach ging sie langsam ins Schlafzimmer ... sie war wie gefroren von Schock ... sie wollte nur schlafen für immer und nie mehr aufwachen. Danach lag sie hilflos mehrere Tage im Bett und konnte nicht aufstehen. Sie wusste nicht, was sie von Hannibal zum Trinken oder zum Essen bekommen hatte, warum sie sich so oft übergab …

Wenn sie einige Stunden in der Nacht schlief, dann träumte sie von ihren verstorbenen Verwandten …

NICHT AUFGEBEN, DU MUSST LEBEN!
DU WEISST GENAU, WAS DU WILLST, UND LEBE DEIN LEBEN!
GLAUBE AN DICH SELBST!

Sie fühlte jeden in ihrer Nähe, als wären alle hier bei ihr ganz nah. Saule saß im alten großen Ledersessel im großen alten Zimmer mit Holzboden. In totaler Stille saßen ihr gegenüber von links nach rechts: Opa, beide Taufpaten mit dem Sohn (Saules Cousin), in der Mitte Valentin mit rotem Pullover, dann mit leichtem Lächeln Dominik, Oma (Vaters Mutter) …

Opa war genau wie damals, als Saule klein war, er trug den gleichen dunklen Anzug, der nach Landleben roch. In der Zeit, als Saule geboren wurde, kam Opa von Sibirien und freute sich sehr auf seine jüngste Enkelin. Er liebte sie abgöttisch, verbrachte viel Zeit mit ihr und trug sie immer auf seinen Händen. Als Opa in den Himmel kam, war Saule circa zwei Jahre alt. Und sie spürte immer noch die Liebe von ihrem Opa.

Jetzt war er wieder da, er hatte beide Arme vor sich zusammengeklemmt und hielt die Ellbogen nach oben vor sein Gesicht, mit großen Augen schaute er zu Saule und sagte: »Meine Saule, so gehts nicht, du weißt, wie ich dich liebe und immer für dich da bin. Du bist so wunderschön, meine Kleine. Dein Leben ist noch sehr lang, bis jetzt hast du Erfahrungen und jetzt sofort lebe dein Leben in Freiheit und Liebe. Befrei dich für dein Leben, du weißt genau, was du willst!« Er redete langsam und ruhig, betonte jedes Wort. Danach schlug er ein Bein über das andere, und wieder war Stille …

Die beiden Taufpaten erzählten, dass sie Saule wie ihr eigenes Kind lieben, wie damals …

Der Cousin sagte: »Wir haben dich von oben gesehen und geben dir viel Kraft für dein Leben, spürst du das?«

»Natürlich, immer«, sagte Saule.

Der Valentin ist so reif geworden, viel kräftiger als vor vielen Jahren. Saule erkannte ihn nur an seinem roten Pullover, den sie damals für ihn gestrickt hatte. Er sah so gut aus, er wirkte wie ein starker Mann. Beide schauten zueinander mit großer Freude.

»Wunderschön, dich wiederzusehen«, sagte Valentin. »Nach extremen Erfahrungen hat dein Leben begonnen, du bist eine starke Frau und so wunderschön, ich bin immer für dich da.«

»Ja, natürlich, ich weiß«, antwortete Saule.

Valentin redete weiter: »Saule, vor vielen Jahren hast du mir geholfen und versucht, mein Leben zu retten; obwohl du viel jünger warst als ich, warst du immer für mich da, meine Wunderschöne. Wir beide zusammen waren wie Bruder und Schwester, die immer füreinander da sind. Du hast mir gesagt, wie ich überleben muss und was ich tun muss, an mich selbst glauben und mein Leben kreieren, aber du warst sehr jung und ich habe nur der Tante Ane (Mutter) vertraut, die mich bestialisch zum Ende brachte ...«

Plötzlich war wieder Stille ...

Valentin deckte mit beiden Händen sein Gesicht zu, danach lehnte er sich zurück mit seinen breiten Schultern, legte beide Hände auf seine Knie und schaute zu Saule.

»Glaub an dich selbst, du bist für dich das Wichtigste, du weißt genau, ein erfülltes Leben gibt es nur in Harmonie und Liebe.«

Saule holte tief Luft, machte die Augen zu und erinnerte sich kurz, was damals war ...

Dominik schaute die ganze Zeit zu Saule mit strahlendem Gesicht und sagte: »Du musst dich nie traurig fühlen, wir sind alle für dich da, um dich zu schützen und zu lieben.«

Sie öffnete die Augen und schaute zu Dominik. Er war wie damals, ein toller großer Mann mit breiten Schultern. Er trug Saules gestrickten zweifarbigen cremefarbenen Pullover, das passte sehr harmonisch zu seinen dunklen Augen und den schwarzen Haaren. Beide waren sehr verliebt gewesen, hatten so große Pläne für die Zukunft, sie dachte, das sei der Traummann für immer, und sie vertraute ihm voll, mit einer rosaroten Brille. Sie hat mit Dominik sehr Schönes und sehr viel Intensives erlebt, viel gelacht, aber die große Liebe war er nicht, nach wenigen Jahren hatte sich alles verändert, als das Heimatland frei von Russen war. Er kam nicht zurecht mit sich selbst und mit anderen. Saule versuchte, mit ihm ins Ausland zu seinen Verwandten auszuwandern und zusammen das Leben neu zu gestalten. Sie hat immer viele Ideen, sie ist sehr kreativ. Er sah alles nicht mit positivem Blick, leider. Er hat Saule nie erzählt, wie krank er war … Saule hatte ihn mehrere Male ins Krankenhaus gebracht und wusste nicht genau, was mit ihm war. Sie wusste, dass er überleben würde, wenn er im Ausland die richtige medizinische Hilfe so schnell wie möglich bekommen würde, aber er hörte nicht auf Saule, für ihn waren andere Dinge immer wichtiger, leider …

»Ja, Saule«, sagte Dominik, »ich habe nicht auf dich gehört. Im Leben vertraust du oft älteren Menschen und denkst, die Älteren wissen alles besser, aber …« Dann holte er tief Luft und sagte: »Du bist meine große Liebe, Saule …«

»Das hast du sehr oft gesagt, Dominik …«

»Wir kommen wieder hierher zu dir«, sagte er. »Wir alle sind für dich da, du bist nie allein. Du, Saule, hast vieles erlebt, vieles gesehen, du weißt vieles ganz genau, du bist voller Kraft und Energie.

NICHT AUFGEBEN! JETZT IST DEIN START FÜR DEIN LEBEN!«

Die Oma trug ein wunderschönes dunkles Seidensatin-Kleid, wie vor vielen Jahren auf Vaters Foto, das er immer bei sich trug und Saule zeigte. Sie hatte in den Händen die Kranzkette und ein kleines altes Gebetsbuch, sie betete sehr leise und schaute zu, ohne Worte. Sie war so wunderschön wie auf dem Foto.

Als am frühen Morgen Saule aufwachte, schenkte in diesem Moment die Sonne ihr die ersten Strahlen in leichten warmen Farben … die magische Kraft des Sonnenaufgangs!

Danach stand sie auf und packte ihren Koffer, kaufte ein Flugticket, kaufte ein Zugticket, aber … Der Hannibal, der Menschenfresser, telefonierte mit einer »berühmten Nonne«, schrieb Briefe und über Saule verbreitete er seine ausgeprägten Fantasien weiter in Fernsehsendungen und überall, dass sie in ihrem Heimatland sexuell missbraucht wurde von ihrer Familie und … obwohl, den grausamen Horror erlebte sie erst nach der Hochzeit mit dem Hannibal.

Er bombardierte Saule permanent zusammen mit seiner Anhängerschaft eiskalt, grausam und brutal.

Eines Nachts fuhr sie erschreckt hoch, der Hannibal lag neben Saule mit rotblauem Gesicht, verschwitzt, und atmete sehr tief. Mit starken Schmerzen und zitternd ging sie ins WC und brach zusammen … dann hat sie sich übergeben …

Es hatte wieder angefangen zu regnen, es war sehr dunkel und es stürmte, der Tannenbaum schlug seine Zweige so stark an die Fenster, als würden in der nächsten Zeit alle Fenster zersplittern.

Sie träumte von ihren verstorbenen Verwandten:

NICHT AUFGEBEN!

Während sie im Zimmer allein war, hörte sie wunderschöne klassische Musik. Später wird die Sonne scheinen, ganz stark.

Es war ein warmer Samstag im Sommer.

»Mein Herzblättchen, mach dich fertig, heute ist die Taufe von dem Baby meines Neffen«, sagte der Ehemann. Er kaufte wieder teure Geschenke für seine Familie, mit Saules Bankkarte nahm er weiterhin alles Geld.

»Ich habe keine Zeit, ich will nicht«, sagte Saule. »Dein Bruder Haperd fährt auch nicht.«

»Was sagst du?! Mein Bruder hat wichtige Sachen zu tun und er mag nicht diese fremden Leute, die alles von ihm wissen wollen.«

»Dein Neffe mit seiner Ehefrau zeigt mir immer den Rücken, redet nie mit mir, zur Taufe seines Babys will ich nicht, fahr ohne mich.«

»Wir fahren beide sofort, bitte, mach dich fertig!«

»Jetzt ist es sehr warm, ich will nicht.«

Er nahm Saule ganz fest mit beiden Händen an den Armen und schrie: »Meine Familie wartet auf mich und dich, entweder fahren wir sofort oder wir bleiben, dann passiert mit dir was Schlimmes, das du niemals vergessen wirst.« Das schrie er mit rotblauem Gesicht weiter.

Saule machte sich langsam fertig, obwohl sie sehr erschreckt war und starke Schmerzen hatte. Sie zog ein pastell-blaugrünes Kostüm an, das sehr harmonisch aussah mit ihren blonden langen Haaren und der samtweißen Haut. Die hellen Schuhe passten genau zu ihrer kleinen Lederhandtasche im gleichen Ton. Nur Saules Gesicht war sehr blass von den Schmerzen der Nacht, obwohl sie ein leichtes Make-up machte, mit Kajal ihre großen Augen betonte und mit leichtem Rosé-Gloss die Lippen, trotzdem, sie sah bezaubernd aus …

Es war zehn Uhr morgens, sie trank eine Tasse Kaffee und ein Glas Wasser. Dann gingen beide ohne Worte zum Auto und fuhren circa 30 Kilometer zur katholischen Kirche. Sie schaute durch die Fenster die wunderschöne Landschaft an, die Blumenwiesen, die sehr harmonierten mit den kräftigen Bäumen mit der grünen Farbenpalette, und es duftete so faszinierend. Die frische Luft während der ganzen Fahrt tat gut, es war still.

Vor der Kirche warteten die Gäste, die freundlich grüßten, nur die Ehefrau des Neffen hatte keine Zeit. Saule fühlte sich sehr wohl mit sich selbst. Sie wusste, dass sie niemals zu dieser Familie gehören würde. Ihr nächstes Ziel war die Scheidung von dem Hannibal, so schnell wie möglich. Sie hat sich mit den Leuten immer sehr gerne unterhalten, als wäre alles in Ordnung, sie konnte richtig lachen und strahlte bei jedem schönen Moment, der das Leben bereicherte. Margot und ihre Tochter schauten mit starrem Blick Saule von Kopf bis Fuß an und gingen weg, aus welchem Grund auch immer.

In der Kirche war es kühl und angenehm im Vergleich zu der starken Hitze draußen, die von Stunde zu Stunde immer stärker wurde. Der Ehemann und Saule saßen zusammen ohne Worte auf der rechten Seite, in der Bank vorne die Schwester Margot mit ihren Kindern und Enkeln, die anderen Gäste saßen auf der linken Seite. Der Taufgottesdienst begann mit sehr tiefen Worten, die zu der Menschlichkeit gehörten, und mit Orgelmusik. In der Kirche hört jeder den Gottesdienst und betet, aber nach der Kirche ist jeder Mensch anders, leider …

Nach der langen Zeremonie wurden die Gäste vor der Kirche zusammen fotografiert. Am Mittag sollte die Taufparty im Garten des Neffen und seiner Ehefrau stattfinden. Der Ehemann mit Saule fuhr zurück nach Hause, machte Pause und trank Wasser. Saule war sehr müde von der Hitze und den Schmerzen, sie lag im Sessel und machte die Augen zu, sie brauchte nur Ruhe und Schlaf.

Eine Stunde danach schrie er wieder: »Saule, du, wir fahren jetzt zur Party!« Er betonte jedes Wort.

»Ohne mich, ich will nicht!«

»Was willst du dann, sagst du, Saule! Du bist meine Frau!«

»Das ist deine Familie, ich will nicht, ich bin müde. Eine Party im Garten bei dieser Hitze kann ich nicht ertragen!«

»Wir fahren sofort, sofort!!«

»Ich fahre nicht, lass mich in Ruhe!«

»Du, Saule, bist eine Schlampe, du bist so faul, du kannst nicht mit Menschen umgehen, du bist … du bist … und …« Immerzu die gleichen Worte, er bedrohte sie ständig, hatte ein Taschenmesser in der Hosentasche, er schrie ohne Ende immer und immer wieder …

Sie nahm ihre Handtasche und wollte zum Spazieren weggehen, sie konnte nicht mehr … Er nahm ihr alles aus den Händen.

Am Nachmittag fuhren beide zusammen zur Party. Im Garten waren viele Gäste, die an mehreren großen Tischen saßen. In der Ecke war ein einziger kleiner Zweiertisch.

Hannibal sagte: »Der Tisch ist nur für uns beide, den hat der Neffe mit seiner Ehefrau vorbereitet, weil du nicht mit Menschen umgehen kannst, du hast Angst.«

Überrascht war Saule nicht, dass Hannibal so »perfekt« war, sie hat nur gelacht, wie permanent die ganze Familie sich präsentierte.

>»Die größte Angelegenheit des Menschen ist,
zu wissen, wie er seine Stellung in der Schöpfung
gehörig erfülle und recht verstehe, was man sein muss,
um ein Mensch zu sein.«
>
> *Immanuel Kant*

Er blieb mit Saule einige Stunden am Tisch, aß und trank etwas, aber Saule wollte nur eins, weg von ihr, so schnell wie möglich. Saule erinnerte sich an die guten Nachbarn in ihrem Heimatland, die Judenfamilien, die hier vor vielen Jahren gelebt hatten und vieles erzählten. Deswegen war Saule nicht überrascht über das, was sie nach der Hochzeit mit dem Hannibal erlebte. Die Juden erzählten damals die ganze Grausamkeit, die sie hier erlebten und überlebt hatten. Es war klar, dass diese Familien unter ihren Masken permanent das Futter suchten.

Beide kamen am späten Nachmittag nach Hause. Saule wartete, bis der Hannibal zum Schlafen ging. Er war sehr alkoholisiert, stank sehr, war aggressiv, hatte ein feuerrotes Gesicht. Sie schloss sich im WC ein, danach im Bad. Hauptsache, nicht diskutieren, kein Wort. Er versuchte, ihr nah zu kommen, aber Saule sagte: »Am besten geh schon ins Bett, dann komme ich nach dem Bad.«

»Aber schnell, mein Herzblättchen, ich warte auf dich!«

»Ja, natürlich, nach dem Bad!« Altes, stinkendes Monster, dachte Saule.

Saule wartete, bis der Hannibal eingeschlafen war, und ging ins andere Zimmer zum Schlafen.

Der Hannibal ging oft mit Saule zum Geburtstag des Neffen und schenkte jedes Mal eine Flasche Schnaps.

»Das Lieblingsgetränk von meinem Neffen, das er jeden Tag trinkt«, sagte der Ehemann.

»Wie bitte?«, fragte Saule. »Dein Neffe wünscht sich immer nur eine Flasche hochprozentigen Schnaps. Mehr braucht er nicht?« Das ist hochinteressant, dachte Saule.

Als Saule mit dem Ehemann und dem Neffen und dessen Ehefrau ein Wochenende an der Ostsee verbrachte, trank der Neffe nach jeder Mahlzeit einen Schnaps. Saule war sehr schockiert, sie hatte noch nie gesehen, wie viel er trank. Danach ging der Neffe zum Arzt und ließ sich krankschreiben, sehr oft mehrere Monate lang. Annika, Margots Tochter, trank Wein wie andere Mineralwasser trinken, so viel … meine Güte … für Saule war das alles total schockierend.

»Deswegen haben deine Familienmitglieder so rote Gesichter, genau wie du!«

»Das ist nicht dein Problem! Das ist unsere Familienallergie, die wir alle haben«, schrie der Hannibal.

»Ja, natürlich, aber einen chronischen Alkoholiker als Ehemann, das will keine Frau!«, sagte Saule.

An einem Tag schrieb der Hannibal am Computer mit Saules Namen einen Brief für die Leiterin von Saules Kunstschule. Er verlangte, dass sie den Brief sofort unterschrieb. Saule sollte noch mehr Tage arbeiten, weil der Ehemann noch mehr Geld für das Haus verlangte. Sie hatte keine andere Wahl, sie machte das, was er wollte, aus Todesangst …

Am Nachmittag kam die Leiterin mit dem Brief in der Hand zu Saule ins Unterrichtszimmer, wo sie mit den Kindern musizierte, und schrie sie an. Saule war total in Schock, sprachlos und schaute sie mit großen Augen an. In dem Brief, den sie unterschrieben hatte, beleidigte Hannibal die Leiterin. Saule hatte den Brief nicht gelesen, das war nicht möglich. Er hat immer erzählt, dass er ihr nur helfen will. Saule hat viele Briefe unterschrieben, ohne sie zu lesen, aus Todesangst …

Als Saule krank war, schrieb der Hannibal wieder einen Brief für die Leiterin mit Saules Namen, von dem sie nichts wusste. In dem Brief verlangte er, dass die Leiterin alle Schüler Saules informieren sollte, dass sie krank sei. Die Leiterin hat angerufen und wollte mit Saule reden. Leider redete er am Telefon, die Leiterin sollte das tun, was im Brief geschrieben stand. Aber die Leiterin verlangte, das solle er selbst tun. Und sie hat recht, dachte Saule.

Der Hannibal versuchte, sich in ihre Arbeit einzumischen, er schrieb Briefe, er war oft da, um zuzuschauen, wie sie musizierte und mit wem, er ging zur Leiterin ins Zimmer, er kam zu jedem Konzert mit Saule, gegen ihren Willen, er redete auch am Telefon, wenn die Sekretärin mit Saule reden wollte, das tat er permanent. Wenn er Saule am Abend nicht von der Arbeit mit dem Auto abholen konnte, dann wartete der Bruder Haperd mit seinem Auto vor der Kunstschule auf Saule, er bedrohte sie, dass sie nie allein fährt, dann passiere sehr Schlimmes mit ihr, denn sie seien verheiratet, das schrie er immer wieder. Saule dachte, das ist der totale Horror, ich kann nicht mehr.

Am Wochenende blieb sie im Bett, total erschöpft und kraftlos, er kam ins Zimmer, brachte eine Tasse Kaffee für Saule, sie trank und wurde noch mehr müde, konnte nicht mehr vom Bett aufstehen … danach hat sie sich übergeben. Er versuchte weiter, Saule mit Medikamenten zu füttern, aber … sie träumte, dass sie fliegt und fliegt und fliegt und alles verliert …

Als am Sonntag die Kirchenglocken wieder klangen, erwachte Saule, atmete tief durch, versuchte aufzustehen, einen Schritt nach dem anderen, sie strengte sich an mit letzter Kraft. Im Bad bei sanfter Musik erfrischte sie sich mit warmem Wasser, dann mit kaltem, danach fühlte sie sich wie neu geboren. Das Bad duftete wie am Meer, Saule atmete Leben, das blonde, sorgfältig gebürstete Haar war sehr weich und glänzte wie Seide. Nach dem Frühstück machte sie sich fertig zu einem Spaziergang, tupfte sich ein wenig französisches Parfüm hinter die Ohren, sie brauchte frische Luft und Bewegung, Schritt für Schritt ging sie weiter nach vorne. Sie brauchte Zeit, um ihre Gedanken zur Ruhe zu bringen. Zum Glück war er fort. In Wirklichkeit fühlte sie sich nicht nur von ihm sehr enttäuscht, sondern die ganze Zeit schon auch sehr extrem verletzt. Sie ging in die grüne Landschaft, die so fantastisch duftete nach blassroten und purpurnen Blumen. Die Kirschen, Hagebutten, Brombeeren, Holunderbeeren wirkten mit ihren faszinierenden Blüten sehr harmonisch, sie erinnerte sich, wie sie in ihrer Kindheit die Ferien auf dem Land verbracht hatte und zusammen mit anderen Kindern Kirschen und Äpfel von den Bäumen gepflückt hatte, und wie sie schwarze Johannisbeeren und Stachelbeeren aßen, bis alle richtig satt waren. Danach aßen sie vom Feld die süßen saftigen Karotten und tranken frische Milch von der Kuh, die die Tante gemolken hatte. Dann musste Saule süße Sahne zu Butter schlagen mit den Händen stundenlang. Das war eine wunderschöne Zeit. Sie besuchte oft ihre Taufpaten und verbrachte dort viele liebevolle Tage. Die beiden Taufpaten liebten Saule wie ihr eigenes Kind, obwohl sie selber viele Kinder hatten, alle bekamen ein gutes warmes Essen. Die Taufpatin mit dem Ehemann bereitete die Mahlzeiten sehr liebevoll zu und alle hatten viel gelacht. Die Atmosphäre einer glücklichen Familie war immer da. Als Saules Taufpatin im Bahnhof ihren Koffer vergessen hatte, stand er nach wenigen Tagen immer noch am gleichen Platz, als sie ihn abholte. Wenn sie zum Arbeiten ging, schloss sie weder Haustür noch Hoftor ab. Niemals waren fremde Menschen da.

Als Saule geboren wurde, war die Ane (Mutter) sehr wütend, weil sie nur einen Jungen wollte. Das erzählte die Taufpatin. Zuhause kam sie nicht zurecht und erzählte, sie wolle das Baby den Hunden als Futter hinschmeißen. Das alles hatten Anes jüngere Schwester und der Opa mitbekommen und das Baby gerettet. Die jüngere Schwester mit ihrem Ehemann ließ die drei Monate alte Saule in einer katholischen Kirche taufen. Sie besuchte sie mit dem Opa zusammen oft zuhause. Saules Eltern wollten keinen Besuch und hatten deshalb oft Streit mit dem Opa und Anes Schwestern. Später hatte Saule sehr guten Kontakt mit den Taufpaten, aber Saules Eltern akzeptierten das niemals ... es gab immer Wutausbrüche.

Die Ärzte in ihrem Land verlangten von ihren Patienten keine Unterschriften, weil viele Mediziner stolz waren, die Menschen zu heilen und gute medizinische Hilfe zu bieten. Saule hatte sehr gute Erfahrungen. Die Ärzte dort wissen, was Ehrlichkeit in diesem Beruf bedeutet, weil es um Menschenleben geht, das sehr wertvoll ist für jeden. Jeder dort beschäftigt sich mit seinem Leben, jeder hat Arbeit, danach gehen viele ihren Hobbys nach: musizieren, tanzen, singen, nähen, stricken, häkeln, sticken, malen, töpfern, fotografieren, backen, gutes Essen zubereiten und noch mehr ... Die Menschen in Armut sind anders, viel mehr schätzt man die kleinen Dinge, sind sehr motiviert für ein erfülltes Leben und haben mehr Lebensfreude.

Die Menschen waren richtig freundlich und hilfsbereit. Die Frauen waren sehr natürlich, echte Frauen überall, trugen wunderschöne Kleider, Seidenstrümpfe, viele hatten eine Handtasche, Schuhe mit kleinen oder großen Absätzen, hatten sinnliche gepflegte Frisuren. Die Männer waren sehr männlich, sehr gepflegt, und wussten genau, wie Frauen mit Liebe zu erobern sind, um eine Familie zu gründen. In dieser Zeit gab es auch viele gute Tänzer, zum Glück!

Der Weg zurück nach Hause dauerte sehr lang, am liebsten wollte Saule weg von hier, aber sie brauchte alle persönlichen Papiere und Dokumente. Sie wusste nicht mehr, wie sie das alles bekommen konnte. Obwohl sie mit dem Ehemann oft über diese Dinge redete, schrie er und schrie und schrie ... dann suchte sie nach einer neuen Idee für die Scheidung wieder und wieder.

Zuhause wartete der Ehemann: »Mein Herzblättchen, wo warst du allein, du darfst nie allein ohne mich weggehen, du bist sehr krank, weißt du, was mit dir passieren kann?!«

»Nein, weiß ich nicht, du kannst mir das erzählen, ich will das wissen«, strahlend und mit viel Kraft fragte das Saule.

»Mein Herzblättchen ...«

»Ich bin nicht dein Herzblättchen, das will ich nicht mehr hören!«, sagte sie.

»Aber du bist mein Herzblättchen!! Heute war ich in der Stadt und habe eine Tagesreise in eine große und interessante Stadt gebucht, ganz weit weg von hier, mit vielen Kunstmuseen.«

»Aber ich will das nicht, ich brauche alle meine persönlichen Dokumente, und gib mir die Bankkarte zurück!«

»Mein Herzblättchen, zuerst machen wir zusammen die Tagesreise, danach bekommst du sofort alles, aber versprich, dass du sehr vernünftig mit mir umgehst während dieser Tagesreise, wo viele Leute sind.«

»Ich habe keine Zeit, um mit dir eine Reise zu machen, fahr mit deinen Geschwistern!«

»Du bist meine Frau und wir sind verheiratet!!«

»Ich will nur die Scheidung, ich kann nicht mehr!«

»Du kannst nicht mehr, weil du sehr faul bist, du arbeitest nicht genug, du hast ein wunderschönes Leben mit mir, du hast alles, was du brauchst, und das ist nicht genug für dich, du willst ein Luxusleben!!«

»Ich will ein Luxusleben, natürlich«, sagte Saule, »und bring alle meine Dinge sofort zurück oder ich fahre zur Polizei.«

»Du brauchst nichts, du hast nichts, das alles gehört nur zu mir, alle deine Dokumente und Papiere!!«, schrie er mit rotblauem Gesicht. Mit total verkrampften Händen drückte er seine Finger zusammen, dann holte er aus der Hosentasche ein Messer, die Lederschnur vom Messer hing aus der Hosentasche raus. Er schrie und schrie und schrie …

Saule ging sofort ins Bad mit Fenstern und schloss die Tür hinter sich zu, sie zitterte, das Herz raste ohne Ende, vor den Augen sah sie alles total schwarz …

Ich kann nicht mehr …

Zum großen Glück sah sie durch die Fenster, wie der Hannibal ins Auto stieg und verschwand … für die ganze Nacht, er war fort! Saule ging ins Wohnzimmer und machte es sich gemütlich auf dem Sessel, trank heißen Tee mit Zitrone, hörte wunderschöne Musik, las Bücher, Zeitschriften, Magazine, sie hatte auch Bücher aus ihrer Heimat und strickte schöne Kleider, wie in ihrem Heimatland. Sie versuchte, sich zu beruhigen und über positive Dinge des Lebens nachzudenken, suchte neue Ideen für die Scheidung, sie versuchte, ihre Kraft und Energie sehr tief in sich zu behalten, egal was weiter passierte, einfach war das nicht, aber sehr wichtig. Schlafen konnte sie schon lange nicht mehr, manchmal sogar die ganze Nacht nicht. Wenn er frühmorgens zur Arbeit fuhr, dann versuchte Saule zu schlafen, aber nur mit Licht im Zimmer.

Die Situation war sehr gefährlich, Saule hatte Todesangst, sie war allein …

Am späten Nachmittag kam er völlig überraschend wieder ins Haus zurück, beide standen sich gegenüber und dann spuckte er ein »Hallo, mein Herzblättchen!« aus. Saule sagte kein Wort und machte ihre Arbeit weiter in der Küche. Dann fragte er, ob Saule jetzt Zeit habe, mit ihm zum Friedhof zu fahren, wo seine Verwandten beerdigt sind, dort kann man eine Grabstätte kaufen und den Grabstein vorbereiten mit Geburtsdatum!

Saule schaute zu Hannibal und sagte mit ganzer Kraft: »Ich bin sicher du brauchst eine Not-OP, um dein Hirn zu operieren, versuch das so schnell wie möglich, das ist sehr wichtig für dich! Die Ärzte werden das sofort machen, ich bin sehr sicher! Danach kannst du für dich den Grabplatz mit Grabstein kaufen.«

»Mein Herzblättchen, aber dann fahren wir zum Friedhof, um Blumen zu gießen.«

»Ich habe keine Zeit, fahr ohne mich«, sagte Saule. Sie hatte sehr viel zu tun, machte den Haushalt, machte alles so gut, wie sie konnte, danach freute sie sich, wie alles sauber und schön war. Nur er und seine Geschwister sahen alles anders.

Saule hatte sich entschieden, die Tagesreise doch mitzumachen, sie hatte keine andere Wahl, leider. Der Ehemann freute sich über diese Entscheidung sehr.

»Dort gehen wir hin, wo du willst, in alle Museen und Kunstgalerien und du kannst alles kaufen, was du willst, und wir besuchen ein gutes Restaurant und essen ein sehr gutes Menü, und am Abend fahren wir zurück nach Hause, mein Herzblättchen!«

»Natürlich, ich verdiene genug Geld!«

»Jetzt weißt du, dass du einen guten und perfekten Ehemann hast, das tue ich alles nur für dich, richtig alles!«

Saule schaute mit lächelndem Gesicht zu und dachte, wie perfekt er alles manipuliert …

Frühmorgens um circa fünf Uhr fuhr er mit Saule zum Reiseomnibus an einen Platz, wo viele Leute warteten. Plötzlich kam auch sein Bruder Haperd mit seinem Auto, er hat alle sehr freundlich begrüßt, natürlich, weil viele fremde Leute da waren, der Ehemann und sein Bruder unterhielten sich allein. Saule versuchte, nicht zu diskutieren, kein Wort, sie war noch sehr müde. Danach saßen alle auf ihren Plätzen, der Omnibus war mittlerweile voll besetzt. Saule mit dem Ehemann zusammen, vorne der Haperd, neben ihm ein junger Mann, ein Chinese. Im Omnibus waren noch mehrere Chinesen, es war eine Studentengruppe von der Hochschule. Der Haperd redete sehr freundlich mit den jungen Chinesen. Die ganze Zeit erzählte er über alles, obwohl er die Leute kurz zuvor im Omnibus erst kennengelernt hatte. Er redete mit ihm, als wäre er sein bester Freund: dass er der beste Finanzberater sei, er könne sehr professionell helfen. Er sei der beste Koch und Bäcker. Beide waren sogar am gleichen

Tag und im gleichen Monat geboren worden. Er müsse unbedingt Haperd in seinem Haus besuchen, er habe ein wunderschönes Haus mit traumhaften Garten und … Haperd freute sich wie ein kleines Kind, er interessierte sich sehr für jüngere Menschen. Saule sah, wie der Haperd versuchte, das Vertrauen von dem Chinesen zu gewinnen, und sie wusste aus welchem Grund. Sie sah alles ganz genau, wie raffiniert er nach Futter suchte.

Die Fahrt dauerte mehrere Stunden und Saule beobachtete, wie die Natur erwachte mit magischen Farben, wie alles sich langsam änderte und die Sonne warme Morgenstrahlen schenkte. Als alles sich bewegte in leichter, gefühlvoller Tangomelodie, freute sich Saule auf alle schönen Moment des Lebens, die sie bereichern würden, und sie fühlte sich glücklich.

Es war schon circa elf Uhr, als sie nach der langen Fahrt bei leicht windigem Wetter in der Stadt ankamen. Der Ehemann ging mit Saule in die Stadt, der Haperd versuchte alleine zu spazieren.

»Er hat sehr wichtige Dinge zu erledigen«, sagte Saules Ehemann.

»Mich interessiert nicht, was er macht, und ich kenne ihn gut genug«, antwortete sie.

Dann spazierten sie langsam durch die Straßen und suchten ein Restaurant.

»Ich habe Hunger und Durst«, sagte sie.

»Ja, natürlich, ich auch, mein Herzblättchen!«

Sie gingen an jedem Restaurant vorbei, dann am nächsten und so weiter …

»Das alles ist zu teuer, ich will nicht, die anderen sind nicht gut genug, dieses ist auch sehr schlecht. Wir müssen sparen!«, schrie er.

Saule hatte keine Zeit, um mit ihm zu diskutieren, und sagte: »Am besten ich gehe allein, ich brauche Ruhe am Wochenende!«

»Nein, nein, wir sind verheiratet!!«

»Wenn du noch weiterschreist, dann verlasse ich dich für immer und sofort.«

»Du bist meine Frau, wir gehen essen, aber ich will nur eine kleine Tasse Kaffee und Torte!«

»Es ist Mittag, ich habe Hunger!«

»Mein Herzblättchen, um die Ecke ist ein günstiges Restaurant, wir gehen dort zum Essen, dort gibt es alles, was du willst!«

Das ist ein echtes Dilemma! Was ein Unmensch!, dachte Saule. Sie mochte richtige Kaffeehäuser und Restaurants, alles andere nicht. Der Ehemann versuchte alles zu ändern in Saules Leben, um ihr Geld für sich zu sparen. Für sie war es der totale Horror … Sie verdiente gutes Geld für ihr Leben, aber er versuchte alles zu zerreißen, das ist der Menschenfresser, der sich füttert mit anderen Leben. Das, was in ihm steckte, was er am besten konnte, das erzählte er überall.

Die Zeit ging sehr schnell vorüber, sie redete kein Wort mehr mit ihm, sie besuchte erst ein Kunstmuseum, dann ein Kaffeehaus (nach ihrem Geschmack!) machte einen Spaziergang durch alte Straßen, kaufte kleine schöne Dinge für sich, ein französisches Parfüm, machte sich einen schönen Tag, ohne zu diskutieren. Er hing hinter ihr wie ein Anhänger, lief hinter Saule her mit feuerrotem Gesicht, total verkrampft vor Wut. Saule genoss die schönen Momente sehr, schaute sich in den Einkaufsstraßen alles an und war begeistert. Mein Leben gehört zu mir, dachte Saule immer, und mit lächelndem Gesicht freute sie sich auf das Leben.

Am späten Abend fuhren alle mit dem Omnibus zurück nach Hause, alle hatten so viel zu erzählen, was sie alles gesehen und besucht hatten, Emotionen erfüllten den ganzen Omnibus. Saule schaute durchs Fenster in die Naturlandschaft und sah, wie die Sonne langsam am Horizont verschwand. Am dunkelblauen Himmel funkelten so faszinierend die ersten Sterne.

Zuhause waren sie um Mitternacht, der Haperd freute sich auf seinen neuen Freund, den Chinesen. Er hatte die ganze Studentengruppe am Wochenende zu sich nach Hause eingeladen und würde Torten und Kuchen für seine Gäste backen. Saule hat nur gelacht, weil der Haperd für seine Besucher immer die billigsten Biskuitboden kaufte und das billigste Dosenobst mit Tortenguss obendrauf schmiss. Das war alles, was er konnte, und dann servierte er alles auf Papiertellern. Er war ein Mensch, der extrem sparte, sein ganzes Leben hat er gespart bis zum Absurdum und nach dem 11. September (der Weltkrise) verlor er komplett alle Ersparnisse! Die andern freuten sich riesig, dass er alles verloren hatte.

Nach wenigen Tagen kaufte Haperd eine Couchgarnitur für das Wohnzimmer, er war extrem süchtig nach den chinesischen Gästen und freute sich auf den Besuch. Als alter Mann war er sehr interessiert an jüngeren Menschen, weil er Erfahrungen hatte im Manipulieren und Hirnwaschen. Saule wusste, dass die Gäste nie zu ihm kommen würden. In diesen kommunistischen Ländern weiß man etwas mehr vom Leben, welche Konsequenzen nach einem Besuch bei Haperd folgen können. Danach war er sehr wütend, weil die Gäste nie gekommen sind, zum großen Glück.

Vor vielen Jahren als junger Mann hatte Haperd eine schöne reiche Frau geheiratet, sie war so alt wie seine eigene Mutter. Sie kam aus Ostpreußen und arbeitete hier als Medizinerin. Als der Hannibal einmal alkoholisiert war, erzählte er Saule, dass Bruder Haperd sie brutal und grausam misshandelt hatte und ihr Bankkonto finanziell sehr ruinierte. Wenige Jahre danach trennte sie sich erfolgreich von Haperd. Ihr Sohn, der einzige Augenzeuge, lebte und arbeitete als Mediziner am gleichen Ort wie die Mutter. Nach der Scheidung lebte Haperd viele Jahre in tiefstem Hass, Wut und Rache auf Frauen. Er, der Frauenhasser, hatte außer seinen Geschwistern nur einen einzigen Freund in Amerika, der Gold und Smaragde nach Europa schmuggelte. Beide besuchten sich für besondere Kontakte … Haperd hatte regelmäßig aus Amerika junge Frauen zu Besuch in sein Haus eingeladen, mehrere Wochen lang, jedes Mal andere. Was danach mit den Frauen passierte, weiß keiner …

Wenn Saule fragte, wohin die Frauen verschwunden sind, wurde er rotblau im Gesicht und kochte vor Hass. Das Ganze passierte auch, wenn man fragte, was er in Amerika mache. Er flog sehr oft dorthin. Seine Lieblingshobbys waren Briefe zu schreiben und Menschen zu demütigen, zu beleidigen, zu erniedrigen. »Das kann ich am besten«, erzählte er oft. Die Nachbarn, die Supermärkte, die Organisationen, die am gleichen Ort waren, er hatte jeden gedemütigt, beschimpft und kleingemacht, auch verschiedene Fernsehsendungen. Sehr stolz und mit Wut erzählte das der Haperd.

Saule fühlte sich manchmal sehr kraftlos und verbrachte manches Wochenende im Bett. Die Schmerzen waren sehr stark, sie konnte kaum aufstehen. In dieser Zeit schrieb der Ehemann eine Kündigung an die Kunstschule, ohne Saule zu fragen. Er verlangte Saules Unterschrift, als wolle er ihr helfen. »Du brauchst das nicht zu lesen, ich weiß alles sehr gut«, schrie der Hannibal. Er telefonierte auch mit der Sekretärin von Saules Kunstschule und erzählte, dass Saule sehr krank sei und nicht arbeiten dürfe. Danach schickte er ein Fax von der Krankmeldung des Arztes und verbreitete gegen Saules Willen sehr raffinierte falsche Informationen über sie. Zum Glück hat die Sekretärin Saule erreicht und alle wichtigen Dinge diskutiert. Danach arbeitete sie etwas weniger, aber sie hatte sehr viel Freude bei der Arbeit.

Am nächsten Tag, zu Saules Geburtstag, brachte der Hannibal Saule einen Brief und ein Kochbuch von Haperd. Im Brief schrieb er:
»Saules Ehemann ist ein armer Mann,
weil seine Frau nicht backen und kochen kann,
er schält die Kartoffeln, brutzelt Gemüse und auch den Fisch,
sonst wär um zwölf nichts auf dem Tisch ...
Drum gibts zum Geburtstag ein Buch fürs Kochen,
und alle hoffen, die Saulo ist perfekt in sechs bis acht Wochen.
Anstatt den Klatsch und Tratsch im Gala-Heft zu studieren,
heißt es ab sofort kochen und Rezepte probieren.
Und jetzt noch ein Wort zum deutschen Wesen
eine Frau greift auch zu Schaufel und Besen ...

Zum Geburtstag von Haperd!
»Spott tötet den Mann.« Deutsches Sprichwort.
Mit diesen Worten antwortete Saule auf den Brief von Haperd.

Seit Saule Hannibal kennenlernte, kochte die Schwester Margot Mittagessen für ihren Bruder. Oft gab es Reisbrei, Grießbrei mit Zucker und Zimt oder Pommes, das alles aß er sehr gern. Frühstück nahm er auch bei seiner Schwester ein. Brötchen mit Schwesters gekochter Marmelade. Saule war sehr überrascht, dass ein Mann sich ernährt wie ein kleines Kind. Am Wochenende machte Margot Torten und Kuchen, die viel zu süß und zu fett waren. Das alles aß er mit viel extra Schlagsahne. Saule sollte das alles unter Beschimpfungen und Zwang essen, obwohl sie viele Male erklärt hat, Fettes und sehr Süßes nicht essen zu können. Saule aß das nicht, weil alles auch noch sehr geschmacklos war ...

»Dir gefällt das nicht, du arme Ausländerin«, schrie Margot Saule an. Danach schrie Margot, dass Saule die schlimmste und grausamste Ehefrau sei, sie könne nicht wie sie kochen und backen, aber Saule lachte nur ...

Den Brief für Saule hat Haperd mit einer alten Schreibmaschine geschrieben und mit der Hand unterschrieben. Mit der gleichen alten Schreibmaschine hat er Saules persönliche Original-Dokumente manipuliert. Außerdem hatten er und seine Geschwister Hausschlüssel und kontrollierten permanent Saules Schrank, was sie immer sofort bemerkte.

Saule nahm das Kochbuch von Haperd und schmiss es vor dem Ehemann in die schwarze Mülltonne. Den Brief hat sie versteckt, um ihn anderen zu zeigen. Der Ehemann schrie: »Warum in die Mülltonne?! Warum?!«

»Der Müll gehört in die Mülltonne«, sagte Saule. »Fahr jetzt am besten zu deiner Schwester, um Brei zu futtern, vielleicht gibt sie dir auch ihre Brust«, sagte Saule mit lächelndem Gesicht, dann ging sie weg. Machte Spaziergänge durch die tropfnasse Naturlandschaft, obwohl es regnete, alles roch nach Pflanzen und Obstbäumen, das alles liebte sie sehr. Danach saß sie am Kamin im neuen Haus, las Bücher und Frauenmagazine und träumte von der Freiheit …

In der Nacht wachte sie wieder auf durch Gewalt, er schrie wieder und wieder. Sie wusste nicht mehr, wie sie weiterleben sollte, das alles war totaler Horror … vor Schmerzen konnte sie kaum aufstehen, sie sah alles schwarz …

Zu seinem Geburtstag machte der Ehemann bei seiner Schwester Margot eine Party mit seiner Familie. Saule erzählte, dass sie nicht kommt. Zu Saules Geburtstag hatte ihr schon lange niemand mehr gratuliert, aber der Ehemann verlangte mit Gewalt, dass Saule allen von seiner Familie gratulieren soll, aber sie ging weg. Saule kaufte trotzdem ihrem Ehemann zum 60. Geburtstag eine große weiße Orchidee, wenige Tage danach übergoss er die Blume mit Essig und war sehr stolz auf sich … danach ging er in Rente. Die Psychologin hatte gesagt, dass er aus Not sofort in Rente gehen muss, keinen Tag mehr arbeiten darf!, erzählte der Hannibal.

Zu Saules Geburtstag kaufte der Ehemann für sie Kinderbücher ab 4 Jahren, Astrid Lindgrens stärkste Heldin »Pippi Langstrumpf« – Spielfilme, Ravensburger Puzzle, Mandalas mit Stiften zum Malen, Wortspiele für Kinder ab 6 Jahren, Die große Spielesammlung für die Familie, Lego-Steine, Kinder-Haarshampoo und Kinder-Creme und noch mehr … Danach brachte er von seinem Kleiderschrank seinen alten grauen Wollanzug und sagte: »Anziehen, das passt genau zu dir, du musst den Anzug tragen, das ist dein Stil, mein Herzblättchen, ich schenke ihn dir! Der Anzug war sehr teuer und ich habe noch mehrere, die musst du tragen!«

Saule probierte ihn an und sagte: »Aber Männerkleider trage ich nie und niemals!«

»Ich habe auch einen Termin für dich bei der Friseuse, du schneidest dir die Haare ganz kurz und dann ziehst du den Anzug an, das ist ein wunderbarer Stil für dich!«

Sie war richtig schockiert. Was kommt noch weiter?, dachte Saule und sagte: »Ich habe eine bessere Idee, wir fahren sofort, um dein Hirn zu operieren, das wird dir richtig helfen, okay.«

»Aber! … Das! … Der … weißt du, ich glaube das! … Die Hosentaschen! …«, er drückte seine Hände ganz fest zusammen und versuchte mit feuerrotem Gesicht zu antworten.

»Wie bitte?«, fragte Saule noch mal. »Du willst Frauenkleider tragen, stimmts?«

»Ja! … Meine Schwester! … Das … die sind …«, er suchte nach Worten, »aber … Ich gehe zu meiner Schwester«, sagte er, schlug die Tür zu und verschwand.

Die Schwester und ihre Tochter Annika schenkten Saule eine Metall-Butterdose und ein kleines Metall-Tablett vom günstigsten Supermarkt, dann eine günstige Flasche Parfüm, das alles schmiss Saule sofort in die Mülltonne. Sie hatte eine Hautentzündung bis zur Blutung und litt an Übelkeit bis zum Übergeben, seit sie mit dem Ehemann zusammen war.

Nach seiner Geburtstagsparty hat sich der Hannibal entschieden, zurück ins alte Haus zu ziehen, an den Ort, wo seine Geschwister wohnten. Er kam nie zurecht am neuen Ort, im neuen Haus, er hasste jeden Nachbarn, er schrie Tag und Nacht, er fuhr jeden Tag zu seinen Geschwistern, er war wie immer …

Obwohl er das alte Haus verkaufen wollte, durfte niemand das Haus besichtigen; das hat er mit seinen Geschwistern entschieden.

»Das Haus verkaufst du nie, und zwar wegen dem grausamem Grundstück, weil dort zu viele Leichen begraben sind«, sagte Saule.

»Nicht dein Problem!«, schrie er. »Wir ziehen sofort zurück ins alte Haus!«

»Vor wenigen Tagen haben wir wieder einen Kredit von der Bank in Höhe von 50.000 DM bekommen, um das Haus endlich fertig zu machen und eine Garage zu bauen, und jetzt willst du sofort zurück ins alte Haus, nach einem Jahr im neuen Haus, was soll das alles bedeuten?«

»Ich will sofort zurück zu meinen Geschwistern!!«

»Nur einmal will ich wissen, was du von mir willst, ganz genau, warum hast du mich geheiratet, aus welchem Grund, kannst du mir das sagen?«

»Du bist die ... und ... und ...«, schrie er weiter und weiter, explodierte vor Wut.

Saule sagte weiter: »Ich brauche alle meine persönlichen Papiere und Dokumente, gib mir alles sofort zurück, ich kann nicht mehr, du und deine Familie, ihr seid Menschenfresser!«

»Die brauchst du nicht, wir sind verheiratet!!«

»Dann fahre ich zur Polizei und zum Scheidungsanwalt!«

»Jetzt habe ich keine Zeit! Morgen!«

»Ich brauche heute alle meine Papiere!!«

Saule nahm ihren Mantel und die Handtasche. Er schaute mit glühenden Augen zu, dann nahm er sie an beiden Armen ganz fest bis zum Knochen und schrie: »Wenn du die Scheidung willst, dann ist dein Leben am Ende, du überlebst ohne mich nicht, du wirst ganz schnell sterben, willst du das? Ich habe dir schon mal erklärt, dass meine Schwester in ihrem Haus eine Waffe hat, du bist in einer Sekunde tot, willst du das?! Oder willst du, dass ich dich sofort in Stücke zerlege?!«

Dann schmiss er sie an die Schrankecke und verschwand mit seinem Auto für viele Stunden.

Sie zitterte, ihr Herz raste, sie hatte starke Hautentzündungen bis zu Blutungen, als wäre sie verbrannt, sie brach zusammen ... Ich kann nicht mehr ...

Die Nachbarn bekamen die Gewalt fast jeden Tag mit, aber hatten keinen Mut, um Saule zu helfen oder zu fragen, was los ist. Das ist sehr schmerzhaft, dass die Menschen so eiskalt und egoistisch sind, alle schauen weg ...

Danach verbrachte Saule mehrere Tage im Bett und versuchte zu schlafen, dann träumte sie wieder und wieder von ihren verstorbenen Verwandten:

NICHT AUFGEBEN! WIR SIND ALLE FÜR DICH DA!
DU MUSST DEIN LEBEN IN FREIHEIT LEBEN!

Als wären alle wieder da, manchmal der eine, manchmal der andere, sie spürte jeden so nah wie damals vor vielen Jahren ...

Nach mehreren Tagen danach war der Hannibal wieder da.

»Mein Herzblättchen, ich habe dir deinen Lieblingskuchen gekauft und Dosenobst, Gemüse und Fisch.«

»Aber du weißt, dass ich nie etwas Paniertes esse, und immer den gleichen Fisch, den du schon seit zehn Jahren kaufst!«

»Mein Herzblättchen, du kannst essen, was du willst, das weißt du!«

»Aber diesen Schrott will ich nicht, den kannst du selbst essen! Der Kühlschrank ist fast immer leer …«

Er fuhr sofort los und kaufte etwas geräucherten Fisch, ein bisschen Obst und Gemüse.

Saule war total überrascht, dass er nach wenigen Tagen wieder nett war und ruhig.

»Ich habe die Reise für den Sommer reserviert, nur für uns beide, ans Mittelmeer, in ein sehr gutes Hotel, mein Herzblättchen.«

»Wie bitte?«, sie war sehr überrascht.

»Ja, wir fahren ans Meer, jetzt weißt du, wie ich dich liebe, du bist mein Herzblättchen und wir bleiben für immer zusammen, wir sind verheiratet!«

»Das ist deine Meinung, ich will die Scheidung und nur die Scheidung!«

Saule war erschöpft vor Schmerzen und versuchte etwas zu essen. Danach zeigte er, wie er permanent Saules Arme zerreißen kann, blaue Flecke wieder und wieder, das alles schmerzte sehr.

»Mein Herzblättchen, du bist selbst schuld, du willst ein Luxusleben, dann musst du mehr arbeiten und mehr Geld verdienen.«

»Ich verdiene genug Geld für mein Leben!«

»Das Leben hier kostet sehr viel, das weißt du nicht!«

»Was meinst du denn ganz genau?«

»Alle Versicherungen und das Haus!«

»Dann zeig mir alle Papiere, was alles so viel kostet!«

»Ich habe einen Kuchen gekauft, den du sehr gern isst, den kannst du probieren!« Er brachte ein Stück Kuchen für Saule an den Tisch.

»Aber den mag ich nicht, ich esse nie zu fett und zu süß, der ist total geschmacklos und hat zu viel Sahne!«

»Ich habe schon gesagt, du suchst immer nur das Beste!«

»Natürlich, das, was mir schmeckt und was ich gerne essen will! Aber du versucht immer alles in meinem Leben zu verändern, permanent!«

»Das stimmt nicht, du darfst leben, wie du willst!«

»Dann vergiss bitte nicht, dass mein Leben mir gehört in Liebe und in Freiheit!«

»Aber ich liebe dich sehr, das weißt du, und du hast die Freiheit, was willst du noch mehr? Im Sommer fahren wir ans Mittelmeer, ist das nicht genug für dich?«

Danach schaute er Fernsehen, später ging er für mehrere Stunden in den Keller an den Computer. Was er dort machte, Saule wusste es nie. Sie wusste nur, dass er Briefe über Saule schrieb und diese verbreitete, sehr falsche Informationen. Das Grausamste war, dass so viele Jahre keiner Saule helfen wollte … nie hörte jemand zu …

Sie versuchte zu erzählen, wie wichtig die Scheidung für beide sei, trotzdem schrie er weiter und weiter das Gleiche … er bedrohte sie weiter viele Stunden lang … Sie konnte nicht mehr mit ihm reden, sie wollte nur die Scheidung …

Später am Abend schaute Saule immer noch Fernsehen, eine Sendung in 3sat, ein Konzert mit klassischer Musik, und das war traumhaft und wunderschön. Saule schaute sehr gern 3sat, es war genau nach ihrem Geschmack und sie freute sich. Der Abend war besonders imposant.

Er suchte weiter Ärzte auf, versorgte sie mit falschen Informationen über Saule, erzählte, dass sie in ihrem Heimatland von den Eltern, dem Bruder und anderen sexuell missbraucht worden war. Saule versuchte immer und immer wieder zu erklären, dass das nicht stimme, sie wolle nur die Scheidung. Sie könne nicht mehr diese grausame Gewalt ertragen, es sei nicht zum Aushalten. Trotzdem machten die Ärzte weiterhin Hirnwäsche und manipulierten Saule permanent weiter, mit Hannibals Hilfe, obwohl sie immer wieder versuchte, die Zwangsbehandlungen zu verhindern und sich zu befreien. Saule hatte eine private Krankenversicherung und für die Ärzte war das die große Geldquelle. Nach diesen Terminen gab es für den Ehemann schriftlich gefälschte Informationen zum Verbreiten.

In diesen Tagen fuhr der Hannibal zur Stadtverwaltung, wo eine Bekannte arbeitete. Er brachte einen selbstgeschriebenen Brief mit Saules Namen, dass sie sehr krank ist und sofort ihren Vornamen ändern muss. Die Ärztin, Frau Dr. Schau, wusste genau, was er schrieb in dem Brief, sie hatte auch den Brief von Haperd gelesen. Bei Gesprächen mit Saule und dem Ehemann war sie dabei. Saule versuchte immer und immer wieder in Schock unter Tränen zu erzählen, wie sehr wichtig die Scheidung war! Aber ohne Saule konnte die Stadtverwaltung nichts machen, was ein Wunder!

Danach hatte der Ehemann den Hausarzt Dr. Germisd gefunden, der einen aus der Familie kannte, nur Saule wusste noch nichts. Sie suchte einen Scheidungsanwalt, sie wollte sofort weg und packte ihre Koffer, sie war total am Ende wegen der Schmerzen und des Schocks. Der Hannibal, der Menschenfresser, telefonierte wieder mit der »berühmten Nonne«, danach machte er wieder Termine bei Ärzten für Saule, ohne sie zu informieren, aber sie ging trotzdem zur Scheidungsanwältin, Frau Hugel. Diese kassierte sofort eine Summe Geld in bar von Saule, ohne Erklärung, ohne Quittung. Sie sagte zu Saule, dass sie das Frauenzentrum besuchen soll zum Unterhalten. Alle Briefe wegen der Scheidung von der Anwältin nahm der Hannibal sofort weg. Saule versuchte, alles wieder zurückzubekommen, weil sie die Scheidung wollte, aber er war genau wie immer ...

Er schrieb einen Brief mit Saules Namen an die Anwältin, Frau Hugel, um das Verfahren zu beenden, wegen Saules Vater, als wäre Saules Vater schuldig für ihr unglückliches Leben. Er erklärte es viele Stunden lang, er bedrohte sie grausam, brutal, sadistisch, bis sie die Kraft verlor, sich zu schützen und zu befreien. Sie zitterte vor Todesangst, das Herz raste, sie brach zusammen, sie war allein. Es war der totale Horror ... er schrie und schrie ...

Dann zerrte er Saule ins Auto und brachte sie zur Anwaltskanzlei, um den Brief mit ihrer Unterschrift bei Frau Hugel abzugeben. »Es ist alles in Ordnung«, sagte mit lächelndem Gesicht die Anwältin. Er wartete vor der Tür auf Saule, danach fuhren sie nach Hause.

»Du bist sehr krank, mein Herzblättchen, ich will dir helfen, die Ärztin, Frau Dr. Schau, hat dir auch erklärt, wie krank du bist«, schrie er immer und immer wieder.

»Verschwinde sofort aus dem Zimmer und aus meinem Leben, du Menschenfresser!«, sagte Saule und schloss die Tür.

NICHT AUFGEBEN!
DU BIST STARK GENUG, UM DEIN LEBEN ZU LEBEN!

Diese Worte der gestorbenen Verwandten hatte sie so tief in sich und sehr klar, wenn sie zu schlafen versuchte und die Augen zumachte. Sie verbrachte mehrere Tage im Bett, bis sie wieder gehen konnte, Schritt für Schritt zur Freiheit. Sie machte wieder Jogging, Spaziergänge, Yoga, Meditation, fünf Tibeter, Schwimmen, las Bücher, bis sie wieder voller Kraft war und Energie für ein Leben in Freiheit und in Liebe hatte, denn davon träumte sie oft.

»Ein Traum ist unerlässlich, wenn man die Zukunft gestalten will.«
Victor Hugo

Sie bereitete in der Küche einen Teig zum Backen eines Apfelkuchens zu. Sie hatte Mehl auf dem Tisch, Pflanzenfett, Eier, Quark, braunen Zucker und alles, was dazu gehörte. Sie backte sehr gern und es schmeckte sehr köstlich. Der Herd war richtig heiß.

Plötzlich fragte Hannibal hinter Saules Rücken: »Warum bist du nicht im Bett? Was machst du hier?«

»Kuchen backen!«

»Du kannst nichts, geh fort! Der Strom kostet Geld, du musst sparen!!«

»Geh du selbst fort!«

»Du kannst nicht backen und nicht kochen, du bist ein Nichts!!«

»Und du bist ein Menschenfresser, der perfekte Mann!«

»Geh fort von der Küche!«

»Am besten fährst du zu deinen Geschwistern, dort kannst du gut Brei futtern!«

»Meine Schwester ist die beste Köchin und backt alles sehr perfekt, du musst von ihr lernen, eine gute Ehefrau zu sein!!«

Dann nahm er das Blech vom Herd mit dem Kuchen und schmiss alles in die schwarze Mülltonne, mit feuerrotem Gesicht schrie er weiter.

In ihrer Freizeit machte Saule aus massivem Holz einen großen Mond mit Sternen für Kerzen, dann einen Kleiderbügel mit Kinderkopf und großen schwarzen Augen, eine wunderschöne filigrane Kunst, mit großer Lebensfreude. Aber der Hannibal zerstückelte in seiner großen Wut den Mond, und den Kleiderbügel brachte er seiner Familie, genau wie viele andere Dinge von Saule. Er war süchtig danach, alles in Saules Leben zu zerstören und zu vernichten, und die anderen haben ihm sehr geholfen.

In der Nacht fuhr Saule erschrocken aus dem Schlaf hoch, sie stieg aus dem Bett, sie hatte geträumt, sie fliegt und fliegt sehr schnell und verliert alles … dann war alles still. Sie konnte nicht mehr weiterschlafen vor Todesangst und Schmerzen … suchte Musik-CDs zum Hören, sie kaufte viele, dann ein Buch zum Lesen, das tat sie oft in der Nacht. Er fuhr so oft wie möglich zu seinen Geschwistern, Saule war sehr erfreut darüber. Danach versuchte sie zu schlafen, wenn auch nur kurz, und es gab immer einen Morgen, zum Glück!

Die grauen, heißen, dunklen Tage gingen vorbei und sie versuchte wieder, einen Termin für die Scheidung zu bekommen. Sie spürte kein Bedauern, es waren neue Erfahrungen und sie war von einem Tag zum anderen klüger geworden.

Sie ging in den Garten und am Haus pflanzte sie wieder neue Blumen, wie immer, mit allen Farben, die blühten und dufteten so herrlich; jedes Jahr kaufte sie die gleichen Blumen. Sie genoss den Anblick durchs Küchenfenster, wenn sie frühmorgens das Frühstück zubereitete. Die Blumen wuchsen sehr schnell und jeden Tag war der Anblick anders, einfach wunderschön!

Inzwischen ging das Leben weiter und ihre Energie war grenzenlos. Sie beschäftigte sich im Haus und auch gern im Garten nach der Arbeit in der Kunstschule.

Am nächsten Tag war der Ehemann unglaublich ruhig und machte mit Saule einen Einkauf im Supermarkt. Er kaufte für sie Milchschnitten für Kinder, ein dünnes Biskuit mit Milchgelatine.

»Warum kaufst du das?«, fragte Saule.

»Du musst alles essen lernen, was ich dir kaufe!«

»Aber ich möchte immer das essen, was ich will, du musst mich irgendwann verstehen.«

»Du musst es erst probieren, es schmeckt richtig gut!«

»Ich will nicht, Lebensmittel für Kinder kannst du selber essen.«

»Aber mein Herzblättchen, du willst wieder nur im Luxus leben!«

»Natürlich, will ich! In meinem Heimatland ernährte ich mich viel besser als bei dir. Du versuchst, mich mit Schrott zu füttern. Mein Hund in der Heimat hat eine bessere Ernährung, als du hier jedes Mal kaufst, und dann erzählst du überall, dass ich nicht kochen und backen kann. Nur mit Mehl, Eiern und Butter wird nichts!«

»Mein Herzblättchen, das stimmt nicht, du hast alles zur Verfügung!«

Am frühen Morgen wartete er auf Saule in der Küche und fragte: »Hast du gut geschlafen?«

»Ja, wie immer!« Saule holte tief Luft.

»Ich habe Kaffee für dich gekocht und die Brötchen mit Marmelade, gekocht von meiner Schwester, vorbereitet!«

»Du weißt genau, das esse ich nie.«

»Bitte versuch, normal zu essen!«

»Versuch du es selbst und lass mich in Ruhe oder ich fahre sofort in die Stadt.«

»Na gut, wie du willst. Ich habe den Hefeteig vorbereitet für die Pizza zum Backen, vielleicht kannst du mir helfen? Danach fahren wir beide in die Stadt und du kannst alles kaufen, was du willst, mein Herzblättchen!«

»Natürlich kann ich, ich verdiene genug eigenes Geld, und meine Bankkarte brauche ich auch, gib sie mir jetzt zurück.«

»Ach was, jetzt backen wir eine Pizza! Willst du sie mit frischen Pilzen oder Konserven?«

»Nur frische! Dann die roten Paprika und Tomaten. Auch etwas Käse. Aber wenn deine Nase wieder auf die Pizza tropft, dann esse ich nichts, das weißt du!«

»Alles klar, meine Nase tropft wegen einer starken Immunsystem-Krankheit und die Ärzte haben das bestätigt wegen der Frührente! Das ist nicht so schlimm!«

»Zum Glück weißt du jetzt etwas mehr über dich selbst«, sagte Saule. »Weißt du noch, als wir uns kennenlernten, nach kurzer Zeit hast du erzählt, dass du am Bodensee in einer Klinik warst, dort wolltest du dein Gewicht reduzieren, obwohl du sehr schlank bist. Nach einem Fragebogen-Test hast du die Psychologen beschimpft, dass alle sehr komisch sind und nicht normal. Du hast dort mehrere Wochen verbracht, aber es ging dir trotzdem sehr schlecht.«

»Ja, alle Psychologen sind nicht normal, das habe ich dir schon einmal erzählt!! Warum fragst du mich immer wieder, warum?«, sagte er.

»Ich will alles über dich wissen, warum schreist du immer?!«

»Weil ich eine starke Immunkrankheit habe, mein Immunsystem ist total kaputt, deswegen ging ich in Frührente, warum fragst du mich immer wieder?!«

»Ich habe dir gesagt, hör auf zu schreien, oder ich gehe weg!«

»Meine Frau bist du für immer! Wir essen jetzt Pizza!!«

Die Pizza war gebacken und roch sehr köstlich. Danach brachte er kaltes Bier vom Keller, Mineralwasser und Saft. Dann schnitt er die Pizza in kleine Stücke und legte sie auf den Teller. Saule deckte den Tisch mit Servietten, Gläsern und Besteck und schaute, wie Hannibals Nase tropfte und alles auf den Teller lief, das alles war so eklig!

»Ich esse mit dir nicht!«, sie holte tief Luft und ging fort.

Er versuchte, sie zu halten und die Gründe zu finden, warum sie die Situation nicht akzeptierte.

»Was ist denn mit dir los?«

»Ich kann nicht essen mit dir. Das ist sehr, sehr übel!«

Die Mahlzeiten waren fast immer ein Alptraum und endeten in einem Fiasko, weil der Ehemann versuchte, seine tropfende Nase als total normal zu betrachten. Er und seine Geschwister hatten nicht einmal die einfachsten Tischmanieren. Sie aßen viel mit offenem Mund und vollen Tellern, tranken mit vollem Mund, langten quer über den Tisch nach Torten und Kuchen, stießen die Weingläser auf Saules schönen edlen Tischdecken um. Aßen viel und alles, danach erzählten die Geschwister, dass Saule nicht kochen und backen kann, obwohl der Geburtstagstisch sehr edel und geschmackvoll war, auch mit Blumen und Kerzen geschmückt. Die Geschwister und der Ehemann hatten nur Neid und Hass, weil ihr Leben sich auf extremes Sparen beschränkte. Schließlich konnte Saule es nicht mehr ertragen und aushalten, keinen mehr … obwohl sie genug gesunden Menschenverstand besaß.

Am Abend, wenn er früh zum Schlafen ging, fühlte sie sich am besten, machte sich am Crosstrainer fit, danach genoss sie im Bad bei Kerzenlicht Wellness mit Ölen und Düften. Dann machte sie es sich am Kamin im großen Sessel gemütlich und trank eine heiße Tasse Kaffee und aß Trüffel-Himbeerpralinen bis Mitternacht und länger. Sie wusste, dass am nächsten Tag wieder ein neuer Termin bei einem anderen Scheidungsanwalt war, sie würde am Ball bleiben bis zur Scheidung.

Die Tage und Monate vergingen unglaublich schnell, sie hatte viel gearbeitet, im ganzen Haushalt, in der Kunstschule, privat mit Kindern musiziert. Aber der Hannibal war immer gleich … Tag und Nacht.

An einem sonnigen Morgen bereitete der Ehemann in der Küche Kaffee zu und brachte eine Tasse ganz ruhig an Saules Bett.

»Mein Herzblättchen, hast du gut geschlafen? Der Kaffee ist für dich!«

Saule atmete tief Luft ein und sagte mit lächelndem Gesicht: »Wie immer!«

Er saß bei ihr am Bett und sagte: »Ich habe eine gute Nachricht für dich, bitte lass mich ausreden! Heute ist ein Termin beim Hausarzt für dich, ich habe wegen deiner Schmerzen telefoniert. Meine Kollegen haben gesagt, dass dieser Arzt sehr, sehr gut und richtig hilft. Er hat seine Praxis in der Stadt, mach dich am besten gleich fertig und wir fahren sofort los.«

Saule hatte jeden Termin bei den Ärzten, die der Hannibal ausgemacht hat, abgesagt, oft im Streit, und sie war bereit auszuziehen, ganz weit weg. Er sagte das alles sehr oft und drohte ihr mit Schreien, bis sie eines Tages mit dem Ehemann zum Hausarzt fuhr. Er war etwas älter als Saule.

Der Arzt begrüßte beide sehr freundlich, und der Ehemann blieb beim Gespräch dabei. Der Hannibal, der Ehemann, erzählte sofort stundenlang wieder das Gleiche wie bei anderen Ärzten. Saule versuchte, über ihr Leben zu erzählen, aber das war nicht möglich. Der Ehemann hatte von Ärzten schriftlich gefälschte Informationen über Saule und mit Nachdruck wurde eine Behandlung mit viel Psychopharmaka empfohlen, obwohl der Arzt ein Homöopath war. Das Gespräch beim Arzt war eine gut vorbereitete Hirnwäsche und der Arzt manipulierte sie permanent zusammen mit dem Ehemann. Damals wusste sie noch nicht, wie ein Menschenfresser arbeitet. Saule versuchte wieder und wieder zu erzählen, dass sie in grausamer Gewalt jeden Tag lebt und das nicht mehr ertragen kann und deshalb die Scheidung so schnell wie möglich will. Sie leide außerdem an starken Schmerzen und übergebe sich sehr oft. Der Arzt beschuldigte sie permanent, um sie in Angst zu halten, dann verschrieb er viele Rezepte für Medikamente, obwohl sie sagte, dass sie diese nicht braucht. Sie merkte, dass man mit Medikamenten einen Mensch sehr gut betäuben kann, um ihn zu manipulieren. Der Arzt gab die Rezepte in Hannibals Hände und verabschiedete sich mit lachendem Gesicht und wieder hatte er den nächsten Termin für Saule gemacht, nach dem Wunsch des Ehemanns, obwohl sie keinen Termin mehr wollte.

Saule war total in Schock und Todesangst, das Herz raste ohne Ende ... sie atmete tief die Luft und sah alles total schwarz ...

Der Hannibal fuhr mit Saule zur Apotheke, kaufte mehrere Packungen Medikamente. Sie sagte, dass sie die Medikamente nicht brauche, sie würde sie nicht nehmen.

»Mein Herzblättchen, du bist sehr krank, das hat jeder Arzt bestätigt, die Medikamente musst du nehmen oder wir schließen dich in der Klinik mit geschlossenen Türen ein. Der Hausarzt Dr. Germisd hat mir dies versprochen. Er hat auch ein Haus für dich gefunden, wo du bald hinkommst. Weißt du, du kannst nicht richtig auf den Füßen stehen, wackelst total, cha, cha, cha.« Mit feuerrotem Gesicht lachte der Hannibal.

Wenige Tage danach kaufte er für Saule ein Buch zum Lesen, das eine Frau nach Misshandlung und grausamster Gewalt geschrieben hatte, zur Verdauung der Masken. Danach versuchte der Hannibal, diese Frau durch die Redaktion der Zeitung zu finden und mit ihr in Kontakt zu kommen, um Erfahrungen auszutauschen. Aber Saule las das Buch nie und hat alle Kontakte abgesagt. Abends schaute er im Fernsehen alle Sendungen über Sexualmissbrauch und kommentierte permanent alles für Saule, da sie auch das Gleiche in ihrem Heimatland erlebt hatte. Saule versuchte trotzdem, sich zu wehren gegen die Manipulationen und Hirnwäschen, aber er schrie und schrie mit feuerrotem Gesicht, er wolle nur helfen. Am nächsten Tag bestellte er einen Videofilm nach einer Fernsehsendung über Misshandlung und Gewalt. Wie eine Frau nach diesem grausamsten Horror ihren Vornamen geändert hatte. Danach schrieb er einen Brief an den Fernsehsender, um mit ihr in Kontakt zu kommen wegen Saule. Er versuchte, Saule mit solchen Frauen in Kontakt zu bringen, mit Schreien und Drohungen. Er wolle nur helfen. Saule versuchte mit ganzer Kraft, sich zu beruhigen, tief atmete sie ein und aus, wieder und wieder ... machte die Augen zu ... und alles war schwarz ...

NICHT AUFGEBEN!
DU BIST STARK GENUG FÜR DEIN LEBEN!

Sie dachte immer an ihre Verwandten und an ihre Worte, so oft wie möglich, und versuchte, sich zu befreien.

Zu Hause bedrohte er sie, er beschuldigte sie, er demütigte sie, er war wie

immer, und immer zusammen mit seinen Geschwistern und in den Nächten diese grausame Gewalt ... sadistisch-brutal ... immer und immer wieder ... vor Schmerzen erbrach sich Saule immer wieder ... *Mein Herzblättchen, weil ich dich schützen will!*
Sie wollte am Ball bleiben, Scheidung, nur Scheidung!

Zum nächsten Termin brachte der Hannibal Saule unter Drohungen und mit Gewalt in die Praxis zum Arzt. Er erzählte wieder seine eigene Version über Saule. Sie versuchte wieder und wieder, über ihr Leben in Gewalt zu erzählen, aber der Hausarzt redete nur mit dem Hannibal. Später verschrieb er ein Rezept für Valium und sagte, wenn sie keine Medikamente nehme, dann würde er daraus die richtigen Konsequenzen ziehen. Ha, ha, ha, lachte er mit dem Hannibal.

Dann machte der Arzt einen Termin und wieder einen Termin und noch einen Termin und ... und ... Der Arzt Dr. Germisd war ein richtiger Profi, Menschen zu manipulieren und in der Hirnwäsche. Saule machte wieder einen Termin bei einer Anwältin, Frau Rasenkohl, sie versuchte auch dort zu erzählen, dass sie in grausamer Gewalt lebt und die Scheidung will. Die Anwältin war eine ältere Dame, die sehr schnell und sehr viel redete, und Saule hatte den Eindruck, dass sie überhaupt nichts wissen will, genau wie die Anwältin, Frau Hugel. Sie schrieb mehrere Briefe an den Ehemann und Saule, aber keiner informierte sie, wie man sich in Deutschland scheiden lässt, welche Möglichkeiten sie zum Leben hat.

Der Ehemann machte wieder und wieder Termine beim Hausarzt für sie aus, ohne sie zu fragen, und brachte sie in die Praxis. Er erzählte beim Hausarzt, dass Saule die Scheidung will und bei einer Anwältin war. Der Arzt redete wieder nur mit dem Hannibal, dass Saule bei einem Psychologen einen Termin macht, der hier bei ihm im gleichen Haus arbeitet, Herr Heizt, und er soll sofort das Scheidungsverfahren beenden.

»Frau Saule«, sagte Dr. Germisd, »Sie haben ein wunderschönes Leben, Sie haben alles, Ihr Ehemann kümmert sich um Sie, er ist ein sehr guter Mensch, er kauft alles für Sie, er macht alle Termine für Sie, er fährt überall mit Ihnen hin, was wollen Sie noch?! Sie kommen nie allein durchs Leben!«

Saule antwortete sofort: »Mein Leben ist nur grausamste Gewalt, deswegen will ich die Scheidung, so schnell wie möglich, mehr kann ich nicht aushalten!«

»Das stimmt nicht, ich kenne jemanden von dieser Familie, es sind wunderbare und sehr gute Menschen, mit einem war ich in der Schule.«

Das ist sehr interessant, dachte Saule, deswegen unterstützt dieser Arzt die perfekte Familie. Dann sagte sie: »Ich lebe mit meinem Ehemann und kenne ihn viel besser als sie und die ganze Familie auch!«

»Ich verschreibe Ihnen entweder noch ein Rezept oder suche für Sie eine Klinik!« Er schaute zu Hannibal mit lachendem Gesicht.

Zu hören wie der Arzt perfekt manipulierte, das war absoluter Horror. Saule sah alles nur noch schwarz, grau, dunkel.

Zu Hause machte sie überall Lichter an, auch in der Nacht, sie sah alles sehr dunkel, ohne Farben …

Der Ehemann redete die nächsten Tage sehr lang, dann brachte er Saule zu einem Psychologen wieder dort in der Praxis vom Hausarzt. Der erste Termin war wieder zusammen mit dem Hannibal, sofort erzählte er wieder seine eigene Version über Saules Leben, wie immer. Der Psychologe, Herr Heizt, war ein junger Mann in Saules Alter, er war Kinder-, Jugend- und Allgemeinpsychologe. Er redete mit Saules Ehemann stundenlang über sie. Saule versuchte, ihr Leben zu erzählen, aber keiner von beiden reagierte. Sie redeten weiter. Saule war wieder sehr schockiert. Trotzdem Saule erzählte, dass der Ehemann mit einem Taschenmesser sie sehr oft bedroht hatte, schaute der Psychologe zum Ehemann und sagte: »Das ist nur ein Taschenmesser, nicht so schlimm, Männer dürfen Messer tragen.« Der Ehemann sagte, dass Messer trage er nur aus dem Grund, um sich zu schützen. Das Gespräch über das Messer war für den Psychologen total normal, auch dass der Hannibal seine Ehefrau Saule eiskalt grausam bedrohte und misshandelte. Genauso reagierte der Hausarzt, dem Saule vor wenigen Tagen das Gleiche erzählte.

In der nächsten Woche hatte sie wieder einen Termin, den der Ehemann für Saule vereinbart hatte, und er brachte sie mit Drohungen in die Praxis zum Psychologen. Dieses Mal war sie beim Gespräch allein. Sie erzählte, dass sie bei einer Scheidungsanwältin war, weil sie diese ganze Gewalt nicht aushalten kann. Der Psychologe erklärte, dass Saule als Kind sexuell missbraucht wurde und deswegen jetzt große Probleme mit ihrem Ehemann habe. Saule versuchte wieder und wieder zu erzählen, dass sie jeden Tag in grausamster Gewalt lebt und deswegen die Scheidung will.

»Ach was, Frau Saule«, sagte er, »das wird alles gut, das Scheidungsverfahren bitte sofort beenden!! Sie haben einen wunderbaren Ehemann, Sie haben ein sehr glückliches Leben. Ihr Ehemann hilft Ihnen überall, was wollen Sie noch?! Ich arbeitet auch für die katholische Kirche und Ihr Leben ist sehr gut, ich bitte um Verständnis.«

»Wie bitte? Ich kann nichts mehr ertragen. Seit ich in Deutschland geheiratet habe, ist mein Leben eine Katastrophe.«

»Das stimmt nicht, Frau Saule, Sie haben ein Haus gebaut, der Ehemann hat alles allein gebaut, Sie machen nichts, nur ein wenig in der Kunstschule!«

»Was?!«

Saule war total in Schock, solche Unmenschen konnte sie nicht mehr ertragen. Der Psychologe Heizt versuchte Saule zu manipulieren bei jedem Gespräch, das Scheidungsverfahren zu beenden. Nur dann machte er mit Saule sehr gutes Geld, hatte ein volles Bankkonto! Aber allein in einem fremden Land ist das Leben nicht so einfach und sehr gefährlich, denn es gibt auch Menschenfresser, die permanent Futter suchen. Sie war total am Ende, aber …

Als sie die permanente Gewalt nicht mehr aushalten konnte, telefonierte sie mit dem Frauenhaus um Hilfe, unter Schock und in Tränen packte sie ihre Tasche und der Hannibal fuhr mit Saule in ein Frauenhaus.

An der Tür war eine Sozialpädagogin, die sagte: »Ihr Ehemann wartet im Auto, deswegen kann ich Sie nicht in unser Haus aufnehmen, tut mir so leid.«

Sie schloss die Tür vor Saules Augen.

Saule ging wieder zurück ins Auto und fuhr mit dem Hannibal nach Hause. Dort behandelte er sie richtig grausam, brutal, sadistisch … es war eine Horrornacht … sie versuchte zu schlafen für immer, diesen sadistischen Hannibal konnte sie nicht mehr sehen, aber …

Er schrieb wieder einen Brief an die Scheidungsanwältin von Saule, mit Saules Unterschrift, und fuhr mit ihr zur Anwaltskanzlei, um das Schreiben abzugeben, sie war in Todesangst, sie zitterte, das Herz raste und sie machte, was er verlangte … Danach telefonierte er mit Saules Anwältin wegen der Rechnung und wollte alles bezahlen. Er nahm Saule alle Briefe weg. Er hatte Befriedigung durch seine Macht und die anderen unterstützten ihn, weil alle mit Saule gutes Geld machen konnten.

Spät am Abend saß er am Tisch und las ein Buch. Er hatte ein altes, kleines, schmutziges schwarzes Buch in den Händen. Dann sagte er: »Das ist meine ›Bibel‹«, die Eltern hatten ihm diese nach der Geburt geschenkt. Aber Saule wusste, dass ein christliches Leben für ihn und seine ganze Familie sehr, sehr fremd war. Nach kurzer Zeit ging er in die Küche und sie schaute sofort das Buch an, dann war sie in Schock, das Herz raste, weil die »Bibel« hieß: »Sein Kampf« … jetzt war alles klar … sie ging ins WC, um sich zu übergeben … danach trank sie eine Flasche kaltes Mineralwasser. Ein Horror ohne Ende …

Als er endlich fort war, musizierte Saule im Zimmer am Klavier den ganzen Abend, so viele Noten hatte sie! Sie konzentrierte sich total auf die Musik, richtig ganz, den ganzen Abend. Später trank sie heißen Tee mit Zitrone, aß Pralinen mit Likör und schaute DVDs, sehr gefühlvolle Liebesfilme von F. Truffaut, F. Zeffirelli, I. Bergman und anderen berühmten Filmemachern. Saule hatte eine große Filmesammlung. Im der Nacht träumte sie von der Liebe mit einem Traummann, Spazierengehen am Meer … und dann wachte sie mit strahlendem Gesicht wieder auf.

Sie hatte wieder einen Termin beim Hausarzt Dr. Germisd, den der Hannibal ohne Saules Wissen vereinbart hatte. Jedes Mal sagte sie beim Hausarzt, dass sie vor lauter Gewalt nicht mehr konnte und total am Ende sei … In der Praxis wartete der Neffe ihres Ehemannes auf Saule, um sie nach dem Arztbesuch nach Hause zu fahren, das hatte der Ehemann organisiert, denn Saule durfte nie allein in die Stadt fahren.

»Frau Saule«, sagte der Hausarzt, »Ihre Blutwerte sind wie bei einer sehr alten Frau, sie sind sehr dick und hässlich, ha, ha, ha!!«

Saule schaute mit großen Augen und wollte weglaufen.

Der Arzt sagte weiter: »Sie, Frau Saule, sind eine sexsüchtige Frau, Sie suchen nur Sex, ha, ha, ha!!«

Saule sah, wie er versuchte, sie kleinzumachen aus Hass und Neid, ein kleiner Gartenzwerg, der versuchte etwas größer zu sein, deswegen fehlte in seinem Hirn immer etwas. Ein Menschenfresser mit Doktortitel, dachte sie. Dr. Germisd heiratete in dieser Zeit wieder eine neue Frau mit vielen kleinen Kindern, die Frau von einem Kollegen. Er zerstörte eine Familie, natürlich mit Spaß … Nach wenigen Jahren hatte er wieder eine neue Frau. Der Hausarzt war auch gut befreundet mit dem Orthopäden Dr. Ebenschrod, sie überraschte das nicht mehr. Von der Praxis ging sie sofort in die Stadt und machte sich einen schönen Tag. Nach der Kälte in der Kirche kam ihr die Sonne draußen richtig warm und gemütlich vor, sie ging danach in ein Kaffeehaus, genoss die Tasse Kaffee mit Mango-Eis und ging zu Fuß zurück nach Hause, ganz langsam, und träumte von Liebe und Freiheit und …

Zu Hause brachte der Ehemann wieder und wieder die Rezepte vom Hausarzt Dr. Germisd für mehrere verschiedene Schmerzmedikamente und Psychopharmaka für Saule, ohne sie zu fragen; er kaufte sehr viel. Aber sie nahm keine, sie wusste genau, was der Ehemann mit dem Arzt vorhatte.

Er machte weitere Termine für Saule bei der Zahnärztin Dr. Griebe, die der Hausarzt empfohlen hatte, als wäre sie eine besonders gute Ärztin.

»Aber ich habe einen Termin bei meinem Zahnarzt, du musst nichts mehr für mich tun«, sagte Saule.

»Mein Herzblättchen, der Hausarzt weiß viel besser als du, dass deine Zähne kaputt sind!«

»Deine Hilfe brauche ich nicht, lass mich in Ruhe, beschäftige dich mit deinem Leben, ich will nur die Scheidung von dir!«

»Mein Herzblättchen, wir sind zwei Menschen mit einem Kopf, das weißt du!! Du darfst nichts ohne mich tun, nichts, du weißt, was mit dir passieren kann, du überlebst nicht, du kannst nicht ohne mich leben, der Hausarzt hat dir das viele Male erklärt!!«

Danach nahm er ihr wieder alle Briefe, die sie von der Anwältin bekam, weg …

Er brachte Saule mit dem Auto zur Zahnarzt-Praxis, sie litt an Todesangst …

Die Ärztin, Frau Dr. Griebe, begrüßte beide sehr freundlich, er war dabei wie immer und erzählte, dass sie von Dr. Germisd über sie informiert wurden. Die Ärztin freute sich natürlich sehr über neue privatversicherte Patienten und danach kam Saule zur ersten Untersuchung. Die Ärztin bohrte, reparierte und schliff Saules Zähne ohne Ende und wieder und wieder …

Sie »arbeitete« an Saules Zähnen so intensiv, dass sie wegen einer Zahnlücke mehrere gesunde Zähne zerstörte und so billige Kronen machte, dass diese nach wenigen Monaten immer wieder erneuert werden mussten. Danach wurden vorne zwei schlechte Zähne abgeschliffen und dabei mehrere gesunde Zähne wieder zerstört. Dann machte sie wieder sehr günstige Kronen, nach wenigen Monaten wieder neue und nach einem halben Jahr wieder neue. Nach dem Besuch bei der Zahnärztin sahen Saules Zähne viel schlimmer aus als vorher. Frau Dr. Griebe nahm Saules goldene Zahnbrücken jedes Mal und schmiss sie in ihre Kiste, die in der Praxis stand. Saule sagte, das Zahngold gehöre ihr und sie soll es sofort zurückgeben!

Die Ärztin sagte: »Frau Saule, die Kiste ist voller goldener Zahnersätze. Ich weiß nicht, welche Ihnen gehören, das Zahngold brauchen Sie nicht, ich mache Ihnen wieder neues.«

Ja, dachte Saule, das ist die Anhängerin von Dr. Germisd.

Nach einiger Zeit ging Saule wieder zu ihrem alten Zahnarzt Dr. Kumpel, er reparierte sofort vorne Saules Zähne und machte eine sehr gute Behandlung.

Wenige Jahre danach erneuerte Saules Zahnarzt Dr. Nuss die Zahnbrücke, an der die Zahnärztin monatelang »gearbeitet« hatte, schmiss alles raus. Dann musste Saule zu einem zahnärztlichen Gutachter. Dieser war sichtlich schockiert von dem, was er sah. Die restlichen Zähne unter der Krone waren schwarz und gesplittert, die mussten sofort raus. Ja, dachte Saule, die Frau Dr. Griebe hat Dr. Germisd, der »Perfekte«, empfohlen …

»Saule«, sagte ein Freund, »wie talentiert die Ärzte sind!«

»Nein, nein, wir sind in einem hochmodernen europäischen Land mit modernster Technik«, lachte sie mit Freunden.

Sie versuchte, sich im Frauenzentrum zu informieren wegen der Scheidung, aufgrund von der Empfehlung von ihrer Anwältin, Frau Hugel. Dort begrüßte sie eine junge Sozialpädagogin und lud sie für ein Gespräch ein.

»Wie viel Geld verdienen Sie?«, fragte sie sofort.

»Zurzeit verdiene ich nicht viel«, sagte Saule. »Deswegen bin ich hergekommen, um mich zu informieren. Ich versuche, mich von meinem Ehemann zu trennen und scheiden zu lassen, aber ich weiß nicht, was für Möglichkeiten ich habe. Ich habe nur wenig Geld und kann mir keine passende Wohnung mieten.«

»Sie, Frau Saule, warum Scheidung?!«

»Ich kann das nicht mehr ertragen und nicht mehr aushalten, das ist alles sehr grausam, ich bin total am Ende …«

»Warum?«

»Ich bin sehr schockiert von meinem Ehemann und seiner Familie, mir gehts sehr schlecht …«

»Aber Sie, Frau Saule, haben ein Haus, Sie arbeiten, verdienen etwas Geld, Sie haben einen wunderbaren Ehemann, warum wollen Sie die Scheidung, warum??«

»Weil ich nicht mehr kann …«

»Was verdienen Sie pro Monat ganz genau?!«

»Nicht viel.«

»Sie brauchen keine neue Wohnung!! Wie viel Geld haben Sie?«

»Wie viel Geld möchten Sie von mir? Am besten schreiben Sie mir einen Brief, wie viel Geld Sie von mir haben möchten!«

»Ohne einen Brief spenden Sie mir das Geld!«, redete sie weiter und weiter.

Saule schaute mit großen Augen und ihr war klar, aus welchem Grund die Anwältin sie überredet hatte, hierherzukommen. Sie beendete das Gespräch sehr überraschend und ging fort.

Saule lernte die »Arbeit« von Sozialpädagoginnen kennen, die boten Hilfe in Not. Als Saule allein in das Zimmer kam und die Tür schloss, waren sie unter vier Augen, diese »Helferinnen« zeigten ihr echtes Gesicht, denn sie suchten nach Ausländerinnen, um denen das Hirn zu waschen.

Saule wusste nicht mehr, wohin … sie wollte schlafen für immer … das war ein Horror ohne Ende, tief atmete sie die Luft und ging weiter …

Später besichtigte sie eine Mietwohnung, eine günstige, aber sie wusste nicht, wie sie die Wohnung bezahlen sollte. Die Anwältin gab keine Information über die Scheidung und sie hatte keine Ahnung von den Gesetzen. Dann ging sie in einen Bücherladen, fand dort aber nicht, was sie brauchte. Zum Glück geht das Leben weiter, morgen ist ein neuer Tag, dachte Saule. Sie wollte ihr Leben zurück. Nach dem Regen kommt die Sonne. Alles ändert sich im Leben jeden Tag, jede Stunde, jede Minute, zum Glück.

Am Abend zu Hause machte sie das Licht überall an, bereitete etwas zum Trinken zu, heiße echte Schokolade mit frischer Ananas, wie in ihrem Heimatland. Sie saß gemütlich im Sessel und schaute »Wetten dass« im Fernsehen.

Der Ehemann schrie: »Das darfst du nicht, ich habe dir erklärt, welche Sendungen du schauen kannst, du musst mich fragen!!«

»Ich muss nicht tun, was du willst! Kümmere dich am besten um dein Leben! In der Stadt nimmst du jedes Mal meine Hand sehr fest und schreist, wie ich über die Ampel gehen muss, das erklärst du seit vielen Jahren, und jetzt wieder das Gleiche, hör auf mich zu erziehen!!«

»Weil ich dich liebe, mein Herzblättchen, du bist meine Frau, wir sind verheiratet«, schrie er.

Er saß gegenüber von Saule und sagte: »Ich habe gute Kontakte seit vielen Jahren zu einer katholischen Nonne, sie hilft mir sehr!«

»Ach was, diese ›berühmte Nonne‹, die permanent große Hilfe für Ausländerinnen bietet, und wie sie dir hilft!«

»Wir telefonieren, das weißt du selbst!«

»Dass du telefonierst, weiß ich schon lang, ich hatte sie auch am Telefon, aber wie sie dir hilft, das ist hochinteressant!«

»Die Frauen aus Osteuropa!«

»Was meinst du genau?«, fragte Saule weiter.

»Am besten gehst du dort in diese Organisation, dann hilft man dir auch!!«

»Warum muss ich dort hingehen? Wie kann man mir helfen, was meinst du genau?«

Sein Gesicht war feuerrot, er schrie und schrie …

Saule wusste noch nicht, was der Ehemann genau meinte, welchen Kontakt er mit ihr hatte.

»Du bist verliebt in sie, oder du suchst Ausländerinnen und bringst sie zu ihr, aus welchen Gründen auch immer, oder was anderes«, sagte Saule.

Er redete über die »berühmte Nonne«, als sei sie eine sehr gute Freundin, die er seit vielen Jahren kennt.

»Das brauchst du nicht zu wissen, eines Tages wirst du mehr wissen über sie und mich«, schrie er.

»Du kannst nichts erklären, weil das alles gegen die Menschenrechte ist, bestimmt! Deswegen schreist du so sehr«, redete Saule weiter, »aber du manipulierst sehr perfekt und Hirnwäsche machst du auch.«

Der Hannibal schaute mit Feuer im Gesicht, dann stand er auf, ging raus zum Auto und fuhr sofort weg. Ja, dachte Saule, genau alles auf den Punkt und alles brennt …

Das waren die schönsten Tage ohne den Hannibal, vielleicht kommt er nie wieder zurück … Sie schloss alle Türen, Fenster und genoss den schönen Abend allein.

An ihrem Geburtstag machte sich Saule einen wunderschönen Tag. Allein entspannte sie sich mit Musik, machte Joga, Meditation, Crosstrainer, danach war sie voller Kraft, Energie und kreierte ihre Zukunft. Sie hatte auch sehr viele Back- und Kochbücher, backte kleine Gebäcke, geschmackvolle Kuchen, Torten und fühlte sich stark für die Scheidung, bis zu dem Tag würde sie am Ball bleiben. Sie suchte wieder einen neuen Anwalt, der richtig hilft!

Nach der Hochzeit musste Saule zum evangelischen Glauben wechseln. Er füllte Saules Papiere alle selber aus, wie immer, Hauptsache, dass Saule nicht wusste, was das bedeutet!

»Ich weiß alles am besten, bin sehr perfekt und ich will dir helfen«, schrie er.

Alle Papiere versuchte Saule selbst auszufüllen, aber der Hannibal wusste alles besser, wie immer, er riss alle Briefe aus ihren Händen. Saule war sehr schockiert. Danach gingen beide zum Pfarrer in das Gemeindehaus.

Der Ehemann redete sofort über Saule mit dem Pfarrer. Saule versuchte den Pfarrer zu fragen, warum sie keine Katholikin bleiben darf, obwohl sie von Geburt aus eine Katholikin ist. Der Pfarrer hatte kein Interesse, sich Saules Worte anzuhören, und er redete weiter mit dem Hannibal. Saule versuchte wieder zu fragen, aber der Pfarrer fragte:

»Frau Saule, aus welchem Land sind Sie, welche Sprache sprechen Sie, zu welcher Sprachengruppe gehört Ihre Sprache und … und …«

Danach schrieb er irgendwelche Papiere und verlangte sofort die Unterschrift von Saule und bestätigte, dass sie jetzt dem evangelischen Glauben angehört, ganz einfach, und redete weiter mit dem Hannibal.

Saule war sehr schockiert. Was für ein Monster, dachte sie.

Wenige Jahre danach kam ein neuer Pfarrer an den Ort, ein junger Mann mit Doktortitel, Herr Stumpf, mit seiner Ehefrau. Saules Ehemann kontaktierte den neuen Pfarrer und erzählte ihm, dass seine Ehefrau sehr krank sei. Als Saule mit dem Hannibal am Sonntag den Gottesdienst besuchte, sagte der Pfarrer mit dem Doktortitel im Gottesdienst so ungefähr, dass es in seiner Gemeinde eine Autistin gebe, die allein oft spazieren gehe … und der Hannibal sagte: »Der Pfarrer Dr. Stumpf redet über dich.«

Saule sagte: »Ein Unmensch verwechselt oft die Realität mit der seiner grausamen Fantasie.«

»Pssss, ganz leise …« Der Hannibal schaute zu Saule mit feuerrotem Gesicht, als würde er sofort explodieren.

Meine Güte, Saule atmete tief durch … aber in der Kirche, wo viele Leute waren, präsentierte er sich als sehr guter Ehemann, obwohl er ein feuerrotes Gesicht und glühende Augen hatte, sehr verkrampft in sich war, und von seiner Nase tropfte die Brühe …

Trotzdem besuchte Saule sonntags den Gottesdienst weiter und sang im Kirchenchor. Aber keiner hat gefragt, warum der Ehemann immer so schreit, warum er sie im Haus permanent misshandelte mit grausamster Gewalt, das wollte kein Nachbar wissen, weil Saule eine Ausländerin war ... Alle redeten, als hätte Saule ein Leben im goldenen Käfig. Nur weil Saule viele Jahre mit dem guten Beruf als Musikerin ihr Geld verdient hatte, allein den Haushalt machte, sich gut pflegte, weil sie eine starke Frau war. Viele Leute am Ort wussten, dass der Hannibal vor der Hochzeit wie der ärmste Mann in einem Schrotthaus mit Gittern an den Fenstern lebte, das nie richtig schlüsselfertig gebaut wurde, auf einem sehr mysteriösen Grundstück, als wären dort viele Leichen begraben, so sah es aus. Wenn Saule versuchte, das Grundstück aufzuräumen für das Müllauto, explodierte er mit stundenlangen Wutausbrüchen. Er hatte selbstgebastelte Küchenmöbel aus Rohholz und fuhr ein uraltes Auto. Nach der Hochzeit hatte er plötzlich alles gekauft mit dem Geld von Saules Bankkonto. Er kaufte sehr teures Kirschrohholz für einen Kleiderschrank, circa zehn Meter lang und bis zur Decke. Der Kleiderschrank, den er in vielen Jahren allein zusammenbastelte mit großen Rolltüren, funktionierte von Anfang nicht. Der Schrank bestand nur aus Rohholz. Der Holzwurm fraß den ganzen Schrank, so wie alle selbstgebastelten Schränke, und keine Tür schloss richtig.

»Ist das nicht gut genug für dich, du willst immer nur im Luxus leben«, schrie er wie immer, mit seinen Geschwister zusammen, die oft im Haus waren, weil alle einen Hausschlüssel hatten.

»Ich will ein Luxusleben, natürlich. Leider weißt du nicht, was ein normales Leben ist, weil du es nie gehabt hast«, sagte Saule. »Du lebst nach ›Sein Kampf‹ in deiner Fantasiewelt!«

Als Saule ihren ersten deutschen Mann kennenlernte, hatte er sich als berühmter Maler präsentiert, dessen Bilder in großen Kunstausstellungen ausgestellt werden, er sei Grafiker, Fotograf, Gitarrist und ... Er präsentierte sich viel jünger, als er in Wirklichkeit war, seine größte Liebe nannte er Saule, und sie verliebte sich in diesen berühmten Künstler. Nach der Hochzeit war der erste Schock, als sie erfahren hat, dass er über zwanzig Jahre älter war als sie, mit Kunst hatte er überhaupt nichts zu tun, Interesse hat er niemals gehabt und er unterrichtete an einer kleinen Schule, das war der nächste Schock. Ein Mann, der von Beruf Lehrer war, in den würde sie sich nie verlieben und ihn nie im Leben heiraten, niemals! Wenn Saule nach seinem Lebenslauf fragte, explodierte er immer und antwortete nie auf ihre Fragen, alles war ein großes Geheimnis.

Der Ehemann und seine Familie sprachen niemals mit Saule über Deutschland, Kunst, Malerei, Musik, Schriftsteller, Dichter, Philosophie, Sprache, Architektur, Schlösser, Burgen, deutsche Küche und noch vieles mehr, weil keiner was über sein Land wusste, das waren die Patrioten …

Es ging sehr viel um »Leistungssport«, wer ist der Schnellste auf dem höchsten Stuhl über den Leichen, um Millionen abzukassieren. Es drehte sich vieles um das Geld und der Mensch blieb dabei auf der Strecke. Nach der Hochzeit mit dem Hannibal erlebte Saule das sehr oft in ihrer Umgebung. Viele Menschen hier haben nicht die Fähigkeiten, anderen zuzuhören und sie zu unterstützen!

>»Wenn die Gerechtigkeit untergeht,
hat es keinen Wert mehr,
dass Menschen auf Erden leben.«

Immanuel Kant

Starke, ehrliche, kreative Menschen mit qualifiziertem Beruf haben zu wenig Möglichkeiten in diesem Land, sich zu entwickeln und zu kreieren, um das Land zum kontinuierlichen Wachsen nach oben zu bringen, wo die Menschen mit Freundlichkeit und Positivität mit allen Religionen und Nationalitäten kommunizieren, um in Menschlichkeit nach oben zu wachsen. Die Menschen hier pflegen ihre Wurzeln zu wenig: klassische Musik, Lieder, Schriftsteller, Dichter, Philosophen, Kunst, Architektur, die Schlösser und die Burgen und noch vieles mehr in diesem faszinierenden, wunderschönen, bezaubernden Land.

Viele Menschen in baltischen Ländern haben einen qualifizierten guten Beruf und viele haben auch Hobbys, das ist Tradition: Sport aller Arten, Nähen, Stricken, Malen, Tanzen, Singen, Musikinstrumente spielen, neue Sprachen lernen und noch viel mehr. Von früher Kindheit an lernt man viel Disziplin, die das Leben sehr bereichert, und die Menschen von Kindheit an entwickeln kontinuierlich viel Stärke für das Leben. In diesen christlichen Ländern sind die Menschen sehr auf ihr Leben konzentriert, sehr motiviert, mit viel Lebensfreude, vieles zu lernen, und beginnen ab circa 18 Jahren zu arbeiten, das ist Tradition. Die jungen Menschen sind neugierig, um neue Kulturen zu entdecken und mit neuen Erfahrungen sich zu entwickeln.

> »Ist Freiheit denn etwas anderes als das Recht, so zu leben,
> wie wir es wollen? Nichts anderes.«
>
> *Epiktet*

TEIL 3

»Grabe in deinem Inneren.
In dir ist die Quelle des Guten,
und sie kann immer wieder sprudeln,
wenn du gräbst.«

Mark Aurel

Saule kaufte einen wunderschönen rassigen Kater, ein paar Monate alt, mit den gleichen blonden Haaren wie sie, er hatte weiße Füße und einen Halskragen. Das war ein großes Glück, jeden Tag freute sie sich darüber. Regelmäßig besuchte sie mit ihrem Kater den Tierarzt, kaufte alles, was der Kater zum Spielen, Essen und Schlafen brauchte. Saule beschäftigte sich immer mit sehr vielen Dingen, aber der Kater war für sie das größte Glück. Rassige Katzen sind sehr intelligent und verstehen vieles, die Stunden mit ihrem Kater waren total faszinierend.

Anfang Mai hatte der Ehemann eine Einladung zu seinem Konfirmationsjubiläum und er hatte plötzlich ein feuerrotes Gesicht.

»Was ist los?«, fragte Saule.

»Mich mit allen zu treffen nach fünfzig Jahren, wozu das alles?!«, schrie er.

»Du kannst richtig froh sein, dich mit allen zu treffen und zu feiern«, sagte Saule. »Aber dass du vor fünfzig Jahren in die evangelische Kirche eingetreten bist, mir ist nicht klar, aus welchem Grund.«

»Ich will keinen sehen, das ist Schrott!«

»Aber zum Fünfziger-Jubiläum gehört sich zu treffen und zu feiern«, sagte Saule.

»Aber ich will nicht!!«

»Aus welchem Grund?«, fragte Saule. »Vielleicht möchtest du nur mit meinem Kater spielen?«

»Mit dem Kater spiele ich, wenn du nicht da bist. Aber dort kommen alle mit ihren Ehepartnern, und ich will nicht!!«
»Warum?!«
»Das alles kostet Geld, ich muss sparen, das weißt du!!«
Er schlug die Tür mit seiner ganzen Wut zu und ging zu seiner Schwester Margot.
Nach mehreren Stunden kam er zurück und sagte: »Mein Herzblättchen, zur Konfirmationsfeier gehen wir zusammen hin, aber ich brauche einen neuen Anzug mit Hemden und Schuhen. Morgen fahren wir zum Einkaufen in eine große Stadt.«
»Aber ich brauche auch ein Kleid für die Feier und Schuhe mit Handtasche«, sagte Saule.
Am nächsten Morgen machten sie sich früh fertig zum Fahren.
»Mein Herzblättchen, du nimmst dein eigenes Geld mit, um die Kleider für dich zu kaufen!!«
»Ich habe neues Geld von privaten Musikstunden, das ist genug für mich, damit kann ich alles einkaufen!«
Beide gingen zum Auto, das Saule vor mehreren Jahren finanziert hatte, und fuhren circa 70 km in eine Stadt, dort gingen sie in ein großes Kaufhaus. Er nahm Saule ganz fest an der Hand und ging sofort zur Männerabteilung.
»Du kannst mich beraten, welcher Anzug am besten zu mir passt«, sagte der Ehemann. Dann suchte er sofort mehrere Anzüge aus und ging in die Kabine zum Anziehen.
»Mein Herzblättchen, wie gefällt dir das, ist das modern genug?!«
»Nein, gefällt mir nicht, zu klein für dich! Probier eine Konfektionsnummer größer!«
»Ich bin zu dick, ich will eine kleinere Größe, ich will abnehmen!!«
»Aber das passt nicht zu dir!«
Danach probierte er einen Anzug nach dem anderen und noch einen und dann noch einen.
Saule sagte: »Aber du bist wie eine Frau, stundenlang suchst du Klamotten. Ich will auch nach Kleidern und Schuhen schauen!«
»Mein Herzblättchen, zuerst für mich und dann, wenn wir Zeit haben, dann für dich, du weißt, wie ich dich liebe!!«
Er nahm einen braunen Anzug, mehrere Hemden in Gelb und Blau, dann

eine Krawatte. Ging dann zur Kasse und sagte: »Mein Herzblättchen, ich habe meine Bankkarte zu Hause vergessen!! Aber heute bezahlst du für mich. In den nächsten Tagen fahren wir wieder in die Stadt und ich kaufe für dich die wunderschönsten Kleider und alles, was du willst, du weißt genau, wie ich dich liebe!!«

»Wie bitte?«, fragte Saule überrascht.

»Bitte, sofort bezahlen, deine Geldbörse ist sehr voll, mein Herzblättchen«, sagte an der Kasse der Ehemann.

»Aber mein Geld brauche ich für mein Leben …«

»Sofort, habe ich gesagt, jetzt!! Du hast keine Erziehung, mein Herzblättchen. Zu Hause reden wir richtig über deine Erziehung und das Geld.«

Saule bezahlte alles an der Kasse, das kostete richtig viel Geld.

»Aber wie soll ich jetzt das Kleid kaufen, wie?«, fragte Saule. »Ich habe nur ein paar hundert Euro.«

»Mein Herzblättchen, wir fahren in den nächsten Tagen wieder und ich kaufe alles für dich!! Jetzt fahren wir zum Schuhladen in eine andere Stadt!!«

»Ich will nach Kleidern für mich schauen«, sagte Saule.

»Schnell, wir fahren, ich habe keine Zeit!! Schnell!!«

Der Ehemann nahm Saule ganz fest an der Hand und zog sie zum Auto hin.

»Du willst den ganzen Tag in der Stadt bleiben, ich habe keine Zeit, zu Hause hast du viel Arbeit, aber du willst nicht arbeiten, nur einkaufen ohne Ende!!«

»Ich habe alles für dich gekauft und du schreist wieder und beschuldigst mich«, sagte Saule.

Beide gingen ins Auto und fuhren zum nächsten Laden.

»Ich brauche Schuhe für meinen neuen Anzug, warum willst du das nicht verstehen, warum?!!«

»Ich will nach Kleidern schauen!«

Er fuhr sehr schnell und nach circa einer Stunde waren sie am Schuhladen angekommen. Dort probierte er braune Schuhe, und wieder verlangte er von Saule, dass sie ihm zwei Paar Schuhe bezahlen soll. Saule wollte nicht streiten und kaufte die Schuhe wieder von ihrem Geld, sie hatte keine andere Wahl. Beide Schuhe waren braun, sehr teuer und von guter Marke. Er stopfte nach der Hochzeit mit Saule seinen Schrank richtig voll mit Klamotten und Schuhen.

Am Nachmittag waren sie zu Hause und er ging zu seiner Schwester Margot bis zum späten Abend, dort aß und trank er sehr oft. Saule schaute in den Kühlschrank, der wie fast immer leer war, es machte sie sehr traurig. Sie wünschte sich nur die Scheidung, nur dann würde sie ein Leben haben, wie sie es sich wünschte, aber der Weg war noch sehr lang, mit großen Hindernissen bestückt, aber sie würde trotzdem immer am Ball bleiben.

Am nächsten Tag fragte Saule: »Wann fahren wir in die Stadt, ich will mir ein Kleid kaufen, ich verdiene mein Geld!«

»Wir fahren in den nächsten Tagen unbedingt, das weißt du, und das Geld gehört uns beiden, wir sind verheiratet!!«

»Ich verdiene mein Geld für mein Leben, aber du saugst mein Bankkonto leer, bis zum letzten Cent, und das Geld von meinen privaten Musikstunden nimmst du auch! Der Kühlschrank ist seit Jahren auch fast leer, was soll das alles bedeuten?!«

»Alles kostet sehr viel Geld, wir müssen sparen!!«

»Spar dein Geld, du verdienst genug! Mein Geld brauche ich für mein Leben!«

»Du willst nur im Luxus leben!!«

»Du weißt überhaupt nicht, was es bedeutet, ein normales Leben zu leben, du bist extrem süchtig nach meinem Leben, du frisst alles von mir!«

»Du weißt, was mit dir passieren kann, wenn du von mir Geld verlangst, dein Leben kann schnell beendet sein!!« Er schrie und schrie und schrie mit dem Taschenmesser in der Hand, er trug es in seiner Hosentasche jeden Tag. Er drückte beide Hände ganz fest immer wieder zusammen, sein Gesicht war dabei feuerrot mit glühenden Augen, der Hannibal präsentierte sich selbst …

Saule war in Schock und sprachlos, sie schaute mit großen Augen zu, das Herz zitterte und raste, dann ging sie ins WC, musste sich übergeben, danach brach sie zusammen … sie sah alles nur schwarz … Die Schmerzen waren so stark, als würden alle Knochen gebrochen, und die Haut voller Wundern blutete.

Am nächsten Tag fragte sie den Ehemann wieder: »Wann fahren wir zum Einkaufen, wann?«

Er sagte: »Wir müssen sparen!! Du willst ein Luxusleben!«

»Natürlich will ich das!«

»Ich habe meine Klassenkameraden, die bei uns am Ort leben, informiert, dass meine Ehefrau nicht zur Konfirmationsfeier kommt, weil sie psychisch krank ist!!«

»Wie bitte, warum frisst du mich jeden Tag, warum?!«, fragte Saule.

»Deswegen gehe ich mit meiner Schwester Margot zusammen«, sagte der Hannibal, »wir haben das schon lange so entschieden.« Er war feuerrot mit glühenden Augen, er schrie und schrie …

Am Sonntag machte er sich fertig und ging mit seine Schwester zusammen zur Feier. Zuerst in die evangelische Kirche zum Gottesdienst, danach gingen alle zusammen in ein Restaurant am gleichen Ort.

Saule blieb allein zu Hause, sie las viel, machte Musik, schaute Fernsehen und ging spazieren. Zum Glück war ein Ruhetag, freute Saule sich und träumte von der Scheidung, von einem neuen Leben in Freiheit und Liebe. Danach backte sie einen geschmackvollen Kuchen, Rhabarber mit einem Schluck Rum und karamellisierten Mandeln in braunem und rohem Zucker. Später genoss sie den ganzen Abend allein auf der Terrasse, alles roch traumhaft, und sie dachte über ihre Zukunft nach.

Als am späten Abend der Ehemann nach Hause kam, total alkoholisiert mit glühenden Augen, schaute er zu Saule und sagte: »Ich habe allen erzählt, dass meine Ehefrau psychisch krank ist, aber ich habe eine wunderschöne Schwester, deswegen bin ich glücklich.«

Er konnte kaum auf den Füßen stehen, er ging nach links, dann nach rechts an der Wand entlang, bis er die Haustür gefunden hatte.

»Am besten geh zu deiner Schwester zum Schlafen, sie lebt allein und wartet auf dich«, sagte Saule.

»Was redest du über meine Schwester, du kranke Frau!!«

»Zum Schlafen, sie hat bestimmt ein warmes Bett für dich gemacht«, lachte Saule.

»Meine Schwester liebe ich sehr, sie ist wunderbar!!«

»Am besten heiratest du sie!«

Alle waren mit ihren Ehepartnern gekommen und einige kamen sehr weit aus dem hohen Norden.

»Die Leute haben mich eingeladen zum Besuch in den Norden, aber ohne kranke Ehefrau, sondern mit meiner Schwester«, sagte er.

Danach konnte er kaum ein Wort mehr sagen und ging ins Schlafzimmer.

Saule saß auf der Terrasse bis weit nach Mitternacht, sie träumte von ihrem Leben in Zukunft, kreierte neue Ideen und hörte wunderschöne Musik.

Saule arbeitete zu Hause viel: waschen, putzen, bügeln, sie mochte das, wenn alles sauber und schön gepflegt war. Auch das Grundstück mit Blumen und Tannenbäumen pflegte sie. Sie arbeitete immer noch in einer Kunstschule, gab auch privat Musikstunden. Regelmäßig machte sie Jogging, übte am Crosstrainer, machte Joga, Meditation, Fahrradfahren, Schwimmen und ... um Kraft und Energie zu tanken. Aber was Gutes zum Essen gabs fast nie, er versuchte den Kühlschrank fast leer zu halten. »Wir müssen sparen«, schrie er oft. Als er gesehen hatte, wie Saule backte und das Essen zubereitete, schmiss er alles in den Müll. Danach kochte er die gleichen Nudeln, wie seit vielen Jahren, mit günstigstem Ketchup, und verlangte, dass Saule davon aß.

»Nein, nein, deine Nasenbrühe läuft immer im den Topf, das esse ich nie!«

Jeden Tag schnitt der Hannibal zwei Scheiben vom günstigsten Brot und verlangte, dass sie es aß, aber sie aß das nie. Dann explodierte er vor Wut und war den ganzen Tag lang missmutig.

Der Hannibal versuchte alles in Saules Leben permanent zu ändern, alles, das war seine Taktik gegen Saule. Wenn er gesehen hat, dass Saule ein Buch aus ihrem Heimatland las, schrie er stundenlang, dann brachte er seine Bücher Saule zum Lesen; aber was er wollte, machte sie nicht!

Saule lebte schon mehrere Jahre in Deutschland und versuchte immer wieder Sprachkurse zu besuchen, um die Sprache zu lernen. Sie hatte sich in einer Volkshochschule angemeldet und hatte die Kurse im Voraus bezahlt. Der Hannibal hatte das mitbekommen und fuhr Saule sofort zur Volkshochschule, um sie abzumelden, ohne sie zu fragen. Danach kaufte er die Bücher für Saule, um die deutsche Sprache zu Hause zu lernen, aber Saule wusste schon längere Zeit, dass er sie permanent manipulierte. Am Abend erzählte er, dass Saule keine Sprachkurse brauchte, deswegen hatte er sie abgemeldet, und war sehr stolz auf das, was er getan hatte. Er schrie stundenlang, dass Saule nie, ohne ihn zu fragen, in die Volkshochschule gehen dürfe, nur er wollte alles allein entscheiden, oder er würde Saules Leben ein Ende machen, wenn sie nicht tat, was er wollte. Der Hannibal mit seiner ganzen Munition bedrohte sie ständig, um sie in Angst zu halten, dann manipulierte er sie weiter permanent, um sie gezielt zu zerreißen und zu vernichten. Die Ärzte arbeiteten mit dem Ehemann zusammen: Schriftlich gaben ihm die Ärzte falsche Informationen über Saule in die Hand, die er verbreitete. Obwohl Saule versuchte, viele Male ihr Leben zu erzählen, weil sie es nicht mehr aushalten konnte und nur die Scheidung wollte. Aber die Ärzte sagten, dass sie einen wunderbaren Ehemann habe, der alles für sie tue, Saule habe ein Leben im goldenen Käfig, die Scheidung komme nie in Frage! Die Ärzte manipulierten sie und machten weiter Hirnwäsche eiskalt und brutal, um großes Geld zu abzukassieren.

Nach der Hochzeit mit dem Hannibal, seit einigen Jahren, hatte Saule Todesangst, starke Schmerzen, Übelkeit bis zum Übergeben, Hautentzündung bis zur Blutung, ihr Herz zitterte oft, hohes Fieber, Herzrasen und … Trotzdem die Scheidung kam immer näher und näher, manchmal träumte sie in der Nacht und am Ende des Tunnels sah sie ein Licht, immer mehr und mehr, weil sie ein Leben in Freiheit, Harmonie und Liebe leben wollte!

Wenige Tage danach, an einem ruhigen Nachmittag erzählte er, dass Saule einen Antrag auf einen neuen Ausweis stellen darf.

»Nicht unbedingt«, sagte sie, »meine Nationalität will ich behalten für immer, egal wo ich lebe, und mein Ausweis ist noch zehn Jahre gültig. Irgendwann will ich in meine Heimat zurück, wenn ein neuer Ausweis, dann nur als ein zweiter Ausweis.«

»Ja, natürlich«, sagte Hannibal, »wir füllen die Papiere aus und du hast bald einen zweiten Ausweis.« Er wusste genau, wie wichtig es für Saule war, ihre Nationalität und ihren Ausweis auf jeden Fall zu behalten. Aber der Hannibal machte wieder einen neuen Angriff auf sie, sie wusste damals nichts. Sie unterschrieb alle Papiere, ohne zu wissen, was sie unterschrieb. Nach mehreren Wochen fuhren beide zum Rathaus, um Saules Ausweis abzuholen. Der Hannibal ging überall zusammen mit ihr hin und redete sofort über Saule nach seiner Fantasie. In einem Büro begrüßte er eine Mitarbeiterin sehr freundlich. Der Hannibal versuchte sofort zu erzählen, das war seine Taktik, dass Saule mit einem neuen Ausweis auch einen neuen Vornamen haben muss. Er erzählte, dass Saule in ihrer Heimat sexuell missbraucht wurde. Die Frau im Büro schaute mit großen Augen zu und sagte, das sei nicht notwendig, weil Frau Saule ihren Vornamen behalten will. »Natürlich, klar«, sagte Saule. Was hat er noch alles organisiert!, dachte sie. Saule wollte ihren alten Ausweis behalten.

»Frau Saule, geben Sie mir Ihren alten Ausweis jetzt«, sagte die Sachbearbeiterin.

Saule gab ihr den Ausweis und dachte, sie bekommt ihn danach wieder zurück.

Die Frau sagte: »Frau Saule, Sie haben alle Informationen von mir bekommen, ab heute sind Sie eine deutsche Bürgerin mit neuem Ausweis, der alte Ausweis gehört nicht mehr Ihnen, der bleibt bei uns.«

Saule hatte keine Informationen wegen dem neuen Ausweis, der Ehemann nahm Saule alle Briefe weg!! Sie war total in Schock, sie brauchte ihren alten Ausweis mehr als den neuen. Was ein Horror, dachte sie, tief atmete sie Luft, sie fühlte sich so übel und musste sich übergeben, das Herz raste …

Was ein Horror!! Was soll das alles!!

Saule war in Schock, schaute zum Ehemann, ohne zu diskutieren … Sie spürte in diesem Moment sehr stark, dass sie den Hannibal für immer verfluchte …

Saule versuchte, sich nicht anmerken zu lassen, wie sie leidet. Sie war immer sehr konzentriert auf ihr Leben, um sich zu schützen, aber allein konnte sie das nicht immer. Die grausame Fantasie und die negative Meinung von anderen hatten für sie keine Bedeutung.

> Die Selbstbeherrschung hat die größte Priorität,
> um als ein wertvoller Mensch zu leben.

Sie wusste genau, dass sie eines Tages frei sein wird von diesem grausamen Horror, das war ihr Ziel. Sie lebte ihr Leben genauso weiter, aber die Scheidung war sehr wichtig und sie wollte ihr Leben nicht riskieren. Der Hannibal tat alles, um sie für immer zu halten, es ging um Leben und Tod, alles war sehr, sehr gefährlich …

Wenn sie abends den Sonnenuntergang sah, dann wartete sie, dass die Sonne morgens wieder aufging, mit offenen Augen. In diesen Augenblicken sah sie das Licht der neuen Sonne in voller Harmonie und fühlte sich wie neugeboren. Die Morgenstille genoss sie mit einer heißen Tasse Kaffee im Bett, so begann sie den neuen Tag. Ihre Ziel bestand darin, die Lösung zur Scheidung zu finden, so lange, bis sie ihr Ziel erreichte, auch ihr Leben zu schützen, egal was weiter passieren würde.

Zu den Sommerferien hatte der Hannibal die obligatorische Omnibusreise ans Mittelmeer reserviert.

»Herzblättchen, wir beide fahren in den Urlaub!! Pack die Koffer für uns beide, das kannst du ganz gut!!«

Saule packte wieder die Koffer, ohne zu denken, obwohl sie mit ihm nicht mehr in Urlaub fahren wollte. Als alles für die Reise vorbereitet war, sagte der Hannibal plötzlich: »Ich habe die Reise abgesagt, ich will nicht mehr!!«

Solche Taktik von ihm war nicht überraschend; dass er alles ständig änderte, das konnte er am besten, so präsentierte er sich.

Ein paar Tage danach hat Saule entschieden, dass sie ein paar Wochen auf die Insel Norderney fahren. Als Saule mit der Rezeption vom Hotel telefonierte, stand der Hannibal sofort neben ihr.

»Du darfst nicht!!! Du fährst nicht allein!!! Ich … habe … kein Geld … für dich!!!«, schrie er stundenlang mit feuerrotem Gesicht.

Saule redete kein Wort, machte ihren Koffer fertig und ging zum Bahnhof, um die Karten zu kaufen. Er ging auch mit. Sehr gut, dachte Saule. Auf der Straße spielte er sofort wie immer den perfekten Mann, er wurde sofort ruhig, wenn viele Leute unterwegs waren.

»Mein Herzblättchen, ich will dich fragen, ob du …«

Ich will nichts wissen, halte deine Klappe und geh weg von mir, aber sofort, du alter Hannibal, dachte Saule, du stinkst mir schon sehr lange, du alter verschrotteter Menschenfresser …

»Mein Herzblättchen, aber …«

Saule ging sehr schnell und war sofort verschwunden. Sie kam erst am späten Abend zurück, sie hatte einen wunderschönen Nachmittag ohne ihren Ehemann, zum Glück.

Zu Hause machte sie sich einen gemütlichen Abend im Bad mit duftendem Öl und einer Tasse Kaffee, hörte eine neue CD, die sie am Tag gekauft hatte. Er versuchte ins Bad zu kommen, aber Saule schloss die Tür zu, ohne Worte. Sie genoss das warme Bad und blieb so lang, bis er zum Schlafen ging. Danach kam sie ins Wohnzimmer, sie roch so bezaubernd und strahlte total. Vor dem Spiegel kämmte sie sich ihre Haare, sie kaufte viele Pflegeprodukte, um die Haare zu heilen, bis die Haare wieder gut aussahen, schön und leicht glänzten. Dann war Mitternacht. Plötzlich schaute Saule in den Spiegel und hinter ihrem Rücken stand er mit feuerrotem Gesicht, das machte er manchmal, um sie zu erschrecken.

»Was willst du hier?«, fragte Saule.

»Herzblättchen, deine Haare sind zu lang, ich mache dir einen Termin zum Haareschneiden!!«

»Am besten geh ins Bett zum Schlafen!«

Weiter machte sie ihre Haare mit dem Fön fertig, heute wollte sie mit ihm nicht diskutieren, nicht heute!

»Mein Herzblättchen, ich will dir nur helfen!«

»Dann verschwinde vor meinen Augen und geh in dein Schlafzimmer!«

Saule wollte wieder die Tür schließen im Bad, aber er drückte seinen Fuß ganz fest zwischen die Tür und sagte: »Bitte, bitte, ich will dir helfen nach Norderney zu fahren, du kannst nicht allein fahren, du machst, wie du willst, aber ich bin dein Ehemann!!«

Geh weg! Ich kann dich nicht mehr sehen, du altes …, dachte Saule.

Der Hannibal ging in sein Schlafzimmer. Zum Glück, dachte Saule, meine Güte! Sie bereitete alles vor für die Ferien nach Norderney, sortierte alles langsam, sie fühlte sich richtig glücklich, dorthin zu fahren. Sie wollte ans Meer und die Sonne und die Abendkonzerte genießen und am Morgen in der Frühe joggen und im Meer schwimmen und …

Am nächsten Morgen in der Frühe bereitete Saule das Frühstück vor, Kaffee, Müsli, etwas Obst und Joghurt, obwohl sie noch sehr müde war. Der Ehemann ging zu seiner Schwester Margot zum Frühstück, das machte er immer. »Die Schwester wartet auf mich«, sagte er oft.

»Natürlich«, sagte Saule, »besser du gehst zur Margot, als dass sie hierher kommt.« Zum Glück, dachte sie. Aber nach circa einer halben Stunde war er wieder da.

»Herzblättchen, wir müssen reden!!«

»Über was?!«, fragte Saule.

»Über deine Ferien auf der Insel Norderney!!«

»Was willst du?!«

Er war etwas ruhiger, brachte eine Kanne Kaffee an den Tisch und den Kuchen von Margot, saß bei Saule und sagte: »Du kannst fahren, kein Problem, aber ich kann dir helfen, ich fahre mit dir nach Norderney, bringe dich zum Hotel und dann fahre ich sofort zurück. Ich liebe dich sehr, das weißt du genau!!«

»Hör auf, das zu erzählen! Ich bin nicht dein Herzblättchen, das kann ich nicht mehr hören! Nach Norderney fahre ich allein!«

Er war wieder feuerrot im Gesicht und ging fort. Sehr gut, dann habe ich meine Ruhe, dachte Saule.

Nach dem Frühstück machte sie die Küche sauber und dann packte sie ihren Koffer fertig, ganz langsam und ohne Stress. Natürlich mit guter Musik, sie hatte so viele CDs, von klassischer Musik bis zu französischen Chansons, wunderschöne, gefühlvolle Musik mit brillanter Harmonie. In solchen Momenten war sie ganz Saule, aber einfach war das nicht. Sie probierte ihre Kleider, eines nach dem anderen, vor dem Spiegel und packte sie in den Koffer. Sie suchte ihre sandfarbenen Wildleder-Sommerschuhe, danach die meeresblauen, leider waren die teuersten Schuhe verschwunden … Nach dem Umzug zurück ins alte Haus fand Saule viele Dinge nicht mehr. Danach suchte sie ihre beigefarbenen Schuhe, und die meeresgrünen waren auch nicht mehr da … Der wunderschöne teure rote einteilige Badeanzug, den sie aus ihrer Heimat mitgebracht hatte, war auch aus ihrem Schrank verschwunden … Einige Dessous aus ihren Schubladen waren auch verschwunden … Das ist ein Horror, mit solchem Menschenfresser zu leben, dachte sie. Danach öffnete sie das Fenster zum Garten mit den Blumen, die sie sehr liebevoll pflanzte, dann nahm sie Platz im Sessel und holte tief Luft, vor ihren Augen war alles schwarz … Die Geschwister vom Hannibal hatten alle einen Hausschlüssel, deswegen waren auch sehr viele Dinge von Saule verschwunden.

Saule schaute auch ihre Bücher und Zeitschriften im Schrank nach, nahm was zum Lesen mit für den Strand. Dann legte sie noch Kosmetik und französisches Parfüm in ihre Handtasche. Sie träumte, wie sie ihre Ferien am Meer verbringt, um zu entspannen, zu relaxen und die Ruhe zu genießen.

Er kam ganz ruhig zu Saule und sagte: »Ich war in der Waschanlage mit dem Auto, es ist ganz sauber, du kannst schauen, extra für dich. Jetzt kann ich dich nach Norderney fahren, wenn du willst.«

Das neue Auto hatte ganz schnell wie eine Mülltonne und ein WC in einem ausgesehen, für den Ehemann war es sehr wichtig, alles für Saule zu tun, und er befriedigte sich an seiner Macht, um alles zu zerstören. Er redete so lang, bis Saule ja sagte zum Fahren. Sie hatte keine andere Möglichkeit, denn es würde sehr gefährlich, mit dem Zug allein zu fahren, er bedrohte sie ständig, so grausam brutal, wie er konnte …

Früh am Morgen brach der Ehemann nach Norden auf, es war noch dunkel und Saule war so müde, sie hatte Todesangst, sie fühlte sich sehr übel, sie konnte sich jeden Moment übergeben. Im Auto schaltete Saule das Radio an, eine leise Musik begleitete die ganze Fahrt. Sie betete stundenlang, dass er nicht was Schlimmes tat mit ihr, sie zitterte, das Herz raste. Aber sie versuchte, sich nichts anmerken zu lassen, sie machte ein freundliches Gesicht. Hauptsache, er fährt nur auf der Autobahn. Saule fragte oft nach einem Autobahn-Restaurant, um zu trinken oder zu essen oder für ein WC. Hauptsache, er blieb auf der Autobahn bis Norderney.

Saule dachte: Warum gehe ich ein so großes Risiko ein, warum?? Warum riskiere ich immer mein Leben … meine Güte! So gehts nicht mehr weiter. Auf Norderney habe ich zwei Wochen Zeit, die Scheidung zu planen und eine neue Wohnung zu suchen. Saule wusste etwas mehr, welche Möglichkeiten sie hatte, obwohl die Anwältin ihr keine Informationen gab. Jetzt Kopf nach oben, morgen ist ein neuer Tag, Hauptsache, Ferien, aber allein, freute sich Saule.

Am späten Nachmittag kamen sie im Hotel an. Auf der Insel Norderney ist die Luft so sauber und herrlich, freute sich Saule. Aber der Ehemann reagierte kaum, er schaute mit feuerrotem Gesicht ohne Worte. Saule ging im Hotel in ihr Zimmer mit dem Koffer. Das ist ein Glück!, dachte sie.

»Jetzt kannst du zurückfahren«, sagte Saule.

Die Frau an der Rezeption fragte ihn: »Möchten Sie auch bleiben?«

»Nein, nein«, sagte der Ehemann, »ich fahre sofort zurück.«

Dann sagte er zu Saule, dass er nach zwei Wochen kommt, um sie abzuholen.

»Wie du das willst, ich kann auch mit dem Zug nach Hause fahren in zwei Wochen.«

»Saule, ich melde mich jeden Tag bei dir, dann können wir reden!!«

»Jeden Tag habe ich keine Zeit, ich brauche Ferien, Ruhe!«

»Mein Herzblättchen, wir sind verheiratet!!«

»Noch verheiratet«, lachte Saule, »natürlich!«

Die Frau an der Rezeption beobachtete mit großen Augen das Gespräch der beiden, dann sagte sie zum Ehemann: »Im nächsten Haus ist ein Restaurant, vielleicht haben Sie Hunger, dort gibt es eine sehr gute Küche.«

»Nein, nein, ich habe zu viel Gewicht«, sagte er mit feuerrotem Gesicht.

Die Frau schaute mit Lachen im Gesicht und drehte ihren Kopf nach links, dann nach rechts.

»Am Abend kocht dir deine Schwester Margot Grießbrei mit Zimt und Zucker, danach trinkst du ein Glas roten Saft mit deiner Schwester und dann wirst du richtig satt und glücklich sein«, das sagte Saule ganz seriös zu ihrem Ehemann.

Egal, wo beide hinfuhren oder hingingen, der Ehemann war immer gleich aufgeregt rot und krämte sich. Zu Hause allein mit Saule war er sehr gefährlich, mit Wutausbrüchen und Hassausbrüchen, mit Drohungen misshandelte er sie Tag und Nacht, wieder und wieder …

Obwohl der Hannibal Saules Bankkarte hatte, das neue Auto finanzierte Saule von ihrem Konto, kaufte er alles für sich und machte seinen Schrank voll mit Saules Geld. Sie musste den Haushalt alleine machen und er bedrohte sie mit seinen Geschwister immer wieder … Nach der Hochzeit fühlte sich Saule gefangen wie in einem grausamen Horrorfilm und versuchte alles, um allein rauszukommen, leider half ihr kein Mensch dabei. Obwohl die Nachbarn sehr oft Schreie in diesem Horrorhaus hörten, manchmal standen mehrere Leute vor dem Haus und alle schauten weg. Das war die Umgebung von solchen Unmenschen, das ist die Mentalität, mehr Worte gibts da zu nicht zu sagen. Die Nachbarn wollten nicht reagieren. Keine Antwort ist auch eine Antwort. Danach gehen solche Unmenschen in die Kirche zum Gottesdienst. Wie absurd, dachte Saule.

Diese Leute, die einem in Not nicht helfen, sind sehr unmenschlich und skrupellos.

Was ein Glück, freute sich Saule, zwei Wochen allein am Meer! Das Wetter war herrlich, das Meer und alles hier war traumhaft! Sie ging spazieren, um zu schauen, was es dort gab. Sie kaufte ein Ticket für ein Abendkonzert in einer modernen Konzerthalle. Sie machte sich fertig zum Abend und genoss die wunderschöne Musik mit Solisten und einem Orchester. Danach am späten Abend, bei traumhaftem Wetter, ging sie ins Hotel zurück. Im Hotel trank sie noch eine Tasse Kaffee und dann ging sie in ihr Zimmer und schaute durchs Fenster zum Meer, wo noch einige Paare am Strand spazieren gingen, verliebt und vor Glück glühten. Das ist ein Traum, dachte Saule mit strahlendem Gesicht. Noch lange konnte sie nicht einschlafen …

Am Morgen in der Frühe klingelte das Telefon.

»Mein Herzblättchen, wo warst du gestern Abend, wo?!! Ich habe den ganzen Abend versucht, dich zu erreichen!!«

»Dann versuch mich bitte nicht mehr zu erreichen, ich habe FERIEN!«

»Ich bin dein Mann, wir sind verheiratet, wo warst du?!!«

»Meldest du dich bitte in zwei Wochen wieder. Tschüss!« Saule beendete das Gespräch sofort.

Danach ging sie an den Strand zum Jogging, das machte sie jeden Morgen bei herrlichem Wetter, und strahlend beobachtete sie den Sonnenaufgang. Danach machte Saule sich fertig zum Frühstücken. Nach der Dusche zog sie einen Leinenanzug im Pastellton an, der so harmonisierte mit Saules blondem Haar, dann eine Prise französischen Parfüms, das so bezaubernd duftete, und damit eroberte sie den ganzen Frühstücksraum. Sie war glänzend gelaunt, es war ein köstliches Frühstück. Die Sonne erhellte den ganzen Raum, das Essen schmeckte sehr. Am Tisch saß eine ältere Dame, sie sagte, dass Saule bestimmt eine Französin sei.

»Warum meinen Sie, dass ich eine Französin bin?«

»Weil Ihr ›R‹ rollt wie bei einer Französin und sie sind gekleidet wie eine.«

»Das ist ein Kompliment für mich, aber ich bin keine Französin«, sagte Saule.

Die alte Dame versuchte herauszubekommen, aus welchen Land Saule stammte, aber Saule hat es nicht verraten, und alle lachten zusammen mit den Tischnachbarn. Der Raum war voll von älteren und jüngeren Leuten, die sich sehr freundlich unterhielten. Saule aß ein Vollkornbrötchen mit geräuchertem Lachs und Meerrettich, danach gab es zum Dessert frisches Obst mit Naturjoghurt und danach genoss sie eine Tasse Kaffee in Ruhe.

Saules Ehemann versuchte mehrere Male am Tag mit ihr zu telefonieren, um zu wissen, was sie tut, mit wem sie redet, wo sie hingeht und was sie macht, um welche Zeit sie zum Schlafen geht, was sie isst und wie viel, aber Saule redete nur sehr kurz mit ihm.

»Am besten redest du mit keinem, das ist gefährlich für dich, dann passiert etwas sehr Schlimmes«, erzählte er am Telefon. »Ich mache mir großen Sorgen um dich!!«

Sie ging spazieren, besuchte Konzerte und am Abend ging sie in ein Restaurant, genoss die Freiheit und die Ruhe. Die wunderschönen zwei Wochen waren bald um und der Hannibal war plötzlich wieder da, um sie mit dem Auto abzuholen.

Er kam in Saules Zimmer mit rotblauem Gesicht, sehr verkrampft in sich und sagte: »Wir fahren sofort nach Hause, ich bin sehr müde!!«

Saule schaute zu und sagte: »Das ist sehr schön, dass du wieder da bist, aber ich wollte mit dem Zug fahren!«

»Wir haben kein Geld für den Zug, ich habe gesagt, dass wir sparen müssen!!«

»Du alter Sack«, sagte Saule, »du hörst sofort auf zu schreien, oder ich fahre sofort allein nach Hause! Danach mache ich einen Termin beim Scheidungsanwalt!«

»Ich bin dein Ehemann, wir sind verheiratet!! Zu Hause machen wir richtig Scheidung!«

Er ging fort und Saule bereitete sich auf die Abreise vor, um nach Hause zu fahren. Vor dem Hotel wartete er am Auto, ganz ruhig kam er auf Saule zu und sagte: »Bitte, bitte, ich bin richtig müde, aber wir fahren zusammen, ich will nicht allein, nur mit dir fahren!!« Danach nahm er den Koffer von Saule und brachte ihn in den Kofferraum seines Autos. Dann überredete er sie, bis sie mit ihm im Auto nach Hause fuhr, obwohl sie Todesangst hatte, mit dem Hannibal zu fahren. Im Auto redete sie mit ihm kein Wort, Saule hörte die Musik im Radio und schaute in die farbenreiche wunderschöne Naturlandschaft. Dann fragte sie nach einer Autobahn-Raststätte, um zu trinken und etwas zu essen, aber nur von Saules Geld war das möglich … Dann aß er richtig viel und alles, wie ein verhungertes Tier. Für sie war es wichtig, zu überleben und am Abend ihr Haus zu erreichen. Zum Glück waren beide um Mitternacht wieder da und im Haus allein. Weil Saule noch lang nicht schlafen konnte, sie wollte ihr Leben nicht riskieren, saß sie im Zimmer und las ein Buch, das sie vor vielen Jahren, als sie hergekommen war, kaufte, ein hilfreiches Buch, von einer berühmten und erfolgreichen Person. Die traumhafte Musik begleitete sie mit harmonischen Melodien der Klassik durch die Nacht.

Am nächsten Morgen in aller Frühe kam er mit einer Tasse Kaffee an Saules Bett.

»Mein Herzblättchen, Kaffee für dich, ich mache alles nur für dich, weil ich dich liebe, das weißt du genau!!«

Saule schaute sehr überrascht mit großen Augen.

»Kaffee trinke ich sehr gern, aber dein Schreien kann ich nicht mehr ertragen!«

Er schlug die Tür hinter sich zu und war fort. Sie trank den Kaffee und dann fühlte sie sich sehr übel, das Herz zitterte, ihr fehlte Luft, plötzlich sah sie alles schwarz und blieb im Bett bis zum Abend … Später, als sie um Mitternacht aufwachte, konnte sie kaum vom Bett aufstehen, trotzdem versuchte sie es immer wieder mit ganzer Kraft, Schritt für Schritt.

Am nächsten Tag, als Saule wach war und ins Wohnzimmer ging, schrieb der Hannibal an seinen Computer. Als er Saule sah, sprang er sofort auf und ging auf Saule zu, dann sagte er: »Mein Herzblättchen, ich habe für dich einen Termin bei der Friseuse gemacht, deine Haare sind zu lang, du musst sie ganz kurz schneiden lassen. Ich habe mit der Friseuse über deine Haare gesprochen.«

»Ich brauche keinen Termin bei der Friseuse, meine Haare bleiben lang wie immer!«

»Du machst mir wieder mal mein Leben kaputt, du musst tun, was ich dir sage!!«

»Ich muss nicht tun, was du willst. Okay!«

»Aber morgen fahren wir zusammen!!«

»Nein, nein, nein!«

»Ich will dir nur helfen!!«

»Ich brauche deine Hilfe NICHT! Ich bin eine erwachsene Frau!!«

»Aber dann ... vielleicht ... ich will ... na ja ...«

»Am besten kümmerst du dich um dein Leben, du bist extrem süchtig nach meinem Leben!«

»Mein Herzblättchen, aber ... vielleicht ... ich gehe zu meiner Schwester ...«

»Sie ist deine Beraterin, dann gehe!«, sagte Saule.

Er war kurz verschwunden, als er wiederkam, brachte er aus dem Keller eine große Plastikkiste mit Medikamenten, die er seit vielen Jahren gesammelt hatte, mit.

»Du weißt genau, wie ich dich liebe und dass ich dir helfen will, bitte vertrau mir!!«

»Was meinst du genau?«, fragte Saule.

»Nach den Ferien gehts dir bestimmt wieder sehr schlecht, deswegen will ich dir helfen!!«

»Ich frage noch mal, was meinst du?«

»Du hast eine Tasse Kaffee getrunken und dann ist dir sehr schlecht geworden!!«

»Aber den Kaffee hast du gekocht und mir ans Bett gebracht!«

»Du bist sehr, sehr krank, das weißt du selbst!!«

»Ich weiß, dass ich sehr gesund bin, weil ich diesen Horror ertrage, seitdem ich mit dir verheiratet bin, aber bald trenne ich mich von dir!«

»Mein Herzblättchen, du bist in deinem Heimatland sexuell missbraucht worden von Kindheit an, das ist dein Problem!!«

»Ich habe dir viele Mal erzählt, dass ich in meinem Heimatland von Kindheit an musizierte in einer russischen pädagogischen Musikschule, mit viel Lebensfreude!«

»Das stimmt nicht!!«

»Gib mir alle meine Dokumente und Papiere sofort zurück!«

»Die brauchst du jetzt nicht!!«

»Dann gehe ich morgen zur Polizei!«

»Morgen ist dein Leben zu Ende, ich zerlege dich sofort in Stücke und mit dem Anhänger transportiere ich dich zur Mülldeponie, willst du das?!!«

»Du kochst mir Kaffee und danach geht es mir jedes Mal sehr schlecht bis zum Übergeben. Das sollst du wissen, wer bist du!«

»Dein Leben geht sowieso bald zu Ende!!«

»Geh weg von mir, du alter bis zu den Zähnen bewaffneter Hannibal!!«

Saule ging ins Zimmer und schloss die Tür. Legte sich auf das Bett und versuchte, sich zu beruhigen. Zum Glück hatte sie am Bett eine Flasche Mineralwasser zum Trinken, in der Küche war der Kühlschrank wie immer fast leer. Nach den Ferien auf der Insel Norderney ging der gleiche Horror weiter wie vor dem Urlaub …

Sie versuchte im Fernsehen etwas Schönes zu sehen und nicht viel zu denken. In den nächsten Tagen wollte sie zum Scheidungsanwalt, das war klar und wichtig. Die ganze Nacht schaute sie eine Musiksendung an, eine Doku über Meer und Natur, und die Nacht war bald vorbei. Als sie den neuen Sonnenaufgang durch die Fenster sah, versuchte sie zu schlafen, nur ein paar Stunden, wenn es denn ginge.

Morgens früh kam er ganz leise zum Bett und fragte: »Mein Herzblättchen, ganz kurz, ich fahre zum Einkaufen, was soll ich kaufen für dich, ich will dir alles kaufen, was du willst!!«

Saule schaute zu mit großen Augen und sagte: »Ich fahre mit und kaufe alles, was ich will. Aber nur, wenn du nicht schreist.«

»Ich schreie nie, das weißt du, mein Herzblättchen!! Ich bin sehr froh, mit dir zu fahren, wir machen uns einen besonderen Tag!!«

Saule ging in die Dusche, machte sich fertig, wie immer sah sie bezaubernd aus ...

»Warum bist du so schön angezogen?«

»Halt deine Klappe, du altes Sch...«, sagte Saule. Dann nahm sie ihren Hausschlüssel und die Handtasche und ging ins Auto. Sie schaute zu ihrem Ehemann, wie er feuerrot brannte, und dachte, was jetzt kommt ...

Zuerst machte er wie immer einen kurzen Stopp bei seiner Schwester Margot, sie gab ihm eine Einkaufsliste, wie jedes Mal, obwohl Saule zu ihr sehr selten Kontakt hatte. Danach ging er ins Auto zurück und fuhr auf einer kleinen Landstraße in die Innenstadt. Auf einem Parkplatz öffnete er die Tür ganz schnell, nahm Saules Hand sehr fest mit allen Fingen und sagte: »Mein Herzblättchen, ganz kurz, bitte, bitte, ich muss zum Hausarzt!!«

»Was sagst du?«, sehr überrascht fragte Saule.

»Ganz kurz, bitte, bitte!!«

Er brachte Saule ganz schnell zum Hausarzt, ohne Erklärung. Er ging sofort mit Saule ins Zimmer zu Dr. Germisd und erzählte: »Herr Dr. Germisd, meine Frau Saule ist aus den Ferien zurückgekommen, seitdem hat sie wieder sehr große Probleme zu Hause, sie ist sehr, sehr krank, bitte, bitte um Hilfe.« Mit feuerrotem Gesicht und sehr leiser Stimme redete er weiter.

Total in Schock sagte Saule: »Ich habe keine Probleme, ich hatte wunderschöne Ferien auf Norderney, aber seitdem ich wieder zurückgekommen bin, versucht mich mein Ehemann wieder zu erziehen, er schreit stundenlang wie immer!«

Der Arzt Dr. Germisd sagte sofort: »Frau Saule, kein Wort, ich will nichts wissen, Sie machen Ihren Ehemann kaputt, Sie brauchen Beruhigungsmittel!!«

»Ich brauche nur die Scheidung!«, sagte Saule.

»Kein Wort will ich von Ihnen hören oder ich bringe Sie sofort im eine Klinik mit geschlossenen Türen!! Sie müssen Medikamente nehmen drei Mal am Tag!! Sie brauchen Erziehung, Sie haben einen wunderbaren und sehr guten Ehemann, aber Sie sind sehr krank und verstehen nichts mehr!!«, sagte der Hausarzt.

Der Hausarzt machte einen grauenvollen Kampf, um sie jedes Mal zu manipulieren.

Saule versuchte vom Zimmer wegzugehen, aber der Ehemann hielt Saules Hand ganz fest und redete weiter mit dem Hausarzt über Saule, wie viel Medikamente sie nehmen soll, wie sie leben soll und was sie tun muss. Der Arzt versuchte mit Erpressung zu erzählen, welche Medikamente Saule nehmen muss zur Beruhigung und wegen der starken Schmerzen, und von Saule wollte er nichts wissen, kein Wort. Er verschrieb weiter mehrere Rezepte für Saule und sofort machte er den nächsten Termin zusammen mit dem Hannibal. Danach erzählte der Hannibal, dass Saule sofort ihren Vornamen ändern muss, wie er das wolle, und er habe schon einen neuen Namen für Saule gefunden.

Saule in Schock versuchte wieder zu erzählen, dass ihr Vorname gut genug ist, eine Änderung kommt nie in Frage.

»Frau Saule, Ihr Ehemann will Ihnen nur helfen, bitte um Verständnis, Sie reden zu viel, Sie haben ein wunderbaren Ehemann!!«

»Ich brauche keine Namensänderung!«

»Frau Saule, wenn Sie noch lange so weiterreden, bringen wir Sie hinter geschlossene Türen!! Sie müssen tun, was wir sagen, Sie sind sehr krank!!«

Saule ging durch die Tür raus aus der Praxis, sie fühlte sich so übel und musste sich in der Grünanlage übergeben, das Herz zitterte, sie konnte kaum auf den Füßen stehen. In der Nähe stand eine Bank, die sie mit ein paar Schritten erreichen konnte, zum Glück. Nach einer halben Stunde ging sie in die Stadt, zur Kirche, dort verweilte sie, bis es ihr besser ging.

Später beim Spaziergang in die Stadt sah sie eine Bekannte vom gleichen Ort, eine ältere Dame, und diese begrüßte sie sehr freundlich: »Saule, wie gehts dir, du siehst wie immer so glücklich aus!«

»Ja, natürlich, wunderbar!«

»Du hast einen sehr guten Ehemann, was ein Glück!«

»Ja, das ist ein ›besonderer Ehemann‹«, sagte Saule.

»Aber du hast mehrere Häuser und ein neues Auto!«

»Ja, das Auto wurde von mir finanziert und das Haus mitfinanziert!«

»Ach, Saule, du bist aus einem sehr armen Land gekommen und hast hier ein wunderbares Leben!«

»Ich bin von einem wunderschönen Land gekommen und arbeite jeden Tag sehr viel!«

»Ja, ja, solche schönen Frauen arbeiten nie!«

»Das ist nur deine Meinung, das hat nichts mit meinem Leben zu tun, aber ich lebe mit einem alten grausamen Ehemann. Tschüss!«

»Ja, Saule, du hast ein schönes Leben!«

»Deine Fantasie ist zu groß, noch mal tschüss!«

Die Menschen sehen nur das, was sie selbst sehen wollen, obwohl alle Nachbarn jeden Tag grausame Gewalt hörten und er stundenlang schrie, mit Drohungen er sie Tag und Nacht misshandelte, eiskalt, sadistisch und grausam-brutal …

Bei wunderschönem Wetter, als die Sonne am prachtvollen Himmel allmählich verschwunden war, ging sie am späten Abend zu Fuß mehrere Kilometer nach Hause zurück.

Auf dem Küchentisch lagen immer wieder neue Medikamente, die er für Saule kaufte. Die Medikamente brauchte sie niemals, nur die Scheidung, aber ihr Hausarzt manipulierte sie, zusammen mit ihres Ehemanns Hilfe, um das große Geld abzukassieren von Saules privater Krankenkasse, und die Krankenkasse machte mit, was total absurd war!

Saule fühlte sich nach dem Spaziergang wieder viel besser, voller Kraft und Energie. Sie hatte viel zu tun und wusste, dass sie nie mehr mit dem Hannibal reden würde, es hatte keinen Sinn mehr. Sie dachte über die Scheidung und eine neue Wohnung nach, dann versuchte sie, eine neue Mietwohnung zu finden, aber sie wusste nicht, wie das möglich war, weil sie in der letzten Zeit wenig arbeitete und nur wenig Geld verdiente. Sie hoffte, dass der nächste Anwalt ihr helfen kann. In der Nacht las sie Bücher, Zeitschriften, strickte und kreierte wunderschöne moderne Kleider, schaute Filme, Konzerte. Schlafen könnte sie nur mit Licht, dadurch schlief sie sehr wenig und kurz.

Am nächsten Morgen saß sie, nachdem sie sich geduscht und ihr leichtes Leinenkleid angezogen hatte, auf der Terrasse und frühstückte allein. Das Frühstück bestand aus einer Kanne Kaffee, selbstgemachtem Müsli mit frischem Obst und einer Flasche Mineralwasser, obwohl sie aus irgendeinem Grund keinen Hunger hatte. Sie dachte, dass sie etwas essen muss, um zu überleben, egal was weiter kommt. Sie hatte so viele Ideen für die Zukunft, sie wollte ihre eigene Wohnung, in ihrem Heimatland wollte sie ihre Verwandten besuchen und noch vieles mehr. Heute hatte sie einen Termin bei der Scheidungsanwältin, Frau Rasenkohl. Saule erzählte, dass sie in grausamen Gewalt lebt und sofort die Scheidung will und dass sie alle Informationen braucht, um zu wissen, welche Möglichkeiten sie hat. Die Anwältin redete sehr schnell und nach einem kurzen Gespräch verabschiedete sie sich von Saule. Dann zum Schluss sagte sie, dass sie einen Brief für den Ehemann schreibt, und das wars.

Trotzdem fragte Saule: »Wie soll ich umziehen in die neue Wohnung?«

Die Anwältin sagte mit lachendem Gesicht: »Sie bekommen auch einen Brief von mir. Auf Wiedersehen, Frau Saule!«

Das war eine sehr schlechte Erfahrung mit den Anwälten, keiner wollte richtig helfen. Sie wartete zu Hause auf den Brief von der Anwältin, aber der Hannibal nahm Saule alle Briefe weg.

»Wieder eine Scheidung, du bist sehr krank!! Wir fahren sofort in die Praxis zum Hausarzt, schnell!!«

Er kämpfte zusammen mit dem Hausarzt gegen Saule ...

In der Praxis ging er sofort auf den Arzt zu und redete mit ihm über Saule.

Dr. Germisd sagte: »Frau Saule, heute bekommen Sie von mir ein Rezept für Valium, vielleicht hilft das, wenn nicht, dann suche ich eine Klinik für Sie.«

Saule schaute mit großen Augen und sagte: »Ich will nur die Scheidung, Sie, Dr. Germisd, beschuldigen und demütigen mich permanent. Am besten soll der Ehemann sich eine neue Frau suchen, die »perfekte«, für sich und für Sie, um das große Geld abzukassieren!«

»Kein Wort mehr, Frau Saule!!« Er schaute zu Hannibal und lachte weiter.

Der Hannibal redete sofort mit dem Arzt, dass Saule ihren Vornamen sofort ändern soll.

»Ja, natürlich!!«, sagte Dr. Germisd.

»Ich brauche keinen neuen Vornamen!!«, sagte Saule.

»Frau Saule, Sie sind sehr krank, ha, ha, ha«, lachte er weiter mit dem Hannibal zusammen. »Und bitte nehmen Sie jeden Tag Ihr Valium«, sagte der Arzt zum Abschluss.

»Ich brauche kein Valium, ich will nur die Scheidung!«

»Kein Wort mehr!! Sie haben jetzt einen Termin beim Psychologen!!«

»Wie bitte?«, fragte Saule und ging aus aus dem Zimmer.

In der Diele wartete Herr Heizt, der Psychologe, auf Saule. Der Ehemann nahm Saule ganz fest an der Hand und drückte sie sofort ins andere Zimmer. Sie war total geschockt, das Herz raste, sie zitterte ohne Ende, sie sah keine Farben mehr, alles war nur schwarz um sie herum ...

Sie saß mit dem Hannibal dem Psychologen gegenüber und der redete sehr viel zusammen mit dem Hannibal, dass Saule sehr krank ist und unbedingt ihren Vornamen ändern muss, das ist sehr wichtig. Die beiden hatten Saule attackiert stundenlang und erzählten, dass sie in ihrer Kindheit sexuell missbraucht wurde, das wiederholten beide permanent wieder und wieder. Dann hat der Psychologe einen Brief an die Stadtverwaltung geschrieben wegen der Namensänderung. Auch der Hannibal schrieb einen Brief mit Saules Namen und erzählte im Brief, welche Ärzte sie behandelten, um ihren Vornamen zu ändern, weil sie sehr krank sei.

Danach erpressten der Hausarzt und der Psychologe Saule zum Unterschreiben aller Papiere für die Stadtverwaltung, wie der Ehemann es wollte. Zu Hause schrie der Hannibal mit Gewalt und Drohungen so lang, bis Saule alles unterschrieb, was er wollte. Der Hannibal, der Hausarzt Dr. Germisd und der Psychologe, Herr Heizt, verbreiteten schriftlich über Saule ihre eigene grausame Fantasie. Danach versuchte der Psychologe mit Zwang, sie zu überreden, dass sie eine sehr schlechte Kindheit hatte und noch anderes, so wie es der Ehemann ihnen erzählte. Aber Saule blieb, wie sie war, nach diesen permanenten Manipulierungen und Hirnwäschen. Kurz danach hatte Saule einen neuen Ausweis, mit neuem Vornamen und Nachnamen. Den Vornamen hatte sie von dem Hannibal, er kämpfte sehr lange um Saules Namensänderung.

Nach wenigen Monaten schickte der Hausarzt Saule zur »Behandlung« ganz weit weg.

Die Ärzte behandelten Saule weiter, nach Hannibals Erzählungen, so grausam-brutal, dass Saule nur weglaufen wollte.

Die Ärztin, Frau Dr. Trapp, erzählte, dass sie mit dem Hausarzt telefoniert hat und Saule mit ihrem Ehemann ein Leben im einem goldenen Käfig hat.

»Wie bitte, ist das ein neuer Witz?«, fragte Saule.

»Na ja, Frau Saule, Sie sind eine wunderschöne Frau und Sie vermissen Ihre Freundinnen. In der jetzigen Zeit ist es normal, dass Frauen auch Frauen heiraten«, erzählte Dr. Trapp.

Saule brach in Tränen aus. »Aber ich will in mein Heimatland fahren, um meine Freunde zu besuchen!«

»Nein, nein, Frau Saule, Sie lieben eine Frau!«

»Was bitte?«, schockiert fragte Saule. »Ich vermisse mein Heimatland und seit der Hochzeit führe ich jeden Tag ein Leben in grausamer Gewalt und versuche die Scheidung einzureichen, ich kann nicht mehr ...«

»Beruhigen Sie sich, Frau Saule, Sie lieben eine Frau, das sind Ihre Schmerzen.«

Saule schaute mit großen Augen zu und ihr war klar, dass der Hannibal einen neuen Anhänger auf seiner Seite gefunden hatte, gegen Saule.

Die Ärztin sagte ihre Meinung, aber Saule hat sie nicht überzeugt. Saule machte morgens früh Jogging mit anderen zusammen, danach Gymnastik, Schwimmen, Meditation, Joga und konzentrierte sich sehr auf ihr Leben, egal was andere Ärzte über sie redeten. Das war total absurd von den Ärzten, solche grausamen Fantasien zu erzählen, um Saule zu behandeln, aber es gibt einen Grund, warum Ärzte das machen. Am Abend ging sie mit anderen in ein Konzert, danach in ein Restaurant zum Essen und sonntags ging sie zum Gottesdienst in eine Kirche, dort fühlte sie sich sehr sicher.

Der Hannibal versuchte wieder jeden Tag mit Saule zu telefonieren, um zu wissen, was sie macht, mit wem sie spazieren geht, mit wem sie redet und so weiter und so weiter. Saule redete nur ganz kurz mit ihm am Telefon, ohne Erklärung legte sie dann den Hörer auf.

Die Ärzte verletzten Saule sehr, weil keiner etwas wissen wollte über Saules Leben, solche Methoden gehören geplant und gezielt, um eine Persönlichkeit zu vernichten. Die Ärzte machten auch sehr gutes Geld mit Saule.

Die Zeit verging sehr schnell und Saule war wieder zu Hause, der Hannibal hat sie mit dem Auto abgeholt und ihr einen Blumenstrauß überreicht. Sie sah, wie er versuchte, sich zu präsentieren gegenüber den anderen, aber sein Gesicht brannte feuerrot mit glühenden Augen, sodass er das Futter weiter brauchte. Sie wollte am liebsten allein wegfahren in die Heimat.

Zu Hause machte er etwas zu essen, aber Saule konnte nichts essen.

»Was sagst du, warum nicht!! Ich habe für dich gekocht!! Du weißt, wie ich dich liebe!!«

»Nein!! Du hast nur Futter gesucht, um dich zu befriedigen, und über Liebe rede ich nicht mehr, weil du nicht weißt, was Liebe ist, und du hast nie eine Frau geliebt. Was ich nach der Hochzeit mit dir erlebe, das ist der absolute grausamste Horror!«

»Das stimmt nicht, ich liebe dich!!«

Saule verschwand sofort ins Schlafzimmer und schloss die Tür. Danach schaute sie etwas im Fernsehen, etwas zum Lachen, eine Komödie. Sie versuchte, nicht mehr mit ihm zu reden, sondern beschäftigte sich weiter mit der Scheidung. Er kam trotzdem ins Zimmer mit dem Blumenstrauß, den er heute für Saule gekauft hatte, aber Saule schaute Fernsehen.

»Schau, das habe ich für dich, weil ich dich liebe!!«

»Bitte, geh aus dem Zimmer, ich habe keine Zeit mehr zum Diskutieren.«

Er legte den Blumenstrauß mit der Vase auf den Tisch und schlug die Tür hinter sich zu. Sehr gut, dachte Saule, jetzt habe ich meine Ruhe. Es tat gut, einige Stunden allein zu sein nach der langen Fahrt. Nach einer Weile stand sie auf, duschte sich, dann tupfte sie sich ein wenig französisches Parfüm auf, legte ein wenig Lipgloss an und zog ihren modernen Hausanzug an.

Inzwischen war es dunkel geworden, sie machte den Fensterrollladen zu und ging in die Küche. Im Kühlschrank waren Butter, Marmelade, etwas Schinken und ein Stück Käse. Die Kartoffeln lagen im Sack auf dem Boden in der Ecke und die gleichen billigsten Nudeln, ein paar Packungen, diese schmeckten nach alter Seife. Ja, dachte Saule, ein sehr großes Sparprogramm ... sie holte tief Luft. In Saules Heimatland hatte jeder Mensch sehr viel mehr in seinem Kühlschrank als hier. Obwohl sie viel Geld verdiente und er auch, aber er wollte sie in Armut und Hunger gekettet halten, um sie zu entkräften und um viel Geld zu sparen. Um sich zu befriedigen und seine Macht zu zeigen.

Dann suchte Saule eine Packung Kaffee, es war noch eine da, aber nur der günstigste, so schmeckte er auch. Trotzdem genoss sie die heiße Tasse Kaffee noch bis zur Mitternacht und dabei schaute sie die Nachrichten im Fernsehen.

»Mein Herzblättchen, morgen fahren wir einkaufen, du kannst kaufen, was du willst!!«

»Ja, ja, das kenne ich schon sehr gut, wie du mich manipulierst«, sagte Saule.

»Nein, nein, du bist selbst schuld!!«

»Bitte, geh weg, ich habe keine Zeit, deinem Schreien zuzuhören!«

»Ich will bei dir bleiben!!«

»Wozu?«

»Mehrere Wochen haben wir uns nicht gesehen und ich habe dich sehr vermisst«, sagte er mit Tränen im Gesicht.

Saule schaute sehr überrascht zu und fragte: »Hast du einen Brief von meiner Anwältin?«

»Ja, habe ich vor wenigen Tagen bekommen und warum willst du die Scheidung, warum?!!«, weinte er.

»Am besten such dir eine andere Frau, in deiner Altersklasse, dann kannst du tun, was du willst mit ihr, richtig sie satt füttern zusammen mit deiner Familie!«

»Mein Herzblättchen, ich will nur dich!!«

»Wir haben bald Scheidungstermin, das wars! Ich will noch wissen, wo sind alle meine Briefe von mehreren Wochen?!«

»Das weiß ich nicht, die brauchst du nicht!!«

»Dann fahre ich morgen zu meiner Anwältin, um zu fragen!«

»Du machst wieder mein Leben kaputt!!«

»Geh aus dem Zimmer, ich kann dich nicht mehr sehen, du alter Sack!«

Er schlug die Tür hinter sich zu und verschwand im Schlafzimmer. Was ein Glück, dachte Saule. Dann schaute sie in die Zeitungen wegen einer neuen Wohnung. Sie wollte so schnell wie möglich von hier weg, am besten sofort. Ich kann nicht mehr, dachte sie immer noch.

Morgens vor dem Frühstück machte Saule Sport an ihrem Crosstrainer, Meditation, Joga oder Jogging, das machte sie weiter regelmäßig, obwohl der Hannibal schrie mit Drohungen und Gewalt und versuchte, sie dabei zu behindern. Saule blieb so, wie sie war, egal was weiter kommen würde …

Nach der Dusche machte sie sich wie immer fertig, um in die Stadt zu fahren. Sie telefonierte mit dem Leiter einer neuer Kunstschule wegen einer Arbeitsstelle als Musikpädagogin. Der Leiter hatte sie eingeladen zum Vorstellungsgespräch; was ein Glück, freute sich Saule.

Der Hannibal hat jedes Gespräch von Saule überwacht und sagte: »Ich habe mit deinem neuen Leiter auch telefoniert, ich wollte ihn kennenlernen und wir haben über dich gesprochen, du bist noch meine Ehefrau!!«

»Hochinteressant, und was suchst du dort?«, fragte Saule.

»Ich will alles wissen, wie viel und wie lang du arbeitest, weil ich mit dem Auto mit dir zusammen dort hinfahre, weil ich dir helfen will!!«

»Weißt du, dass wir zurzeit Scheidung haben, du hast den Brief von meiner Anwältin!«

»Ich liebe dich sehr, das weißt du genau!!«

»Ich will kein Wort mehr von dir hören, kein einziges!«

»Wir sind noch verheiratet, du bist meine Frau!! Wir fahren zusammen zum Vorstellungsgespräch, ich will alles wissen!!«

»Ich fahre allein, nur allein!«

»Du weißt genau, was mit dir passieren kann, wenn du allein was machst, dein Leben ist zu Ende und keiner findet dich, willst du das?!«

»Vielleicht fahren wir zuerst zur Polizei, dort können wir reden, willst du das?!«, fragte Saule.

Er nahm sie mit den beiden Händen ganz fest an ihren Armen und drückte sie an die Schrankecke, dann an die Wand mit seiner ganzen Kraft, dann schüttelte er sie so lang durchs Zimmer, bis sie zusammenbrach, und dann schmiss er sie auf das Sofa, nahm von der Hosentasche das Messer und schrie wie immer stundenlang ... Danach verschwand er und ging wie immer zu seinen Geschwistern.

Nach circa einer halben Stunde war er wieder da und erzählte: »Ich war bei meiner Schwester Margot und wir haben mit der Polizei telefoniert wegen deiner Aggressivität und Kriminalität!!«

»Wie bitte?!«, fragte Saule schockiert.

»Und ich habe auch mit Hausarzt Dr. Germisd telefoniert wegen dir. Nächste Woche habe ich einen Termin für dich ausgemacht und wir müssen entscheiden, dass du in eine Klinik mit geschlossenen Türen kommst, du hast keine andere Wahl. Ich will mit meiner Familie und dem Hausarzt dir richtig helfen!!«

»Über mein Leben entscheide ich selbst, weil mein Leben nur mir gehört! Du bist ein richtiger Menschenfresser, zusammen mit deiner Anhängerschaft«, sagte Saule.

Trotz aller Schmerzen holte sie tief Luft und bereitete sich für das Vorstellungsgespräch vor. Noch war genug Zeit und sie trank eine Tasse Kaffee mit edler Schokolade mit Nüssen und versuchte über positive Dinge nachzudenken, mein Gott! Sie wusste, der Weg zur Freiheit war noch lang, aber immer nach vorne, zum Licht ...

Er kam zu ihr, saß gegenüber am Tisch und sagte: »Du weißt, wie ich dich liebe, du bist mein Herzblättchen, das weißt du, und ich will nur helfen, bitte, vertrau mir«, mit Tränen im Gesicht redete er. »Ich bin sehr müde, nach der vielen Arbeit tue ich doch alles nur für dich. Du kannst in der neuen Kunstschule so viel arbeiten, wie du willst, ich fahre mit dir, wohin du willst, und von deinem Geld kannst du alles kaufen, was du willst, ich bin nicht dagegen, das weißt du.«

»Dann gib mir sofort meine Bankkarte!«

»Du bist wieder sehr aggressiv!!«

»Ich brauche meine Bankkarte!«

»Heute fahren wir zusammen zu deinem Vorstellungsgespräch, danach bekommst du deine Bankkarte, das verspreche ich dir, mein Herzblättchen!!«

»Du bist ein Menschenfresser!«

Saule war total kraftlos und musste sich übergeben.

Die Zeit ging so schnell vorbei und sie fuhren beide mit dem Auto zur Kunstschule. Die Fahrt dauerte circa eine Stunde über wunderschöne Landstraßen, sie schaute nach vorne und hörte im Radio ein Lied, dass man sein Leben nie aufgeben muss, und freute sich mit lächelndem Gesicht. Als beide angekommen waren, nahm Saule ihre Tasche und ging fort.

»Saule, bitte warten!!«

»Ich habe keine Zeit!«

»Saule, wir gehen zusammen!!«

»Ich will allein gehen!«

Und dann ging sie weiter zum Schulleiter. Der Hannibal schrie und forderte Saule auf zu warten.

»Ich habe dir gesagt, am besten bleibst du im Auto sitzen, bis ich wieder zurückkomme!«, sagte Saule.

»Ich will zusammen mit dir gehen!!«

»Du bist ein richtiger Unmensch!«

»Du bist meine Ehefrau!!«

Saule ging allein ins Büro des Schulleiters. Das war ein älterer Herr, sehr sympathisch, beide begrüßten sich sehr freundlich. Er hatte auf dem Tisch Saules Bewerbungsmappe liegen, schaute alles genau nach und bot ihr für den Anfang einen Tag an, danach wäre es möglich, kontinuierlich mehrere Tage in der Woche zu arbeiten. Er sagte auch, dass hier mehrere Pädagogen mit dem gleichen Diplom wie Saule aus Osteuropa arbeiten. Das Gespräch war sehr professionell, mit Respekt und Toleranz, dauerte circa eine Stunde, danach gab ihr der Schulleiter einen Arbeitsvertrag und beide verabschiedeten sich freundlich voneinander.

Nach dem Gespräch hüpfte Saule vor Glück. O mein Gott!

Vor der Tür wartete der Ehemann mit feuerrotem Gesicht. Er drückte seine Hände ganz fest zusammen und schaute mit glühenden Augen zu Saule und sah, wie sie sehr glücklich war, dann sagte er: »Gib mir sofort deinen Arbeitsvertrag!!«

»Das ist mein Vertrag, den brauchst du nicht!«

»Sofort!!« Er riss ihn Saule aus den Händen, dann ging er allein um die Ecke, um ihn zu lesen.

»Gib ihn mir zurück, der gehört mir, und hör auf, mich permanent zu kontrollieren!«

»Du bist meine Ehefrau!!«

Saule nahm den Arbeitsvertrag von ihm zurück und legte ihn in ihre Handtasche.

Danach gingen beide zum Auto, um nach Hause zu fahren, aber er fragte: »Warum gingst du allein zum Gespräch, warum?!«

»Warum wolltest du dabei sein?«

»Weil ich dein Ehemann bin!!«

»Hier gehts nur um meine Arbeit und du hast dabei nichts zu suchen!«

»Ich bin dein Ehemann, wir gehen überall zusammen hin!!«

»Du hast den Brief von meiner Anwältin wegen der Scheidung! Und jetzt fahren wir nach Hause. In den nächsten Tagen fahre ich her, um mit meinen Schülern zu musizieren, was für ein Glück, mein Gott!«, freute sich Saule wieder.

Sie strahlte vor Glück, und in den nächsten Tagen suchte sie sich eine neue Wohnung, weil sie jetzt mehr Geld hatte, um ihre Miete zu bezahlen.

Er fuhr zuerst zum Supermarkt zum Einkaufen.

»Was soll das?«, fragte Saule.

»Mein Herzblättchen, ich kaufe alles, was du willst, zum Essen und zum Trinken«, sagte er.

»Bitte hör auf mit diesem Herzblättchen, ich will das nie mehr hören!«

»Aber das bist du für mich!!«

Saule ging zum Supermarkt, nahm französischen Käse, norwegischen Lachs und etwas italienisches Obst zum Dessert. Er schaute mit feuerrotem Gesicht und schmiss alles aus Saules Wagen zurück in das Regal.

»Du willst nur ein Luxusleben und teure Lebensmittel kaufen!! Wir kochen nur deutsche Küche und nichts anderes!!«

Saule war sehr schockiert, sie war total am Ende … Sie nahm ihre Handtasche und ging sofort, ganz langsam zu Fuß in die Stadt. Dort ging sie in ein Kaffeehaus, trank eine Tasse Kaffee mit Mocca-Eiscreme und wartete mehrere Stunden bis zum Abend. Sie hatte immer ein Taschenbuch dabei zum Lesen.

Sie versuchte noch, ihre Anwältin, Frau Rasenkohl, zu erreichen, aber sie gab keine Informationen zur Scheidung preis, gar nichts, und sie redete ganz kurz, sie wollte kein Wort über diese Horrorehe wissen. Sie hat das Gespräch nach ein paar Minuten abgebrochen und reagierte genau gleich wie die erste Anwältin, die Saule hatte. Das war natürlich sehr, sehr traurig. Trotzdem blieb Saule am Ball und sie glaubte ganz fest an sich, dass sie eines Tages frei von Hannibal ist, denn es gibt immer eine Lösung im Leben. Später ging sie zu Fuß nach Hause, bei wunderschönem Herbstwetter, die Blätter waren so faszinierend in allen Farben, und ihre Füße waren auf einmal ganz leicht, sie spazierte noch mehrere Stunden, bis sie nach Haus kam. Sie wusste, dass reden mit dem Hannibal keinen Sinn mehr hat, sie konnte ihn nicht mehr sehen, am besten nie mehr. Sie ging ganz leise ins Haus und verschwand im Schlafzimmer, dann schaute sie durchs Fenster und sah, wie er von seiner Schwester kam, sie holte tief Luft und dachte, mein Gott, was kommt jetzt wieder! Saule ging in die Küche, der Kühlschrank war wie immer fast leer. Nahm eine Flasche Mineralwasser mit ins Schlafzimmer, dann war Ruhe, ohne Worte, zum Glück!

In der Nacht kam er ganz leise an Saules Bett, dann saß er sehr nah an ihrem Gesicht, Saule erschrak so sehr, dass sie aus dem Schlaf hochsprang.

»Was willst du?!«, fragte sie.

»Mein Herzblättchen, ich liebe dich sehr und wir bleiben zusammen für immer, du bist meine Ehefrau, wir sind verheiratet!!«

»Nein, nein, nein«, drehte Saule ihren Kopf nach links, dann nach rechts.

»Du hast ein wunderschönes Leben, du hast alles, was du brauchst, du hast eine wunderschöne Familie, was willst du noch?!!«

»Das stimmt nicht, das ist deine grausame Fantasie, du bist ein Menschenfresser, zusammen mit deiner Anhängerschaft!«

»Du hast keine Erziehung, das ist dein Problem, wir möchten dich zu einer perfekten Frau erziehen, das weißt du!!«

»Wir leben in Scheidung, mehr will ich nicht wissen!«

»Eine Scheidung kostet sehr viel Geld, du kannst das nicht bezahlen und dann kommst du ins Gefängnis wegen der Schulden, ich bin sicher!!«

»Am besten such dir eine neue Frau, dann kannst du dich füttern mit deiner Familie, ich gehe weg von hier!«

»Aber ich habe kein Geld für die Scheidung!!«

»Mein Bankkarte gib mir sofort zurück!«

»Du hast alles, deine Bankkarte brauchst du nicht mehr!! Ich bringe dich mit meiner Familie zusammen ins Gefängnis, weil du eine Kriminelle bist, dann kommst du nie mehr raus, das ist deine Freiheit, die du so sehr willst!! Ich habe mit einer ›berühmten Nonne‹ immer Kontakt, wir telefonieren oft!!«

»Geh zu deiner Nonne, geh aus dem Zimmer, du alter Menschenfresser, du stinkst mir schon sehr lange!«

Er schlug die Tür sehr laut zu und ging ins andere Zimmer. Zum Glück, dachte Saule. Dann versuchte sie, sich zu beruhigen, schaute im Fernsehen ein wunderschönes Konzert aus der Londoner Royal Albert Hall. Sie versuchte, ihre Kraft, Energie und Ruhe zu behalten, egal was weiter kommen würde.

Morgens früh war sie aufgewacht, nach ein paar wenigen Stunden Schlaf, und jetzt ging sie ganz schnell in die Stadt, wo sie einen Termin bei einer Immobilienfirma hatte, wegen der neuen Wohnung. In wenigen Stunden hatte sie einen Termin zur Besichtigung mehrerer Wohnungen, sie schaute sich alles ganz genau an, aber alle Wohnungen waren zu teuer oder unbrauchbar und sehr renovierungsbedürftig. Die Immobilien-Maklerin sagte: »Dann können Sie selbst renovieren, Sie sind so jung.« Saule schaute mit großen Augen, sehr überrascht, und verabschiedete sich freundlich. Nach einem langen Tag hatte sie nichts Richtiges gefunden, leider. Trotzdem würde sie am Ball bleiben, bis sie ihr Ziel erreicht hätte. Dann bei wunderschönem Herbstwetter machte sie eine Pause und trank eine Tasse heißen Kaffee im Freien und schaute der Herbst-Sinfonie zu und den Bäumen, wie die Blätter in allen Farben langsam im Wind tanzten und mit viel Schwung auf dem Boden landeten, darüber freute sie sich sehr.

Später am Abend, als sie zurückkam, wartete der Ehemann schon im Wohnzimmer.

»Wo warst du den ganzen Tag lang, wo?!«

»Du brauchst das nicht zu wissen«, sagte Saule.

»Du bist meine Ehefrau, wir sind verheiratet!!«

»Du hast den Brief von meiner Anwältin wegen der Scheidung, was willst du noch?!«

»Ich liebe dich, das weißt du!!«

»Nein, nein, das ist keine Liebe, du manipulierst mich permanent! Du brauchst nur Futter, du bist ein Menschenfresser!«

»Du bist eine kranke Frau, du brauchst ein Krankenhaus!!« Er nahm Saule an ihren Armen und mit seiner ganzen Kraft schmiss er sie an die Schran-

kecke, dann an die Wand und dann schmiss er sie wieder auf das Sofa und schrie mit feuerrotem Gesicht:
»Du bist psychisch krank!!
Du bist die schlimmste Frau!!
Du bist ein Nichts!!
Du kommst bald hinter geschlossene Türen!!
Ich zerlege dich ganz schnell, wenn du nicht auf mich hörst!!«
Das alles dauerte bis nach Mitternacht, eiskalt, grausam, sadistisch-brutal ...
Saule lag auf dem Sofa, total in Schock, in Todesangst und war sprachlos ...
Die Tränen flossen die Backen herunter, sie wollte nur noch weglaufen ...
Danach ging er fort, wie immer zu seinen Geschwistern, zur Beratung.
Nach kurzer Zeit stand Saule wieder auf und trank ein Glas kaltes Wasser. Dann sah sie, dass auf dem Tisch ein Brief für ihre Anwältin mit ihrer Unterschrift lag, und sie war total schockiert. Das Gleiche wie immer, um die Scheidung zu beenden, dachte Saule.
Sie brauchte totale Ruhe und ging langsam ins Bett und versuchte, etwas zu schlafen, um danach die richtige Entscheidung zu treffen. In der Nacht träumte sie wieder denselben Traum.

NICHT AUFGEBEN!
GLAUB AN DICH SELBST!

Diese Worte standen sehr oft und sehr groß und klar vor Saules Augen. Sie spürte ihre verstorbenen Verwandten im Zimmer, aber die Augen konnte sie nicht öffnen, sie war so müde und kraftlos.
Danach träumte Saule, dass sie an einem sonnigen Morgen allein durch eine sehr große grüne Wiese ging, mit vielen Blumen, und in der Ferne ganz viele Menschen auf sie warten, aber der Weg ist sehr lang. In ihren Korb pflückte sie alle weiße Blumen, die sie auf der Wiese fand. Sie hatte ein langes Leinenkleid an, das bis zum Boden ging, mit einem großen Dekolleté, das ihre natürliche Sinnlichkeit betonte. Die langen blonden Haare wurden vom Wind leicht hin und her geweht und sie strahlte vor Lebensfreude.
Als sie am nächsten Morgen aufwachte, strahlte der Himmel Gott sei Dank blau, und es war eine bezaubernde Morgenruhe nach der grausamen Gewitternacht. Aber der Traum war wunderschön und sie streckte sich, um nach

vorne zu blicken. Einfach ist es nicht, aber sehr wichtig, aus diesem Horrorkreis rauszukommen, so schnell wie möglich, dachte Saule. Sie ging in die Küche, kochte sich einen Kaffee und ging zurück ins warme Bett, genoss den Geschmack des vollen Kaffees und das Aroma, das das ganze Zimmer erfüllte. Sie wusste, dass es wichtig war, ihre Kraft und Energie zu behalten, um die Trennung zu schaffen, länger konnte sie nicht mehr warten. Egal was passierte, nicht mehr mit dem Ehemann diskutieren, kein Wort mehr, nur noch sich konzentrieren auf die Zukunft. Nur mit positiven Gedanken kann man die Zukunft kreieren und gestalten.

Heute, am Mittag, fuhr Saule wieder zum Musizieren in die Kunstschule. Was ein Glück, dachte sie. Zum Frühstück gab es nur das günstigste Brot, das nach alter Seife schmeckte, Käse und Marmelade. Der Kuchen, den Saule vor wenigen Tagen gebacken hatte mit Schichtkäse und Äpfeln, war nicht mehr da. Saule schaute in die Mülltonne und sah, dass er ihren Kuchen schon wieder in die Mülltonne geworfen hatte. Der Hannibal versuchte oft zu erklären, dass Saule nicht backen und kochen konnte, er versuchte, sie zu manipulieren mit seiner ganzen Gewalt und den Bedrohungen, dass sie nichts wert sei, dass er sie zerreißen und vernichten würde, das war die Taktik von dem Hannibal und seiner Familie. Aber Saule wusste schon lange, warum er das tat, und bereitete sich auf die Scheidung vor.

Trotzdem machte sie sich schön, zog ein modernes Kleid und die passenden Schuhe an, legte etwas Make-up auf, betonte ihre natürliche Sinnlichkeit, und dann nahm sie den Kopf nach oben, um Schritt für Schritt nach vorne zu gehen. Noch etwas französisches Parfüm und Lipgloss. Sie nahm ihre Tasche mit der Thermoskanne mit heißem Tee und etwas Obst. Sie arbeitete bis zum späten Abend, zum Glück waren alle Kollegen da, mit denen sie sich freundlich unterhalten konnte über Konzerte, Musik und Kunst. Mit dem gleichen Diplom wie Saule arbeiteten viele in Kunstschulen und musizierten in verschiedenen Orchestern oder Gruppen. Das war eine wunderschöne Zeit für Saule, mit viel Lebensfreude und Glück. Aber alles im Leben ändert sich, man musste neue Wege gehen, um nach oben zu wachsen und um kreativ zu sein, dort, wo dein Herz dich hinführt, um ein erfülltes Leben zu führen.

Sie wurde so misshandelt und bedroht von ihrem Ehemann, dass sie kaum auf den Füßen stehen konnte. Warum wollte sie allein zur Arbeit fahren, ohne

Erklärung? Danach hat er in der Kunstschule angerufen und erklärt, dass Saule nicht mehr kommen kann, denn sie sei sehr krank.

Der Hannibal war Frührentner und hat überall erzählt, dass er seine schwer kranke Frau pflegen muss. Das war der Grund, warum er in Rente ging. Saule war total schockiert. Seit er in Rente war, machte er permanent die Termine für Saule bei den Ärzten, ohne Saules Wissen. Nur weil sie die Scheidung wollte. Er schrieb weiter über Saule Briefe und verbreitete falsche Informationen. Leider war kein Mensch da, der Saule zuhörte, was sie nach der Hochzeit mit dem Hannibal für einen Horror erlebte. Das war die Umgebung …

Obwohl Saule versuchte, Hilfe bei mehreren Anwälten, im Frauenzentrum und -haus zu bekommen, wurde ihr diese verweigert. Sie konnte nicht mehr warten. Als Saule nach der permanenten Gewalt total am Ende war, hat sie bei einer Organisation »StaLiana« angerufen, die große Hilfe für Ausländerinnen bot, das hatte sie im Fernsehen gesehen.

Am Telefon redete eine Frau: »Frau Mauer, Sozialpädagogin, guten Tag, wie kann ich Ihnen helfen?«

Saule weinte in Schock um Hilfe, sie erzählte, dass sie in grausamster Gewalt mit einem Hannibal lebt und es nicht mehr ertragen und aushalten kann … Sie weinte am Telefon und erzählte …

Frau Mauer sagte: »Frau Saule, ich habe ein Frauenhaus für Sie gefunden, dort können Sie sofort hinfahren und gleich dort bleiben, Sie bekommen dort richtige Hilfe. Das Haus ist circa 100 Kilometer von Ihrer Stadt entfernt, in einem kleinen Ort. Die Leiterin des Hauses ist Frau Baumhölle, Sozialpädagogin.« Sie gab Saule noch eine Telefonnummer.

Saule telefonierte sofort mit Frau Baumhölle und diese sagte, dass sie am Bahnhof auf Saule warte. Sie würden mit einem kleinen Omnibus zum Frauenhaus fahren. Sie teilte ihr auch die genaue Zeit der Abfahrt mit.

Saule packte ihren Koffer und fuhr mit dem Taxi in den Ort. Sie konnte kaum auf den Füßen stehen, war total kraftlos, zitterte auf der ganzen Fahrt, das Herz raste ohne Ende.

Der Taxifahrer fragte: »Sie fahren zum Frauenhaus, da bin ich mir sicher?«

»Ich kann nicht mehr«, sagte Saule. »Ich kann nicht mehr …«

»Da wird alles gut, dort bekommen Frauen Hilfe, im Fernsehen habe ich das gesehen.«

»Ich hoffe sehr, dass mir dort geholfen wird.«

Am Abend erreichte das Taxi den Bahnhof, dort wartete Frau Baumhölle auf Saule. Sie stieg in den Omnibus, die beiden fuhren sofort, nachdem sie sich begrüßt hatten, ins Frauenhaus.

Frau Baumhölle war eine ältere Frau mit sehr strengem Gesichtsausdruck. Sie war in dunkle Klamotten gekleidet und hatte einen Rock an. Ihre Beine sahen sehr wackelig und komisch aus. Sie musterte Saule von Kopf bis Fuß.

Das sehr alte Haus stand in einem Vorort, hatte vergitterte Fenster und war von einer großen Mauer umrahmt. Frau Baumhölle öffnete mehrere Türen und ging ins Haus und die Treppe hoch, dann öffnete sie eine metallene Panzertür und ging in ihr Bürozimmer.

Frau Baumhölle schrie sofort: »Alle Frauen hier sind psychisch krank!«

Saule schaute sie mit großen Augen an und fragte: »Frau Baumhölle, Sie sind eine Leiterin, wie viele Jahre arbeiten Sie in diesem Frauenhaus, wie viele Ausländerinnen suchen hier Hilfe?!«

»Viele Jahre bin ich hier, und alle Ausländerinnen hier sind sehr krank!«

»Was meinen Sie genau, Frau Baumhölle?«

Frau Baumhölle nahm Platz an ihrem Tisch, Saule saß gegenüber und wartete auf eine Antwort, aber Frau Baumhölle schrie sehr aufgeregt: »Frau Saule, ich brauche Ihren Ausweis oder ich telefoniere mit der Polizei, dann wird es sehr heiß für Sie, Sie sind eine Kriminelle!!«

»Ich brauche Ihren Ausweis auch«, sagte Saule.

»Wenn Sie mir keinen Ausweis geben, dann müssen Sie das Haus verlassen!!«

»Jetzt ist es Abend, ich kann das Haus nicht verlassen und wieder hundert Kilometer zurückfahren«, sagte Saule.

»Ausweis, ich brauche Ihren Ausweis, hier sind viele Prostituierte!!«

Saule war sehr müde und hatte starke Schmerzen, darum suchte sie ihren Ausweis, sie konnte kaum auf den Füßen stehen.

Frau Baumhölle riss ihr den Ausweis aus den Händen und machte eine Kopie, ohne zu fragen. Saule schaute mit großen Augen und in Schock zu, wie die Sozialpädagogin, Frau Baumhölle, »arbeitete«.

Frau Baumhölle schaute sich das Ausweisfoto von Saule an und schrie: »Frau Saule, ich bin viel jünger als Sie!!«

»Hochinteressant!« antwortete Saule.

»Viel, viel jünger, ha, ha, ha, aber Sie sind eine kranke Frau, ha, ha, ha!!«

Dann sagte sie: »Aber warum ist Ihre Gesichtshaut so glatt, warum?«

»Warum ist Ihre Gesichtshaut voller Falten und Hass, und warum sind Sie so lang in diesem Haus?«, fragte Saule.

Frau Baumhölle schrie mit rotem Gesicht und zitterndem Kopf weiter: »Morgen reden wir weiter, und Sie müssen tun, was ich Ihnen erkläre, Frau Saule, ich habe keine Zeit mehr, gehen Sie in Ihr Zimmer nach oben.«

Saule nahm ihren Koffer und ging die alte Holztreppe nach oben und in ihr Zimmer. Das Haus stank sehr nach Motten und Schimmel und überall war Schmutz. Die Fenster waren ohne Vorhänge, auf dem Tisch in einer kleinen Küche lag schmutziges Geschirr. Das ist total gruselig, dachte Saule. Das ist ein Haus wie eine Horrorbude … Kurz danach brachte Frau Baumhölle etwas Brot und Käse, aber Saule ging in ihr Zimmer zum Schlafen.

Das war der Anfang der Winterzeit. Die Tage wurden dunkler und kürzer, durchs Fenster sah sie, wie die Bäume ihre Blätter verloren und auf dem Boden tanzten. Sie ging oft spazieren durch die Blätter mit ihrer ganzen Farbpalette. Sie genoss diese Spaziergänge sehr. Zurück im Haus, wartete Frau Baumhölle auf Saule in ihrem Büro. Um zu einem Gespräch zu kommen, musste man an der Bürotür klingeln, nur dann öffnete Frau Baumhölle die Panzertür. Saule nahm ihr gegenüber Platz.

»Frau Saule, ich brauche von Ihnen sofort 25 Euro für den Hausschlüssel.«

»Aber ich habe kein Geld«, sagte Saule, »auf meinem Konto ist nur minus.«

»Sofort, wenn Sie einen Schlüssel haben wollen, oder ich schmeiß Sie auf die Straße!!«, schrie Frau Baumhölle.

Saule ging auf die Bank und holte das Geld für die Schlüssel, aber Frau Baumhölle gab ihr das Geld nie mehr zurück und gab ihr auch keine Quittung.

Der Hannibal hatte Saules Konto total leer aufgesaugt … wie kann ich weiterleben, ich weiß es nicht, dachte Saule und versuchte Ruhe zu behalten, egal was weiter passieren würde.

In der Küche lernte Saule die Frauen kennen, die vor grausamster Gewalt ins Frauenhaus flüchteten und um Hilfe suchten, aber …

Die Nataly aus Russland mit ihrer kleinen Tochter war vor wenigen Tagen vor ihrem gewalttätigen und chronisch alkoholkranken Ehemann geflüchtet. Sie hatte sich in ihn verliebt, hatte ihn geheiratet und danach war alles nur noch Horror. Die Tochter war sehr verängstigt und hatte Essstörungen, zitterte die ganze Zeit neben ihrer Mutter. Nataly arbeitete sehr viel, aber der Ehemann nahm alles Geld von ihr weg, auch viele andere Dinge. Sie war schon mehrere Male im Frauenhaus gewesen und hatte um Hilfe nachgefragt wegen Scheidung, Mietwohnung, Arbeitslosengeld, beruflichen Möglichkeiten und noch mehr, aber keiner gab ihr richtige Informationen. Nataly war auch bei einem Anwalt wegen der Scheidung gewesen.

Am Abend kam Frau Baumhölle in die Küche, schmiss Käse und Brot auf den Tisch und sagte: »Ihr sollt alle fressen, alle!!«
   Saule schaute zu und sagte: »Frau Baumhölle, wir sind alle sehr satt nach dem Gespräch mit Ihnen!«
   Frau Baumhölle sagte mit zitterndem Kopf: »Fressen, Ihr Verhungerten!!«
   Frau Baumhölle präsentierte sich, welche »Ausbildung« sie hatte, um Frauen in Not zu helfen; sie schrie sehr oft und sehr laut.
   Die Frauen nahmen alles vom Tisch und schmissen es in die Mülltonne, das alles stank sehr nach Baumhölle …

Die Frauen redeten und erzählten alles über ihre Ehemänner, die ihre Ehefrauen verletzten und misshandelten.

Später erzählte Tatjana, die viele Kinder hatte, wie der Ehemann sie jahrelang misshandelte und geschlagen hat, er war Alkoholiker … Es war sehr grausam, das alles zu hören, wie sie litt und wie sie jahrelang Hilfe suchte und keine fand, denn alle schauten weg.
   Sie konnte die Sprache nicht, aber sie war eine gute Mutter für ihre Kinder. Im Frauenhaus boten die Sozialpädagoginnen ihr eine renovierungsbedürftige Wohnung an, die sie allein mit ihren Kindern renovieren sollte, von seinem Geld. Was für ein Horror, sagten die anderen Frauen.

Alle Frauen tranken am Abend Kaffee oder Tee und erzählten ihre grausamen Geschichten von Gewalt und Bedrohungen, wie sie alle sehr schockiert und enttäuscht waren, unter sehr großen Schmerzen und Todesangst litten.
   Olga wohnte im Frauenhaus circa ein Jahr lang und versuchte, die Sprache zu lernen. Sie war bis über beide Ohren verliebt in einen jungen Mann, sie wollte eine Familie gründen, mit vielen Kindern. Sie hatte so viele Pläne, aber

sie durfte nicht viel erzählen, warum sie hier war. Trotzdem hat keiner verstanden, warum sie so lang hier wohnte. Sie erzählte, wie groß ihre Liebe zu ihrem Freund ist und wie glücklich sie ist, sie besuchte auch mit dem Mann oft ihre zukünftige Schwiegermutter, der Kontakt war wunderbar und sie freute sich auf ihre Zukunft, sie war ein gutes Mädchen. Aber viel später, als alle das Haus verlassen hatten, wurde Olga so manipuliert, dass sie nicht mehr wusste, wer sie ist und was sie tut, sie war eine zerrissene Frau. Junge Menschen sind ganz einfach zu manipulieren, besonders wenn man allein in einem fremden Land ist; das passierte vielen Frauen.

Nataly erzählte, dass sie Krankenpflegerin lernen wollte. Als Frau Baumhölle das mitbekommen hatte, redete sie sehr negativ; Nataly sollte am besten nur als Putzfrau arbeiten, wie viele andere Ausländerinnen. Sie redete so, als ob Nataly keine Berufsausbildung machen dürfe, sie sei eine Russin und sie schaffe das nie. Obwohl Nataly eine gut aussehende, sehr gepflegte junge Frau war, hatte Frau Baumhölle nur Hass und Neid für sie übrig. Das war das Frauenhaus mit dieser Sozialpädagogin.

Nach Mitternacht gingen alle in ihre Zimmer, aber keine konnte schlafen. Saule lag auf dem Bett mit einem kleinen Licht, aber sie sah alles schwarz, ohne Farben. Die Nächte waren sehr dunkel und traurig. Sie schaute durchs Fenster in den Himmel, an dem die verschiedenen Sterne funkelten und wieder verschwanden. Sie versuchte eine Erklärung für diesen seligen und ungewohnten Zustand zu finden, sie erinnerte sich an Tage mit viel Spazierengehen und einer Menge frischer Luft. Danach an den Einbruch der Dunkelheit, aber ohne Tränen, ohne Vorwürfe. Eine Lösung im Leben gibts immer, nur du musst sie selbst suchen, dein erfülltes Leben in Freiheit und Liebe. Nach dem Regen kommt wieder die Sonne. Saule war sich sicher. Oft nahm sie sich ein Buch mit ins Bett, das sie aus ihrem Heimatland mitgebracht hatte, und las Seite für Seite, langsam und etwas lauter. Das Buch begleitete sie seit vielen Jahren und jetzt wieder neu. Was ein Glück, dachte Saule.

Morgens früh, wenn sie wieder aufwachte, war das Buch noch in ihren Händen. Sie hatte ein paar Stunden geschlafen, dann ging sie in die Küche, trank eine Tasse heißen Kaffee, bis sie richtig wach war. Sie konnte schon seit mehreren Tagen nichts mehr essen. Trank nur den ganzen Tag Kaffee, Tee oder Mineralwasser.

Die Frauen wie Saule hatten keine andere Wahl, die Ausländerinnen waren oft allein mit dem gewalttätigen Ehemann, das Leben war sehr gefährlich für sie, wenn sie versuchten, sich scheiden zu lassen. Meistens kamen sie in solchen Fällen ins Frauenhaus, aber die Sozialpädagoginnen konnten keine richtige Hilfe leisten.

Saule fühlte sich sehr schlecht. Frau Baumhölle kam in die Küche, um mit Saule zu reden, aber in ihrem Büro mit der Panzertür und dem vergitterten Fenster.

»Frau Saule, Sie müssen heute das ganze Haus putzen, morgen die Straße kehren, aber ganz perfekt, ich komme zum Kontrollieren, haben Sie verstanden!?«

»Nein, ich habe nicht verstanden, ich bin keine Putzfrau, ich habe starke Schmerzen.«

»Wie bitte, Sie machen alles, was ich sage. Wenn Sie das nicht tun, dann bringe ich Sie in eine Wohnung für Pflegebedürftige!!« Frau Baumhölle betonte laut jedes Wort, danach sagte sie: »Ihr Ehemann hat eine Pflegerin für Sie bestellt, beim Sozialamt, ha, ha, ha!! Ich habe mit Ihrem Hausarzt Dr. Germisd telefoniert!! Wenn Sie nicht tun, was ich sage, dann kommen Sie hinter geschlossene Türen, ganz schnell, ha, ha, ha!! Haben Sie verstanden, Sie psychisch kranke Frau?!«

Saule versuchte aus den Büro zu gehen, aber in der Tür stand ein Mann, der »arbeitete« im Haus und verschwand sofort mit Lachen im Gesicht.

Danach drückte Frau Baumhölle Saule in den Stuhl und schrie weiter: »Wenn Sie etwas vom Frauenhaus erzählen, dann mache ich Ihrem Leben ein Ende, hier im anderen Zimmer«, sie zeigte mit der Hand ganz wütend und schrie weiter: »Die Frauen, die zu viel geredet haben, haben ihr Leben schon lange verloren, das ist ganz einfach, sie hatten keine Chance, zu überleben, ha, ha, ha!! Alle Ausländerinnen sind psychisch krank, das sind keine Menschen!!« Danach sagte sie: »Das ist alles für heute«, und ging zur Panzertür und öffnete diese für Saule.

In dem Moment fühlte Saule, dass solche Menschenfresser eines Tages eine besondere Revanche bekommen, das, was sie verdient haben, aber richtig … das ist das Gesetz der Menschlichkeit.

Saule ging nach oben ins WC und übergab sich, sie fühlte sich sehr, sehr schlecht, am liebsten wollte sie weg von diesem Horrorhaus. Sie sah alles schwarz vor den Augen.

In der Nacht träumte Saule von ihren verstorbenen Verwandten, als wären sie ganz nah in ihrem Zimmer am Bett.

NICHT AUFGEBEN! DEIN LEBEN GEHÖRT NUR ZU DIR!
DU MUSST DEIN LEBEN LEBEN, DAS WEISST DU GENAU!

Sie spürte jeden auf ihrer Seite, der so langsam und deutlich diese Worte wiederholte, einen nach dem anderen. Ihre Augen konnte sie nicht öffnen, sie war sehr tief im Traum, sie fühlte sich so geborgen und glücklich wie damals vor vielen Jahren, und das alles dauerte ziemlich lang, als wäre es eine Ewigkeit.

Mit einem wunderschönen Sonnenaufgang wachte Saule auf, mit viel Liebe, Kraft und Energie für ihr Leben.

Dann machte sie sich fertig und trank in der Küche eine Tasse Kaffee. Zum ersten Mal war in der Küche eine andere Sozialpädagogin, Frau Wolke, die arbeitete mit Kindern und fragte ganz freundlich: »Wie gehts, Saule?«

»Es geht so, ich habe überlebt.«

»Das ist nicht so schlimm«, sagte Frau Wolke, »irgendwann wird alles viel besser.«

»Ich hoffe auch, das hat alles zu lange gedauert, dieser ganze Horror.«

»Alles braucht seine Zeit«, sagte Frau Wolke.

Danach redete Frau Wolke kurz mit den Kindern, die in den Kindergarten gingen. Dann verabschiedete sie sich und ging in ihr Büro, das in einem kleinen Haus im gleichen Hof war.

Später kam eine junge Frau, die als Haushälterin im Frauenhaus arbeitete, und sie ging mit den Frauen aufs Sozialamt, das sich sehr weit vom Frauenhaus befand. Dort im Büro verlangte die Sachbearbeiterin die Bankkarte und Kontoauszüge. Danach gab sie Saule sofort mehrere Papiere zum Unterschreiben, ohne Erklärung, ohne Worte. Saule verlangte die Kopien von den unterschriebenen Papieren, aber sie bekam keine Antwort darauf. Saule fragte noch mal, danach erfuhr sie, dass alle Papiere zum Frauenhaus, zu Frau Baumhölle geschickt werden. Dort würde sie alle Papiere bekommen. Das Geld hat Saule nicht bekommen, obwohl ihr Bankkonto schon lange im Minus war. »Das ist

nicht so schlimm«, sagte die Haushälterin auf dem Weg zurück ins Frauenhaus, »die Frau Baumhölle entscheidet alles und für jede Frau hier im Haus.«
»Wie bitte«, fragte Saule, »was hat sie mit meinem Bankkonto zu tun?«
»Frau Baumhölle ist die Leiterin vom Haus, sie darf tun, was sie will«, sagte die Haushälterin.
Saule wusste nicht mehr, wie sie ohne Geld leben sollte, denn der Hannibal hatte jahrelang Saules Bankkonto geplündert.

Am Sonntag ging Saule mit Nataly und ihrer Tochter in die Kirche zum Gottesdienst, das war wunderschön und beruhigend. Die beiden waren richtig entspannt und die Orgelmusik bezauberte den ganzen Wintersonntag. Später machten sie einen langen Spaziergang und erzählten sich vieles von ihrem Leben.
»Du musst nicht aufgeben, Nataly, egal was im Leben kommt, die Lösung gibts immer wieder«, sagte Saule, »weil dein Leben nur dir gehört, und keiner nimmt es dir weg, wenn du dich richtig schützen kannst. Aber versuchen musst du es auf jeden Fall.«
»Ja, Saule, das ist nicht so einfach«, antwortete Nataly traurig.
»Weißt du, was das Schönste ist im Leben?«, fragte Saule.
»Ich sehe alles nur schwarz«, antwortete Nataly.
»Ich sehe auch schwarz, aber manchmal auch weiß, weil ich das so will!«
»Ich will auch, ich habe noch Hoffnung!«
»Alles im Leben ändert sich ständig, jeden Tag, jede Stunde, jede Minute. Einen gleichen Tag gibt es nie, jeder Tag ist anders, das ist das Schönste im Leben«, sagte Saule voller Hoffnung.
»Du hast recht, Saule. Du gibst mir so viel Hoffnung!«
»Aber du selbst musst es wollen, der Wille muss da sein, weil die Zeit sehr schnell läuft, sehr schnell. Danach wird das Leben nach der Erfahrung anders, ich bin sicher. Erfahrungen sind sehr wichtig im Leben, mit Erfahrungen wachsen wir nach oben, wenn wir das richtig wollen.«
»Ja, Saule, aber um zu wachsen, brauchen wir Kraft und Energie, auch die richtige Umgebung.«
»Genau richtig, Nataly. Du hast deine Tochter!«
»Ich bin sehr glücklich mit meiner Tochter!«
»Und alles andere, was für dich wichtig ist, entscheidest du selbst, bis du dein erfülltes Leben gefunden hast.«

Danach gingen beide ins Kaffeehaus. Saule trank eine Tasse Kaffee, Natalys Herz zitterte so, deswegen trank sie nur ein Mineralwasser, die Tochter aß Erdbeer-Eiscreme mit Sahne-Vanille-Soße und gehackten Pistazien. Die ganze Atmosphäre war wunderschön, alles roch nach magischen Aromen und leise französische Chansons begleiteten sie stundenlang.

»Und weißt du, Nataly, was deine nächsten Wünsche sind?«, fragte Saule.

»Ja, natürlich, die anderen Frauen haben mir von Mietwohnungen erzählt. Ich will mit meiner Tochter eine neue Wohnung suchen, jetzt weiß ich genau, wie das geht«, freute sich Nataly. »Von meinem Ehemann will ich nichts, Hauptsache, er lässt uns in Ruhe leben und macht uns nicht mehr unser Leben kaputt, das wäre mein großer Wunsch.«

»Ich freue mich auch, dass wir neue Informationen von den anderen Frauen bekommen haben. Aber von Frau Baumhölle gibts nur Hass und Neid, sie gibt uns keine Informationen über Mietwohnungen, Arbeitslosengeld und deutsche Sprachkurse, sie verlangt Zwangsarbeit, dass die Frauen in Not nur als Putzfrauen arbeiten müssen.«

»Ja, Saule, sie ist eine spezielle Sozialpädagogin … ihre Aufgabe ist es, den Frauen zu helfen, aber sie vermittelt jede Frau mit Drohungen als Putzfrau überallhin. Solche Sozialpädagoginnen kenne ich noch mehrere.«

»Ja, Nataly, das stimmt, ich habe auch diese Erfahrungen gemacht.«

»Sie hat mich so angegriffen, weil ich Krankenpflegerin lernen wollte«, sagte Nataly traurig.

»Es ist für sie leicht, auf ausländische Frauen zurückzugreifen, natürlich bietet sie große Hilfe an, das ist ihre Taktik.«

»Du hast recht, Saule. Die großen Hilfen sind oft nur perfekte Masken, um anderen ihr Leben zu zerreißen und zu zerstören.«

»Unser Leben ist das Wichtigste, leben, wie wir das möchten, nur wir«, sagte Saule. »Und die richtige Liebe finden wir auch noch. Ich bin sicher.«

»Das wünsche ich auch, Saule.«

»Hast du nachgedacht, was du willst, zum Beispiel in zehn Jahren?«

»Ich wünsche mir eine schöne Wohnung mit meiner Tochter zusammen und dann habe ich wieder so viel Lebensfreude, um das Leben zu genießen.«

»Ich will auch eine schöne Wohnung und die Ruhe, um alle Dinge zu tun, die in meinem Herzen ganz tief eingebrannt sind. Ich habe immer sehr viele neue Ideen«, sagte Saule.

»Saule, aber wir sind doch totale Optimistinnen geworden nach der Kirche und nach dem Spaziergang und jetzt gehen wir langsam zurück.«

»Ja, gute Idee, wir schauen, was im Haus los ist, obwohl ich das Haus so schnell wie möglich verlassen will«, sagte Saule.

»Ich auch!« Tief holte Nataly Luft.

Ganz langsam gingen beide zurück durch die vielen Blätter, die am Boden lagen. Die Luft roch nach Weihnachten, die Straßen waren so glänzend geschmückt und alles sah nach den bald kommenden Feiertagen aus. Die Kerzen in den Fenstern warteten darauf, angezündet zu werden, so verschieden und wunderschön, mit allen Farben wirkten sie so magisch an diesem Sonntag und strahlen so viel Ruhe aus.

Im Haus tranken alle Frauen zusammen Kaffee und Tee, aber essen wollte keine, alle waren satt von einem Leben in Gewalt, die Frauen erzählten das alles sehr oft.

Ronda aus Südamerika erzählte, wie sie mit ihrem Alkoholiker-Ehemann lebte, wie er sie sadistisch schlug und die zwei kleinen Kinder auch. Dann lebte sie in einer Mietwohnung ohne Heizung, ohne Strom, die der Ehemann für seine Familie gemietet hatte. Sie kam allein nach Deutschland, verliebte sich in einen Mann, heiratete ihn und danach war das Leben eine Katastrophe.

Obwohl viele Ausländerinnen arbeiteten und ihr Geld verdienten, nahmen die Ehemänner alles weg, bis zum letzten Cent. Für Ausländerinnen, die mit einem gewaltigen Ehemann verheiratet sind, ist das Leben sehr schwer. Weil keiner ihnen Informationen wegen Trennung oder Scheidung gibt. Aber die Ausländerinnen haben das Recht, ihre Erfahrungen nach der Scheidung jedem zu erzählen.

Später erzählten alle von ihren großen Wünschen für die Zukunft in Freiheit und Liebe, mit so viel Lebensfreude. Für alle war das Wichtigste gleich: Scheidung und Mietwohnung. Jede redete, wie sie die Wohnung dekorieren, welche Möbel sie kaufen würde. Viele Frauen hatten sehr gute Hobbys: Backen, Kochen, Stricken, Nähen, Häkeln, Malen, Basteln und noch vieles mehr. Sie hatten Back- und Kochrezepte von anderen bekommen. Es war ein sehr gemütlicher Abend mit allen zusammen und sie diskutierten bis weit nach Mitternacht. Schlafen wollte keine, weil sie alle große Sorgen hatten.

Am nächsten Morgen trafen sich alle zum gemeinsamen Frühstück in einem großen Raum. Die Sozialpädagoginnen waren auch dabei. Am Tisch waren Weizenbrötchen, Marmelade, Käse und Butter, alles, was Saule nie aß. Zum Frühstück aß sie Vollkornbrötchen oder -brot, geräucherten Fisch, Müsli mit frischem Obst, trotzdem trank sie eine Tasse Kaffee und dachte, wie sie heute zur Kunstschule fahren könnte, um zu arbeiten.

Frau Baumhölle fragte: »Frau Saule, wann fahren Sie zur Kunstschule?«

»Heute, nach zwölf Uhr«, sagte Saule.

»Wie bitte?!«

»Ja, ja!«

Nach dem Frühstück sagte Frau Baumhölle: »Kommen Sie sofort in mein Büro zum Gespräch. Ich will Ihnen etwas erklären, unbedingt, das ist sehr wichtig.«

»Aber ich habe keine Zeit«, sagte Saule.

»Ich habe gesagt, Sie müssen tun, was ich sage«, erzählte Frau Baumhölle am Tisch. Sie saß neben Saule mit wütendem Gesicht und fraß ihr Brot. Dann warf sie die Butterdose vor Saules Augen und sagte: »Fressen, sofort!!«

Saule nahm die Butterdose und warf sie zurück. »Fressen Sie selbst, Frau Baumhölle!«

Sie schaute zu Saule mit feuerrotem Gesicht und biss die Zähnen zusammen.

Meine Güte, dachte Saule, bestimmt hat sie die Hosen voll, sie stank richtig.

Die Frauen aßen sehr wenig, alle waren sehr irritiert wegen Frau Baumhölle, sie griff jede Ausländerin an, aus Hass und Neid, weil viele Frauen sehr jung waren, attraktiv und wunderschön.

Saule wollte in ihr Zimmer gehen nach dem Frühstück, aber Frau Baumhölle ging sofort mit ihr die Treppen hoch, öffnete die Panzertür an ihrem Büro und nahm Saule zu einem kurzen Gespräch mit. Saule wollte nicht wieder das Gleiche erleben wie letztes Mal, diese Hassausbrüche. Aber nur ganz kurz, dachte Saule.

Frau Baumhölle saß am Tisch gegenüber Saule und sagte: »In die Kunstschule fahren Sie nicht mehr Frau Saule, arbeiten dürfen Sie nicht!!«

»Wie bitte?«, fragte Saule sehr überrascht. »Heute habe ich Musikstunden.«

»Haben Sie nicht mehr!! Ich habe mit Ihrem Schulleiter telefoniert!! Schreiben Sie sofort die Kündigung!«, schrie Frau Baumhölle. »Sofort schreiben!!«

Sie legte ein Blatt Papier und einen Stift vor Saule auf den Tisch und diktierte den Text.

»Ich habe heute Musikstunden, ich fahre zum Arbeiten!«, wiederholte Saule.
»Sie sind psychisch krank, ich habe mit Ihrem Hausarzt Dr. Germisd telefoniert«, schrie Frau Baumhölle weiter. »Arbeiten dürfen Sie nicht mehr!!
Sie sind eine sehr kranke Frau!!
Sie sind eine Prostituierte!!
Sie haben keinen Beruf!!
Ihre Beruf ist Prostituierte!!
Den Beruf hat nur Ihr Ehemann!!
Es ist der Lehrer!!
Sie sind ein Nichts!!
Sie sind eine Kriminelle!!
Sie sind kein Mensch, eine Hure!!
Wir schließen Sie in eine Psychiatrie hinter geschlossenen Türen ein!!
Der Dr. Germisd hat das Haus für Sie gefunden – schon lang!!
Sie müssen tun, was ich sage, oder ich rufe sofort die Polizei, dann kommen Sie ins Gefängnis!!«
Frau Baumhölle präsentierte weiter, was sie war und was sie konnte ...
»Schreiben Sie die Kündigung!!«
Saule schaute mit großen Augen, das Herz raste, sie war wie eingefroren ... konnte sich nicht bewegen ... sie wollte sich übergeben ...
Frau Baumhölle schrieb an ihrem Computer eine Kündigung für Saule, mit der Adresse der Organisation »StaLiana«, mit der Hannibal seit vielen Jahren Kontakt hatte, dann verlangte sie von Saule eine Unterschrift.
Saule sagte: »Nein ... ich unterschreibe nicht!«
»Sie wissen, was mit Ihnen passieren kann, Frau Saule!! Noch heute bringe ich Sie hinter geschlossene Türen!! Sofort unterschreiben, aber sofort!!« Danach nahm sie sich eine heiße Tasse Kaffee vom Tisch und schmiss die Tasse in Saules Gesicht, dann schrie sie weiter und weiter ... Sie lief durchs Büro, von einer Wand zur anderen, dann ging sie zum Schrank, nahm irgendwelche Dinge heraus und wieder schrie und schrie sie ...
Saule sprang auf die Seite, um sich zu schützen ... sie sah, dass die Frau Baumhölle, die Sozialpädagogin, ein richtiger Menschenfresser war, sie war feuerrot mit glühenden Augen und attackierte sie weiter und weiter, sie versuchte Saule zu provozieren, um die Polizei anrufen zu können. Aber Saule schaute, wie Frau Baumhölle mit Hassausbrüchen explodierte und sich selbst

präsentierte. Saule unterschrieb den Brief aus Angst. Dann nahm sie von Saule die Schlüssel von der Kunstschule und legte sie in den Brief, um ihn Saules Kunstschulleiter zu schicken. In dieser Zeit waren auf der Straße Wahlplakate »Keine Arbeit für Ausländer« von einer Partei zu sehen.

Saule versuchte rauszukommen, aber Frau Baumhölle redete weiter und sagte: »Erzählen Sie nie von diesem Frauenhaus, nie und niemandem, oder Ihr Leben wird ganz schnell am Ende sein, haben Sie verstanden, Frau Saule?!«

Saule versuchte wegzugehen, aber die Sozialpädagogin schrie weiter: »Sie sind eine psychisch kranke Frau!!«

Saule stand auf, um wegzugehen, danach öffnete sie die Panzertür und Saule ging die Treppe nach oben in ihr Zimmer. Danach ins WC, um sich zu übergeben, und dann legte sie sich ins Bett. Sie war allein, unter mehreren Sozialpädagoginnen mehrere Wochen, denn in diesem Frauenhaus arbeiteten alle zusammen. Das war das Frauenhaus, das große Hilfe in der Öffentlichkeit präsentierte.

Vor vielen Jahren gründete eine Nonne eine Organisation »StaLiana« und die Frauenhäuser und versteckte sich hinter dem Kreuz. Die »berühmte Nonne« hatte vor vielen Jahren das Kloster verlassen, lebte mit einem Klostermann zusammen als Paar, und beide stürmten für ein Abenteuer ganz weit weg ins Ausland, als beide wieder zurückkamen, versprachen sie hier die »große Hilfe« für die Frauen in Not. Obwohl beide Ausländer waren und seit vielen Jahren zusammenlebten. Das war eine sehr raffiniert gegründete Organisation mit gleichen Methoden wie in der Vergangenheit …

Saule fühlte sich sehr schlecht, sie hatte starke Schmerzen, sie hatte das Gebetbuch in den Händen … Manchmal wollte sie nur schlafen für immer und nie mehr aufwachen …

NICHT AUFGEBEN! WIR SIND BEI DIR AUF DEINER SEITE!
BEFREI DICH FÜR DEIN LEBEN, DU BIST EINE STARKE FRAU!

Das ist etwas Magisches, sie war sehr tief in einem Traum und die Augen konnte sie nicht öffnen, sie fühlte so viel Liebe, Geborgenheit, Glück mit ihren verstorbenen Verwandten, die ganz nah waren. Dann nahm der eine oder andere Saule in die Arme, als wären alle zusammen, wie vor vielen Jahren. Später, als sie aufwachte, ging sie sofort in die Stadt ins Kaffeehaus, ein sehr gemütliches Ambiente, dort roch alles nach vielen Aromen, mit wunderschöner leiser Musik, die sie ausfüllte ganz tief mit der Hoffnung auf Leben. Durch das Fenster sah Saule, wie die Straßen geschmückt für Weihnachten waren, das war die einzige Zeit im Jahr, und überall glänzte es in weißer Winterharmonie. Sie dachte über ihre Zukunft nach und über ihr Leben und ihre Wünsche, sie hatte so vieles vor, aber Schritt für Schritt. Danach trank sie eine Tasse heiße Schokolade und aß frisches Obst und später ging sie in einen Buchladen, dort kaufte sie einen Kalender für das neue Jahr in wunderschönen Farben und für jeden Tag ein Zitat von berühmten Menschen und dazu noch ein Buch. Das sind opulente Stunden, das ist traumhaft, dachte Saule. Sie versuchte auf positiven Gedanken zu bleiben, einfach war es nicht, aber auf jeden Fall sehr wichtig. Später besuchte sie die Kirche, zum Glück, dort war ein Konzert mit klassischer Musik. Saule fühlte sich richtig sorgenfrei und beruhigend, ihre Gedanken waren auf Zukunft, Freiheit und Liebe eingestellt. Sie hatte so viele Ideen, sie wusste, was sie wollte und was sie noch erreichen wollte, aber richtig und mit ganzer Kraft.

Am späten Nachmittag war sie wieder im Haus. In der Küche trafen sich alle Frauen, alle hatten so viel zu erzählen, wie schwierig der Weg zur Scheidung ist, dass keiner richtig hilft, aber alle hatten große Hoffnung.

Kurz danach kam Frau Baumhölle in die Küche und sagte: »Morgen, Frau Saule, haben Sie einen Termin bei der Scheidungsanwältin, sie arbeitet für das Frauenhaus und sie wird Ihnen helfen.«

»Aber die Scheidungsanwältin kann ich mir selbst aussuchen, Ihre Hilfe brauche ich nicht«, sagte Saule.

Saule hatte kein Handy mit Kamera, kein Telefonbuch, keine Fotokamera, keinen Computer, der Ehemann hatte alles radikal verboten mit grausamster Gewalt und Bedrohungen, das alles zu haben. Genau wie bei vielen anderen Ausländerinnen auch.

»Frau Saule, bitte tun Sie, was ich sage, Sie sind im Frauenhaus!!«

»Aber nicht mit Psychogewalt«, sagte Saule.

»Die anderen Frauen haben auch einen Termin, dann gehen wir alle zusammen, um uns zu informieren!!«

»Ich weiß nicht, bis morgen ist noch genug Zeit«, sagte Saule.

Frau Baumhölle schaute wütend mit glühenden Augen zu Saule, dann ging sie die Treppen schnell nach unten, in ihr gepanzertes Büro. Leider hat bei dem Gespräch keine andere Frau zugehört.

Solche Hassattacken erlebte man immer nur unter vier Augen und ohne Augenzeugen, weil solche Menschenfresse aus Angst das tun, um nicht erwischt zu werden bei dem, was sie tun. Warum interessiert es keinen, was Ausländerinnen im Frauenhaus erleben, welche »Hilfe« Sozialpädagoginnen bieten? Total fatal!!

Aber Saule wusste genau, wie das Leben weitergeht und was sie will, obwohl sie sehr starke Schmerzen und hohes Fieber hatte, das Herz zitterte, manchmal war sie total kraftlos. Frau Baumhölle verlangte trotzdem Zwangsarbeit im Haus von jeder Ausländerin. Saule wünschte sich sehr, dass eines Tages ihr Leben so wird, wie sie es will und sie mit ähnlichen Menschen wie sie selbst ist, dann wird sie richtig lachen …

Am nächsten Tag hatten mehrere Frauen einen Termin bei der Anwältin, zusammen mit Frau Baumhölle fuhren sie dorthin, obwohl Saule nicht wollte. Sie wollte selbst eine Anwältin suchen, aber die Information wegen der Scheidungsgesetze brauchte jede Ausländerin, aber diese bekam sie nirgends, aus welchem Grund auch immer!!

Zur Anwältin ging Frau Baumhölle zusammen mit Saule, deswegen war Saule richtig schockiert, das war absolut absurd, was suchte sie dort?! Sie redete mit der Anwältin sofort über Saule, ohne sie zu fragen – das war wie in der Kriegszeit, so fühlte sich Saule. Frau Baumhölle war richtig gut vorbereitet. Aber sie wusste noch nicht, dass die Ausländerinnen später alles überall erzählten, für die ganze Welt, über die »große Hilfe« im Frauenhaus. Danach blieben alle Frauen in der Stadt, das alles konnte keine mehr hören, obwohl die Frau Baumhölle erzählte, dass keiner was über das Haus erzählen darf und keine am Abend irgendwohin gehen darf, keine Kontakte haben darf, alle mussten nur im Frauenhaus bleiben. Wie absurd, sagten die Frauen. Frau Baumhölle war richtig süchtig danach, zu entscheiden, wie Ausländerinnen leben mussten.

Am späten Abend trafen sich alle Frauen wieder in der Küche des Hauses. Dort hatten alle so viel zu erzählen, jede über ihre Erfahrungen, aber alle hatten so viele neue Ideen für die Zukunft, für ein neues glückliches Leben, mit Liebe und Lebensfreude. Es sah so aus, als wären viele bereit für die Zukunft. Die Gespräche waren sehr gefühlvoll, sehr herzlich und optimistisch, obwohl jede grausamste Gewalt hinter sich hatte. Wie viel Lebenskraft und Energie am Abend da war, das war unglaublich; wie tat das gut, zu erzählen. Alle aßen etwas am Abend und genossen ein warmes Getränk.

Plötzlich kam Frau Baumhölle mit einer neuen Frau in die Küche und hat sie vorgestellt als neue Mitbewohnerin und ist danach ganz schnell verschwunden. Eine junge, sehr gepflegte deutsche Frau, Karin aus dem Norden, mit einem Säugling in den Händen und noch zwei kleinen Kindern. Karin erzählte, dass sie sehr früh geheiratet hat, einen Mann aus Ex-Jugoslawien, danach war ihr Leben der totale Horror. Der Ehemann machte mit ihr alles, um sie zu vernichten, Grausamkeiten jeden Tag, er misshandelte sie ohne Ende. Sie suchte überall Hilfe und keiner half ihr richtig ... Sie hat viel geweint, sie war sehr traumatisiert, sie zitterte vor Todesangst, sie brach zusammen, leider interessierte das Frau Baumhölle nicht. Karin erzählte, dass sie allein ist und der Ehemann hier seine Geschwister und die Eltern hatte, die machten ihr das Leben zur Hölle. Alle Frauen redeten mit ihr und versuchten zu helfen und sie zu unterstützen bei der Scheidung, aber sie hatte sehr große Angst vor dem Ehemann. Er bombardierte sie am Telefon stundenlang, er drohte ihr, er schrie und versuchte, sie zurück nach Haus zu bekommen. Alle Frauen waren sehr schockiert, das war ein totaler Horror-Abend. Karin erzählte, dass sie überall Hilfe suchte. Warum half niemand??

Um Mitternacht, als die Kinder schon schliefen, nach einem langen Gespräch mit den anderen Frauen, gingen alle in ihre Zimmer zum Schlafen. So richtig konnte keine schlafen und sie trafen sich wieder in der Küche, dann war total Ruhe. Durch die Fenster sah man, dass es schneite, wunderschöne Schneeflocken bedeckten die ganze Straße in der Nacht.

Am Sonntag, am späten Abend kam der Ehemann von Karin mit dem Auto und holte Karin und die Kinder wieder zurück nach Hause, sehr weit in den Norden. Alle Frauen waren sehr schockiert, als sich Karin zitternd verabschiedete. Alle waren sprachlos ...

Am Montag hatte Frau Baumhölle wieder ein Gespräch mit Saule in ihrem gepanzerten Bürozimmer, sie schrie, sie beschuldigte Saule mit allen Worten, danach machte sie einen Termin beim Arzt.

Saule sagte: »Einen Termin beim Arzt kann ich selbst machen, ohne Ihre Hilfe. Zurzeit habe ich leider kein Handy und auch kein Telefonbuch!«

»Sie können nicht telefonieren, Sie können selbst nichts finden!! Sie sind sehr krank«, schrie Frau Baumhölle weiter und weiter …

»Ich habe gesagt, dass ich nichts in den Händen habe, sogar nicht einmal mein verdientes Geld«, sagte Saule.

»Ich bringe Sie zum Arzt und wir schauen, wie dann alles weitergeht«, sagte Frau Baumhölle.

Zum Arzt fuhr Saule mit Frau Baumhölle zusammen mit dem alten kleinen Omnibus vom Frauenhaus. Der Arzthaus war sehr weit vom Frauenhaus entfernt. Saule dachte, der Arzt könne ihr helfen, sie von diesem Horror zu befreien, weil Saute total am Ende war.

Im Ärztehaus ging Frau Baumhölle zusammen mit Saule zu Professor Dr. Rost zur Gesprächsstunde. Obwohl Saule sagte: »Zum Gespräch gehe ich allein, der Termin ist nur für mich!«

»Ich gehe zusammen mit Ihnen, Sie können nicht allein, Sie sind sehr krank!!« Wütend sagte das Frau Baumhölle.

Saule war sehr schockiert, als Professor Dr. Rost das alles akzeptierte. Frau Baumhölle redete sofort mit dem Professor, als ob alles geplant war.

Frau Baumhölle sagte: »Frau Saule ist sehr psychisch krank, ich habe mit dem Hausarzt auch telefoniert und Saule kann nicht mit den Menschen umgehen!!«

Saule versuchte zu reden, dass sie keine Erlaubnis, Genehmigung oder Zustimmung für Frau Baumhölle gegeben hat, um hier bei dem Gespräch dabei zu sein, der Termin war nur für Saule gemacht, aber der Professor redete weiter mit Frau Baumhölle, ohne zu reagieren. Er machte sich eine Notiz und redete weiter.

Wenige Tage danach brachte Frau Baumhölle für Saule einen Brief, adressiert an Saule mit der Adresse von »StaLiana«. Saule öffnete sofort, das war ein Brief mit »allen Informationen« über Saule von Professor Dr. Rost wegen eines Klinikaufenthaltes für Saule. Frau Baumhölle riss sofort den Brief aus Saules Hand und ging in ihr gepanzertes Büro zum Kopieren.

Saule sagte: »Den Brief sofort zurückgeben, nicht kopieren, das ist verboten!!«

Frau Baumhölle sagte: »Sie sind eine psychisch kranke Frau, ha, ha, ha, ha!!

Wir bringen Sie in eine Klinik, Ihr Ehemann hat eine Pflegerin für Sie bestellt, Sie kranke Frau, ha, ha, ha, ha!!«

Trotzdem machte sie eine Kopie, danach gab sie den Brief zurück. Saule schaute mit großen Augen, nahm den Brief und ging zurück in ihr Zimmer nach oben. Und den gleichen Brief schrieb der Professor Dr. Rost auch fürs Sozialamt, weil beide entschieden hatten, Saule in eine Klinik zu bringen zur weiteren »Hilfe«.

Ins Frauenhaus kamen Frauen, weil sie keine Alternative hatten, weil die Frauen allein waren. Ausländische Frauen hatten keine andere Möglichkeit. Was Saule hier gesehen und erlebt hatte, war ähnlich wie das damals mit den Juden, so fühlten sie sich …

Zwei Schwestern waren auch hier. Die beiden Italienerinnen flüchteten vor ihren gewalttätigen Eltern. Beide waren sehr jung, circa zwanzig Jahre alt und sehr verängstigt, zitterten ohne Ende. Frau Baumhölle schrie beide an, schrie und schrie. Das alles zu sehen war totaler Horror, welche Sozialpädagogin arbeitete da im Frauenhaus. Eine von den Schwestern erzählte, dass sie Erzieherin werden will und dann im Kindergarten arbeiten möchte. Aber Frau Baumhölle schrie, dass beide nichts wert sind und sie sollen sofort nur als Putzfrauen arbeiten. Beide Schwestern zitterten weiter, weil Frau Baumhölle ihnen keine Informationen gab, nur schrie und schrie, das war ihre Taktik aus Hass und Wut für Ausländerinnen.

Am nächsten Tag sagte Frau Baumhölle, dass Saule sofort mit der Putzkolonne als Putzfrau oder mit schwerbehinderten Menschen in einer Diakonie arbeiten muss!

»Die beiden Arbeitsstellen sind genau richtig für Sie, Frau Baumhölle«, sagte Saule, »dort sind Sie sind am richtigen Platz.«

»Frau Saule!! Sie sind eine psychisch kranke Frau!! Sie haben keinen Beruf, nur Ihr Ehemann hat einen Beruf und arbeitet, er verdient viel Geld für Sie, für Ihr Luxusleben!!«, schrie sie weiter und weiter …

Saule ging zur Panzertür hinaus.

Als Nächstes versuchte sie zu planen, welche Möglichkeiten es noch gibt, leider fand sie keine andere Alternative, als zum nächsten Frauenhaus zu fahren, ganz weit weg. Sie verabschiedete sich am Abend von den Frauen, alle tauschten Weihnachtsgeschenke aus und tranken Kaffee zusammen. Alle waren sehr traurig, müde und hilflos. Obwohl Saule im Sozialamt viele Papiere unterschrieben hatte, wurde bis jetzt kein Geld auf ihr Konto überwiesen, es waren auch keine Schreiben vom Sozialamt gekommen. Als Saule aus dem Frauenhaus wegging, gab sie den Schlüssel zurück, das Geld für den Schlüssel, die 25 Euro, bekam sie nicht zurück.

»Frau Saule, hier kostet auch die Hilfe Geld.«

»Warum sagt keiner vorher, dass diese Horrorhilfe auch noch Geld kostet?!«, fragte Saule.

Die Kollegin von Frau Baumhölle sagte mit lachendem Gesicht: »Frau Saule, aber Sie wollen Hilfe und wir haben Ihnen geholfen und in dem anderen Frauenhaus hilft man auch, ha, ha, ha, ha …«

»Tschüss«, sagte Saule sehr traurig und ging ins Taxi.

Am Bahnhof kaufte sie eine Karte, obwohl ihr Bankkonto schon lang überzogen war, und fuhr mit dem Zug zum nächsten Frauenhaus, in der Hoffnung, dass man ihr dort hilft. Im Fernsehen hatte sie gesehen, wie man im Frauenhaus Hilfe anbot für Frauen von gewalttätigen Ehemännern. Als sie in der anderen Stadt angekommen war, wartete der Hannibal am Bahnhof auf sie.

»Mein Herzblättchen, meine Liebe, ich will dich sehen!! Ich habe mit Frau Baumhölle und Dr. Germisd telefoniert, du musst sofort in eine Klinik fahren, dort ist ein Platz für dich, wir helfen dir sehr und dort bleibst du für immer, mein Herzblättchen!! Bitte, fahre jetzt sofort mit mir!!«

»Du Menschenfresser, du stinkst mir sehr, verschwinde sofort aus meinem Leben!!«

»Mein Herzblättchen, ich will dir immer helfen!!«

Zum Glück waren im Bahnhof so viele Leute, dass er versuchte, sich wie ein perfekter Ehemann zu präsentieren. Saule ging fort, ohne zu diskutieren, sie wusste genau, was er wollte. Mit dem Taxi fuhr sie weiter in die Innenstadt. Dort traf sie sich mit einer Sozialpädagogin und ging mit ihr zusammen ins Frauenhaus. Ein Altbauhaus mit einem großen alten Treppenhaus und einer Tür nach der anderen. Das Frauenhaus war im zweiten und dritten Stock des Hauses. Zum Glück neu renoviert und hell. Dort sollte Saule ein kleines Zimmer bekommen und in der Küche einen Schrank mit Schlüssel. Sie war sehr müde, lag im Bett und wollte sofort schlafen.

Nach kurzer Zeit klopfte eine Frau an die Tür: »Ich bin Sozialpädagogin, Frau Ute, ich werde Ihnen in der nächsten Zeit helfen, ich kann so vieles für Sie tun und Sie betreuen. Am besten kommen Sie um 16 Uhr zu mir ins Büro zum Gespräch.«

»Mein Name ist Saule, guten Tag«, sagte Saule. »Dann bis später, Frau Ute.«

Später kam Saule zum Gespräch ins Büro. Dort wartete Frau Ute auf sie mit einer Kanne Kaffee, den sie für Saule gekocht hatte. Sie war sehr freundlich und erzählte, dass sie in der nächsten Woche Klavier spielen lernen will. Eine Lehrerin hatte sie gefunden, nur die Noten brauche sie noch, vielleicht könne Saule ihr helfen.

»Sie helfen mir in schwierigen Zeit, dann helfe ich Ihnen auch«, sagte Saule und schenkte Frau Ute Klaviernoten, zwei große Bücher, erster und zweiter Teil, »Step by Step« für Anfänger. Frau Ute hat die Noten sofort genommen und in ihrer Tasche versteckt, ohne sich zu bedanken. Saule schaute sehr überrascht mit großen Augen.

Dann redete Frau Ute weiter: »Frau Saule, zuerst trinken Sie eine Tasse Kaffee und dann bekommen Sie auch den Schlüssel, ich brauche von Ihnen 25 Euro in bar.«

»Aber ich habe schon im anderen Haus bezahlt und das Geld habe ich nicht mehr zurückbekommen. Jetzt verlangen Sie wieder das Geld, ich bin keine Millionärin«, sagte Saule.

»Ohne Geld keinen Schlüssel, Frau Saule!!«

»Dann gehe ich zur Anwältin, um zu fragen«, sagte Saule.

»Sie haben eine Anwältin, Frau Juice, die für das Frauenhaus arbeitet, und Frau Baumhölle hat Ihnen geholfen, Sie haben zusammen ein Termin gehabt. Eine neue Anwältin brauchen Sie nicht!!«

»Ich habe kein Geld vom Sozialamt bekommen, wie soll ich leben?«, fragte Saule.

»Ich will alles über Sie wissen, welche Versicherrungen haben Sie, und ich will all Ihre persönlichen Dokumente sehen«, sagte Frau Ute.

»Ich bin nur wegen meiner Scheidung hier, weil ich es zu Hause nicht mehr aushalten kann«, sagte Saule.

»Wenn Sie nicht alle Ihre Papiere zeigen und tun, was ich sage, dann schmeißen wir Sie auf die Straße und melden Sie bei der Polizei zur Bestrafung!!

Oder wollen Sie in ein Haus mit geschlossenen Türen!!! Was wollen Sie?!!«, schrie Frau Ute.

Danach telefonierte sie mit einer Klinik, wo Saule mit Frau Baumhölle war, und erzählte dort über ihre eigenen Wünsche, wie Saule weiterleben sollte. Dann hat sie entschieden, dass Saule im Frauenhaus bleiben soll und alles so »perfekt« machen soll, wie Frau Ute entscheidet.

Frau Ute schrieb noch am gleichen Abend das Kündigungsschreiben für Saules Versicherungen mit fremder Adresse und verlangte die Unterschrift von Saule, obwohl sie fragte, warum sie alle ihre Versicherungen kündigte. Saule verlangte Kopien von den Kündigungsschreiben, aber Frau Ute gab keine Kopien raus und war sehr wütend auf Saule. Dann hat Saule unterschrieben, aber sie bekam keine Kopien, obwohl Saule mehrere Male danach fragte.

»Sie brauchen keine Kopien, aber jetzt, Frau Saule, bekommen Sie in den nächsten Tagen Ihr Arbeitslosengeld, Sie können sich freuen«, sagte Frau Ute. Danach gab sie Saule eine Liste, was sie in den nächsten Tagen im Rathaus und auf dem Sozialamt tun musste.

Saule fragte: »Wo ist es möglich, die deutsche Sprache zu lernen, welche Möglichkeiten gibts?«

»Jetzt brauchen Sie die Sprache nicht, ich bin Ihre Betreuerin, ich helfe Ihnen überall!!«

Saule fragte weiter: »Wo gibts deutsche Sprachkurse, und ich will wissen, wie ist es möglich, eine Mietwohnung zu finden und zu bezahlen als Arbeitslose?!«

»Frau Saule«, schrie Frau Ute mit feuerrotem Gesicht, »ich bin Ihre Betreuerin, ich mache alles für Sie!!«

»Aber mein Leben gehört zu mir, ich will selbst alles wissen, welche Möglichkeiten ich habe vom Sozialamt und als Arbeitslose.«

»Ich habe keine Zeit mehr, tschüss!!«, schrie Frau Ute, danach öffnete sie die Tür von ihrem Büro und Saule ging sofort raus.

Saule war sehr schockiert nach dem Gespräch, wie »arbeitet« die Sozialpädagogin, Frau Ute, das war total absurd. Was ein Horror, dachte Saule und ging in ihr Zimmer. Vor dem Zimmer im WC hat sie sich übergeben und danach lag sie in ihrem Bett. Zum Glück hatte sie immer einen Kopfhörer für CDs und ihre Bücher.

Später in der Küche lernte Saule Viola mit ihrer kleinen Tochter Mona aus Osteuropa kennen.

Viola war ungefähr so alt wie Saule und eine sehr sympathische Frau, sprach akzentfreies Deutsch. Sie erzählte, dass sie genau wie Saule im gleichen Jahre nach Deutschland gekommen war mit einer Freundin zum Studieren an einer Universität. Sie zeigte die Fotos, wie sie damals aussah, wie ein Topmodel und voller Lebensfreude. In der Zeit hatte sie den Abschluss einer Kunstschule und einer Hochschule in ihrem Heimatland. Hier in Deutschland begann sie weiter zu studieren. Um die Mietwohnung zu finanzieren, suchte sie Arbeit und hat als Bedienungskraft in einem Restaurant gearbeitet. Dort lernte sie den Besitzer vom Restaurant, einen älteren Mann, kennen. Er hat sich vorgestellt als ein »großer Geschäftsmann« mit großem Erfolg und Viola vertraute ihm voll. Er machte viele Komplimente und eine Liebeserklärung, sie vertraute auch, aber sie wusste noch nichts von der Vergangenheit des großen »Geschäftsmannes«. Viola arbeitete sehr viel nach dem Studium am Abend bis Mitternacht, verdiente gutes Geld und war sehr glücklich. Der »Geschäftsmann« hat sie zuerst überredet, nicht mehr weiterzustudieren, sie verdiene genug Geld. Er redete so lang und versprach ein Leben im »Paradies«, bis sie ihm vertraut hat. Im Restaurant musste sie alle alkoholischen Getränke probieren, mit ihm zusammen. Dann verliebten sich beide und heirateten. Sie hat das Studium an der Universität abgebrochen nach des Ehemanns Wunsch. Nach den Alkohol-Partys gab es auch Drogen-Partys, der Ehemann hatte schon große Erfahrungen in der Vergangenheit. Aber Viola war total blind vor Liebe, wie sie einer Studiumsfreundin damals erzählte. Viola war nach der Hochzeit total in den Händen von ihrem Ehemann, und er machte mit ihr alles, was er wollte, richtig alles, um sie zu zerreißen und zu vernichten ... Leider hat sie es lange nicht gemerkt, weil er sie ständig manipulierte und Hirnwäsche machte. Viola war die Sklavin von ihm ... sie tat alles, was er wollte ... Er beschuldigte sie als psychisch kranke Ehefrau, er bedrohte sie sehr grausam – weiter und weiter ...

Nach mehreren Jahren grausamster Gewalt flüchtete sie ins Frauenhaus, um Hilfe zu bekommen. Bevor sie ins Frauenhaus ging, schlug der Ehemann ihr alle Zähne aus. Den Sozialpädagoginnen war das alles total egal, genau wie bei Saule, als sie im ersten Frauenhaus mit blauen Armen ankam. Viola war sehr traumatisiert, sie erzählte sehr viel, sie weinte auch. Sie war sehr abhängig von ihrem Ehemann, obwohl sie auch die Scheidung angereicht hatte. Als beide spazieren gingen, sah Viola plötzlich ihren Noch-Ehemann, sie redete immer und immer so viel, sie konnte ihn nicht loslassen. Saule sah den Ehemann von Viola, einen Mann mit sehr engen Jeans und Sweatshirt, wie ein Sexmonster ...

»Wozu redest du über ihn, Viola?«

»Ich kann nicht ohne ihn.«

»Du merkst nicht, dass er dich jahrelang als Sklavin ausgenutzt hat, du musst einmal aufwachen!«

»Ach Saule, das ist nicht so einfach, ich liebe ihn noch immer«, sagte Viola.

»Zuerst hör auf, über ihn zu erzählen, du hast dich getrennt von ihm und danach kommt die Scheidung, wenn das möglich ist«, sagte Saule.

»Ja, Saule, du hast recht!«

»Ich habe die Scheidung auch eingereicht bei meiner Anwältin letzte Woche, aber in der anderen Stadt, dort war ich im Frauenhaus.«

»Saule, dann haben wir beiden das Richtige gemacht!«

»Natürlich!«

Beide gingen in ein Kaffeehaus, tranken eine Tasse heißen Kaffee und aßen Aprikosenkuchen mit karamellisierten Mandeln.

Saule sagte: »Ich habe einen Wunsch, nach dem Frauenhaus ziehen wir ganz weit nach Norden und gründen dort eine kleine Kunstfirma, was meinst du, Viola?«

»Sehr gute Idee! Saule, vielleicht machen wir das zusammen«, sagte Viola.

»Zusammen suchen wir Mietwohnungen, eine für dich und eine für mich im gleichen Haus, in einer neuen Stadt ist das besser. Wir beide haben sehr gute Erfahrungen!«

Viola hatte in der Kunstschule sehr vieles gelernt und sie war ein richtiger Profi, eine fantastische Malerin. Im Frauenhaus malte sie die wunderschönsten und unikaten Bilder mit Pflanzen, Blumen und ... Saule sah stundenlang, wie sie war in der Zeit, total in sich selbst gekehrt, sehr kreativ, sehr konzentriert, ruhig, entspannt und sie malte mit viel Lebensfreude. Mit ihren Bildern hatte sie eine große Zukunft vor sich, wenn sie das wollte.

Nach dem Malen war sie wieder in ihrer Vergangenheit mit dem gewalttätigen Mann, sie redete viel zu viel.

»Viola, was meinst du, vielleicht malst du weiter und dann hast du eine große Sammlung. Danach kannst du mit deinen Bildern ein neues Leben anfangen?«, sagte Saule.

»Gute Idee, Saule, aber mein Mann ...«

»Viola, willst du wieder eine Sklavin sein, oder ein neues Leben anfangen?«, fragte Saule.

Am Abend gingen beide zurück ins Frauenhaus. Abendbrot wollte keine, sie tranken nur Tee mit Zitrone und schauten im Wohnzimmer Fernsehen.

Plötzlich war Viola verschwunden, Saule wusste nicht, wohin. Violas Tochter erzählte, dass Mama zu einer Freundin gefahren sei und dort werde sie übernachten. Schade, dachte Saule.

Als Saule allein im Wohnzimmer war und Fernsehen schaute, kam plötzlich (wie ein Soldat mit sehr lautem Gang) eine Frau, circa 35 Jahre alt, mit langem dunklem Haar.

»Ich bin Sozialpädagogin, arbeite hier im Haus, mein Name ist Iwa!!«, betonte sie jeden Buchstaben laut.

»Ja, und ich bin heute gekommen«, sagte Saule.

»Ach was, psychisch kranke Frauen gibts bei uns im Haus, ha, ha, ha, ha ...«

Sie redete über kranke Frauen vor Saule, obwohl Saule Fernsehen schaute. Frau Iwa hatte ein rotes Gesicht, sie redete und redete und redete. Aber Saule schaute weiter Fernsehen und sah, wie Frau Iwa sich präsentierte, immer und immer wieder ... Frau Sozialpädagogin Iwa redete das Gleiche, wenn Saule mit ihr allein im Wohnzimmer war.

Später in der Nacht versuchte Saule in ihrem Zimmer zu schlafen, aber sie konnte nicht ... Sie sah durchs Zimmerfenster die wunderschöne weiße Winternacht, leicht rieselte der Schnee vom nachtblauen Himmel. Saule hörte mit dem Kopfhörer leise französische Musik, sie fühlte eine sehr magische Kraft und entspannte sich total. Diese Stunden magischer Ruhe und die fantastische Musik füllten jede Zelle ihres Inneren, für das Wunder in uns. Saule genoss die wunderschönen Momente jetzt, ohne zu denken. Die Nacht war sehr lang ...

Egal, wie die Stürme des Lebens um uns herum toben, in unseren Herzen finden wir alle Antworten mit Frieden und Freude. Denn unser Herz besitzt eine höhere unikate Intelligenz, dass wir unsere Träume leben sollen und dass es dafür nie zu spät ist.

Morgens früh ging sie in die Küche, um zu frühstücken. Viola kam auch, nachdem die Tochter Mona in der Schule war. Viola sah aus, als ob sie die ganze Nacht gefeiert hätte.

»Wie geht's dir, Viola?«, fragte Saule.

»Na ja, wir hatten eine wunderschöne Nacht!« Viola versuchte zu erzählen, aber es war sehr schwierig, es zu verstehen.

»Nächstes Mal gehst du, Saule, auch mit mir zum Feiern!«

»Nein, Viola, ich will nicht, und ich habe viel wichtigere Dinge zu tun, wegen der Scheidung und dem Umzug«, sagte Saule.

»Warum willst du nicht mit mir feiern, Saule?!«

»Viola, wir können feiern, wenn wir ein neues Leben in einer neuen Stadt haben!«

»Das will ich auch!«, sagte Viola und dann ging sie in ihr Zimmer zum Schlafen.

Das ist das Beste für Viola, vielleicht wird sie danach aufwachen und über ihr Leben nachdenken, dachte Saule.

Später ging Saule ins Rathaus mit der Liste von Frau Ute. Dort nahm die Mitarbeiterin Saules Ausweis, danach verlangte sie eine Unterschrift, ohne es zu erklären. Saule fragte wegen einer Kopie, die sie unterschrieben hatte. Die Mitarbeiterin sagte: »Das brauchen Sie nicht!! Im Frauenhaus hat alle Informationen Frau Ute!!«

Als Saule ihren Ausweis zurückbekam, war auf dem Ausweis eine neue Adresse registriert. In der Straßenkarte sah sie, dass es die Adresse von der Parallelstraße des Frauenhauses war. Im Haus fragte Saule bei Frau Ute, was das alles bedeutet und was sie mit ihr überhaupt machten. Was diese neue Adresse auf ihrem Ausweis bedeute.

»Ach, Frau Saule, welch lächerliche Frage! Wenn eine Frau richtig krank ist, kann sie das alles nicht verstehen, ha, ha, ha, ha ...«, sagte Frau Ute.

Im Haus lernte Saule auch Serena aus Indien kennen. Sie erzählte so strahlend, dass sie im Internet einem deutschen Mann begegnet war, es entwickelte sich schnell eine große Liebe. Der Mann war etwas älter als Serena. Danach heirateten beide in Serenas Heimatland. Die Fotos zeigten alles, wie die große Liebe gefeiert wurde, alles war geschmückt mit Tausenden frischer Blumen und es gab indisches Essen mit der ganzen Familie ... Nach der Hochzeit kamen beide in die Heimat des Ehemannes, dort hatte er ein eigenes Haus und arbeitete. Serena war den ganzen Tag allein zu Hause, sie war total allein, sie sprach nur Englisch, obwohl sie schnell die deutsche Sprache lernen wollte, aber der Ehemann wollte das nicht. Sie durfte nie allein das Haus verlassen und sie musste leben, wie der Ehemann es wollte.

Serena war sehr traumatisiert, und geschwängert vom Ehemann flüchtete sie ins Frauenhaus, um Hilfe zu bekommen. Sie hatte auch keine Kopien von ihren Papieren vom Sozialamt, sie wusste nichts über Arbeitslosengeld, sie wusste überhaupt nichts, sie redete sehr verängstigt und mit großen Augen. Später erkrankte sie an Diabetes, obwohl sie hochschwanger mit ihrem ersten Sohn war. Sie wollte bei der Geburt ihres ersten Kindes ihre Schwester aus Indien zu sich einladen, sie hatte etwas gespartes Geld. Die Frau Ute, Sozialpädagogin, bat um Hilfe und nahm Serena das ganze Geld weg! Danach erzählte Serena Saule, das Geld sei verschwunden und Serenas Schwester dürfe nicht herkommen. Serena erzählte weiter, dass der Ehemann eine Versöhnung wollte mit ihr, aber Frau Ute hat angeordnet, dass Serena sich nie mehr mit dem Ehemann zum Gespräch trifft. Nach mehreren Monaten bekam Serena eine kleine renovierungsbedürftige Mietwohnung in der gleichen Stadt. Hochschwanger musste sie alles allein renovieren, das war Frau Utes »Hilfe«. Frau Ute wollte auch alles wissen über Serenas Kindergeld, sie wollte sie unbedingt beraten, was sie mit ihrem Geld tun sollte.

Ramona, eine Blondine aus Brasilien, war auch im Haus. Sie war befreundet mit Serena, beide waren gleich alt. Sie flüchtete ins Frauenhaus vor ihrem alkoholkranken Ehemann, er behandelte sie sehr grausam. Als er sie geschwängert hatte, flüchtete Ramona sofort. Sie war hochschwanger, genau wie Serena, und die Babys sollten zur gleichen Zeit auf die Welt kommen. Ramona war sehr abgemagert, sie wog bestimmt nur noch ungefähr 45 kg, sie war auch sehr verängstigt und schockiert, sie war total allein in Deutschland, wie viele andere Ausländerinnen auch. Ramona erzählte, dass sie als Putzfrau in einem Hotel für billigsten Monatslohn arbeiten muss, bis zur Geburt ihres Babys, so verlangten es die Sozialpädagoginnen vom Frauenhaus.

Frau Ute drohte oft, wenn die Frauen nicht tun, was sie sage, dann schmeiße sie alle raus auf die Straße!! Genau das Gleiche sagte auch Frau Iwa.

Weihnachten stand vor der Tür und Saule freute sich sehr. Sie besuchte den Gottesdienst in der Kirche, auch Konzerte. Sie genoss die Winterzeit und danach das neue Jahr zusammen mit anderen Frauen. Die Ausländerinnen schenkten den Sozialpädagoginnen ein kleines Weihnachtsgeschenk und schrieben auch die Karten, vielleicht aus Todesangst ...

Danach trafen sich alle einmal in der Woche zum Frühstück. Das alles kaufte die Haushälterin vom Arbeitslosengeld der Bewohnerinnen, aber die ausländischen Frauen wussten das nicht. Am großen Tisch aßen alle zusammen, Saule hatte einen Teller mit Paprika vor sich, die anderen wollten zusammen mit Saule essen, aber die Haushälterin kam von der anderen Seite an den Tisch, nahm den Teller vor Saules Augen weg und ging an ihren Platz zurück. Die Sozialpädagoginnen und die Haushälterin aßen jedes Mal, stopften sich voll, wie Verhungerte. Die Ausländerinnen schauten sehr verängstigt und aßen fast nichts, sie schauten nur zu. Das war das Frühstück vom Ausländerinnen-Arbeitslosengeld. Später entschied eine von den Sozialpädagoginnen, welche Ausländerin den Tisch aufräumen und alles Geschirr waschen musste. »Die muss das tun und die muss alles tun und die ...und das ...!!« Wie ein Diktator schrien die Sozialpädagoginnen, obwohl viele Frauen sehr traumatisiert nach der grausamsten Gewalt waren. Danach entschied eine Sozialpädagogin, welche Ausländerin als Putzfrau in Haus arbeiten muss.

Die Rosa aus Brasilien war etwas älter als Saule, auch sie war hier im Haus mit ihrer kleinen Tochter. Sie erzählte, wie der Ehemann sie jahrelang grausam misshandelte, danach versuchte er, sie vom Mietwohnungsbalkon auf die Straße zu schmeißen. Rosa war eine sehr traurige und sympathische Frau, sie hatte immer Hoffnung auf ein besseres Leben mit ihrer Tochter. Die Sozialpädagoginnen vermittelten Rosa Arbeiten mit sehr niedrigem Monatslohn als Putzfrau, obwohl sie sehr abgemagert war, nur Knochen und Haut war sie noch. Nach der Gewalt waren die Ausländerinnen kraftlos vor Schmerzen und manche hochschwanger.

Eine Französin mit ihrer Tochter, circa sieben Jahre alt, kam auch ins Haus. Sie war circa 40 Jahre alt, schlank und groß, mit kurzem schwarzem Haar. Sie arbeitete zusammen mit dem Ehemann in einem Restaurant. Als die Ehe am Ende war, flüchtete sie hierher. Frau Ute verlangte, dass sie sofort ihre Arbeitsstelle im Restaurant kündige, nur dann dürfe sie im Haus bleiben. Aber sie kündigte nicht und Frau Ute verlangte, dass sie das Frauenhaus sofort verlässt, obwohl sie total allein mit ihrer Tochter war. Nach ungefähr einer Woche war sie weg …

Am nächsten Tag ging Saule wegen Geld zum Arbeitsamt. Dort verlangte man wieder und wieder eine Unterschrift, aber eine Kopie gab es niemals. Danach verlangte die Sachbearbeiterin Saules Bankkarte und sagte, das Geld wird in den nächsten Tagen aufs Bankkonto überwiesen. Am nächsten Tag wurden von Saules Bankkonto einer fremden Person tausend Euro überwiesen. Saule ging sofort zum Arbeitsamt und fragte, was das bedeutet.
 Die Sachbearbeiterin, eine junge Frau, schrie sofort und sehr lange.
 Saule ging wieder zur Bank und erzählte dort alles, dass diese Person sofort das Geld zurückbezahlen müsse oder sie informiere ihre Anwältin.
 Im Haus sagte Frau Ute, dass sie die Sachbearbeiterin sehr gut kennt und das sei nicht so schlimm, es seien nur tausend Euro. Sie habe genug Geld, solle sich keine Sorgen machen und alles vergessen.
 »Wie bitte??«, fragte Saule.
 »Na ja, das ist nicht so wichtig«, sagte Frau Ute. »Von der Rentenversicherung, bei der ich für Sie die Kündigung geschrieben habe, bekommen Sie in den nächsten Tagen mehrere Tausend Euro, was wollen Sie noch?!«
 Wenige Tage danach kam Saules Ehemann, um sich mit ihr zu einem Gespräch zu treffen. An dem Tag bekam sie den Brief von der Versicherung, sie musste ein Formular ausfüllen. Der Hannibal riss Saule den Brief aus den Händen und füllte das Formular aus, Saule hat es unterschrieben und sofort zurückgeschickt. Er redete sehr viel, wie immer, dass er nur helfen will, und Saule war total kraftlos vor Schmerzen …
 Nach wenigen Tagen hatte die Rentenversicherung das Geld auf das Bankkonto des Ehemannes überwiesen. Der Hannibal ist ein richtiger »Profi«, dachte Saule und telefonierte sofort: »Ich brauche mein Geld!«
 »Mein Herzblättchen, du hast dein Geld auf mein Bankkonto überwiesen, ich habe mein Bankkonto auf die Formulare geschrieben, aber du hast unterschrieben, du bist selbst schuld, ha, ha, ha, ha …«, schrie er.
 »Ich brauche mein Geld«, sagte Saule noch mal.
 »Mein Herzblättchen, ich muss für das Haus Versicherungen bezahlen und für das Auto, das weißt du!!«

Du alter Hannibal, dachte Saule und beendete das Gespräch.

Saule erzählte Frau Ute, dass ihr Geld dem Ehemann überwiesen wurde. »Was ist möglich, jetzt zu tun?«

»Ach was, Ihr Ehemann ist ein sehr guter Mann, er tut alles richtig für Sie, machen Sie sich keine Sorgen«, sagte Frau Ute.

»Aber das Geld gehört mir!!«

»Frau Saule, Sie sind Ausländerin, alles gehört Ihrem Ehemann, er weiß genau, was er tut, er ist ein guter Mann«, sagte Frau Ute.

Saule ging ins Wohnzimmer und schaute Fernsehen, plötzlich stand Frau Iwa in Zimmer.

»Frau Saule, ich habe gehört, das Sie ein großes Problem haben, mit Menschen umzugehen. Jetzt haben Sie vielleicht verstanden, dass Sie eine kranke Frau sind, ha, ha, ha, ha.«

»Wie bitte?«, fragte Saule.

»Na ja, das ist schwer zu verstehen für Sie!!«

»Was muss ich verstehen?«, fragte Saule und schaute weiter Fernsehen.

»Und Ihre Zukunft ist klar, ha, ha, ha, ha.«

»Frau Iwa, in meiner Zukunft werde ich ein Buch schreiben«, sagte Saule.

»Was werden Sie machen, ein Buch schreiben?!« Und Frau Iwa redete weiter. »Leute, habt ihr alle gehört, eine psychisch kranke Frau wird ein Buch schreiben?!«, schrie sie mit rotem Gesicht und ging aus dem Wohnzimmer, mit ganz lautem Gang ging sie in ihr Büro.

Saule sah, dass Frau Iwa sich nur selbst präsentierte, sie war süchtig nach Macht über Ausländerinnen.

Später ging Saule mit Viola in die Stadt, trotz allem machten sich beide einen wunderschönen Tag, spazierten stundenlang herum und lachten dabei.

Saule war sehr überrascht, dass die tausend Euro auf ihr Bankkonto zurücküberwiesen wurden von einer fremden Person. Saule ging zum Schuhladen und kaufte wunderschöne Schuhe, Viola kaufte einen weißen Sommermantel und beide waren richtig glücklich und strahlten vor Lebensfreude.

»Saule, am Abend gehen wir beide zum Feiern«, sagte Viola, als beide ins Haus zurückkamen.

»Viola, ich gehe nicht, das ist keine richtige Zeit zum Feiern«, sagte Saule, »und ich habe sehr wenig Geld. Am besten schauen wir, in welcher neuen Stadt wir für dich und mich eine Mietwohnung finden.«

»Aber ich will irgendwo am Abend hingehen, heute!«

»Viola, ich brauche Ruhe, ich habe keine Kraft zum Feiern. Am besten wir schauen Fernsehen, heute ist sehr gutes Programm.«

»Ach, Saule, ich kann nicht ruhen, ich will zu meinem Freundinnen gehen!«

»Dann mach, wie du willst«, sagte Saule.

Violas Tochter Mona und Saule schauten Fernsehen, Viola war am Abend wieder verschwunden, für die ganze Nacht.

Als Saule am nächsten Morgen in der Küche Kaffee trank, kam die Leiterin vom Frauenhaus, Frau Hansdampf. »Frau Saule, ich habe gehört, dass sie sehr krank sind, machen Sie sich keine Sorgen.«

»Wie bitte?«, schaute Saule mit großen Augen.

»Na ja, Frau Saule, wir möchten Ihnen helfen.«

»Das ist richtig interessant«, sagte Saule.

»In Deutschland gibts Mietwohnungen für pflegebedürftige Menschen, diese können Sie sofort haben, das ist kein Problem. Ihr Ehemann hat alles schon organisiert, Sie bekommen auch eine Betreuerin, die Ihnen überall hilft.«

»Wie bitte?«, fragte Saule. »Machen Sie immer mit Menschen einen Witz, oder suchen Sie eine Macht über andere Leben?«

»Na ja, Frau Saule, mein Ehemann ist auch ein Musiker, er spielt sehr oft, er hat ein sehr teures Instrument, eine Trompete, und Sie?«

Saule schaute mit lachenden Gesicht und sagte: »Manchmal musiziere ich mit anderen Ausländern zusammen. Aber Frau Hansdampf, wir Frauen möchten die deutsche Sprache lernen, wie ist das möglich, wo gibts Kurse?«

»Frau Saule, na ja, gute Idee, irgendwo gibts natürlich Kurse, na ja … aber das kostet sehr viel Geld, das keine von euch hat. Zuerst müssen Sie arbeiten als Putzfrauen und Geld verdienen, dort braucht man keine deutsche Sprache, dann können Sie die Sprache später lernen.«

Danach ging Saule ins Wohnzimmer zu Viola und lachte über das Gespräch von Frau Hansdampf.

»Solche Absurditäten gibts nur im Frauenhaus«, sagte Viola. »Kennen die Sozialpädagoginnen überhaupt hier in Deutschland die Menschenrechte, was meinst du, Saule?«

»Ich bin total überzeugt, dass es hier um andere Dinge geht. Das weißt du selbst«, sagte Saule.

»Da hast du absolut recht«, sagte Viola.

Am nächsten Morgen klopfte an Saules Zimmer Tür Frau Ute und kam ins Zimmer.

»Frau Saule, wir brauchen Klamottenspenden! Bitte sofort in Tüten packen und in ein Haus am Bahnhof bringen, dort arbeiten auch Sozialpädagoginnen. Wenn Sie das nicht tun, Sie wissen, was mit Ihnen passieren kann, Sie haben zu viele Klamotten, also bitte spenden Sie!!«

Saule war noch im Bett, sie schaute mit großen Augen und sagte: »Frau Ute, ich habe keine Kleider zum Spenden!«

»Sie wissen, was mit Ihnen passiert, wenn Sie nicht tun, was ich sage, haben Sie verstanden?! Wir schmeißen Sie aus dem Haus«, schrie Frau Ute.

»Was, wie bitte?!«, fragte Saule.

Frau Ute schlug die Tür zu und ging fort.

Der Hannibal telefonierte sehr oft mit Saule, manchmal trafen sich beide für ein kurzes Gespräch.

Er sagte: »Natürlich, musst du alle deine Kleider spenden, die brauchst du nicht mehr, das Leben ist sowieso vorbei!! Bitte nimm die großen schwarzen Plastiktüten und pack sie voll, ich bringe sie mit dem Auto zu dem Haus am Bahnhof!«

»Aber ich brauche meine Klamotten, vielleicht kannst du deine spenden?«, fragte Saule.

»Sofort, sofort, pack die Tüten voll, oder dich schmeißt das Frauenhaus raus, willst du das?!«

Saule war total schockiert, dann ging sie ins Haus, packte mehrere große schwarze Plastiktüten voller Kleider. Danach fuhr der Hannibal zum Haus am Bahnhof und gab dort zwei schwarze Säcke einer älteren Frau, die dort arbeitete.

Am Nachmittag freute sich Frau Ute freute sehr, dass Saule so viel gespendet hatte.

»Frau Saule, Sie haben von der Rentenversicherung mehrere Tausend Euro bekommen. Das Geld brauchen Sie nicht, ich brauche das Geld, bitte sofort spenden!«, sagte Frau Ute.

»Frau Ute«, sagte Saule, »das Geld von der gekündigten Rentenversicherung ist bei meinem Ehemann auf seinem Bankkonto eingegangen, mein Geld habe ich nicht!«

»Frau Saule, Sie sind eine Lügnerin! Ich brauche das Geld! Ihr Ehemann gibt Ihnen das Geld, bitte beim Ehemann fragen!!«

»Wenn Sie das Geld möchten, dann schreiben Sie mir bitte einen Brief, wie viel Sie von mir möchten und für welchen Zweck«, sagte Saule.

Sie schaute mit feuerrotem Gesicht zu Saule. Dann sagte Frau Ute zum Abschluss: »Ich habe eine wunderschöne Mietwohnung für Sie gefunden, Sie können sie sofort besichtigen.« Sie gab ihr die Adresse und die Schlüssel.

Saule fragte: »Wo gibts die Mietwohnungen für Arbeitslose, ich will selbst suchen und die richtige finden. Welcher Preis darf es sein, wie soll ich mieten?«

»Frau Saule, ich bin Ihre Betreuerin und habe für Sie eine Mietwohnung gefunden, was möchten Sie noch?!«, schrie Frau Ute.

»Ich will selbst eine Mietwohnung finden, wo gibts welche, ich will alles über Mietwohnungen wissen«, sagte Saule.

Frau Ute schrie mit feuerrotem Gesicht weiter: »Besichtigen Sie zuerst diese Mietwohnung!«

Später gingen Saule und Viola spazieren und schauten sich die Wohnung an, diese war in einem Mehrfamilienhaus. Die Wohnung war sehr klein, Zimmer, Küche und Bad nur mit kaltem Wasser. Neben der Wohnungstür war eine Tür zum Raum, in dem die Mülltonen standen, und die Tür schlug sehr laut zu, das entdeckte Saule viel später und die Wohnung stank sehr. Unter dem Fenster waren die schwarzen Mülltonen, die sie auch erst später sah.

Am nächsten Tag sagte Frau Ute, dass Saule alles packen und umziehen soll in die neue Mietwohnung.

»Ich weiß noch nicht, die Wohnung gefällt mir nicht, weil sie sehr renovierungsbedürftig ist«, sagte Saule. »Ich will selbst eine Wohnung finden, wie ist das möglich?«

»Wie bitte, gefällt nicht?!«, fragte Frau Ute. »Vielleicht möchten Sie auf der Straße leben, vielleicht ist es dort besser?!«

»Die Wohnung ist nicht zum Wohnen und braucht viel Renovierung«, sagte Saule noch mal.

»Die Wohnung ist gut genug für Sie, genau die richtige und wunderschön!!«, schrie Frau Ute. »Gehen Sie arbeiten als Putzfrau und verdienen Sie Ihr Geld, dann können Sie die Wohnung renovieren!!«

»Ich habe meinen Beruf und war viele Jahren in einer Kunstschule tätig«, sagte Saule.

»Wie bitte?!«, schrie Frau Ute. »Ihr Ehemann hat einen guten Beruf, aber Sie sind eine sehr kranke Frau!!«

»Wer von uns richtig krank ist, Frau Ute, werden wir in der Zukunft sehen«, sagte Saule, »und dann schauen wir, wer zuletzt lacht.«

Die folgenden Tage verbrachte Saule wie in einem Horrorfilm, aus dem sie nicht herauskam, sie sah alles schwarz …

Viola redete mit Saule und ging spazieren, manchmal konnten beide richtig lachen und die Tage waren dann ein bisschen heller. Sie alle träumten von einem Leben in Freiheit und Liebe und kreierten ihre Zukunft.

Morgens in der Küche trank Saule zusammen mit Viola Kaffee, als plötzlich die Haushälterin kam und sagte: »Ich möchten mit Ihnen die Mitwohnung besuchen, Frau Saule. In einer Stunde gehen wir zusammen und schauen uns die Wohnung an.«

»Dort muss renoviert werden, dann kann ich einziehen!«

»Wir schauen zusammen«, sagte die Haushälterin. Sie war eine ältere, sehr kräftige Frau und benahm sich wie eine sehr wichtige Person, die alles besser wusste.

Nach wenigen Stunden waren beide in der Mietwohnung und sie sagte: »Wissen Sie, Frau Saule, ich kann Ihnen helfen. Die Wohnung ist sehr renovierungsbedürftig, aber ich habe sehr gute Nachrichten für Sie! Mein Bruder kann die ganze Wohnung renovieren, wie Sie das wollen. Sie unterschreiben einen Vertrag und in wenigen Tagen ist die Wohnung renoviert. Das kostet ca. 400 Euro, das ist ein sehr guter Preis, extra für Sie. Sie haben genug Geld vom Ehemann, Frau Saule.«

»Wie bitte, ist das ein Witz, oder was?!«, sagte Saule und schaute mit großen Augen.

Die Mietwohnung renovierte Saule nicht, sie lebte monatlich von kleinem Geld. Sie war sehr müde und hatte nur Schmerzen …

Den Mietwohnungsvertrag hatte sie in einem Büro unterschrieben, das alles hatte Frau Ute organisiert und Saule fragte, ob sie eine unterschriebene Kopie haben könnte.

»Die brauchen Sie nicht!!«, schrie die Frau vom Büro. »Frau Ute hat alles für Sie erledigt, was wollen Sie noch, Frau Saule?! Wir haben keine Kopien für Sie, fragen Sie bei Frau Ute nach!!«

»Was kostet die Wohnung, von welchem Geld soll ich bezahlen?«, fragte Saule.

»Fragen Sie Ihre Betreuerin, Frau Ute, Sie verlangen zu viel von mir«, schrie die Frau vom Büro.

Saule war total am Ende, kraftlos und hilflos ... aber ihr Leben gibt sie nie auf!

MORGEN IST EIN NEUER TAG!

Am Wochenende fuhr Saule mit Viola zu Hannibal ins Haus, um ihre Sachen abzuholen. Er begrüßte beide sehr freundlich und bereitete das Mittagessen vor. Er backte eine Pizza, danach lud er zum Essen ein. Er spielte einen sehr perfekten Ehemann, brachte alles Essen und Trinken zum Tisch. »Wie ein ›Traummann‹«, sagte Viola. Er spielte richtig gut. Er bot Hilfe an für Viola, er wollte alle Dokumente für Viola kopieren und bot weiter Hilfe an wegen der Malerei. Er erzählte, dass er sehr gute Kontakte habe und Violas Bilder in Ausstellungen sehr gut präsentieren und verkaufen könne, nur müsse sie allein zu ihm ins Haus kommen, ohne Saule. Danach fuhren alle zusammen in eine größere Stadt zum Einkaufen und um ein Museum zu besuchen, später am Abend lud er beide in ein Kaffeehaus ein. »Aber nur zum Kaffeetrinken und Kuchenessen, ich muss sparen«, sagte er mit feuerrotem Gesicht. Saule schaute mit lächelndem Gesicht Viola an und redete etwas in ihrer Sprache.

Viola wollte nicht mehr mit Saule zusammen in eine neue Stadt ziehen. »Hier habe ich so viele Freundinnen«, sagte Viola.

Im Frauenhaus versuchten Sozialpädagoginnen Viola Arbeit zu vermitteln in einem kleinen Supermarkt oder als Putzfrau, als sei sie nicht mehr wert und dürfe nichts Besseres arbeiten. Sie war richtig schockiert und traurig.

Wenige Tage danach war Viola verschwunden, sie ging am Abend weg zu ihren Freundinnen. Danach ist sie mit ihrer Tochter in eine Mietwohnung gezogen. Sie hatte eine Freundin, die mit ihrem deutschen Ehemann sehr Grausames überlebte und sich danach trennte. Nach dem Frauenhaus fielen die beiden sehr tief nach unten, genau wie ihre Exmänner das wünschten. Leider merkten sie es nicht einmal. Wenige Jahre danach, als Saule beide in der Stadt sah, war sie sehr schockiert; sie waren nicht mehr wiederzuerkennen ...

Vor wenigen Tagen bekam Saule einen Brief von der Anwältin, Frau Juice, den Frau Ute ihr übergab. Als Saule den Brief geöffnet hatte, riss Frau Ute ihr diesen aus den Händen und ging ins Büro.

»Ich mache eine Kopie, Frau Saule!«

»Sie dürfen meine Briefe nicht kopieren, der ist nur für mich, Sie müssen meine Briefe nicht kontrollieren«, sagte Saule.

»Ach was, Frau Saule, ich will auch wissen, was Ihre Anwältin schreibt, bitte beruhigen Sie sich, ich bin Ihre Betreuerin.«

»Ich brauche keine Betreuerin!«

»Aber ich weiß, dass Sie einen Termin haben, vielleicht fahren wir zusammen?«, fragte Frau Ute.

»Ich fahre allein und Ihre Hilfe brauche ich nicht!!«

Am Donnerstag früh nach dem Frühstück ging Saule vom Haus auf die Straße, vor dem Frauenhaus wartete Frau Ute mit ihrem kleinen grünen Wagen.

»Frau Saule, mit dem Zug zu fahren ist sehr teuer, ich kann mit Ihnen fahren, mit meinem Auto, ich will Ihnen helfen, bitte steigen Sie ins Auto«, sagte Frau Ute sehr freundlich.

»Ich brauche Ihre Hilfe nicht, ich fahre allein!«

»Frau Saule«, redete Frau Ute sofort weiter, »Ihre Anwältin ist in einer anderen Stadt, ganz weit von hier, und Sie haben einen Termin in wenigen Stunden, Sie kommen mit dem Zug zu spät, bitte fahren Sie mit mir«, sie redete weiter und weiter und weiter ...

Saule konnte das alles nicht mehr ertragen, diesen permanenten Druck, das alles stank zu sehr ... Die Zeit war zu knapp und Saule fuhr mit Frau Ute zusammen zur Anwältin.

Frau Ute sagte: »Ich will Sie nur zur Anwältin bringen, danach können Sie allein mit dieser im Büro sprechen.«

Saule atmete tief, sie sagte kein Wort mehr.

Als beide nach circa einer Stunde in der Stadt ankamen, fuhr Frau Ute auf einen Parkplatz.

»Frau Saule, das Parken kostet mehrere Euro, die brauche ich jetzt!«

Saule gab ihr mehrere Euro aus ihrem Portemonnaie und ging weg.

»Frau Saule, ich gehe mit Ihnen zur Anwältin, ich möchte auch in die Innenstadt.«

»Bei der Anwältin habe nur ich einen Termin!«, sagte Saule.
»Ja, natürlich, Sie finden alles, klar …«, sagte Frau Ute.
Dann ging Saule allein ins Haus der Anwaltskanzlei, doch Frau Ute ging hinter Saule.
»Frau Ute, ich allein habe einen Termin!!«
»Ja, natürlich, ich warte auf Sie vor der Tür!«
»Sie wollten in die Stadt, dann gehen Sie fort«, sagte Saule.
»Ja, klar, später gehe ich, na ja … ich warte auch auf Sie«, sagte Frau Ute.
Saule ging zum Gespräch mit der Anwältin, plötzlich kam Frau Ute und nahm neben Saule Platz. Saule war sehr schockiert und schaute mit großen Augen.
Frau Ute redete sofort mit Saules Anwältin, Frau Juice: »Frau Saule darf nicht mehr arbeiten, sie hat sehr große Probleme, sie ist sehr krank«, und sie redete weiter und weiter und weiter …
Saule versuchte die Anwältin zu fragen, wer überhaupt jetzt einen Termin habe, aber keine von beiden reagierte und sie redeten weiter. Nach kurzer Zeit beendeten beide das Gespräch … und tschüss!
Saule war sehr schockiert. So lerne ich die neue Mentalität und die neue Kultur kennen, dachte Saule sehr traurig.
Saule ging sofort in die Stadt und Frau Ute ging mit, sie versuchte zu erzählen, dass sie ihr nur helfen will, sie weiß alles richtig gut, sie hat vielen Ausländerinnen geholfen und … sie redete sehr viel.
»Hochinteressant, wie Sie ›arbeiten‹ als Sozialpädagogin«, sagte Saule.
Saule ging ins Kaffeehaus, Frau Ute ging auch mit und beide saßen am Tisch, obwohl Saule allein Kaffee trinken wollte. Saule bestellte zum Kaffee etwas zu essen und dachte, was für eine »perfekte Sozialpädagogin«. Nach kurzer Zeit war Saule fertig und wollte bezahlen.
Frau Ute sagte: »Frau Saule, ich habe kein Geld, bezahlen Sie bitte für uns beide.«
Saule schaute mit großen Augen. Von ihrem letzten Geld bezahlte sie und ging weg, aber Frau Ute ging weiter mit.
»Frau Saule, Sie können mit mir zurück ins Frauenhaus fahren, bitte!!«
Saule wollte nur allein mit dem Zug fahren, aber Geld hatte sie nicht mehr und deshalb ging sie zu Frau Utes Auto, um mit ihr zu fahren.
»Frau Saule, das alles wird gut, bitte vertrauen Sie mir, ich will nur helfen. Sie verstehen die Sprache nicht richtig, Sie brauchen Hilfe!!«, sagte Frau Ute.

Saule war richtig sprachlos und versuchte, nicht mehr zu diskutieren. Am späten Nachmittag waren sie zurück im Frauenhaus. Saule ging sofort weg, ohne Worte ...

Am nächsten Tag packte Saule allein ihre Sachen, danach wartete sie im Frauenhaus auf Frau Ute wegen dem Schlüssel und dem Geld für den Hausschlüssel, den sie von Saule bekommen hatte, aber zurück bekam sie ihr Geld nicht mehr. Wenige Tage war sie in der Mietwohnung. Aber ich bleibe nur kurz hier, dachte Saule, diese Wohnung ist total absurd.

Danach behandelten die Ärzte sie wieder nach Hannibals Fantasien, die er überall verbreitete. Wenn Saule versuchte, von ihrem Leben zu erzählen, attackierten sie sofort die Ärzte, denn Saule sei in der Kindheit sexuell missbraucht worden. Der Hannibal war der Einzige, der nach der Hochzeit Tag und Nacht jahrelang Saule grausam brutal und sehr sadistisch misshandelte – das alles wollten die Ärzte nie wissen!!

Mit Hannibals Hilfe manipulierten die Ärzte Saule weiter.

Zum Glück machte Saule wieder Yoga, ging zum Joggen, zum Schwimmen, besuchte Konzerte. Er kam fast jeden Tag zum »Helfen« zu Saule. Er reparierte ihre Küchenschränke und baute ihr einen neuen teuren Kleiderschrank. Als er fertig war, sah Saule, dass der Hannibal die Kleiderschranktüren von oben bis unten mit einem Taschenmesser zerschnitten hatte, die Schrankböden hatte er mit der Bohrmaschine sehr beschädigt, danach fuhr er sofort weg. Aus der Wohnung nahm er wieder Saules persönliche Papiere, Briefe und andere Dinge aus ihren Taschen und aus dem Schrank. Der Hannibal präsentierte sich immer wieder, wer er war und was er konnte ...

Die Ärzte manipulierten Saule weiterhin, sodass sie nach mehreren Monaten wieder zu Hannibal zurück ins Haus ging. Für die Ärzte waren Privatpatienten eine Geldmaschine, die machte jeden satt. Das war das Grausamste, dass die Ärzte sie so behandelten, aber Saule hatte in dieser Zeit keine andere Alternative.

Teil 4

Unsere größte Energie liegt in den Fähigkeiten,
Entscheidungen treffen zu können.
Wir können alles wählen, was mir möchten,
was wir tun und was wir denken.
Keiner kann uns unsere Entscheidungsfähigkeit nehmen,
das gehört nur uns allein.
Wir können alles tun, was wir wünschen.
Wir können der Mensch sein, der wir sein wollen.

Zu Sommeranfang war Saule wieder mit ihrem Ehemann zusammen, sie machten sich schöne Tage, gingen spazieren, und er hielt Saules Hand ganz fest, aber nur dort, wo keine Menschen waren: in den Weinbergen oder in der Natur, Hauptsache, ganz weit weg, und er hatte immer sein Taschenmesser an der Lederschnur dabei. Er erzählte stundenlang, wie glücklich er sei, weil Saule wieder zurückgekommen war. Manchmal fuhr er mit Saule zum Einkaufen, etwas, was sie gern wollte, aber er kaufte viel Alkohol – den billigsten Sekt, Wein, Rum und Bier, und er versuchte, ihr den Alkohol aufzuschwätzen, dass sie immer mit ihm zusammen trinkt. Er kaufte immer die gleichen billigsten Lebensmittel: Nudeln, Käse, Konserven-Gemüse und Obst, den gleichen panierten Fisch. Saule aß das alles sehr selten, nur zum Überleben, deswegen explodierte er fast jeden Tag. Sie kaufte für sich etwas zu essen, wenn sie alleine war.

»Du weißt genau, dass ich keinen Alkohol trinke, und du versuchst immer wieder, mich zum Trinken zu zwingen. ICH WILL NICHT!!«, sagte Saule.

»Nur ein Glas, bitte, schmeckt richtig gut!!«, schrie er. »Ich bin dein Ehemann.«

Wenn Saule eine Tasse Tee trank, schüttete er Rum in ihre Tasse und verlangte, dass sie das sofort trinkt, aber Saule schüttete alles ins WC.

»Warum tust du das, warum?!«

»Immer wieder willst du mich zwingen, Sachen zu tun, die ich nicht mag! Du bist ein chronischer Alkoholiker!«, sagte Saule.

»Aber du magst Sekt!«

»Ein Glas Champagner oder einen Cocktail mit Champagner am Feiertag«, sagte Saule.

»Du willst nur ein Luxusleben«, schrie er weiter und weiter.

»Wenn du jetzt auch noch schreist, dann packe ich sofort meine Koffer und gehe fort, hast du das verstanden?«, fragte Saule.

Er schlug die Haustür hinter sich zu und war verschwunden. Saule sah durchs Fenster, als er zu seiner Schwester ging. Saule machte es sich gemütlich auf dem Sessel, machte ihre Augen zu und hörte eine CD, schaute eine Konzert-DVD von Tina Turner. Was für eine gigantische Sängerin voller Kraft, und ihre ganze Biografie, dachte sie. Sie versuchte nicht viel zu denken, nur Musik zu hören. Das große Glück ist, dass morgen ein neuer Tag ist, freute sich Saule. Nach ungefähr einer Stunde war er wieder da, beruhigt und nett. Was für eine Überraschung, schaute Saule mit großen Augen. Sie hörte seine Worte und konnte es nicht fassen …

»Hör mir zu, lass mich ausreden, was ich dir jetzt sagen will«, sagte er. »Mein Herzblättchen, ich liebe dich sehr und es ist wunderbar, dass du wieder zurück bist bei mir«, freute er sich. »Wir fahren überallhin, wohin du willst. Wir besuchen Konzerte und Museen zusammen und wir machen das Beste aus unserem Leben, nur die Scheidung muss beendet werden, mein Herzblättchen.«

Er redete tagelang, stundenlang, bis sie ihm wieder vertraute. Dann schrieb er wieder einen Brief für Saules Anwältin, Frau Juice, und fuhr zusammen mit Saule in die Kanzlei zur Anwältin, um den Brief abzugeben.

Zuhause wartete der Bruder vom Ehemann. »Saule, du bist eine hässliche Schlampe, geh zurück ins Frauenhaus, du machst unsere Familie kaputt!«, schrie Hannibals Bruder auf der Treppe weiter und weiter, er war total ohne Zähne, der Mund war wie bei einem uralten Mann, der Speichel tropfte, als er schrie, mit rotem Gesicht explodierte er stundenlang.

Der Ehemann schaute mit lachendem Gesicht zu Saule und sagte: »Mein Herzblättchen, das ist total in Ordnung, mein Bruder ist ein älterer Mann, er darf dich erziehen, du bist eine Ausländerin, meine Geschwister wollen uns nur helfen, ha, ha, ha, ha …«

»Wie bitte?«, fragte Saule mit großen Augen. »Ich brauche keinen Erzieher, was machst du mit mir?! Warum reagierst du so?!«

»Weil du eine sehr kranke Ehefrau bist!! In den nächsten Tage mache ich wieder Termine für dich bei den Ärzten, wenn es nicht besser wird, dann bringen wir dich hinter geschlossene Türen. Ich habe mit dem Hausarzt Dr. Germisd telefoniert.«

»Wie bitte?! Du brauchst mit deiner Familie wieder nur Futter, du bist noch nicht satt?!«, fragte Saule total in Schock.

Saule konnte nicht glauben, dass er mit seiner Familie sie wieder attackierte. Sie hatte Todesangst und starke Schmerzen, sie war total kraftlos und lag tagelang im Bett. Sie wusste nicht mehr, wohin … das war wieder ein Horror … sie sah alles in schwarz … Das war mein großer Fehler, dass ich zurückgekommen bin, dachte Saule. Das Schlimmste wäre, dass sie zu viel Kraft für ihr Leben verlöre. In der Nacht, als sie zu schlafen versuchte, waren alle Verwandten plötzlich wieder da.

NICHT AUFGEBEN! BEHALTE DEINE RUHE UND DEINE KRAFT!
DEIN LEBEN GEHÖRT NUR DIR, BEFREI DICH!!

Kurz nach drei Uhr wachte Saule auf, sie fühlte, dass alle wieder da waren, in ihrem Zimmer, so nah, und die Worte sehr langsam wieder und wieder wiederholten, sie wachte auf mit lächelndem Gesicht und fühlte sich voller Kraft und Energie für das Leben. Was ein Wunder, freute sich Saule. Sie ging in die Küche, nahm etwas Obst zum Essen, das sie gekauft hatte, und dunkle Schokolade, genoss es sehr, dass sie wieder essen konnte. Die Gedanken wanderten sehr weit zurück in die Vergangenheit, als alle noch lebten und Saule eine wunderschöne Zeit mit ihnen zusammen hatte. Dann griff sie zum CD-Player und schaltete ihn an, die traumhafte Musik lief die ganze Nacht, danach trank sie eine Tasse Kaffee im Bett. Morgens früh ging der Hannibal zu seiner Schwester zum Frühstücken, wie er das oft tat. Sie wurde irgendwann ruhiger und legte sich für wenige Stunden zum Schlafen ins Bett. Sie träumte, dass sie in einen großen Supermarkt zum Einkaufen geht und zum ersten Mal in ihrem Leben alles zum Essen kauft, was sie sich seit vielen Jahren wünschte. Dann brachte sie alles mit einem großen Einkaufswagen in ihre kleine Mietwohnung, diese befand sich in der Innenstadt und die Wohnung war sehr hell. Der Kühlschrank war zum ersten Mal richtig voll. Sie bereitete ein traumhaftes Essen zu, sie backte ohne Ende Kuchen und Torten und fantastische Desserts. Das alles roch so geschmackvoll und sie genoss das opulente Essen mit vertrauten Freunden ganz und gar.

Als der Ehemann am späten Nachmittag zurückkam, sagte er: »Mein Herzblättchen, wir fahren spazieren, danach gehen wir essen!«

Saule schaute zu dem Hannibal und fragte: »Was soll das alles bedeuten, was machst du wieder mit mir?! Kannst du mir mal erklären, warum brauchst du mich, was willst du von mir?! Warum hast du mich geheiratet, kannst du mir das mal erklären?!«

»Du weißt, wie ich dich liebe, mein Herzblättchen!«

»Du manipulierst mich permanent, das weißt du genau, warum tust du das?!«

»Das stimmt nicht, du bist eine sehr kranke Frau, der Hausarzt hat das bestätigt!!«

»Wer von uns richtig krank ist, sehen wir in der Zukunft«, sagte Saule, »und dann schauen wir, wer zuletzt lacht.«

»Ich habe meine Familie und du bist allein, ha, ha, ha, ha …« Er schlug die Tür hinter sich zu und fuhr fort.

Ja, dachte Saule, dass er richtig brennt … sie versuchte, das Leben so gut, wie es möglich war, zu organisieren, am liebsten würde sie in ihr Heimatland fliegen und für immer dort bleiben, aber sie hatte keinen Cent mehr. Trotzdem machte sie Jogging, fuhr Fahrrad, machte Yoga, um viel Kraft und Energie zu tanken. Sie las Bücher und machte die gleichen Dinge wie in ihrem Heimatland. Manchmal probierte sie neue Rezepte zum Backen aus und genoss jeden der schönen Momente, heute und jetzt, weil es einen Morgen vielleicht nicht mehr geben würde …

Sie wusste genau, dass er alles so weitermachte wie immer, er hatte extreme Sucht nach Saules Leben.

Er kam etwas später und fragte wieder: »Fahren wir spazieren?«

Saule wollte nicht mehr diskutieren, sie dachte über ihr Leben nach. Sie war bereit, mit dem Ehemann dorthin zu fahren, wo viele Menschen waren, weil er dort fast immer ruhig war und den perfekten Ehemann spielte und erzählte, wie sehr er seine Ehefrau liebte. Saule versuchte nicht zu viel zu reden und ging etwas schneller als er, sie genoss die Ruhe und etwas Neues, sie schaute überall in die neuen Läden mit fantastischem Porzellan, in einem kaufte sie eine Kaffeetasse mit Untertasse, eine wunderschöne Tortengabel. Danach ging sie zusammen mit dem Ehemann in ein Kaffeehaus, um eine Tasse Kaffee zu trinken.

»Nur eine Tasse Kaffee und ein Stück Kuchen für uns beide«, sagte er. »Wir müssen sparen!!«

»Dann esse deinen Kuchen allein und versuch, Ruhe zu bewahren, oder ich gehe sofort weg.«

»Du willst wieder ein Luxusleben, warum?!«

»Will ich, natürlich will ich«, sagte Saule.

»Jetzt weißt du, wie sehr krank du bist, der Hausarzt hat das auch bestätigt!!«

»Mach deine Klappe zu, oder ich gehe sofort!«

Er hatte ein feuerrotes Gesicht, aß und trank, die Nasenbrühe tropfte auf den Tisch ohne Ende, das war sehr unangenehm.

Saule sagte: »Esse langsam, ich gehe in einen Buchladen, später treffen wir uns wieder am Autohaus«, und sie ging ohne Antwort fort.

Zuhause erzählte er: »Wir werden am Hochzeitstag schön feiern, mein Herzblättchen!!«

Hochinteressant, schaute Saule mit großen Augen und fragte: »Was meinst du genau?«

»Hier, zuhause, mit allen zusammen!«

»Mit wem genau?«

»Mit wem, mit wem … warum fragst du mich?! In wenigen Tagen haben wir Hochzeitstag! Das ist unser schönster Tag! Du hast vergessen, du bist eine kranke Frau!«

»Ich vergesse nie was, in der Zukunft bekommst du eine richtige Überraschung, da bin ich mir sicher!«, sagte Saule.

»Welche Überraschung? Was soll das alles?«

Saule schaute mit lächelndem Gesicht und ging ins Wohnzimmer. Sie hatte immer Träume, Wünsche und tausend Ideen für die Zukunft in Freiheit und fühlte sehr, dass der Weg dorthin nicht mehr so weit war, nur kleine Schritte und sie würde bald frei sein.

Er stand hinter Saule: »Wir fahren zum Einkaufen für den Hochzeitstag, jetzt sofort!« Saule sagte kein Wort mehr, sie dachte, was gibt es jetzt Wichtiges zu tun.

Danach fuhren beide in den Supermarkt und kauften Lebensmittel ein. Er kaufte wie immer das Gleiche und präsentierte sich, wie hart er war.

»Wozu brauchst du so viel Alkohol?«

»Geh weg, das sind nicht deine Probleme, ich kaufe, was ich will!«, sagte er mit feuerrotem Gesicht. Er schaute, was sie kaufte, und sagte: »Du kaufst solchen teuren Fisch und Obst, du willst nur im Luxus leben!!«

»Geh weg, ich kaufe, was ich will!«

Saule ging sofort zum Auto und wartete, bis der Hannibal kam.

»Bitte tu, was ich dir sage«, verlangte er permanent wie ein »Führer«.

Saule saß sofort im Auto, ohne Worte. Er kann gut reden und soll einmal erwachsen werden, wie ein richtiger Mann, aber der Hannibal bleibt, wie er geboren wurde, immer gleich, leider, dachte Saule. Danach machten sie eine kurze Pause bei seiner Schwester Margot. Sie saß allein in ihrem Haus auf dem Sofa und trank eine Flasche Wein, sie war voll in Feuer und versuchte, die Flasche zu verstecken, als sie sah, dass Saule dabei war. Margot trank oft, danach war sie sehr grausam zu Saule.

»Saule, du gehst nie allein in die Stadt, nur mit meinem Bruder, sonst passiert dir sehr Schlimmes, ha, ha, ha, ha …« Margot betonte laut jedes Wort.

Zuhause am »Hochzeitstag« fragte Saule: »Wer kommt zu uns zum Feiern, was sollen wir kochen?«

»Ich war heute früh bei meiner Schwester Margot. Meine Familie kommt nicht, weil sie dich sehr hasst, du bist eine kranke und schlimme Ehefrau, du kannst nicht kochen und backen«, schrie der Hannibal. »Ich bin der beste Koch, ich koche für dich, seit wir verheiratet sind!!«, schrie er. Er griff in die Hosentasche und holte sein Taschenmesser heraus, das an einer Lederschnur hing.

»Du bist ein ›Koch in Perfektion‹, das weiß ich schon seit unserer Hochzeit, aber du musst dir nur ein bisschen dein Hirn umoperieren lassen, dann wirst du der ›Perfekteste in Explosion‹«, sagte Saule mit einem Lächeln im Gesicht.

Sie war sehr stolz, dass sie manchmal gern lachte. Danach kann die Situation nur noch schlimmer werden, dachte Saule. Sie nahm schnell ein kleines Buch und ging spazieren.

Es war sehr warm, vom blauen Himmel strahlte die Sonne in ihren sehr klaren Farben und unter den Bäumen herrschte eine angenehme Kühle. Die Blätter raschelten leise im Wind. Es war ein herrlicher Sonntag. Der Weg war voller sommerlicher Geräusche ... Viel später kam sie wieder zurück und war innerlich wieder ruhiger geworden. Sie ging in die Küche, sie dachte daran, sich eine Tasse Kaffee zu machen, tat es dann aber später. Dann ging sie auf die Terrasse, machte es sich gemütlich und las ein Buch. Hauptsache, mit dem Hannibal nicht diskutieren, kein Wort!

Kurz danach kam er zu Saule mit Medikamenten und sagte: »Ich war vor wenigen Tagen beim Hausarzt Dr. Germisd, weil es dir sehr schlecht geht, und er hat für dich ein Rezept geschrieben. Das sind sehr teure Medikamente, er weiß, wie ich mir Sorgen um deine Gesundheit mache. Die Medikamente sollst du dreimal täglich einnehmen.«

Saule hatte das Gefühl, etwas sagen zu müssen, aber richtig: »Die Medikamente sind sehr starke Psychopharmaka und große Mengen Schmerzmittel, um mich zu betäuben. Dann frisst du mich weiter und der Hausarzt verdient viel Geld!! Deswegen musst du die Medikamente nie für mich kaufen, sondern nur für dich selbst, weil du sie sehr brauchst!! Um meine Gesundheit kümmere nur ich mich selbst, vielleicht hast du das jetzt verstanden!!«

Er schaute die ganze Zeit mit rotblauem Gesicht und redete sofort: »Das stimmt nicht!! Ich will nur helfen, weil ich dich liebe!! Du musst mir vertrauen, mein Herzblättchen!!«

»Jetzt bitte geh fort, ich lese ein Buch«, sagte Saule.

»Was du liest, ist ein Schrott, ich habe ein Buch für dich!!« Er ging ins Haus und brachte ein Kinderbuch: »Bitte lies!!«

Saule schaute, dann nahm sie das Buch von ihm und brachte es zurück ins Haus. Er versuchte noch zu reden, aber Saule ging in die Küche, schloss die Tür hinter sich und bereitete etwas zum Essen und zum Trinken für das Abendessen. Zum Glück war in der Küche ein CD-Player, sie machte richtig laute Musik, bis er aufhörte zu schreien. Danach war totale Ruhezeit. Später kam Saule ins Wohnzimmer und machte es sich vor dem Fernseher gemütlich, suchte und schaute etwas Schönes, Hauptsache, kein Wort von Hannibal. Es war ein Dokumentarfilm über den Ozean, Meerespflanzen und Fische, der Abend allein war fantastisch bis zur Mitternacht. Zum Glück war er schon lange im Bett. Saule fühlte sich Gott sei Dank sehr erleichtert und atmete ganz tief ... Was für ein herrlicher Abend, dachte Saule.

Die nächsten Tage vergingen wie im Flug, so schnell. Inzwischen war es schon September, was für eine herrliche Zeit …

Der Hannibal erklärte sehr oft, wie viel und was Saule am Tag essen muss, bei jeder Mahlzeit, aber Saule machte nicht, was er wollte. Danach schrie er und bedrohte sie stundenlang.

Saule ging dann sofort zum Jogging oder verschwand mehrere Stunden mit dem Fahrrad oder fuhr mit dem Zug in eine andere Stadt. Sie fuhr ganz weit hinaus, Hauptsache, keine Diskussionen. Sie brachte aus der Stadt für den Hannibal manchmal etwas mit, was er mochte, seine Lieblingsbrötchen »Wasserweck« oder eine Tafel Schokolade oder etwas anderes Gutes, aber er reagierte mit Hass und Wut, war immer gleich … Wenn sie zurückkam, erklärte er, dass sie nicht allein weggehen darf und um welche Zeit sie schlafen gehen muss, aber sie machte das auch nicht! Er sagte, dass er einen Tagesplan für Saule schreiben will, ganz perfekt, was sie von morgens bis abends tun muss. Er erklärte auch, dass Saule so arbeiten muss wie seine Mutter vor vielen Jahren, auf den Knien, und alles perfekt machen muss, wie er das will. Saule machte trotzdem nicht, was er wollte!

Nach außen gelassen, zitterte Saule innerlich vor Todesangst und Schmerzen. Sie versuchte, mit dem Hannibal wegen der Scheidung zu reden: »Du brauchst eine perfekte Ehefrau, am besten lassen wir uns scheiden und du suchst dir die richtige Frau!«

»Was sagst du?! Du bist mein Herzblättchen, meine große Liebe, ich mag dich sehr!«, sagte er mit feuerrotem Gesicht.

»Das ist keine Liebe, du brauchst nur Futter! In den nächsten Tagen will ich bei der Scheidungsanwältin einen Termin.«

»Wozu? Weil du nur ein Luxusleben willst.« Er schrie und schrie und schrie …

Sie machte sich fertig zum Spaziergang, mehrere Stunden, am späten Abend kam sie wieder zurück.

Der Hannibal wartete auf Saule, er war sehr ruhig. Was ein Wunder, dachte sie. Er hatte Abendessen zubereitet, eine Pizza vom Supermarkt und Bier.

»Mein Herzblättchen, weil ich dich liebe, habe ich auf dich gewartet und das Abendessen für dich zubereitet!«

»Hochinteressant«, sagte Saule sehr überrascht. »Ich bin richtig satt von dir und du musst nie mehr für mich Essen zubereiten!«

»Mein Herzblättchen, wenn du nicht willst, akzeptiere ich das. Und ich habe für dich eine Überraschung!!«

Saule schaute mit großen Augen und dachte, was noch … Sie atmete tief ein und aus …

»Ich habe so viele Überraschungen von dir, aber ich will nur die Scheidung!«

»Du musst mir vertrauen, ich liebe dich sehr!!« Danach brachte er einen Kreuzfahrt-Reisekatalog an den Tisch und sagte: »Du wolltest eine Reise mit einem modernen Schiff, schau, welches du willst, wir fahren beide zusammen fort, wohin du willst!«

»Ich will nur die Scheidung!«

»Ich verstehe dich sehr gut, aber zuerst machen wir eine Kreuzfahrt, es wird alles gut, bitte vertrau mir!!«

»Ich will nicht mit dir fahren! Ich will lieber in meine Heimat fahren!«

»Mein Herzblättchen, es wird alles gut, bitte vertrau mir! Jetzt fahren wir zusammen ins Reisebüro und reservieren die Reise, welche du willst, ans Mittelmeer oder an die Nordsee, wie du willst. Jetzt sofort!! Im nächsten Jahr fahren wir beide zusammen in dein Heimatland!«

Saule wollte in einen Buchladen fahren, aber er überredete sie, dass er mit ihr fahren wolle. Sie ging zum Auto und nach einer halben Stunde waren beide im Reisebüro. Eine Kreuzfahrt wollte Saule schon immer machen, das war ihr Traum. Aber in ihr Heimatland wollte sie zuerst fahren, nach so vielen Jahren.

»In deine Heimat fliegen wir nächstes Jahr, mein Herzblättchen!«

Trotzdem haben beide entschieden, ans Mittelmeer zu fahren, elf Tage, auf einem neuen und sehr großen Schiff. Saule war sehr überrascht, dass er alles sofort reservierte. Er redete immer sehr viel, bis er sein Ziel erreicht hatte, mit feuerrotem Gesicht.

»Bitte beruhige dich, wenn du noch länger schreist, gehe ich fort«, sagte Saule.

»Weil du Erziehung brauchst, mein Herzblättchen.«

»Ich bin nicht dein Herzblättchen, ich will diese Worte nie mehr hören.«

»Weil ich dich liebe und du Angst hast, ha, ha, ha, ha …«

Saule nahm ihre Handtasche und ging fort, ohne Worte.

»Bitte, bleib bei mir, ich bin dein Ehemann, wir sind verheiratet!!«

Saule ging ganz schnell durch die Straßen in die Stadt, danach in einen Buchladen. Dort kaufte sie ein sehr hilfreiches Buch und CDs, Michael Bolton und Rondo Veneziano. Als sie aus dem Laden ging, stand er ihr gegenüber mit feuerrotem Gesicht und sagte: »Mein Herzblättchen, du bist so schnell verschwunden, ich finde dich überall.« Der Hannibal betonte jedes Wort.

Saule schaute mit großen Augen und sagte: »Bitte verschwinde aus meinem Leben, ich kann dich nicht mehr sehen, du bist der größte Fehler meines Lebens, geh weg von mir!!«

Er wollte sie an der Hand festhalten, aber sie befreite sich schnell von diesem Menschenfresser ... dann ging sie weiter. Die Situation war sehr unerträglich. Ich kann nicht mehr, dachte Saule, ich will nur noch die Scheidung ... Sie ging mehrere Kilometer zu Fuß nach Hause und versuchte, sich zu beruhigen. Ich muss weg, nur weg, weiter geht's nicht mehr, träumte Saule. Die Straßen rochen nach Herbstanfang, die Blätter begannen sich langsam zu färben, die Luft war so herrlich. Die Sonne zeigte ihre letzte Tagesstrahlung.

Am späten Abend war Saule wieder zu Hause. Der Hannibal war noch nicht da, vielleicht kommt er nicht mehr, das wäre ein großes Glück, wünschte Saule sich sehr. Sie war so müde und traurig, dann versuchte sie, im Bett etwas zu schlafen, bei offenem Fenster. Manchmal wünschte sie sich, für immer einzuschlafen und nie mehr aufzuwachen ... Aber in der Nacht träumte sie einen Tunnel und am Ende das Sonnenlicht, immer stärker und stärker ... Sie versuchte, mit letzter Kraft nach vorne zu gehen, Schritt für Schritt. Das Sonnenlicht war so nah, noch einige Schritte und dann kommt die BEFREIUNG!!

Als sie zu Mitternacht aufwachte, war es still im Haus. Sie machte überall Licht an, sie war allein im ganzen Haus. In der Küche auf dem Tisch stand eine Tasse; als er kurz zu Hause war, hatte er wohl eine Tasse Kaffee getrunken, aber sie hatte geschlafen. Sie dachte, allein zu sein. Vielleicht war er im Keller und bereitete eine neue Überraschung für Saule vor, sie atmete tief ein und aus ... sie sah auf der Terrasse das Licht, aber als sie an der Haustür ankam, war alles wieder sehr dunkel. Ihr stockte der Atem. Saule ging zurück ins Schlafzimmer, machte die Fenster zu und legte sich aufs Bett. Das Licht brannte eine ganze Nacht lang ... Sie hörte die neuen CDs, eine nach der anderen, sie war so in die Musik versunken, dass sie für die Zukunft von Freiheit und Liebe träumte, was sie sich sehr wünschte.

Am nächsten Morgen nach neun Uhr kam er sehr leise ins Schlafzimmer, nahm Platz an ihrem Bett und sagte: »Mein Herzblättchen, hast du gut geschlafen?!«

»Ja natürlich, und du?!«

»Ich wollte dich nicht stören, deswegen habe ich bei meiner Schwester Margot geschlafen und wir haben sehr lang über dich geredet!«

»Was genau, will ich wissen?!«

»Das ist nicht so wichtig!«

»Wenn du über mich oft mit deinen Geschwistern diskutierst, dann ist das sehr wichtig für dich, was meinst du?«

»Na ja, es gibt so Dinge im Leben, die nur für meine Familie wichtig sind!!«

»Was meinst du genau, warum bin ich so wichtig für dich und deine Familie, warum??«

»Na ja, das kann ich nicht erklären … einfach so … Meine Geschwister haben das Buch auch …«

»Welches Buch? Dieses Alte, das dir deine Eltern nach der Geburt schenkten, um gegen alle zu kämpfen, dein wichtigster Erzieher, das meinst du??«

Er schaute mit feuerrotem Gesicht und lachte: »Ha, ha, ha, ha, jetzt weißt du etwas mehr über mich und das ist sehr gut.«

»Das ist der Grund, warum du meinen Vornamen zusammen mit dem Hausarzt Dr. Germisd und dem Psychologen, Herr Heizt, geändert hast und warum du sehr oft schreist.«

Der Hannibal redete so lang zusammen mit dem Hausarzt und dem Psychologen, dass Saule um jeden Preis ihren Vornamen ändern muss. Wenn sie es nicht tut, würde ihre Gesundheit sich sehr verschlimmern, sie kann nicht mit diesem Vornamen weiterleben und so weiter … Danach schrieb der Hannibal einen Brief mit Saules Namen an die Stadtverwaltung, dann schrieb Herr Heizt, der Psychologe, einen Brief, obwohl Saule versuchte zu erklären, dass sie ihren Namen behalten will, ohne Änderung!! Der Ehemann war für Saule das Hauptproblem, da er nach der Hochzeit Tag und Nacht ein Menschenfresser war. Der Hausarzt und der Psychologe redeten trotzdem das, was der Hannibal überall erzählte. Danach verlangte er unter Drohung so lange eine Unterschrift von Saule, bis sie unterschrieben hat. Sie war total am Ende, hilflos, kraftlos, das Herz zitterte und raste, sie hatte Todesangst …

Danach sagte der Hausarzt: »Frau Saule, jetzt haben Sie ein neues Leben, ha, ha, ha, ha …«
»Jetzt kennst du mich etwas besser, ha, ha, ha, ha …«, lachte der Hannibal.
»Was bedeutet für dich ›Sein Kampf‹?«, fragte Saule später.
»Das ist meine ›Bibel‹ und mein Haus ist meine ›Kirche‹!!«
»Ach was!«, schaute Saule mit großen Augen. »Was bedeutet für dich, die Menschen zu manipulieren und Hirnwäsche zu machen??«
»Ich bin der beste Ehemann, ich bin ein wunderbarer und perfekter Mann, das hat jeder Arzt bestätigt, das weißt du genau, und der Hausarzt Dr. Germisd hat das sehr oft erklärt!!«, schrie er mit rotblauem Gesicht weiter und weiter …

Es war Mitte Oktober.
Am nächsten Tag versuchte Saule mit letzter Kraft spazieren zu gehen und danach Fahrrad zu fahren. Als sie sich besser fühlte, machte sie Jogging und trainierte am Crosstrainer so lang, bis sie wieder voller Kraft und Energie war. Sie versuchte, jedes Gespräch mit Hannibal zu vermeiden. Wenn die Geschwister von ihm ins Haus kamen, ging Saule sofort weg.
Früh am Morgen machte sie sich fertig, sie zog eine Marlene-Leinenhose an, eine Bluse und eine kurze enge Jacke, alles in Pastellfarben. Sie roch nach frischem und sinnlichem französischem Parfüm. Schon von weitem war sie an ihrem blonden im Wind wehenden Haar zu erkennen, die strahlende Saule. Was für ein herrlicher Morgen! Sie wollte nur Ruhe und fuhr in eine andere Stadt. Dort ging sie in eine sehr alte katholische Kirche und blieb einige Zeit, die ganze Atmosphäre hatte so eine magische Wirkung auf Saule. Dort waren auch andere Menschen, die alleine waren, die gerne mit Saule ein kurzes Gespräch führten und sich danach freundlich verabschiedeten. Nach der Kirche besuchte sie ein Kaffeehaus, sie nahm sich viel Zeit, um in Ruhe eine Tasse Kaffee und ein Schokoeis mit Himbeersoße zu genießen, jetzt und heute. Obwohl sie wusste, dass das Erste und Wichtigste nur die Scheidung war. Saule kreierte ihre Zukunft sehr vorsichtig, weil der Hannibal sehr, sehr gefährlich war. Bis jetzt war sie bei mehreren Scheidungsanwälten, aber sie bekam keine richtige Information und Hilfe.
Später besuchte sie ein Kunstmuseum, zu dieser Zeit war eine Ausstellung von Expressionisten, von der Saule sehr fasziniert war. Stundenlang schaute sie sich Bilder an, die besonders ausdrucksstark und »expressiv« waren, in engerem Sinn bezeichnet diese Stilart die Kunst zu Beginn des 20. Jahrhun-

derts. Das war eine traumhafte Zeit, Saule träumte auch davon, in dieser Zeit geboren zu sein ... Vor vielen Jahren in ihrem Heimatland las sie eine Biografie von Paul Cezanne. In seinen Bildern sah sie, was typisch ist für den Expressionismus, die Farben haben Eigenwert, sie drücken etwas aus, dass ein blaues Pferd richtiger sein konnte als ein naturalistisch gemaltes.

Danach der »Sonnenaufgang bei St. Remy« von Vincent van Gogh mit faszinierenden Farben und wichtiger, der inneren Aussage, auch seine berühmten Blumenbilder, die Sonnenblumen, malte er wie ein Besessener.

Paul Gauguin, »Felsen am Meeresufer,« ein Meisterwerk ohne Worte ... Wie herrlich, dachte Saule, was eine grandiose Zeit für die Künstler war.

Am späten Abend kam sie wieder zurück zu Hannibal ins Haus.

Er wartete im Wohnzimmer und blickte auf die Uhr.

»Es ist acht Uhr am Abend, wo warst du«, betonte der Hannibal jedes Wort. »Wo?! Du weißt, dass du allein ohne mich nicht weggehen darfst, du bist sehr krank, du brauchst viele Medikamente am Tag, wo warst du allein?!«, schrie er mit feuerrotem Gesicht.

»Du warst manchmal die ganze Nacht verschwunden und erzählst mir nie, was du tust in der Nacht und wen du triffst. Das ist dein großes Geheimnis, das du zu verstecken versuchst, und wer du bist!«, sagte Saule.

»Ich lebe, wie ich will, das ist nicht dein Problem!«, schrie er.

Danach nahm Saule aus der Handtasche einen Katalog von der Kunstaustellung und legte ihn vor dem Hannibal auf den Tisch.

»Schau genau, wo ich den ganzen Tag war«, sagte Saule.

»Du hast eine Kunstaustellung besucht ohne mich, warum hast du mich nicht informiert?!«

»Pocemu Kazöl imeit dwe Uschi?«, fragte Saule in russischer Sprache.

»Das heißt?«

Saule lachte. Zum Glück hat er nichts verstanden. Ich weiß nicht, ob er überhaupt hören will oder ob er an beiden Ohren richtig taub ist, dachte sie.

Er schrie und schrie.

Im Augenblick war sie voller Begeisterung von der Ausstellung, mit allen Gedanken, welchen wunderschönen Tag sie hatte. Sie schloss die Küchentür und bereitete etwas zum Essen zu, Kleinigkeiten. Der Kühlschrank war wie immer fast leer ... Als er sich beruhigt hatte, kam sie ins Wohnzimmer.

»Jetzt hast du gegessen und wir fahren zusammen mit dem Fahrrad in die Natur, in die Weinberge«, sagte er sehr aufgeregt, seine Augen brannten vor Wut.

»Mit dem Fahrrad jetzt, am späten Abend im Dunkeln fahre ich nicht!«, sagte Saule. Sie wusste, dass er noch sehr gefährlich sein konnte. Er drückte an der Hosentasche das Taschenmesser wieder und wieder …

»Ich habe die Fahrräder vorbereitet für dich und für mich!! Wir fahren sofort zusammen!!«

»Du kannst mit deinen Geschwister zusammen fahren, mit meinem Fahrrad«, sagte Saule.

»Schnell, wir fahren zusammen, wir sind verheiratet und du magst die Natur, die Weinberge!«

Saule ging auf die Terrasse, wo ihr Fahrrad stand, und sie sah, dass er ihren neuen, teuren Sattel, den sie vor wenigen Tagen kaufte, mit seinem Taschenmesser in der Mitte zerschnitten hatte …

»Nicht am Abend und nicht im Dunkeln. Heute war ich in einer Kunstaustellung, mehr brauche ich nicht. Mit dem Fahrrad fahren wir in den nächsten Tagen bei sonnigem Wetter«, sagte Saule.

»Ich will jetzt mit dir Fahrrad fahren, jetzt!!« Mit feuerrotem Gesicht schrie er.

Saule ging ins Badezimmer und schloss die Tür. Sie machte Wellness, mit Badeöl und Kerzenlicht. Danach brachte sie ihren CD-Player und die neuen CDs und genoss einen schönen Abend bis um Mitternacht. Nach dem Bad ging sie ins Wohnzimmer und strickte einen langen, großen Pullover mit mehreren Pastellfarben, dazu eine Mütze, alles aus Alpaka-Wolle für den Winter. Sie kreierte eine Farbe nach der anderen, das sah alles sehr harmonisch aus, richtig wunderschön, freute sie sich. In der Nacht hatte sie oft gestrickt, Bücher gelesen, oder schaute ihre Filmsammlung an, die sie hatte. Trotzdem war die Scheidung am wichtigsten. Er hat ihr ein wunderschönes Leben zusammen mit ihm versprochen, aber Saules großer Fehler war, dass sie ihm wieder vertraut hatte. Der Hannibal bleibt so, wie er geboren wurde, die Persönlichkeit, und wie seine Eltern ihn nach der Geburt erzogen haben. In den nächsten Tagen wollte sie wieder einen Scheidungsanwalt aufsuchen, der helfen sollte.

Der erste Sonnenaufgang am frühen Morgen, der sie durchs Fenster begrüßte, was ein Glück, freute sich Saule. Frische Luft im Zimmer tat richtig gut, alles roch nach einem neuen Anfang. Frühmorgens wachte die ganze Natur langsam auf, mit allen ihren Farben …

Nachts träumte sie von einer großen Blumenwiese, über die sie allein geht. Ganz weit sah sie die Menschen, die auf sie warteten, aber sie wusste noch nicht, wer sie waren. Saule war mit einem leichten blauen langen Leinenkleid und einem weißen Hut bekleidet. Die langen Haare waren frei bis zu den Schultern. Die Schritte waren so leicht und langsam, aber immer nach vorne weiter und weiter. Sie hatte einen Strohkorb in der Hand, den gleichen wie in ihrem Heimatland. In dem Korb hatte sie alles, was sie fürs Leben brauchte, richtig alles und sie strahlte vor Lebensfreude.

Als Saule nach wenigen Stunden aufwachte, war es kurz vor Vormittag. Sie atmete tief ein und aus, sie sah durchs Fenster den klaren, wolkenfreien blauen Himmel und freute sich, es war wieder ein neuer Tag. Obwohl er sie permanent in Schock und Todesangst brachte und sie wusste, dass sie von diesem Horrorhaus sofort wegmusste! Sich allein aus diesem Horror zu befreien war nicht einfach, es ging um Leben und Tod, trotzdem, sie blieb am Ball … Sie sah vor den Augen die Scheidung.

Plötzlich kam er ins Schlafzimmer mit einer Tasse Kaffee in der Hand.

»Mein Herzblättchen, hast du gut geschlafen?!«, sagte er freundlich.

»Sehr gut«, sagte Saule.

»Ich habe Kaffee für dich gekocht!!«

»Sehr gut, den trinke ich sehr gern.«

Er nahm Platz am Bett und sagte: »Für die Schiffsreise fahren wir heute einkaufen, du kannst alle Kleider kaufen, die du gerne haben möchtest, mein Herzblättchen!!!

»Ich kaufe, was ich will, ich verdiene genug Geld, obwohl du mein Bankkonto seit vielen Jahren leer saugst!!«

»Ja, klar, das Leben hier ist sehr teuer und ich muss viele Rechnungen bezahlen für das Haus und die Versicherungen!! Mach dich fertig und wir fahren in die große Stadt, für die Reise brauchen wir einen Koffer und ich brauche auch etwas!!«

Saule trank langsam ihren Kaffee, plötzlich ist sehr übel geworden … Sie ging sofort ins WC und hat sich übergeben, wieder und wieder … Sie wusste nicht mehr, was sie tun sollte. Dann ging sie zurück ins Bett. Das Herz zitterte und raste, sie schaute in den Spiegel, sie war sehr blass … Ich kann nicht mehr, ich will fort, dachte Saule.

Er kam wieder ins Schlafzimmer und sagte: »Mein Herzblättchen, was ist los? Mach dich fertig zum Fahren, ich warte auf dich!!«

»Die Kaffee war sehr bitter, warum?«

»Das stimmt nicht, du willst immer nur den besten Kaffee, wir müssen sparen und günstigen Kaffee kaufen, ha, ha, ha, ha«, lachte der Hannibal.

Saule blieb noch im Bett, trank Mineralwasser, danach machte sie sich fertig zum Fahren. Sie zog eine cremefarbene Jeans an, eine schwarze enge Bluse und eine schwarze Jacke, dazu cremefarbene Schuhe. Tupfte etwas französisches Parfüm auf, wie immer, machte ihre Haare etwas mit der Bürste, schaute in den Spiegel, das wars, und nahm sich eine passende Handtasche dazu.

»Der Stil erhöht die Schönheit der Gedanken.«
Arthur Schopenhauer

Er saß auf der Couch und beobachtete Saule, von Kopf bis zum Fuß. Sie brauchte frische Luft und Ruhe, sie wollte raus … In der Stadt, wo viele Leute waren, spielte er den perfekten Ehemann, wie immer. Obwohl er oft vor Wut und Hass brannte, er versuchte, dass Saule das kaufte, was er wollte, und was sie wollte, versuchte er aus Saules Händen zu reißen.

»Ich bin dein Ehemann, du musst tun, was ich dir sage!!« Wenn keiner da war, dann kam er ganz nah zu Saule und schrie ganz laut. Er versuchte, dass Saule zu große Kleider kaufte, unmoderne, Schuhe ohne Absatz, aber das machte sie nicht und er brannte wieder vor Wut. Danach lachte Saule.

Sie probierte moderne Jeans, Blusen, Kleider, Jacken. Er saß in dem Laden und wartete auf sie. Saule schaute ein Kleid nach dem anderen ganz langsam an, ohne Stress.

»Mein Herzblättchen, wir haben keine Zeit, bitte schnell!!«

»Wir haben den ganzen Tag Zeit, ich brauche Ruhe, geh zurück auf deinen Stuhl!«

Sie schaute in den Spiegel, dann probierte sie langsam ein Teil nach dem anderen, er beobachtete sie von weitem. Als sie alles gefunden hatte, ging sie zur Kasse, er kam und sagte: »Und das alles willst du kaufen?«

»Natürlich, alles, ich habe mein eigenes Geld!«

»Aber das alles passt nicht zu dir, das ist alles sehr hässlich ... nicht dein Stil.«

»Geh weg von mir, aber sofort, ich brauche deine Kommentare nicht! Du hast genug gekauft, dein Schrank ist voller Kleider und alles von meinem Bankkonto, jetzt kaufe ich!«, sagte Saule.

»Aber ich habe kein Geld, ich bezahle nicht für dich!!«

»Mach dir keine Sorgen, bei den privaten Musikstunden habe ich genug Geld verdient!«

»Bitte, kauf das nicht, wir müssen sparen, das Leben ist sehr teuer«, schrie er.

»Wenn dein Leben zu teuer ist, dann du musst du mehr Geld verdienen, um dein Leben zu finanzieren, und nicht permanent mein Bankkonto leer machen«, sagte Saule.

Sie kaufte alles, was sie gefunden hatte, alles. Sie hatte nur wenige Kleider. Obwohl der Hannibal jedes Mal versuchte, Saule zu manipulieren, weil er Saules selbst verdientes Geld brauchte, er war sehr raffiniert und geplant.

Zu Hause erklärte er, dass Saule auf dem Schiff nur das tun darf, was er sagt.

Saule sagte, dass er sofort aufhören soll, sie zu erziehen, aber er hatte noch mehr Feuer in seinem rotem Gesicht und er schrie immer weiter und weiter.

Mehrere Wochen vor der Schiffsreise sagte Saule: »Mit dir fahre ich nicht auf eine Schiffsreise, weil du schreist jeden Tag und ich kann das nicht mehr hören, deine Erziehung! Am besten fahr mit deinen Geschwistern!!«

»Was sagst du?!«, fragte er.

»Wie du das gehört hast, das ›ohne mich‹!!«

»Aber ich will mit dir fahren, ich habe alles organisiert für uns!!«

»Ich bin nicht dein Kind, dass du mich permanent jeden Tag erziehen willst. Besser schau selbst, wer du bist«, sagte Saule. »Ich habe keine Ruhe vor dir, du schreist sehr oft, wieder und wieder!!«

»Ich will dir helfen, du hast keine Erziehung!!«

»Ich will nur die Scheidung und ich gehe weg aus diesem Horrorhaus!«

»Wir machen zusammen die Reise!!«

»Nein, nein, nein!!«

»Dann ich gehe zum Hausarzt Dr. Germisd und dann soll er ein Attest über dich schreiben, dass du eine kranke Frau bist und nicht mit mir eine Schiffsreise machen kannst. Dieses Attest bringe ich zum Reisebüro, dann bekomme ich mein Geld zurück!«, schrie er.

»Das ist eine Utopie!«, sagte Saule. »Am besten erzähl dem Hausarzt, wer du bist und wie du mich jeden Tag nach der Hochzeit frisst und wie du mein Bankkonto seit Jahren leer machst!!«

»Ich bin ein perfekter Ehemann, der Arzt hat es bestätigt!! Ich will dir nur helfen, weil ich dich liebe!«, schrie er.

»Du hast mich geheiratet, weil du zusammen mit deiner Anhängerschaft Futter brauchst, um mein Leben zu fressen!! Du bist ein Menschenfresser!«, sagte Saule.

Danach nahm sie ihre Handtasche mit dem Schlüssel und ging fort, zum Spazierengehen. Er versuchte sie noch zu halten und weiter zu erziehen, aber sie war schneller, sie konnte ihn nicht mehr hören, sie wollte nur weg aus diesem Horrorhaus. Am besten für immer, dachte Saule. Sie war sehr traurig und müde, trotzdem tat die frische Luft richtig gut. Nach mehreren Stunden ging sie zurück, der Weg war sehr unerträglich, aber sie hatte noch keine andere Alternative gefunden …

Der Hannibal wartete im Wohnzimmer, er begrüßte sie sehr nett: »Mein Herzblättchen, ich bin sehr glücklich, dass du wieder da bist!! Ich verstehe deine Angst, weil du als Kind von deiner Familie sexuell missbraucht wurdest!!«

»Nein, nein, nein, hör auf, mich permanent zu manipulieren!! Ich habe in meiner Kindheit sehr früh begonnen zu musizieren!«, sagte Saule.

»Ich will dir nur helfen!! Ich will mit dir eine Schiffsreise machen, nur mit dir!!«

»Ich will nur die Scheidung!!« Saule wollte kein Wort mehr reden und ging ins Bad, danach ins Schlafzimmer. Sie las Bücher und hörte Musik-CDs bis Mitternacht.

Er kam ins Schlafzimmer.

»Mein Herzblättchen, vielleicht willst du eine Tasse Kaffee oder etwas Obst?! Ich habe für dich sehr teures Obst und Gemüse gekauft, willst du das jetzt probieren?! Ich mache mir Sorgen um dich, du isst fast nichts!!«

»Weil ich von dir satt bin, du schreist jeden Tag und dann machst du dir Sorgen um mich, hochinteressant«, sagte Saule.

»Weil ich dich liebe und dich schützen will, das weißt du!!«

»Schützen mit dem Taschenmesser!«

»Mein Herzblättchen, weil ich ein perfekter Ehemann bin, das weiß jeder hier am Ort, wir sind eine sehr perfekte Familie mit meinen Geschwistern zusammen!! Und du bist meine Ehefrau, wir sind verheiratet!!«

»Ich will nur die Scheidung!!«

»Du bist meine Ehefrau!!« Er schlug die Tür zu und ging fort.

Saule sah durchs Zimmerfenster, dass er mit dem Auto wegfuhr, er war die ganze Nacht verschwunden. Saule fühlte sich allein sehr wohl, Hauptsache, sie hatte ihre Ruhe. Sie ging in die Küche, machte Kaffee, aß etwas Obst. Danach schaute sie im Fernsehen die Nachrichten. Strickte neue Kleider, hörte wunderschöne Musik. Aber das Wichtigste war die Scheidung. Er misshandelte und bedrohte sie ständig ... Sie überlegte, was jetzt möglich wäre, um das Horrorhaus zu verlassen. Sie hatte Todesangst ...

Sie verlor zu viel Kraft. Morgens früh versuchte sie zu schlafen. Wenn auch nur wenige Stunden, dachte Saule. Ohne Schlafen würde sie zusammenbrechen. Sie wollte weg von hier, am besten sofort ...

Am nächsten Tag um circa elf Uhr war der Hannibal plötzlich wieder da. Kurz danach kam sein Bruder Haperd: »Du Saule, du bist eine Alkoholikerin, du trinkst zu viel!!«

»Wie bitte?!«, fragte Saule. Was für eine perfekte Familie, dachte sie, sucht weiter nach Futter ...

Haperd kam regelmäßig zum Hannibal und beleidigte Saule.

»Du kannst nicht kochen und backen!!

Du musst alle Fenster putzen!!

Du musst den Hof sauber machen!!

Du musst das Grundstück pflegen!!

Du musst alles sauber machen und ...«

Haperd, wie in Trance, redete ohne Ende!

Saule antwortete sofort: »Ich muss nicht tun, was du willst, du alter Müllsack ...«

Danach packte Saule ihr Papiere und machte sich fertig, um zum Scheidungsanwalt zu fahren.

Als der Hannibal sah, dass Saule wegfahren wollte, sagte er: »Ich will mit dir reden!! Bleib noch kurz!!«

»Dein Bruder hat kein Recht, mich zu attackieren, soll er sein Futter doch irgendwo anders suchen!«

Danach ging Haperd in sein Auto und fuhr weg.

»Mein Bruder ist ein älterer Mann, er will dir nur helfen!!«

»Wie lang manipulierst du mich noch, zusammen mit deiner Anhängerschaft?!«, fragte Saule. »Was willst du überhaupt von mir?!«

»Das ist nicht so schlimm, beruhige dich!! Mein Bruder ist ein sehr guter Mann, er ist ein Perfektionist wie ich«, sagte der Hannibal.

»Deine ganze Familie ist perfektionistisch, nach der Erziehung von »Sein Kampf«, sagte Saule.

»Was sagst du, ich habe nicht verstanden, über was du redest?!«

»Das ist sehr gut!«, sagte Saule.

Er nahm Saule an der Hand und ging ins Wohnzimmer. Nahm Platz auf der Couch mit ihr und sagte: »Du weißt, wie ich dich liebe, und ich will mit dir die Schiffsreise machen, nur wir beide. Ich habe einen Koffer für dich gekauft, ich hoffe, er gefällt dir!« Er brachte vom Keller einen großen schönen Koffer und sagte: »Der ist für dich!!«

»Ich weiß noch nicht, soll ich mit dir fahren oder nicht. Ich überlege noch und morgen entscheide ich mich«, sagte Saule.

»Aber morgen fahren wir in eine andere Stadt zusammen!!«

»Ich weiß noch nicht!«

»Du kannst alles kaufen für die Reise, was du willst, mein Herzblättchen!!«

»Gute Idee, aber ich brauche Ruhe von dir, mehr nicht! Nur Ruhe!!! Wenn du mich noch weiter attackierst mit deiner Familie, dann bin ich sofort weg von dir! Ich brauche keine Reise mit dir, dass du mich permanent frisst!!«

»Oh nein, Herzblättchen, du brauchst Erziehung!!«

»Du bist ein Menschenfresser!!«

Das Wochenende verbrachte Saule allein im Haus, er war nicht da. Sie wusste nicht, wo er war und was er die ganze Nacht lang tat.

Plötzlich am frühen Morgen kam er wieder zurück. Saule versuchte, sich nichts anmerken zu lassen, dass es ihr so schlecht ging. Sie war deprimiert, verbittert und erschöpft, und sie versuchte um jeden Preis, dieses Horrorhaus zu verlassen, sie war total am Ende …

Als er zu Saule kam, nahm er sie an der Hand und sagte: »Ich liebe dich, mein Herzblättchen!!«

»Ich will nichts wissen!«

»Wie du willst, aber wir fahren zum Essen, ich lade dich ein!!«

»Was ein Witz!«

»Kein Witz, wir fahren zum Essen, wohin du willst!!«

»Okay«, sagte Saule. »Ich will in ein sehr gutes Restaurant!«

»Sehr gut, mach dich fertig und wir fahren!«

Saule machte sich langsam fertig, sie zog eine moderne weiße Jeans an, eine Bluse mit Meeresfarben und eine gleichfarbige enge Jacke. Danach öffnete sie die Haare mit leichten Locken und war schon fertig. Nahm eine passende Handtasche zu den Schuhen. Sie roch nach französischem Parfüm so bezaubernd … Ihre vollen Lippen betonte sie mit leichtem rosafarbenen Lipgloss. Auch trug sie den kleinen, edlen Schmuck aus Gold, den sie aus ihrem Heimatland hatte, den sie sehr gern überall trug, mit strahlendem Gesicht und Kopf nach oben.

»Die Seele des Menschen sitzt in seinen Kleidern.«
Wilhelm Shakespeare

»Du bist so WUNDERSCHÖN, mein Herzblättchen«, betonte er.

»Das höre ich sehr gern!«, sagte Saule.

Sie versuchte, nicht zu viel zu denken, sondern die Lösung zu finden, was für sie am besten wäre. Die schönen kleinen Dinge genoss sie jetzt und heute und in die Zukunft schaute sie mit strahlendem Blick.

Beide gingen ins Auto und fuhren in eine große Stadt, ganz weit weg. Sie schaute durchs Autofenster in die Natur, sie sah wunderschöne Blumen, Wiesen und eine Harmonie der Farben, das hatte sie schon immer fasziniert. Der blaue Himmel strahlte und die Sonne glänzte auf den Blättern der Bäume so traumhaft und magisch … Der goldene Herbst war perfekt mit allen seinen Farben …

»Ich bin so glücklich, dass du mit mir fährst!! Alles wird gut, du musst mir mehr vertrauen, ich will dir nur helfen, das weißt du ganz genau!!«

»Ja, ja, ja«, lachte Saule. »Ich habe mein Leben dir geschenkt und du willst noch mehr Vertrauen, was ein Witz!! Was meinst du genau, ich muss noch mehr vertrauen?«

»Ja, alles ist gut!!« Er schaute mit feuerrotem Gesicht.

Im großen Kaufhaus gingen beide zusammen in die Frauenabteilung. Saule schaute nach Kleidern, nahm mehrere zum Probieren und ging in die Ankleidekabine. Sie kam vor den Spiegel mit einem wunderschönen Cocktailkleid, das genau zu ihr passte, die langen blonden Haare sahen sehr gut aus, harmonierten mit ihrem ganzen Stil. Der Hannibal nahm nicht so weit von ihr Platz und er musterte sie von Kopf bis zum Fuß, mit glühenden Augen. Saule ging in die Kabine und probierte noch ein Kleid, dann ein anderes, bis sie das richtige gefunden hatte, sie machte alles ganz langsam und mit Bedacht.

Danach kam er kurz zu Saule und sagte: »Die Kleider passen nicht zu dir, deine Beine sind sehr hässlich, du hast X-Beine und keine Taille.« Der Hannibal betonte jedes Wort mit Feuer. »Kleider für dich, wie du sie willst, kaufe ich dir nie!!«

»Aber ich kaufe ein Kleid!«, sagte Saule. »Hör auf mich zu demütigen, du ›perfekter Ehemann‹!!«

»Ja, gut, aber Herzblättchen, wir können in anderen Häusern schauen, dort gibts viel mehr Auswahl für Frauen!!«

»Ich kaufe mein Kleid!« Saule ging an die Kasse, schaute in ihre Handtasche, um die Geldbörse herauszunehmen, um zu bezahlen, aber die Handtasche war leer ... keine Geldbörse, keine Bankkarte ...

»Du hast zu Hause alles vergessen!!«

»Nein, nein, nein! Heute vor der Fahrt habe ich alles in die Handtasche gelegt!!«

»Aber deine Handtasche ist leer, mein Herzblättchen!! Und ich habe kein Geld für dich!! Ich habe alles für die Schiffsreise ausgegeben!!«

»Du hast von meinem Geld die Schiffsreise bezahlt, ich habe wieder für mich selbst bezahlt, du hast nur für dich selbst gezahlt, und jetzt halt deine Klappe!!«

Er schaute bei sich in der Geldbörse nach und sagte: »Ich habe meine Bankkarte, aber wir gehen in ein anderes Haus, dort findest du viel schönere Kleider. Ein Hosenanzug passt viel besser zu dir, ich bin sicher!!«

Saule war traurig, dass sie ein Kleid, das sie hier gefunden hatte, nicht kaufen konnte. Dann gingen beide in ein anderes Haus. Sie schaute noch mal nach Kleidern in der Frauenabteilung. Der Hannibal ging zur Frauen-Jeans-Abteilung und er kaufte für Saule zwei gleiche unmoderne reduzierte Jeans, etwas verschiedene Farben, ein paar Konfektionsgrößen zu groß, obwohl er wusste, dass Saule zu große Klamotten nicht mochte! Vor mehreren Monaten machte er genau das Gleiche, ohne Saules Wissen. Vor wenigen Jahren hatte er für Saule Schuhe gekauft, am nächsten Tag hatte er noch mal die gleichen Schuhe gekauft, in etwas anderer Farbe, und er brachte sie in ihr Zimmer, ohne Saule zu fragen. Als sie einen roten Blumenschmuck für die Haare kaufte, hatte er am nächsten Tag genau den gleichen gekauft und in Saules Schmuckkiste gelegt. Das war die Taktik von dem Hannibal, um sie zu manipulieren und Hirnwäsche zu machen, er war sehr geplant.

Saule schaute alles an, aber konnte nichts kaufen. Trotzdem versuchte sie in

Ruhe zu schauen und sich zu freuen im Kaufhaus mit den vielen Dingen und Düften, Taschen und Schuhen und Schmuck …

Nach wenigen Stunden ging sie ins Kaffeehaus, er ging hinter Saule her.

»Wir müssen sparen!!«

»Verschwinde du am besten von meinen Augen, ich kann dich nicht mehr sehen, du alter Sack!«, sagte Saule. »Ich will Kaffee trinken!«

»Sparen!!«

Saule ging ganz schnell weg von ihm, ins Kaffeehaus, dort trank sie eine Tasse Kaffee, sie versuchte in Ruhe das Kaffeearoma zu genießen und träumte über ihre Zukunft in Freiheit und Liebe.

Etwas später stand plötzlich der Hannibal vor ihrem Tisch und mit feuerrotem Gesicht sagte er: »Ich suche dich eine ganze Stunde lang, warum bist du verschwunden, warum?!«

»Wenn du noch mal schreist, dann verschwinde ich für immer!«

»Ich schreie nicht, du bist eine sehr schlechte Ehefrau, du willst immer nur Luxus!!«

»Wenn ich schlecht bin für dich, dann bist du ein Menschenfresser, zusammen mit deiner Anhängerschaft«, sagte Saule. »Am besten suchst du neues Futter, die perfekte Frau! In den nächsten Tagen mache ich einen Termin beim Scheidungsanwalt!«

»In ein paar Tagen machen wir eine Schiffsreise!! Das kostet sehr viel Geld!!«

»Dann bleibst du zu Hause und ich fahre allein, ohne dich!!«

Saule konnte nicht mehr, seit der Hochzeit war das ein Horrorleben ohne Ende. Sie versuchte, nicht viel zu diskutieren und am besten die Scheidung vorzubereiten und für immer wegzugehen.

Er trank Kaffee und aß ein Stück Torte, total verkrampft in sich, und schaute weg, zum Glück.

Am späten Nachmittag fuhren beide wieder zurück nach Hause. Zu Hause machte er das Abendessen, seine Nase tropfte in die Lebensmittel …

»Das Abendessen ist fertig!!«

»Ich will nicht«, sagte Saule. Sie ging ins andere Zimmer und machte es sich gemütlich für den Abend.

Danach kam er und gab Saule die am Tag gekauften zwei Jeans, er war sehr aufgeregt. Schaute mit glühenden Augen zu Saule. »Für dich, mein Herzblättchen!! Schau!!«

Saule nahm die beiden Jeans aus der Tüte, schaute genau und sagte: »Die kannst du tragen, die passen dir am besten!«

»Was ist los? Mach kein so erschrockenes Gesicht!! Das ist für dich!!«

»Ich brauche das nicht, nimm das zurück und verschwinde aus dem Zimmer, ich brauche meine Ruhe«, sagte Saule.

Sofort brachte er seinen uralten grauen Wollanzug und sagte: »Das musst du tragen, das ist sehr teuer, das ist dein Stil, ich schenke ihn dir!!«

»Das ist ein Männeranzug, ich habe dir viele Male erklärt, dass du den selbst tragen musst«, sagte Saule.

»Das ist deine Größe, passt genau für dich!! Bitte pack ihn in deinen Koffer für die Schiffsreise!! Ein Kleid passt nie zu dir!!«

»Ich brauche deinen Anzug niemals, das weißt du! Für Mode habe ich meinen eigenen Stil und der bleibt für immer!!«

»Mein Herzblättchen, du hast keinen Stil, du musst deine Haare ganz kurz schneiden!! Morgen habe ich einen Termin für dich bei der Friseuse, bitte, wir gehen dort zusammen hin, ich will dir helfen!! Du musst für die Reise einen schönen Kurzhaarschnitt haben!!«

»Geh aus dem Zimmer, ich will nichts wissen von dir, aber sofort!!«

Saule nahm die beiden Jeans mit der Tüte, den Anzug und schmiss alles in die Diele. Dann schloss sie die Tür hinter sich. Er ging fort. Saule sah durchs Zimmerfenster, wie er zu seiner Schwester Margot ging. Was für ein Glück, dachte sie, jetzt ist endlich Ruhe. Aber ich will weg von diesem Horrorhaus, dachte sie immer öfter.

Saule hatte sich entschieden, die Schiffsreise zu machen, aber am besten ohne den Hannibal, er sollte zuhause bleiben. Sie träumte, mit dem Reisekatalog in der Hand, was sie auf dem Schiff alles sehen und tun will, egal ob er mitfährt oder nicht. Nach der Reise kommt die Scheidung, egal was passiert, sie war sich total sicher, länger konnte sie nicht mehr warten, weil ein Hannibal bleibt im ganzen Leben nur ein Hannibal … Eine geborene Persönlichkeit bleibt diese ein ganzes Leben lang, sie kann wachsen nach unten oder nach oben. Mit der Geburt hat der Mensch seine festen Gene, ein Leben lang, das macht die Persönlichkeit aus.

Am Abend sah Saule einen Dokumentarfilm im Fernsehen über dieses neue Schiff, wie modern es gebaut ist und wie alles funktioniert, wie viel Sicherheit es gibt. Auch das ganze Ambiente, Restaurants und Bars. Ein Fitnessstudio gibt es auch, sie würde auf dem Schiff unbedingt Sport machen. Hauptsache, nicht mit ihm allein im Zimmer sein. Auch Wellness, Yoga und Meditation, das Angebot ist riesengroß, freute sich Saule, und sie wollte alles ausprobieren.

Und plötzlich war er wieder da, etwas beruhigt. Kam zu Saule auf das Sofa und fragte: »Das letzte Mal will ich dich fragen, machst du mit mir die Schiffsreise, oder nicht?!«

»Ich habe die Reise selbst finanziert als zweite Person und ich mache diese Schiffsreise«, sagte Saule.

»Ich bin sehr glücklich, mein Herzblättchen! Aber jetzt will ich dir erzählen, dass du auf dem Schiff nur mit mir überall hingehen kannst, wie ich es dir sage, am Abend um 20 Uhr hast du im Zimmer zu sein zum Schlafen!!«

»Moment!! Ich bin nicht dein Kind, hör auf mich zu erziehen!! Ich mache diese Reise, weil ich sie selbst finanziert habe mit privaten Musikstunden. Wir sind nur im gleichen Zimmer auf dem Schiff und ich tue dort, was ich will, ohne deine ›Hilfe‹. Wie ich leben muss, entscheide nur ich selbst!!«, sagte Saule.

»Lass mich was erklären!! Bitte hör auf mich, was ich sagen will!!«, schrie er weiter. »Ich habe mit dem Hausarzt Dr. Germisd gesprochen, heute hat er ein Attest für dich geschrieben für die Schiffsreise, dass du eine kranke Frau bist, auf dem Schiff müssen es alle wissen, das ist sehr wichtig!!

Du kannst nie allein ohne mich leben!!

Du darfst nie allein auf dem Schiff was tun!!

Du darfst nie was entscheiden ohne mich!!

Wir sind zwei Menschen mit einem Kopf!!

Weil du meine Ehefrau bist!!«

Er schrie mit feuerrotem Gesicht und mit glühenden Augen weiter und weiter.

»Wer ist richtig krank? In Zukunft werden alle die ganze Wahrheit über dich wissen, wer du bist, du bist ein Menschenfresser!«, sagte Saule. »Am besten erzähl, wie viele Leichen in deinem Grundstück begraben sind! Und wie viele Jahre du mit großen Anhänger am Auto fährst, um Futter zu suchen, und jetzt willst du erzählen?!«

»Das ist nicht dein Problem!! Ich lebe, wie ich will!! Meine Familie sind sehr perfekte Leute, das wissen alle!! Du bist eine Kriminelle, ich mache dein Leben zu Ende!! Du bist eine kranke Frau!! Das wissen alle!!«, schrie der Hannibal.

Saule ging sofort ins andere Zimmer und schloss die Tür. Dann hörte sie eine CD, richtig laut, bis er aufhörte zu schreien. Sie wollte sofort weg von hier, sie hatte Todesangst, Schmerzen, sie hat sich übergeben immer wieder ... Die ganze Nacht lag sie auf dem Bett. Ich kann nicht mehr, dachte sie ...

Er schlug an die Tür: »Mach auf!! Ich will mit dir reden!!«

»Geh zu deiner Schwester zum Schlafen, sie wartet auf dich, um mit dir zu reden«, sagte Saule. »Ich will schlafen!!«

»Meine Schwester ist eine wunderbare Frau, ich gehe zu ihr!!«, sagte er und war wieder die ganze Nacht lang verschwunden.

Saule sah, wie er ans Auto ging und wegfuhr. Sie wusste nicht, was er tat in der Nacht und mit wem er sich traf. Ein guter Ehemann schreit nicht mit seiner Ehefrau und macht keine Erziehung ... Nach der Hochzeit ist es Saule klar geworden, dass er sie zusammen mit seiner Anhängerschaft nur mit grausamer Gewalt, Misshandlung, Manipulierung, Hirnwäsche behandelte. Sie wollte sofort weg ...

Sie lag in ihrem Schlafzimmer und weinte in ihr Kissen, ich kann nicht mehr ...

Sie hat wieder und wieder versucht, ihre Freundinnen in ihrem Heimatland zu erreichen, aber keine wollte etwas wissen, keine ... alle dachten, dass Saule ein wunderschönes Leben mit einem berühmten Maler hat. Aber sie wusste, nach dem Regen kommt die Sonne, vielleicht sogar mit einem Regenbogen. Sie faszinierte die Harmonie der Himmelsfarben.

In der Nacht schaute sie in den Sternenhimmel, die kalte Luft erfrischte das Schlafzimmer. Die Nacht war still und geheimnisvoll. Saule sah weit in der Ferne, wie die Sterne sich veränderten. Das war ein bewegendes Bild des Himmels in dunkelblauer Symphonie. Irgendwo ganz leise sangen die Vögel ihre traurige Arie. Die Nacht war sehr lang. Erst mit dem ersten Sonnenaufgang versuchte Saule zu schlafen, wenn auch nur kurz. Sie war sehr müde und kraftlos. Am Morgen war sie immer noch wach. Sie hörte, wie er die Haustür öffnete, ganz leise die Treppe hochging. Saule rechnete mit allem, er war ein Hannibal ... danach kam er zurück und öffnete leise die Schlafzimmertür. Als Saule ihn sah, schreckte sie vom Bett hoch, ungläubig blickte sie ihn an und erkannte, nach der langen Nacht ist irgendwas mit ihm passiert, er ist ganz anders.

»Was willst du, was ist los? Wie spät ist es denn?!«

»Neun Uhr, du hast zu lang geschlafen!!« Er ging ans Fenster, schloss es ganz fest und zog die Vorhänge zurück. Dann kam er zurück, setzte sich auf das Bett und sagte: »Schau doch nicht so ängstlich!! Wir müssen etwas klar reden, aber ich will mich nicht dafür entschuldigen, dass ich meine Meinung habe, und alle wissen, dass ich ein sehr guter Ehemann bin.« Er redete und redete weiter … dann sagte er: »Verstehst du, was ich meine?!«

Die Erinnerung an den vergangenen Abend wurde wach, Saule spürte Tränen in sich aufsteigen und schaute ganz in Ruhe mit großen Augen zu.

»Ich verstehe dich viel mehr, als du denkst«, sagte Saule.

»Ich war bei meiner Schwester Margot, wir haben die ganze Nacht über dich geredet. Meine Familie leidet sehr, dass ich ein sehr unglücklicher Mann geworden bin, deswegen hassen sie dich sehr!!«

»Dann ist die Scheidung der richtige Weg und so schnell, wie es möglich ist! Und jetzt geh aus dem Zimmer!«

»Hast du schon gefrühstückt, soll ich dir Frühstück machen und ans Bett bringen?«

»Nein, nein, nein!!«

»Vielleicht eine Tasse Kaffee?«

»Nein, nein, nein!!«

»Aber ich warte auf dich in der Küche, dann reden wir ganz klar.«

Er schaute zu Saule und grinste, danach ging er weg von Schlafzimmer den Flur hinunter in den Keller … »Du brauchst aber nicht auf mich zu warten!!«

Saule überlegte genau, was jetzt am besten zu tun ist, aber ohne Stress und ohne große Diskussionen mit dem Hannibal. Aber ich kann doch nicht einfach weggehen, dachte sie. Sie legte sich wieder ins Bett und versuchte etwas zu schlafen. Er schrie so oft, dass Saule keine Ruhe hatte und nicht schlafen konnte, schon lang nicht mehr.

Er war ein »perfekter Ehemann«, wie er selbst oft überall erzählte. Er sah furchtbar hässlich aus, als wäre er ein Monster, das nur Macht sucht, um andere Leben zu fressen. Das war alles, was er tat sein ganzes Leben lang, so eiskalt und grausam. Saule war in Schock und wieder in Schock, sie wollte nur weg von hier. Sie hatte nie gedacht, dass es solche Unmenschen gibt, die Ausländerinnen suchten für Sklaverei, Gewalt, Misshandlung, und es gab keine Hilfe zur Befreiung in diesem wunderschönen Land.

Saule atmete tief durch, manchmal fühlte sie sich viel besser, wenn es keine unnötigen Aufregungen gab. Dann gehe ich fort, dachte sie. Es war frühmorgens und die Stille der leisen Nacht wurde abgebrochen, als sie die Glocken am Kirchturm läuten hörte. Manchmal merkte sie nicht mehr, wann ist Nacht und wann ist Tag ... Saule ging in die Küche, machte Kaffee, obwohl sie noch müde war. Plötzlich merkte sie, hinter ihrem Rücken stand der Hannibal, der schnell vom Keller zurückgekommen war.

»Können wir mal reden?!«

»Selbstverständlich, du kannst immer mit mir reden.«

»Es geht aber um etwas ziemlich Schwieriges ...«

»Was meinst du damit? Was erwartest du noch von mir?«

»Lass mich ausreden!! Ich hoffe, dass du mir dabei hilfst, eine Entscheidung zu treffen. Vor wenigen Tagen war ich bei Dr. Germisd, er hat für die Schiffsreise Rezepte für dich geschrieben für Psychopharmaka und Schmerzmedikamente. Das hab ich alles gekauft für dich«, sagte Hannibal und legte die XXL-Packungen auf den Tisch.

»Hochinteressant!! Du bist ein richtiger ›perfekter Ehemann‹«, sagte mit lachendem Gesicht Saule.

»Dr. Germisd sagte, dass die Scheidung nicht wichtig ist, weil du sehr krank bist. Du kannst nicht allein leben!! Er will, dass du nach der Reise zu einer Gesprächsstunde kommst, er will mit dir reden, einen Termin habe ich für dich.« Der Hannibal legte einen Zettel mit dem Termin auf den Tisch, das war am nächsten Tag nach der Schiffsreise.

»Interessant, wo leben wir, was meinst du?«, fragte Saule.

»Was meinst du!! Ich will nur helfen, Dr. Germisd will auch helfen!! Du musst sofort die Medikamente nehmen!!«

»Mein Leben gehört nur mir und ich selbst entscheide, wie ich LEBE!!«

Dann machte sie sich fertig und ging spazieren. Es waren die ersten Tage im Dezember, es schneite etwas, der Himmel war so klar und leicht blau, sie ging durch die Straßen mit vielen winterlichen Bäumen. Die erfrischende Luft machte sie wach, sie atmete so tief und leicht. Sie hörte aus dem Kopfhörer eine CD mit Musik von deutschen, französischen und amerikanischen Musikern. Die leise und faszinierende Musik begleitete den Spaziergang mehrere Stunden lang. Später am Nachmittag kam sie wieder zurück, obwohl der Weg zurück nicht leicht war. Hauptsache, nicht diskutieren, und wenn, dann nur kurz. Sie hatte überlegt, ihre Koffer zu packen. Sie hatte nicht viel. Ein paar Jeans, Blusen, Pullover und Abendjacken. Ein schönes Abendkleid hätte sie sehr gern, aber bis jetzt hatte sie nichts, kein einziges. Sie versuchte, alles in Ruhe zu entscheiden, nur in Ruhe. Nächstes Mal, nach der Scheidung, mache ich eine Kreuzfahrt über den Ozean, mit einem großen Schiff, mit guten Freunden und vollen Koffern mit neuen Kleidern, Schuhen, Handtaschen, träumte Saule.

Ein Traummann der großen Liebe ist Saule niemals begegnet, vielleicht weil für sie auf der ganzen Welt kein Traummann geboren wurde. Sie kannte nur grausame Gewalt, hatte sich in den falschen Mann verliebt, aber es war das letzte Mal und dieser Alptraum würde mit der Scheidung für immer und ewig beendet sein. Trotzdem ist eine von ihren Lieblings-DVDs »TIMELESS« mit Weltstar Barbra Streisand. Ich habe viele Ideen für neue Projekte, ich möchte meinen großen Traum erfüllen, pssss … das ist mein Geheimnis …, dachte sie. Für einen neuen Anfang schon genug.

Mit Freude und Friede im Herzen packte Saule die Koffer. Sie war noch allein im Haus und freute sich auf diese wunderschöne Zeit jede Stunde, auf die Ruhe, die es hier so selten gab. Im Zimmer auf dem Boden lag der gepackte Koffer vom Hannibal und er war noch geöffnet. Er packte sehr vieles, wie eine Frau: mehrere Anzüge, Hemden, Jeans, Pullover, mehrere Schuhe und pinkfarbene Unterwäsche, die er seit vielen Jahren trug … meine Güte, dachte Saule. Und noch Kosmetik, Puder, Make-up, das er jeden Tag benutzte, um sein feuerrotes Gesicht zu verstecken. Danach sah Saule durchs Küchenfenster, dass er mit dem Auto zurück ans Haus kam. Mit tiefem Blick schaute er nach unten und ging ganz schnell ins Haus.

Meine Güte, was kommt jetzt, dachte Saule. Aber sie war schon lange mit ihren Gedanken bei der Scheidung, sie träumte von einer Zukunft in Freiheit und Liebe in einer neuen Stadt, ganz weit weg von hier. Sie weiß immer, was sie will, so viele Ideen für die Zukunft hat sie. Sie hat immer sehr viel gearbeitet und will weiter an neuen Projekten arbeiten, aber nur als freier Mensch und sehr wichtig, alles Schritt für Schritt, kontinuierlich. Sie machte es sich gemütlich auf dem Sessel, trank eine Tasse Kaffee und aß selbstgebackenen Aprikosenkuchen.

Er kam zu Saule, machte ein »schönes« Gesicht und sagte: »Trinken wir Kaffee, ich koche eine Kanne! Dann trinkst du noch eine Tasse mit mir und leistest mir Gesellschaft, gut?!«

»Ich habe eine ganze Tasse und das ist genug.«

»Ich bin gleich fertig«, und er ging in die Küche, kurz danach kam er mit einer Kanne zurück und setzte sich zu Saule.

Hannibal stellte das Tablett mit dem Kaffee auf einem Holztisch ab.

»Die Küche von meiner Schwester ist perfekt, sie ist die beste«, sagte er, »und dein Kuchen ist nicht zu essen, ich schmeiße alles in die Mülltonne!!«

»Ich schmeiß dich in die Mülltonne, weil dort der richtige Platz für dich ist!«, sagte sie.

Das alles überraschte Saule nicht mehr, dass er sie dauernd demütigte, aus lauter Hass und Neid. Sie trank ihren Kaffee aus, stellte ihre Tasse ab, stand auf und ging auf die Terrasse.

»Mein Herzblättchen, nimm deine Tasse mit zum Waschen!«

»Meine Tasse kannst du abwaschen, ich habe keine Zeit!«

Auf der Terrasse machte sie es sich gemütlich auf einer gepolsterten Holzbank und las ein hilfreiches Buch. Allmählich wurde es kälter, aber hier auf der Terrasse war die Ruhe, die sie brauchte. Wenn es jetzt draußen kalt war, entsprach dies der winterlichen Jahreszeit, aber drinnen im Haus war ein dauernder Horror ... trotzdem versuchte sie, sich über die Schiffsreise zu freuen.

Am Samstagmorgen, als sie aufwachte, war es im Schlafzimmer sehr warm. Durchs Fenster sah sie Schneeflocken, die die Straßen leicht bedeckten. Sie ging ins Bad und machte sich fertig. Heute Abend beginnt die Schiffsreise!, freute sich Saule.

»Herzblättchen, hast du gut geschlafen?«, fragte Hannibal in der Küche.

»Wunderbar! Heute Abend fängt die Reise an!«

»Vielleicht fahren wir zuerst zusammen zur Friseuse, dein Termin ist in einer Stunde!«

»Ich habe keine Zeit!«

»Aber ich will dir helfen, das weißt du!!«

Saule bereitete das Frühstück in der Küche zu und mit einem Tablett stellte sie es auf den Wohnzimmertisch.

»Vielleicht nach dem Frühstück!!«

»Geh weg von mir, ich kann dich nicht mehr sehen!«

»Aber wir machen die Reise zusammen, wir sind verheiratet!!«

»Noch verheiratet, bald werden wir geschieden, so schnell, wie es möglich ist.« Saule erklärte noch mal das Gleiche und schloss die Zimmertür.

»Hm ... ja ... gut, wenn das so ist«, sagte er und verschwand schnell in den Keller. Was er dort tat, wusste niemand.

Saule war nicht mehr so traurig, sie versuchte, sich auf den Abend zu freuen. Sie schaute noch in ihre Koffer. Alles noch da, zum Glück, dachte sie. Sie machte die Kosmetiktasche fertig und noch einige Kleinigkeiten. Die Zeit geht so schnell, was ein Glück, dachte sie.

Er kam wieder zu Saule: »Was kann ich tun für dich, ich will dir nur helfen!! Ich will mit dir zur Friseuse fahren, du musst deine Haare schneiden lassen, du siehst so schrecklich aus!!«

»Dann bitte hilf mir, du Menschenfresser! Hör auf zu diskutieren und zu schreien, ich will das alles nicht mehr hören!!«

Wenn sie die Möglichkeit hatte, dieses Horrorhaus zu verlassen, dann würde sie es sofort tun und für immer, aber sie war allein und hatte noch keine Alternative, noch nicht.

ALLES IM LEBEN ÄNDERT SICH REGELMÄSSIG UND MORGEN IST EIN NEUER TAG!

Später am Abend saßen Saule und Hannibal in einem modernen Omnibus. Sie fühlte sich so glücklich wie nie. Ihre langen blonden Haare sahen wunderschön aus, sie trug eine moderne Jeans und einen selbstgestrickten meeresblauen Pullover, das alles harmonisierte sehr zu ihren blonden Haaren und dem samtweißen Gesicht. Sie strahlte vor Lebensfreude. Der Omnibus war voll, alle Plätze waren besetzt. Das Publikum war vom Alter her ungefähr wie Saule und auch ältere Paare. Der Hannibal machte ein »Pokergesicht« und schaute durchs Fenster.

Allmählich bewegte sich der Omnibus in Richtung Mittelmeer, wo die Einschiffung am nächsten Tag stattfinden sollte. Die Fahrt dauerte viele Stunden in der Nacht. Der Omnibusfahrer machte auch kleine Pausen an Autobahn-Raststätten. Viele Leute gingen, um etwas zu trinken oder zu essen. Saule ging auch, sie hatte etwas gespartes Geld für die Reise. Hannibal ging hinter Saule her und mit Feuer im Gesicht versuchte er, sie am Arm ganz fest zu halten, aber sie ging schnell in die Cafeteria und trank eine Tasse Kaffee.

Am Tisch sagte er: »Du bleibst bei mir, du darfst nicht allein gehen, ich bin dein Ehemann.« Jedes Wort betonte er mit glühenden Augen. Schreien konnte er nicht, weil viele Leute dabei waren. Er versuchte, sich als »perfekter Ehemann« zu präsentieren.

Saule schaute mit strahlendem Gesicht und sagte: »Für mich bist du der größte Fehler meines Lebens«, und zwar leise und ganz nah in Hannibals Gesicht. Dann trank sie weiter ihren Kaffee.

Er schaute zu, als würde er sofort explodieren, weil er hier nicht schreien konnte. Mit anderen Menschen fühlte sie sich sehr wohl und glücklich. Das ist der Anfang meiner Freiheit, dachte Saule und war total überzeugt davon.

Die Pause dauerte ungefähr eine Viertelstunde, danach schaute der Fahrer, ob jeder Fahrgast an seinem Platz war, und dann fuhr er weiter. Im Omnibus hörte man aus dem Radio leise Musik, aber schlafen konnte Saule nicht. Die Leute haben sich freundlich miteinander unterhalten und es war eine gute, gemütliche Nacht. Nur der Hannibal schaute durchs Fenster ins Dunkle, ohne Worte. Die Zeit verging richtig schnell und nach ungefähr zwölf Stunden Fahrt waren sie in der kleinen Stadt in Italien am Hafen angekommen.

Saule sah von weitem das Schiff mit einem großen gelben Schornstein und war sofort begeistert: »Wie herrlich, endlich sind wir da!!« Der neue Hafen hatte ein modernes Haus mit großen Fenstern, viele Restaurants und Cafeterien.

Zuerst musste man alle seine Koffer zu einem Platz bringen, dann brachten Mitarbeiter alles auf das Schiff. Auf das Schiff durften alle Passagiere erst ein paar Stunden später kommen, ein Deck nach dem anderen. Saule ging die schmalen Straßen durch die Stadt, sie war das erste Mal in Italien. Der Hannibal ging mit. Sie versuchte, nicht zu diskutieren, schaute die kleinen Läden einen nach dem anderen an. Sie suchte ein Kunstbuch über italienische Malerei. Danach besuchte sie eine Pizzeria.

Der Hannibal ging auch mit und versuchte zu erklären: »Wir müssen …«

»Ich muss nichts, was du willst!! Kein Wort mehr, halt deine Klappe, ich brauche meine Ruhe!«

»Herzblättchen, aber … na ja … vielleicht …«

Saule saß sofort am anderen Tisch, aß eine kleine Pizza, danach ging es weiter. Der Hannibal ging mit. Saule spazierte durch die alte Stadt und ging langsam zurück in den Hafen.

> »Lass deinen Abenteuergeist
> dich eintreiben, die Welt zu erkunden,
> die dich umgibt, mit all ihren Eigentümlichkeiten und Wundern.
> sie zu entdecken, bedeutet für dich, sie zu lieben.«
>
> *Khalil Gibran*

Im Hafen warteten viele Leute und einer nach dem anderen ging auf das Schiff. Es war ein großes, faszinierendes modernes Schiff mit ungefähr 3000 Passagieren an Bord, es gab besondere Menüs und Veranstaltungen, um den lokalen Charme und Traditionen kennenzulernen. Eindrucksvolle Naturschauplätze und ausgefallene Routen mit vielen kulturellen Sehenswürdigkeiten wurden geboten. Eine authentische Entdeckungsreise, es war weit mehr als eine Kreuzfahrt. Ein magischer Moment war für Saule, auf dieses Schiff zu kommen. Inspiration zwischen Himmel und Meer, oh mein Gott!

LET'S GO ZU NEUEN HORIZONTEN!

Dann gingen sie von einer Etage zur anderen und suchten ihr Zimmer. Alles roch nach Meeresluft. Glanz und Gloria in allen Farben, so wunderschön, freute sich Saule. Die Zimmer mit großen Fenstern zum Meer hin schenkten immer wieder neue aufregende Ausblicke bei Tag und Nacht. Es war ein gemütliches und komfortables Zimmer zum Ausruhen und Relaxen. Im Zeichen eines schlichten, aber mit Charme modernen Stils. Das Einzige, was fehlte, waren frische Blumen.

»Ich will getrennt schlafen«, sagte Saule.

»Wir sind verheiratet, du bist meine Ehefrau!!«, schrie Hannibal.

»Hör auf zu schreien, oder ich gehe ins andere Zimmer, ich brauche meine Ruhe!!«

»Du musst nur mit mir gehen!!
Du musst von der Hausbar nichts essen und trinken!!
Du musst um 20 Uhr im Zimmer sein zum Schlafen!!
Du musst nicht allein aus dem Zimmer gehen!!
Du musst … und …
Auf diesem Schrottschiff mache ich dich zu Ende und schmeiße dich ins Wasser, wenn du nicht auf mich hörst!!«

Saule zog frische Klamotten an und ging zu einem Treffen in deutscher Sprache mit dem Reiseleiter, einem jungen Mann, circa 35 Jahre alt. Deutsche Passagiere waren sehr viele an Bord. Viele glückliche Paare mit Lebensfreude. Nur ein Hannibal explodierte stundenlang im Zimmer, danach kam auch er zum gemeinsamen Treffen. Er war voller Hass, Wut und Neid. Er versuchte weiter, sie ganz fest mit beiden Händen zu halten und zu erziehen, aber sie hielt Distanz und machte, was sie wollte. Obwohl er jeden Tag schrie und stundenlang explodierte … Manchmal stand der deutsche Reiseleiter vor der Kabinentür und fragte: »Ist alles okay?«

Saule atmete dann ganz tief und sagte: »Nein …«

Der Hannibal nahm Saule dann immer fest am Arm und drückte sie ins Zimmer zurück.

»Warum redest du mit dem Reiseleiter, warum?!«

»Weil ich lebe, wie ich will!«

»Wir sind verheiratet!«

»Nach der Reise sind wir ganz schnell geschieden. Am besten such dir auf dem Schiff eine ›perfekte Dame‹, so wie du selbst bist. Ich bin ein freier Mensch und mein Leben gehört nur mir!! Hast du jetzt verstanden?«

»Dann siehst du am nächsten Tag, was mit dir passiert, zurück nach Deutschland kommst du nicht mehr, du kranke Frau!!«

»Hör auf zu drohen und zu schreien!! Sonst informiere ich den Reiseleiter und den Kapitän!«

»Dann ist dein Leben richtig am Ende, ha, ha, ha, ha«, schrie er mit feuerrotem Gesicht weiter.

Ins Zimmer kam Saule nur zum Schlafen, danach schnell in die Dusche, dann zog sie sich an, machte sie fertig und blieb die ganze Zeit draußen auf dem Schiff. Sie ging zum Frühstück, obwohl Hannibal permanent schrie. Machte es sich gemütlich am Fenster, sie genoss jedes Mal ihre Mahlzeit. Die Küche war sehr opulent und vielseitig, mit vielen Köstlichkeiten. Nach dem Essen lag sie auf der Liege und schaute ins Meer, las ein Buch oder Magazine, hörte Musik. Es war eine magische Ruhe, die ihr seit so vielen Jahren gefehlt hat. Hannibal ging immer hinter Saule her, er schaute genau, was sie tat, was sie aß, wo sie war, wo sie Kaffee trank, in welcher Bar sie war und so weiter und so weiter. Danach versuchte er zu erklären, dass sie nicht allein weggehen darf. Aber Saule stand immer auf, ohne Diskussion, und ging schnell weg, an einen anderen Platz.

Sie freute sich auf alles, sie schaute sich alles an, sie ging überallhin. Nachmittags, zur Kaffeezeit, war öfter ein Live-Konzert, jedes Mal mit anderen Musikern. Viele Paare tanzten auch, das war so schön, alles zu sehen. Saule fühlte sich gut, sie träumte vom Leben nach der Scheidung, sie überlegte genau, was sie tun muss, um zu überleben. Umziehen in eine neue Wohnung, mit diesem Gedanken fühlte sie sich sehr glücklich, obwohl sie total allein war. Sie machte regelmäßig Sport, Yoga und viele andere Dinge, um viel Kraft und Energie zu tanken. Sie brauchte viel Kraft, um diesen Horror zu überleben und sich zu befreien. Die Befreiung sah sie vor ihren Augen.

Um 17 Uhr kam Saule kurz ins Zimmer, ging ins Bad, schloss die Tür und machte sich fertig für den Abend, eine Stunde lang. Hannibal lag auf dem Bett, er schaute jeden Tag Fernsehen. Danach klopfte er an die Tür: »Ich will ins WC!«

»Später, bitte Geduld!!«

»Ich habe keine Geduld!!«

»Dann geh ins Nachbarzimmer, irgendwo ist eine Dame, die sich sehr freuen würde über dich!!«

Er trat mit dem Fuß gegen die Badtür, aber Saule öffnete nicht. Sie machte sich die Haare für den Abend, danach kam sie ins Zimmer. Zog eine dunkelblaue Jeans und eine weiße Seidenbluse an, dann setzte sie sich vor den Spiegel, um sich ein bisschen Make-up aufzulegen, danach etwas französisches Parfüm, sie roch fantastisch. Die Lippen betonte sie mit Lipgloss, einem natürlichen leichten Roséton. Ihre Schuhe und die Abendtasche passten immer perfekt zusammen. Den goldenen Schmuck hatte sie von ihrem Heimatland mitgebracht, edel und dezent. Sie strahlte moderne Eleganz, Sinnlichkeit und Harmonie aus.

Der Hannibal schaute die ganze Zeit mit offenem Mund zu, seine Nase tropfte wie immer, er war plötzlich sprachlos, wie ein Stummer …

Um halb acht verschwand sie aus ihrer Kabine. Das Abendprogramm im Theatersaal begann um 20 Uhr. Saule schlenderte langsam durch die duftenden Dielen zum Saal. Sie fühlte sich zufrieden und war optimistisch. Saule saß in der ersten Reihe auf dem Balkon mit gutem Blick auf die Bühne. Das Abendprogramm war sehr gefühlvoll, mit großartigen Solisten, und das ganze Künstlerteam, Sängerinnen und Sänger, Tänzer und Musiker, erfüllten jeden Zuschauer mit Begeisterung und Überraschung. Die magischen Lichteffekte gaben noch mehr Harmonie und Magie.

> Wert und Bedeutung der Schönheit ist nicht nur als Anregung,
> sondern um sich erhoben zu fühlen.
> Denn wo die Schönheit Begegnung hat, gleichgültig ob mit Musik,
> Natur, Kunst, oder an einem wunderschönen Platz,
> da fühlen sie nicht nur die Ruhe,
> sondern Entspannung im Gedächtnis und innere Zufriedenheit.

Nach dem Abendprogramm wollte sie nicht ins Zimmer zum Schlafen gehen, sondern trank in einer Bar eine Tasse Kaffee und eine Flasche Mineralwasser, sie war noch begeistert vom wunderschönen Abendprogramm. Dann schaute sie durch das große Fenster in die magische Stille der Meeresnacht. Sie saß in einer Ecke auf einem Ledersessel und träumte von ihrer Zukunft.

In den nächsten Tagen versuchte Saule nicht, mit dem Hannibal zu diskutieren, es war schon lang klar, dass es keinen Sinn hatte, mehr mit ihm zu reden. Er war stolz auf sich selbst, wie er war. Saule versuchte so oft, wie es möglich war, Distanz zu halten.

Am späten Nachmittag kam sie ganz kurz ins Zimmer. Er war da und wartete auf Saule. Plötzlich nahm er Saule ganz fest am Arm und drückte sie auf das Sofa.

»Bitte, bleib da, ich will mit dir reden! Heute Abend bleibst du nur bei mir und wir beiden gehen zusammen das Schiff anschauen, einfach überall!!«

Einen Augenblick stand sie bloß da, versuchte zu verstehen, warum sie hier war. Den ganzen schönen Tag lang war sie in Gedanken anderswo gewesen. Es war ein so unglaublich klarer und entspannter Tag. Und was würde jetzt passieren?

Saule schaute mit großen Augen zu, sie fühlte, dass er versuchte, sie weiter in Schock zu bringen. Aber was er nicht wusste, das ganze Schiff und jeder Raum waren mit Kameras überwacht. Vor mehreren Monaten hatte sie im Fernsehen einen Dokumentarfilm über genau dieses Schiff gesehen. Sie zog ihre Sportkleider und Sportschuhe an und sagte:»Fitnessstudio, Jogging und Schwimmen, genug? Dann gehen wir, aber schnell!«

Er schaute mit feuerrotem Gesicht und zitterte mit dem Kopf, dann schloss er die Zimmertür zu. Mit glühenden Augen nahm er Saules Hand ganz fest und ging sofort spazieren. Sie begegneten vielen glücklichen und liebevollen

Paaren, die vor Lebensfreude strahlten. Das ist auch mein Traum, dachte Saule mit strahlendem Gesicht, dann atmete sie ganz tief durch. Er ging weiter, aber Saule wollte ins Sportstudio gehen.

»Ja, Herzblättchen, wir gehen geradeaus dorthin, du kannst Sport machen, so lang, wie du willst, aber ich weiß, wo das ist!!«

Am Abend war es draußen richtig dunkel. Durch die Gänge gingen sie weiter und weiter, plötzlich brachte er Saule auf das freie Deck, wo keiner war, und dann sagte er: »Wir gehen zusammen nach oben, über die schmale Metalltreppe, und mach kein ängstliches Gesicht. Du weißt, wie ich dich liebe!! Komm, schnell nach oben!!«

»Aber es regnet, ich will nicht nach oben, das ist sehr gefährlich«, sagte Saule. »Ich gehe zum Sportstudio!«

»Du musst tun, was ich dir sage!!«

Er nahm Saule fest am Arm, zerfleischte sie mit seinen Fingern bis zum Knochen und brachte sie die schmale Treppe nach oben auf das kleine Deck. Es war überall nass und dunkel … Plötzlich kam über die Lautsprecher ganz laut: »Verlassen Sie sofort das Freideck und gehen nach unten in die geschlossenen Räume ins Trockene. In der Nacht und bei Regen ist das da oben eine große Gefahr!!«

Plötzlich war der Hannibal richtig in Schock und schaute verwundert überallhin mit zitterndem Kopf und offenem Mund, dass auch hier Überwachungskameras waren. Saule wusste das und freute sich, sie atmete ganz tief durch und ging fort. Er schimpfte mit rotblauem Gesicht, redete und redete bis zur Kabine. Saule zog sich schnell um und ging sofort weg …

Manchmal war an der Bar ein Kellner, ein junger Mann aus Mumbai. Er hat sich mit Saule immer gut unterhalten. Er war sehr freundlich und hilfsbereit. Beim Hannibal verursachte das eine extreme Explosion.

Am nächsten Tag waren beide im Hafen von Barcelona. Viele Leute machten Ausflüge mit dem Omnibus.

»Wir müssen sparen!! Wir gehen zu Fuß in die Stadt!!«

Saule machte sich fertig und ging sofort zum Ausgang. Er ging auch. Das Wetter war sehr angenehm, die frische Luft machte sie wach, obwohl es bis zur Stadt weit war, es dauerte eine Weile. Sie fing an, alles um sich herum zu genießen, es war friedlich, es war herrlich, die Zeit war unwichtig. Im Hier

und Jetzt zu leben, so erfuhr sie echte Freude. Spazieren gehen mochte sie sehr und Hannibal war sehr ruhig, was ein Glück!
Nach mehreren Stunden hatten beide Hunger und Durst.
»Wo gehen wir essen?«
»Nur Kaffee, ich habe kein Geld!! Auf dem Schiff kannst du essen, so viel du willst, aber jetzt nur Kaffee!«
»Ich will essen, wir sind mehrere Stunden unterwegs.«
»Das interessiert mich nicht!!«
»Ich gehe alleine und suche mir ein Restaurant!«
»Wenn du allein gehen willst, dann werde ich dich am Abend mal wieder erziehen müssen!!«
»Aber wenn du noch schreist, dann gehe ich weg für immer!«
»Du bleibst bei mir für immer, wir sind verheiratet!!«
Saule ging ganz schnell weg in Richtung Schiff, sie konnte kaum auf den Füßen stehen vor Durst und Hunger. Sie redete nicht mehr, das hatte keinen Sinn, er war ein Hannibal …
Am Nachmittag waren beide wieder auf dem Schiff. Viele Leute erzählten mit Begeisterung von den Sehenswürdigkeiten, der guten spanischen Küche, der spanischen Mentalität und noch vielem mehr.
Saule freute sich auch über viele Dinge auf dem Schiff. Im Zimmer machte sie sich fertig fürs Abendessen. Den Abend genoss sie in einem Restaurant mit köstlicher Küche. Um 20 Uhr gab es im Theatersaal ein traumhaftes Abendprogramm.

Am nächsten Tag nach dem Mittagessen gab es eine große Kunstauktion. Saule kam, auch der Hannibal, dann waren alle Plätze waren besetzt. Er setzte sich zu Saule. Egal wo er war, er brannte mit feuerrotem Gesicht und glühenden Augen, schaute aus wie ein Drogenabhängiger oder chronischer Alkoholiker und versuchte zu erklären, was Saule tun muss und wie sie leben muss. Das erklärte er dauernd. Der Hannibal war ein Besessener …
Unter den Menschen fühlte Saule sich sehr gut. Neben ihr saß ein älteres französisches Paar. Saule machte von Anfang an bei der Auktion mit, die Franzosen auch. Die Frau brauchte jemand zum Übersetzen und Saule half sehr gerne. Aber sie hat kein Wort verstanden, trotzdem machte sie mit und alles war sehr lustig, alle haben viel gelacht. Saule hat nichts gekauft, nur das

französische Paar kaufte in der Auktion ein Bild in Acryl. Danach verabschiedeten sich alle sehr freundlich.

Später am Abend, in einem Restaurant bei Live-Musik, sah Saule das französische Paar, beide tanzten wie richtige Profis im lateinamerikanischen Rhythmus. Bestimmt waren sie in jungen Jahren Profitänzer. Das war so schön anzusehen. Dort gab es auch Leute, die allein waren und die sich sehr gerne mit Saule unterhielten.

Am nächsten Abend war sie zum ersten Mal im großen Casino und war sehr überrascht, was Menschen dort spielten, meine Güte … Der Hannibal beobachtete alles hinter Saules Rücken …

Spät am Abend schaute sie durchs große Fenster hinaus aufs Meer, das waren faszinierende Augenblicke, bis zum weiten Horizont und genoss die Schönheit der Wellen …

Nach Mitternacht kam sie zum Schlafen, wenn auch nur ein paar Stunden.

Mit dem Sonnenaufgang ging sie zum Frühstück und saß am Fenster in einem Restaurant. Um diese Zeit waren sehr wenige Leute dort, viele waren noch im Schlaf. Diese Stunden mit leiser harmonischer Musik waren fantastisch und ruhig. Sie genoss jeden Moment auf dem Schiff, alle kleinen Dinge und die Ruhe.

Die Zeit verging schnell, sie packte wieder ihre Koffer und bereitete sich vor, um nach Hause zu fahren. Am letzten Morgen frühstückte sie mit dem Hannibal zusammen. Er versuchte, sie noch zu erziehen, wie sie leben muss und was sie tun muss, aber sie schaute durchs große Fenster aufs Meer und genoss die Zeit. Er war immer gleich wütend und aufgeregt, er brauchte Macht über Saules Leben, aber sie diskutierte mit ihrem Ehemann nicht mehr, sie hatte die Scheidung vor Augen.

Am Mittag verabschiedeten sich alle, dann verließen sie das Schiff und gingen zum Omnibus, der sie nach Hause fuhr. Der Omnibus war voll, die Leute waren voller Lebensfreude, nur der Hannibal hatte ein »Pokergesicht« und schaute durchs Fenster. Viele erzählten über die Reise, redeten, diskutierten, es war eine sehr gemütliche Stimmung. Im Omnibus konnte jeder trinken und essen, der Fahrer hatte alles dabei. Der Hannibal und Saule kauften nichts.

Die Fahrt dauerte viele Stunden, durchs Fenster sah man, wie es etwas schneite, die Natur war im Winterschlaf, mit einer dünnen weißen Schneedecke überzogen, und alles glänzte vor dem Weihnachtsfest in allen Farben und in Harmonie. Was für eine wunderschöne Zeit, dachte sich Saule. Sie mochte die Winterzeit sehr, die weißen Kristalle in der Natur und die erfrischende Luft fürs Leben ...

Die nächste Reise mache ich in den Norden, träumte Saule. Dort, wo es richtige kalte Winter gibt, viel Schnee überall und ein brillant-klarer Himmel mit magischer Winter-Symphonie das Leben bezaubert.

Der Omnibus kam am späten Abend an. Alle holten die Koffer, und mit dem Taxi fuhr sie mit Hannibal nach Hause. Der Fahrer fragte, wie die Reise mit dem Schiff gewesen war. Der Ehemann erzählte sofort, dass alles nur Schrott war. Danach fragte der Fahrer, wie die Küche war, auf dem Schiff gab es bestimmt immer gutes Essen. Aber der Hannibal erzählte das Gleiche ... Saule sagte kein Wort, nach der langen Fahrt hatte sie Durst und Hunger, sie war müde. Um Mitternacht kamen beide nach Hause. Sie nahm ihre Koffer und ging ins Haus, sie holte tief Luft ... Saule schaute im Kühlschrank nach – alles leer, total nichts. Zum Trinken war auch nichts da. Ja, das ist ein »Luxusleben«, dachte Saule.

»Gibts was zu trinken oder zu essen?«, fragte Saule.

»Du kranke Frau, was willst du noch?!«, schrie er sofort.

»Du sollst auf dem Schiff mehr essen!!

Du warst sehr schlecht zu mir!!

Du hast meine Reise kaputt gemacht!!

Du machst mein Leben weiter kaputt!!

Du machst meine Familie kaputt!!

Du und du ...

Das war die letzte Reise zusammen, ich fahre nie mehr mit dir zusammen, keine Reise mehr!!«, schrie er weiter.

Saule ging schnell ins Bad, machte sich frisch und wartete, bis er verschwunden war, dann ging sie ins Wohnzimmer. Zum Glück blieb er die ganze Nacht lang fort, freute sich Saule und atmete tief durch.

Sie konnte in Ruhe einige Stunden schlafen.

Am nächsten Morgen, als sie in die Küche kam, sah sie durchs Fenster viel Schnee. Alles war weiß. Was ein Wunder, dachte Saule.

Die Pfarrerin, eine junge Frau, ging mit ihrem Hund spazieren, sie war immer so dünn angezogen, bei so kaltem Wetter, ihre Hände waren so feuerrot wie ihr Gesicht, und sie war immer allein. Sie wohnte ein paar Häuser weiter, sie war neu in der Kirche.

Nach der Tasse Kaffee ging Saule zu Fuß zum Supermarkt, kaufte etwas zum Essen und fürs Backen. In wenigen Tagen war Weihnachten, sie wollte einen Kuchen backen, ein neues Rezept. Nach wenigen Stunden kam sie zurück. Der Ehemann war auch da, er wartete in der Küche.

»Wo warst du, mein Herzblättchen, ich warte schon eine ganze Stunde auf dich?!«

»Und wo warst du die ganze Nacht lang?!«, fragte Saule.

Sie legte in der Küche ihre Einkaufstasche ab, danach zog sie ihre Hauskleider an, machte die Haare nach oben und fing an zu backen.

»Du willst backen, aber du kannst nichts, nur meine Schwester kann alles am besten!!«

»Dann geh zu deiner Schwester!! Ich habe keine Zeit, um mit dir zu diskutieren!«

»Ich bin von meiner Schwester zurückgekommen und will dir sagen, wir fahren in die Stadt, ich will für meine Familie Weihnachtsgeschenke kaufen. Nur du bekommst von uns nichts, weil meine Familie dich hasst, das weißt du, mein Herzblättchen!! Aber wir kaufen zusammen für die Familie, du musst mir helfen, mach dich fertig!!«

»Ich will von dir, dass du mir alle meine persönlichen Dinge zurückgibst, mein altes silbernes Armband, meine Handtasche – meine Geschenke von Soja aus meinem Heimatland und viele andere Dinge, die zu mir gehören. Du musst alles zurückgeben!! Auch den Brief, den ich vor wenigen Wochen von der Botschaft in Berlin bekam. Im Brief war eine Kopie meiner Geburtsurkunde aus dem Archiv von meinem Heimatland. Ich brauche alles, was zu mir gehört!!«, sagte Saule.

»Du hast nichts!! Du bist ein Nichts!! Du gehörst nur auf die Straße. Ich habe dich gerettet, was willst du noch!!«, schrie er wieder. »Du hast mit mir ein Leben im goldenen Käfig, jeder Arzt hat das bestätigt, das weißt du, aber du verstehst nichts, weil du krank bist!! Du bist eine kranke Frau!!«

»Du hast eine extreme Sucht nach meinem Leben, du bist ein besessener Hannibal, du bist ein Menschenfresser!!«, sagte Saule und ging schnell weg.

Die Weinachtstage waren wunderschön, weil Saule allein war im ganzen Haus, sie backte, bereitete festliches Essen zu und schaute Fernsehen. An diesen Tagen ging sie in die Kirche, er ging auch mit, dort präsentierte er sich als ein »perfekter Ehemann«, obwohl er brannte vor Wut. Saule versuchte, nicht zu diskutieren, sie wusste, dass die Scheidung bald kommt, im nächsten Jahr. Am Weihnachtsabend ging er zu seiner Schwester Margot, dort traf sich die ganze »perfekte Familie« und Saule hatte allein zu Hause ihre Ruhe. Endlich konnte sie aufatmen, doch zugleich merkte sie, dass alles zu viel war, sie musste weg von hier, denn sie war zu erschöpft und hatte zu viel Angst. Trotzdem genoss sie die Zeit jetzt und heute, im Fernsehen gabs ein wunderschönes Weihnachtsprogramm. Auch am Silvesterabend war sie allein. Der Hannibal war nur ganz kurz zu Hause. Was ein Glück!, freute sich Saule. Es herrschte vollkommene Ruhe. Danach hat sie lange geschlafen, so lang, wie sie es wollte, sie war wieder voller Kraft und Energie. Sie freute sich aufs neue Jahr, sie wusste, dass sich im Leben alles ganz schnell ändert und nur man selbst entscheiden muss, was man will im Leben. An jedem Neujahrswechsel hatte Saule ihre Wunschliste und dieses Mal stand da als Erstes: SCHEIDUNG!

Nach den Feiertagen ging das Leben weiter. Der Ehemann verlangte, dass Saule alle Medikamente nahm, die der Hausarzt Dr. Germisd verschrieben hatte, Psychopharmaka und mehrere Sorten Schmerzmittel, eine große Menge. Manchmal probierte Saule, dann schmiss sie alles ins WC. Zum Glück hat er das nicht bemerkt. Er schrie weiter, um Saule zu erziehen, aber sie ging fort, sie wollte in die Stadt fahren, sie hatte eine Notiz von einer neuen Anwältin und der Ehemann hatte das gesehen.
»Wo willst du hinfahren, wohin!!« Er nahm Saule mit beiden Händen fest an ihren Armen, er schmiss sie an die Schrankecke, an die Tür und wieder an die Wand. Er war ein besessener Menschenfresser, er brauchte Macht über Saules Leben, er brauchte das Futter ... Mit starken Schmerzen lag sie im Bett mehrere Tage, sie versuchte rauszukommen, aber sie brauchte alle persönlichen Papiere, Dokumente und alles, was zu ihr gehörte ... Sie wusste nicht mehr, wohin ... Ich kann nicht mehr, dachte Saule. Wenn der Hannibal sie zum Hausarzt brachte, dann erzählte der Arzt immer wieder, was für einen wunderbaren Ehemann Saule hatte, nur Saule sei eine sehr schlechte Ehefrau.

»Dann ist die Scheidung die beste Lösung, soll er sich eine neue Ehefrau suchen, am besten die ›perfekte‹«, sagte Saule.

»Nein, nein«, sagte der Hausarzt.

Er überredete Saule mit dem Hannibal zusammen so lang, einen Bluttest zu machen, bis Saule keine Kraft mehr hatte, um sich zu schützen. Danach erklärte der Hausarzt, dass Saules Blut sehr schlecht sei und er gab ihr Vitaminspritzen, jede Woche eine.

»Aber nur in den Arm«, sagte Saule. Da konnte er die blauen Flecken vom »perfekten Ehemann« sehen, aber der Hausarzt beschuldigte Saule weiter, obwohl er die blauen Flecken an ihren Armen sah.

Der Hannibal telefonierte mit dem Hausarzt, machte einen Termin für Saule aus. Eines Tages schickte der Hausarzt Dr. Germisd mit Hannibals Hilfe Saule zur weiteren »Behandlung« in ein Privathaus in den Süden, obwohl Saule nur die Scheidung wollte. Saule war hilflos, kraftlos, sie hatte einen Schock …

Am Sonntag fuhr Saule mit dem Hannibal in ein Haus, sehr weit in den Süden. Das Privathaus war in einer Naturumgebung. Sonntags war im Haus die Krankenschwester Antonia, sie zeigte Saules Zimmer im Erdgeschoss, mit Fenstern bis zum Boden, danach machte sie ein Foto von Saule, obwohl diese sehr dagegen war. Wie absurd, dachte Saule.

Der Hannibal sagte, bevor er nach Hause zurückfuhr: »Mein Herzblättchen, ich telefoniere jeden Tag mit dir, bitte warte auf meinen Anruf, danach erzählst du mir alles, was du hier im Haus machst, ich will alles wissen!! Heute Abend reden wir. Tschüss!«

Saule kam noch mal zur Schwester ins Zimmer wegen einer großen Menge Formulare, die sie sofort alle ausfüllen musste.

Der Hannibal sah das und sagte: »Am nächsten Tag komme ich wieder und ich fülle alle deine Papiere aus, allein kannst du das nicht, warte auf mich!!«

Saule war alles total egal, sie hatte starke Schmerzen, sie übergab sich …

Sie kam noch mal zum Schwesternzimmer, sie wollte etwas Wichtiges, und plötzlich merkte sie, dass hinter ihrem Rücken ein kleiner Mann ganz nah gekommen war. Saule schaute sofort hinter ihre Schulter, der Mann schaute ohne Worte mit aufgeregten Augen hinter Saule und schaute weiter, wie ein Verbrecher … Sie hat sich richtig erschreckt, wer war diese Person?! Dann ging sie schnell in ihr Zimmer, sie war sehr müde ... Sie sah alles nur schwarz und war total blass, sie wollte nur schlafen und nie mehr aufwachen ...

Ab Montag wurden alle Untersuchungen gemacht, die nötig waren.

Am nächsten Tag war der Ehemann wieder da, er kam zu Saule ins Zimmer, er nahm ihre Papiere und füllte sie aus, ohne Saule zu fragen.

»Mein Herzblättchen, ich liebe dich sehr, ich will dir helfen, weil ich ein sehr guter und perfekter Ehemann bin!« Er redete sehr viel, er füllte jedes Papier und alle Fragenbogen aus, nach seinen Vorstellungen. Er schaute alles ganz extrem mit zitternden Händen nach. Danach brachte Saule alle Papiere zur Schwester ins Zimmer. Am Nachmittag fuhr er wieder nach Hause zurück, davor sagte er noch: »Am Abend melde ich mich bei dir, wir telefonieren jeden Tag und du musst mir alles erzählen, was du dort machst, alles!!« Er war wie immer, mit feuerrotem Gesicht und glühenden Augen, mit Saule allein redete er sehr viel.

Saule lernte viele anderen, die auch im Haus waren, kennen: Lehrerinnen und Lehrer, Polizisten, Architekten, Sozialpädagogen, Pfarrer und noch einige Akademiker, auch Geschäftsleute. Viele hatten Erschöpfung, Schmerzen, Krisen in der Ehe und andere Probleme. Saule freute sich, dass sie jetzt allein hier war und ihre Ruhe hatte hier im Haus, von Anfang an versuchte sie in Bewegung zu kommen, sie ging spazieren, sie machte Sport, Meditation, führte Gespräche. Dass sie nach wenigen Wochen sich fit gemacht hatte und nach Hause voller Energie und Kraft zurückkommen würde, und dann die SCHEIDUNG, davon träumte Saule. Sie war so naiv und dachte, dass sie jetzt im diesem Haus richtige Hilfe bekommt ...

Am nächsten Morgen um zehn Uhr hatte Saule einen Termin beim Chefarzt Dr. Faulzahn und sie fühlte sich so schlecht, sie übergab sich ... Danach ging sie und wartete vor dem Chefarzt-Büro. Der Arzt öffnete die Tür und Saule kam in ein Zimmer mit Luxusmöbeln. Sie saß auf dem Ledersofa dem Arzt gegenüber, dazwischen war ein Couchtisch. Er hatte alle Papiere von Saule, die der Ehemann ausgefüllt hatte.

Als er die Tür aufmachte, sah Saule plötzlich den gleichen Mann, der am ersten Tag im Schwesternzimmer sich hinter Saules Rücken versteckte und sie fühlte sich sehr übel, sie wollte sich sofort übergeben und fortgehen. Er war etwas kleiner als Saule, trug sehr alte Klamotten, er hatte einen eiskalten Ausdruck. Er sah so aus, als ob er irgendwo anders hingehört und niemals ein Arzt sein könnte. Ja, dachte Saule, Kleider machen Leute – eine Binsenweisheit.

Er machte die Tür zu und sagte: »Wer sind Sie?!« Er betonte jedes Wort ganz laut und redete weiter: »Sie sind eine Betrügerin, Sie sind ein Nichts!!«

Saule schaute mit großen Augen sprachlos und plötzlich flossen die Tränen am Gesicht … Sie hatte einen Schock und Todesangst, das Herz raste, sie zitterte und weinte …

Der Chefarzt redete weiter: »Wie alt sind Sie, Frau Saule? Ha, ha, ha, ha …«, er schrie und lachte …

Saule sagte, wie alt sie ist, und schaute im Schock weiter, dann versuchte sie fortzugehen, aber der Chefarzt sagte: »Bleiben Sie hier, ich will mit Ihnen reden, Frau Saule, wir haben Gesprächsstunde!!«

Saule zitterte und versuchte wieder fortzugehen …

»Bleiben Sie hier, gehen Sie nicht! Frau Saule, Sie sind eine Alkoholikerin!! Wie viel Alkohol trinken Sie am Tag, wie viele Flaschen?!«, schrie der Chefarzt Dr. Faulzahn.

Saule war sprachlos, aber mit letzter Kraft sagte sie: »Champagner oder ein Glas Sekt am Feiertag!«

»Das stimmt nicht, Sie sind eine Alkoholikerin!!« Der Chefarzt schrie und redete weiter und weiter. Er machte ganz bewusst Saule Todesangst und versetzte sie in Schock, um sie zu manipulieren. Saule wusste, warum das er tat, und sie versuchte fortzugehen, sie konnte ihn nicht mehr aushalten. Dann betonte der Chefarzt weiter jedes Wort laut und sagte: »Frau Saule, erzählen Sie niemals den anderen, was ich mit Ihnen geredet habe, niemals, oder es kann etwas sehr Schlimmes passieren, ha, ha, ha, ha …« Der Chefarzt Dr. Faulzahn war genau, wie er war, in seinen vier Wänden und unter vier Augen mit einer Ausländerin, die im grausamen Horror einer Ehekrise war …

Saule ging sofort ins Schwesternzimmer im Erdgeschoss. Dort war die Krankenschwester, Frau Antonia, die gleiche Frau wie am ersten Tag, und eine ausländische Ärztin, Frau Dr. Kleinvogel.

Saule weinte und sagte: »Bitte meine Koffer vom Kofferraum bringen, ich fahre sofort nach Hause!«

Frau Antonia und die Ärztin nahmen Saule ganz fest am Arm, eine am linken, die andere am rechten, und beide redeten zusammen: »Frau Saule, was ist passiert, warum sind Sie so aufgeregt?«

»Ich brauche meine Koffer, ich will sofort nach Hause fahren, sofort!! Der Chefarzt hat kein Recht, mich zu demütigen und zu manipulieren«, sagte Saule.

»Der Chefarzt ist ein sehr guter Mensch, er will nur helfen, weil Sie sehr krank sind!!«, redete Antonia mit der Ärztin, Frau Dr. Kleinvogel, weiter.

»Dann gehen wir jetzt in den Kofferraum, ich brauche meine Koffer!!«, sagte Saule noch einmal.

Antonia und die Ärztin redeten mit Saule stundenlang und versuchten zu erzählen, dass der Chefarzt nur helfen will, weil er eine sehr gute Arbeit macht, und Saule ist die Schuldige und sehr krank und noch weiter …

Die beiden Mitarbeiterinnen hatten sehr gute Erfahrungen, wie in solchen Momenten mit Menschen im Not umgegangen werden muss, um Zwangsbehandlung zu erzwingen.

Saule fragte trotzdem nach ihren Koffern, um nach Hause zu fahren. Nach wenigen Stunden brach sie zusammen und lag auf dem Bett in ihrem Zimmer, sie wollte einschlafen für immer und nie mehr aufwachen ….

Eine grausame Erfahrung von den ersten Tagen in diesem Haus, der Chefarzt Dr. Faulzahn ein respektloser Unmensch, der die Menschen in Not manipulierte und Hirnwäsche machte.

Am Abend um circa 21 Uhr kam ins Zimmer eine andere Krankenschwester und brachte für Saule eine Tasse Beruhigungstee, obwohl Saule seit vielen Jahren niedrigen Blutdruck hatte. Am Abend trank sie immer einen Espresso, um zu schlafen, aber dort gab es abends keinen Kaffee!

Am Morgen schaute Saule ins Leere, sie sah alles schwarz, ohne Farben …

Die Frau Antonia und die Ärztin manipulierten gestern am Nachmittag nach dem Gespräch mit dem Chefarzt so lang Saule, dass sie heute früh zum Chefarzt ins Zimmer ging, um sich zu entschuldigen, das freute ihn sehr.

Beim ersten großen Gruppengespräch begann der Chefarzt Dr. Faulzahn mit den Worten: »Hier gibt es keinen Schuldigen und in den nächsten Tagen essen wir alle nur noch vegetarisch, ha, ha, ha, ha …« Er präsentierte sich weiter mit eiskaltem Lachen.

Am späten Nachmittag war die erste Gesprächsstunde mit einer kleineren Gruppe zusammen mit Dr. Balkenwerk. Er war ein älterer und sympathischer Arzt. Saule erzählte kurz, dass sie nach der Hochzeit große Probleme hatte und seit Jahren in einer Horror-Ehe lebte, deswegen wollte sie die Scheidung. Aber Dr. Balkenwerk redete weiter mit anderen Patienten. Als Saule später versuchte, das Haus wieder zu verlassen, redete Dr. Balkenwerk in seinem

Zimmer viel mit Saule, dass sie um jeden Preis in diesen Haus weiter bleiben soll …

Das ist ein Horror ohne Ende, dachte sie.

Am nächsten Tag sagte eine von den Schwestern zu Saule, dass sie keine Schuhe mit Absatz tragen darf, weil sie das nicht mochte. Die eine Ärztin fragte, warum Saule sich pflegt, hier muss man das nicht. Am nächsten Tag sagte Frau Dr. Kleinvogel, dass Saule keine schönen Kleider braucht, obwohl sie immer einen guten Stil hatte und nie teure Kleider. Dr. Kleinvogel sagte, dass sie ihre Klamotten in einem Flohmarkt kauft. Natürlich, dachte Saule, wenn sie nicht fähig ist, Geld zu verdienen, dann soll die Ärztin nur die günstigen Klamotten kaufen. Und die andere Schwester fragte, warum Saule langes Haar habe, sie soll es besser abschneiden, kurz tragen. Wie absurd, dachte sie. Saule erinnerte sich, dass es in Deutschland Sekten gab, die isoliert und abgesperrt vom modernen und freien Leben sind – dort ist die Haupterziehung Foltern und Menschen finanziell zu ruinieren.

Nach dem Mittagessen fühlte sie sich sehr übel, weil es hier im Haus oft paniertes Gemüse oder panierten Fisch gab, was Saule manchmal nur aß zum Überleben, danach ging sie ins WC, um sich zu übergeben. Denn panierte Speisen aß sie nie. Zum Frühstück gabs auch nur ein paar Brezeln für circa 20 Patienten, obwohl viele Brezeln essen wollten, Vollkornprodukte fehlten auch. Streit gab es hier sehr oft.

Saule machte sich fertig und ging sehr oft in die Stadt zum Essen, natürliches, unpaniertes Mittagessen, danach trank sie eine Tasse Kaffee und aß Eiscreme, obwohl sie privat krankenversichert war.

In der Stadt besuchte Saule einen Friseursalon, dort machte man ihr Haar richtig schön. Der Ehemann besuchte Saule sehr oft, er sagte: »Dein Haar sieht sehr schlecht aus, das gefällt mir nicht!! Ich mache am nächsten Wochenende bei uns am Ort einen Termin und dein Haar wird kurz geschnitten!!«

»NEIN, NEIN, NEIN! Mein Haar bleibt, wie ich es will!!«, sagte Saule.

Am nächsten Wochenende fuhr der Hannibal mit Saule nach Hause und er brachte sie sofort zum Friseur.

»Ich trage keinen Kurzhaarschnitt, lass mich in Ruhe!!«

»Mein Herzblättchen, ich liebe dich, ich will nur helfen«, er redete, er schrie und bedrohte Saule so lang, er schmiss sie aus dem Auto raus, bis sie zum

Friseur ging. Dort sagte der Hannibal, wie die Friseuse Saules Haar schneiden und noch dunkel färben soll. Der Haarschnitt mit einer dunklen Farbe war ein Horror. Saule war zu kraftlos, um sich zu schützen, sie fühlte sich sehr schlecht …

Danach, als sie mit dem Hannibal nach Hause kam, wartete an der Treppe der Bruder vom Hannibal.

»Du Saule, du Schlampe, fahr weg ins Frauenhaus, du bist eine Kriminelle, du machst unsere Familie kaputt, du und du …«, schrie er weiter und weiter mit feuerrotem Gesicht, er war ein Alkoholiker ohne Zähne und lebte allein, wie einer von der Straße …

Hannibal sagte kein Wort und ging mit Saule weiter ins Haus. Saule schaute in ihren Kleiderschrank, das war eine Katastrophe, alle Kleider waren durcheinander, andere lagen auf dem Boden, sie holte tief Luft … Diskutieren hatte keinen Sinn mehr … Am besten sofort weg von hier, aber sie brauchte alle ihre Dokumente und Papiere, das alles hatte der Hannibal ihr weggenommen. Ohne persönliche Dokumente konnte sie nicht weggehen. Essen und schlafen im Haus konnte sie auch nicht, sie schaute ein DVD-Konzert.

Am Sonntagnachmittag fuhren Hannibal und Saule zurück in den Süden, in das besagte Haus. Sie schaute in die Naturlandschaft und hörte im Radio Musik, einen Lieblingsmusiker von Saule. Nach wenigen Stunden erreichten sie das Haus, Saule verabschiedete sich vom Hannibal und ging fort in ihr Zimmer. Zum Abendessen waren alle wieder da, Saule trank nur Mineralwasser und Kaffee, sie war sehr traurig wegen dem grausamen Haarschnitt.

Mark kam an Saules Tisch und fragte: »Saule, warum du bist so traurig, deine Haare sehen total gut aus!«

»Meine Haar ist nach meines Ehemanns Wunsch geschnitten und gefärbt worden, deswegen bin ich sehr traurig«, erzählte sie mit Tränen im Gesicht.

»Ich will noch wissen, warum du Ärger mit dem Chefarzt hast?«

»Weil der Chefarzt Dr. Faulzahn mich gedemütigt hat, er manipulierte mich stundenlang in seinem Büro!«, sagte Saule.

»Das stimmt nicht, er darf reden, was er will, er will nur helfen!!«

Saule schaute mit großen Augen und sagte: »Ein Chefarzt darf nicht Patienten in Not demütigen und manipulieren, er hat kein Recht, das zu tun!! Er ist sehr inkompetent und verstößt gegen die Menschenrechte!«

»Ach Saule, du hast selbst große Probleme, genau wie viele andere von uns«, redete Mark weiter. »Er ist ein sehr guter Chefarzt, er will nur helfen. Ich bin im Haus seit mehreren Wochen und kenne ihn sehr gut.«

»Tatsächlich?«, schaute Saule, wie zu einem Verdächtigen, der für den Chefarzt arbeitete. Mark versuchte im Haus die anderen Patienten genauso zu überreden, wie gut der Chefarzt sei, obwohl er die Patienten verletzt hatte. Danach war Mark mehrere Wochen verschwunden und danach kam er wieder zurück. Es sah aus, als ob er hier im Haus nicht zu den Patienten gehörte.

In den nächsten Tagen stand das Osterfest bevor, Saule schenkte den Schwestern Ostergeschenke, eine kleine Kiste Edelpralinés. Sie schenkte immer anderen ein kleines Geschenk zu Feiertagen oder zum Geburtstag, vielleicht aus Todesangst, vielleicht von Herzen …

Als Saule ins Haus kam, wenige Tage danach, kam ein männlicher Patient, er war Geschäftsmann und sammelte von jedem ein paar Euro für diejenigen, die bald entlassen wurden vom Haus, und kaufte davon Abschiedsgeschenke. Er erbettelte von jedem einen Euro, obwohl viele ihre Ruhe brauchten im Haus. Saule war sehr schockiert, weil er von ihr den letzten Euro wegnahm, den sie noch hatte. Saule hatte nur noch kleines Geld, um in der Stadt einen Kaffee zu trinken und etwas zu essen. Solche Aktionen waren nur vom Chefarzt Dr. Faulzahn erlaubt, das letzte Geld von Patienten abzuzocken, so fühlten sich viele. Nach dem Frühstück attackierte eine Frau, Patientin von Chefarzt, Saule, es würde ein Euro fehlen, aber Saule lachte nur und dachte, wir sind in einem Doktor-Faulzahn-Haus, hochinteressant, was kommt noch weiter?!

Nachmittags ging sie mit anderen spazieren, ins Schwimmbad, fuhr zum Restaurant zum Abendessen, besuchte Konzerte. Sonntags fuhr sie in eine andere Stadt, machte Ausflüge zum Spazieren in der Natur, sie hatte jeden Tag ein ganzes Programm.

Der René, er war etwas länger im Haus, sagte zu Saule: »Du musst dich scheiden lassen, mit deinem Ehemann hast du ein Horrorleben!«

»Du hast recht, ich weiß das alles schon lang, wenn das alles so einfach wäre«, sagte Saule.

René war Lehrer von Beruf in einem Gymnasium, zusammen mit seiner

Ehefrau. Sie besuchte ihn auch sehr oft im Haus, danach gingen alle zusammen spazieren, den ganzen Tag lang.

Am Morgen, nach dem Frühstück, hatte Saule einen Termin beim nächsten Arzt, Dr. Hering. Sie kam ins Zimmer, beide begrüßten sich freundlich und Saule nahm Platz Dr. Hering gegenüber. Er war circa 50 Jahre alt, mit fettigem Haar, schmutzigen Schuhen, er war sehr unmodern gekleidet und hatte ungepflegte Hände, er sah sehr unangenehm aus, stank sehr nach den billigsten Zigaretten, auf dem Tisch hatte er ein richtiges Chaos und er schaute mit sehr hartem Gesicht zu Saule. Sie fühlte sich irgendwie wie in einem Sektenhaus …

Er redete sofort, dass der Ehemann von Saule auch in die Gesprächsstunden kommen muss.

»Wie bitte?«, fragte überrascht Saule. »Mein großes Problem ist mein Ehemann und ich will zunächst die Scheidung, ich kann das nicht mehr aushalten!! Mein Leben nach der Hochzeit ist totaler Horror, ich kann nicht mehr! Und ich will meine beiden Geburtsnamen zurückhaben, mein Ehemann macht mir mein Leben zur Katastrophe!! Ich kann nicht mehr!« Sie schrie um Hilfe stundenlang und weinte, sie hatte einen Schock und Todesangst …

»Das stimmt nicht!!«, schrie Dr. Hering. »Sie haben einen wunderbaren Ehemann, Sie haben ein Leben im goldenen Käfig, Sie haben alles!! Sie sind eine sehr schlechte Ehefrau, sie sind eine Diva!!« Er schrie und schrie …

Dr. Hering sagte, dass Saule von Kindheit an sexuell missbraucht worden ist und das sei ihr großes Problem!

Saule sagte mit letzter Kraft: »Das ist überhaupt NICHT wahr!«

Dr. Hering redete weiter, immer das Gleiche, und er manipulierte Saule stundenlang, er schrie und schrie weiter. Danach sagte er: »Ab heute bekommen Sie starke Medikamente, Psychopharmaka dreimal am Tag, und tschüss!!«

Das waren sehr starke Beruhigungsmittel, eine Tablette ist XL-groß und er wollte sie um jeden Preis betäuben, um diese »Behandlung weiter auszuhalten. Saule sammelte alle Medikamente in einer Schublade, die in ihrem Zimmer war, danach ging sie zum Dr. Hering in die Gesprächsstunde. Später bekam sie noch andere Medikamente und noch andere weiter …

»Sie müssen jeden Tag Ihre Medikamente nehmen, Frau Saule!!«, schrie er.

»Medikamente brauche ich nicht, ich will nur die Scheidung, das ist mein großes Problem«, erzählte Saule wieder und wieder. »Und ich will meinen eigenen Vornamen und Nachnamen zurück, ich brauche keinen Namen von meinem Ehemann, den er mit Gewalt und Drohungen erzwungen hat. Meinen eigenen Namen will ich zurück!!«, schrie Saule in Schock und Todesangst jedes Mal.

Aber Dr. Hering war sehr hart und er manipulierte, machte Hirnwäsche und Psychogewalt jedes Mal in der Gesprächsstunde.

Saule versuchte, weiter über ihr Leben zu erzählen, aber er redete weiter und schrie, dass sie in ihrem Heimatland seit der Kindheit sexuell missbraucht wurde.

»NEIN!!«, sagte Saule und erzählte weiter: »Mein Ehemann ist der Einzige, der mich nach der Hochzeit Tag und Nacht grausam und brutal behandelte mit Gewalt und Drohungen, nur er!!« Das erzählte Saule jedes Mal. Aber Dr. Hering manipulierte Saule weiter.

Saule ging aus dem Zimmer fort, sie weinte … sie war total hilflos …

Sie ging wieder ins Schwesternzimmer und fragte wegen ihrer Koffer, sie wollte das Haus sofort verlassen. »Wenn Sie mir meine Koffer nicht sofort geben, dann gehe ich zu Fuß in mein Heimatland zurück«, redete und weinte Saule. Aber die Schwester redete sehr lange mit Saule, sie hieß Hanna, sie war aus Osteuropa und arbeitete schon mehrere Jahre im Haus. Saule sagte, dass sie sofort wegwolle, jetzt und heute!!

»Ich kann es nicht mehr hören, wie die Ärzte mich permanent manipulieren, mir gehts sehr schlecht, ich will nichts mehr wissen von hier«, sagte Saule.

Die nächste weitere Gesprächsstunde war mit dem Hannibal zusammen. Der Hannibal hatte ein Fachbuch über sexuellen Missbrauch an Kindern gekauft und das Buch hatte er dabei in der Gesprächsstunde, er zeigte das Buch sofort Dr. Hering und freute sich.

Saule versuchte jedes Mal, ihr Leben ganz klar zu erzählen, aber Dr. Hering schrie sofort mit dem Ehemann zusammen: »Frau Saule, Sie sind von Kindheit an sexuell missbraucht worden!!«

»Ja, meine Frau Saule ist von Kindheit an sexuell missbraucht worden und sie leidet sehr. Meine Frau hat sehr massive psychische Probleme, sie kann nicht arbeiten, sie kann nicht kochen und backen, und den Haushalt mache ich allein, seit wir verheiratet sind, weil ich meine Frau sehr liebe«, erzählte der Hannibal.

»Das stimmt nicht, ich habe von Kindheit an sehr früh begonnen zu musizieren«, sagte Saule.

»Reden Sie nicht mehr, das stimmt nicht!! Von Kindheit an lebten Sie in schlimmster Gewalt mit ihren Eltern!!«, schrie Dr. Hering zusammen mit dem Hannibal weiter und weiter. Beide redeten sehr viel und ließen Saule kein Wort reden über ihr Leben. Danach sagte Dr. Hering, wenn Saule nicht tun würde, was er sagt, dann sei er nicht so weit von hier zum Haus mit den geschlossenen Türen!

Die Gesprächsstunde bei Dr. Hering war beim nächsten Mal ohne Saules Ehemann. Sie versuchte sofort ihr Leben zu erzählen: »Von Kindheit an habe ich in einer Musikschule begonnen zu musizieren, obwohl meine Eltern sehr arm waren und mich jahrelang folterten. Trotzdem lernte ich weiter und arbeitete danach als Diplom-Musikpädagogin und musizierte auch …«

Vor mehreren Tagen hatte Saule Dr. Hering ihre Musikkassette gegeben mit Liedern und Begleitung am Klavier, die sie vor vielen Jahre aufgenommen hatte, sodass er einen Überblick über Saules Leben bekam. Heute gab er ihre Kassette zurück und schrie:

»Sie haben keinen Beruf!!

Sie sind sehr krank!!

Ihr Ehemann ist ein Lehrer!!

Sie sind abhängig von dem Ehemann!!

Gearbeitet haben Sie niemals!!

Arbeiten können Sie nicht!!

Ihre Ehemann verdient Geld, um Ihr Diva-Leben zu finanzieren!!

Sie sind eine sehr schlechte Ehefrau!!

Wie viele Männer brauchen Sie am Tag?

Wie viel Sex haben Sie?«

Dr. Hering schrie weiter und weiter. Danach sagte er: »Frau Saule, Sie sind eine DIVA! Schauen Sie am Wochenende den Film von Jean-Jacques Beineix »DIVA«, das ist einer von meinen Lieblingsspielfilmen. Ihr Ehemann kauft für Sie eine DVD, ich habe ihn beraten.«

Saule sagte: »Aber das ist Ihr Geschmack, Dr. Hering. Mein Geschmack und die Leidenschaft sind »Diva« von Annie Lennox und die DVD »Divas Life 99.«

Bei jeder Gesprächsstunde versuchte Dr. Hering sie zu zwingen zu glauben, dass Saule in ihrem Heimatland sexuell missbraucht wurde und dass das ihr Problem sei. Dass Saules Ehemann ein wunderbarer Mann ist, fürsorglich und behilflich. Dr. Hering redete weiter und schrie permanent das Gleiche wie Saules Ehemann. Saule fühlte sich wie in einem Horrorfilm ohne Ende …

Danach erzählte Dr. Hering manchmal, dass Saule Arbeit suchen soll in einem Kindergarten, das wäre eine sehr gute Stelle für sie.

»Wie bitte?!«, fragte Saule mit großen Augen. Manchmal lachte sie und dachte: Dr. Hering ist ein totaler Idiot oder komplett ein Depp …

Danach schloss Saule die Tür zu ihrem Zimmer zu und lag im Bett tagelang, sie kam nicht mehr zu Dr. Hering zur Gesprächsstunde.

Plötzlich klopfte es sehr intensiv an ihre Tür, aber sie öffnete nicht. Dann klopfte es weiter. Saule stand mit letzter Kraft von ihrem Bett auf, sie konnte fast nicht mehr auf den Füßen stehen, öffnete die Tür und sah Dr. Hering mit wütendem Gesicht.

»Frau Saule, Sie haben eine Gesprächsstunde, warum kommen Sie nicht?!«

»Ich komme nicht mehr!« Saule betonte jedes Wort.

Der Arzt ging sofort weg. Saule schloss die Tür wieder und legte sich auf das Bett. Sie wollte weg von hier noch heute und telefonierte mit dem Hannibal.

»Mein Herzblättchen, du musst noch im Haus bleiben, wenn du weggehen willst, dann bringen wir dich in ein Haus mit geschlossenen Türen, aber ganz schnell, das weißt du!! Hier im Haus hast du die richtige Hilfe, hier wollen dir alle nur helfen!!«

»Ich kann nicht mehr, ich will weg von hier, ich will nur die SCHEIDUNG, das weißt du genau.« Saule redete und weinte …

»Herzblättchen, ich komme am Wochenende und wir fahren nach Hause, ich habe einen DVD-Spielfilm für dich besorgt, den Dr. Hering empfohlen hat, ein Spielfilm extra nur für dich, du weißt, wie ich dich liebe!! Aber am Sonntag bringe ich dich wieder zurück in das Haus.«

»Ich will weg von hier, ich will nur die Scheidung.« Saule redete und weinte …

Die Ärzte fesselten mit Hannibals Hilfe Saule mehrere Monate lang, um geplant und gezielt zwangszubehandeln.

Saule erinnerte sich, wie die Juden in ihrem Heimatland erzählten, was sie hier in der Kriegszeit erlebten, und sie fühlte sich ähnlich …

Eines frühen Morgens sah Saule ein Schreiben ohne Briefumschlag von Dr. Hering in ihrem Postfach, das in der Diele das Hauses war. Das Schreiben war für Saule, erklärte viele Krankheiten, die sie hatte, nach Dr. Herings Meinung. Wer hat massive Probleme, wer ist richtig psychisch krank? In der Zukunft kommt die Wahrheit ans Licht, ich bin sicher, dachte Saule.

Um zehn Uhr hatte Saule einen Termin bei Frau Dr. Reise, weil Dr. Hering verschwunden war. Er kam nach ein paar Wochen zurück, er war beurlaubt worden.

Hochinteressant, ein perfekter Plan, dachte Saule.

Dr. Reise war eine symphytische und freundliche Ärztin, sie trug farbige und moderne Kleider, sie hatte immer ein leichtes Lächeln im Gesicht.

Saule fragte: »Frau Dr. Reise, was bedeutet dieses Schreiben von Dr. Hering, um welche Krankheiten geht es, ich will wissen, was er meint?«

»Frau Saule, es geht um Ihre Kindheit, weil Sie im Kindesalter in Ihrem Heimatland sexuell missbraucht worden sind.«

Saule schaute mit großen Augen und sagte: »Frau Dr. Reise, von früher Kindheit an habe ich begonnen zu musizieren, in einer Musikschule, mit viel Lebensfreude!«

»Alles in Ordnung, alles ist gut, Frau Saule. Aber erzählen Sie, wie gefällt es Ihnen in unserem Haus, was machen Sie gern, mit wem haben Sie Kontakt und was machen Sie am Wochenende und … und …«, redete Dr. Reise weiter und weiter. »Und mit Melanie haben Sie guten Kontakt?«

»Welche meinen Sie?«

»Die aus Bonn.«

»Ich rede gern mit allen im Haus, aber ich brauche meine Ruhe«, sagte Saule. »Melanie trinkt in ihrem Zimmer Wein und ich bin sehr überrascht …«

»Ach was, und Sie trinken nicht?«, fragte Dr. Reise.

»Ich trinke nur am Feiertagen, und das ist gut so«, sagte Saule. »Aber ich habe eine Krise in meiner Ehe und will die Scheidung so schnell, wie es möglich ist, ich kann das nicht mehr aushalten, mir geht sehr schlecht. Mein Leben ist ein Horror!«

Die Gesprächsstunde war schnell um, Saule verabschiedete sich und ging in ihr Zimmer. Sie war sehr müde, sie hatte Schmerzen, sie übergab sich wieder. Krankenschwestern und Ärzte zwangen Saule, in die nächste Stunde zu gehen, obwohl sie kaum richtig auf den Füßen stehen konnte. Keinen interessierte, dass es Saule sehr schlecht ging, keinen.

Als sie in der Nacht vor starken Schmerzen nicht schlafen konnte, ging sie ins Schwesternzimmer, die Schwester schloss ihr die Tür vor der Nase zu: »Frau Saule, ich will schlafen. Tschüss!«
Ja, dachte Saule, das ist sehr interessant, und sie ging sehr langsam in ihr Zimmer.
Nach wenigen Tagen war der Ehemann wieder da, er nahm von Saules Zimmer alle Papiere, die auf dem Tisch lagen, und das Schreiben von Dr. Hering auch. Dieses Schreiben verbreitete der Hannibal überall, obwohl Saule es nicht erlaubte, dass Ärzte über sie schriftlich informierten, nirgendwo, niemals!

»Die Würde des Menschen ist unantastbar.
Sie zu achten und zu schützen ist Verpflichtung aller staatlicher Gewalt.«
Artikel 1 des Grundgesetzes der Bundesrepublik Deutschland.

Sie konzentrierte sich nur auf ihr Leben und machte Bewegung, so viel sie nur konnte, mit letzter Kraft. Wichtig, dass die Fantasie und die negative Meinung von anderen für sie keine Bedeutung hatten. Sie schaute nach vorne mit optimistischen Augen, obwohl es nicht immer leicht war, aber sehr wichtig. Sie machte das, was sie wollte, um an ihr Ziel zu kommen. Sie diskutierte nur kurz, die Ruhe war viel wichtiger. Manchmal hat sie nur gelacht, aber richtig. Die Zeit lief schnell, sie dachte Schritt für Schritt nur nach vorne und immer weiter. Sie fühlte, die Freiheit kommt bald. Manchmal träumte sie in der Nacht von einem kleinen LICHT im Dunkel des Tunnels.

Am Wochenende kam ein neuer, ein junger Mann, circa 22 Jahre alt. Er war nett und freundlich, er war sehr übergewichtig und litt sehr darunter. Seine Mutter war Lehrerin und sein Vater ein Musiker aus Südamerika. Am Montag ging er zum Chefarzt Dr. Faulzahn. Nach dem Gespräch kam er auf die Terrasse, wo Saule mit den anderen war. Er war total in Schock und weinte, er sagte, dass der Chefarzt ihn gedemütigt habe wegen seines Übergewichts stundenlang, er weinte und erzählte weiter …
Danach sagte er, dass er nur sterben will und von der Terrasse nach unten springen wollte, er war total am Ende … Aber alle versuchten, ihn zu beruhigen und ihm klar zu machen, das Leben ist viel mehr wert als die Meinung von einem Unmenschen. Das alles war für diesen jungen Mann zu viel, weil

er in der Schule viele Jahre lang gemobbt wurde, er versuchte den Gymnasiumabschluss zu machen und er litt sehr.

Der Architekt Horst aus Berlin war auch schon längere Zeit im Haus, aus irgendeinem Grund hatte er seine Arbeit verloren. Er war circa 50 Jahre alt und wirkte sehr traurig, er war allein. Bei der Gruppenstunde diskutierte er mit dem Chefarzt sehr intensiv, er fragte und fragte, aber Chefarzt Dr. Faulzahn hatte keine Antwort für ihn. Horst erzählte, dass er hier im Haus seit vielen Wochen war, aber es hatte sich nichts geändert, er fühlt sich genauso schlecht wie am Anfang. Das Gespräch zwischen beiden wurde heiß und heißer, es sah so aus, als würde einer in den nächsten Minuten am Boden liegen und viele wünschten, dass Dr. Faulzahn mit Knockout in der Schnauze auf dem Boden liegen würde. Der Horst sagte, dass es ihm in der Nacht sehr schlecht ging, aber keine Schwester redete mit ihm, keine! Sie schlossen die Tür vor der Nase und schliefen weiter. Er erzählte und erzählte mit Schmerz weiter und weiter.

»Das ist richtig«, sagten die anderen. »Wir alle haben eine private Krankenversicherung, die Ärzte und das Team verdienen mit uns sehr viel Geld, aber die Hilfe hier in Haus ist mangelhaft.«

Der Chefarzt Dr. Faulzahn machte oft die Kopien von einem Buch und verteilte es an die Patienten. Menschen in Not zu manipulieren, das konnte er am besten ...

Am Samstag nach dem Frühstück verabschiedete sich Host und fuhr nach Hause, nach Berlin. Er war so traurig und bereute es, dass er hier war, das war nur verlorene Zeit gewesen.

In der nächsten Woche kam Dr. Hering nach dem Urlaub zurück. Als er in den Flur des Hauses kam, flog er auf dem nassen Boden bis zur Wand, danach machte er ein solches Gesicht. Die anderen saßen auf dem Sofa im Flur und beobachteten der Flug, meine Güte!

Dr. Hering habe sich im Urlaub richtig »erholt«, sagten die anderen.

Saule hatte einen Termin. In den Gesprächsstunden war Dr. Hering genau wie immer, er schaute mit sehr hartem Gesicht zu Saule, bis sie sich nicht mehr schützen konnte. Saule war kraftlos und hilflos ...

Er redete weiter genau wie der Hannibal, erzählte auch, dass er mit der »berühmte Nonne« kontaktierte im Internet.

Ja, dachte Saule, die Anhängerschaft arbeitet sehr raffiniert, aber wie lang noch? Das ist die Frage.

Am Mittagstisch erzählte Melanie, dass sie um 17 Uhr zusammen mit Saule ins Schwimmbad fahren wolle. Saule sagte: Ja, fahren wir zusammen!« An der Rezeption wartete Saule auf Melanie, sie sah, dass Dr. Hering mit dem Patienten Peter redete, er arbeitete als Polizist, war aus Bayern, und beide schauten in Richtung Rezeption. Saule fühlte, dass beide einen Plan zusammen ausheckten. Danach war auch Melanie da.

Peter kam dazu und sagte: »Melanie und Saule, ich habe das Auto und wir fahren alle zusammen ins Schwimmbad.« Melanie hatte nur eine Tasche fürs Schwimmbad, Saule auch.

Saule schaute überrascht und sagte: »Das Wetter ist sehr kalt, ich gehe ins Zimmer und hole meine warme Jacke und die Mütze!«

»Nein, Saule wir fahren mit dem Auto und kommen zusammen wieder zurück«, sagten Peter und Melanie.

»Nein, ich gehe und komme ganz schnell zurück«, sagte Saule.

Kurz danach fuhren alle zusammen in Richtung Schwimmbad, ganz weit weg.

Danach sagte Melanie: »Saule, geh du allein zum Schwimmen, und ich besuche mit Peter zusammen eine Sauna. Nach dem Schwimmbad treffen wir uns am Eingang um 20.30 Uhr. Tschüss!«

Saule schaute mit großen Augen überrascht, warum war jetzt alles anders geplant?

Jetzt ist sehr interessant, was noch kommt, dachte Saule und fühlte, dass etwas Schlimmes von beiden kommt.

Nach dem Schwimmen machte Saule sich fertig und wartete am Eingang um 20 Uhr. Dort wartete sie bis kurz vor 21 Uhr. Und es war klar, was alles geplant war. Sie holte tief Luft, überlegte genau, wie das Haus zu erreichen war. Saule hatte keinen einzigen Cent dabei, alles hatte sie fürs Schwimmbad ausgegeben, und jetzt?

Das Dezember-Wetter war sehr kalt und nach dem Schwimmbad und am späten Abend fühlte sie sich nicht sehr gut. Zum Glück hatte sie warme Kleider an und ging zu Fuß durch die ganze Stadt und durch den Park nach Haus. Sie hatte Todesangst ... Als sie das Haus erreicht hatte, waren im großen Zimmer alle da. Melanie und Peter waren schon lange da, und als Saule kam, lachten beide.

Saule sagte: »Melanie, warum habt ihr mich im Stich gelassen, aus welchem Grund haben du und Peter nicht auf mich gewartet, warum?!«

»Na ja, Saule, wir sind früher nach Hause gefahren, einfach so, ha, ha, ha, ha«, lachte Melanie.

Saule war sehr verletzt, was gibt es doch für Unmenschen auf dieser Welt! Sie hat sich entschieden, das Haus sofort zu verlassen. Ich kann nicht mehr, dachte Saule. Aber es war später Abend, sie konnte nicht weg, leider. Sie lag auf dem Bett in ihrem Zimmer und fühlte sich sehr schlecht ...

Morgens, am Frühstückstisch, fragte Melanie: »Saule, wie gehts dir?«

Saule sagte kein Wort. Später, als Melanie wieder mit Saule reden wollte, sagte Saule: »Geh weg von meinen Augen!!«

Nach dem Frühstück hatte Saule einen Termin bei Dr. Hering. Saule kam, aber das alles hier stank schon lang, sie wollte nur weg ...

Dr. Hering schrie sofort: »Frau Saule, gestern Abend haben Sie Frau Melanie angegriffen, warum machen Sie das, warum demütigen Sie Leute hier im Haus?!«

Saule sagte überrascht: »Dr. Hering, nach dem Schwimmbad habe ich gesagt, was muss man sagen, weil Melanie und Peter nach dem Schwimmbad ohne mich weggefahren sind am späten Abend und bei kaltem Wetter!!«

»Na und?! Frau Saule, Sie müssen sich sofort bei Melanie entschuldigen, aber sofort!!«, schrie er weiter.

»Das mach ich nicht!! Melanie und Peter sollen sich bei mir entschuldigen, weil sie versprochen haben zu warten, aber dann sind sie doch ohne mich gefahren. Am späten Abend ging ich allein zu Fuß durch die ganze Stadt ins Haus zurück!!«, sagte Saule.

»Sie sind eine sehr schlechte Frau, Sie können mit Menschen nicht umgehen!!«

»Hören Sie auf, mich zu manipulieren, Sie sind ein sehr inkompetenter Arzt!!«, sagte Saule und betonte jedes Wort.

Dr. Hering machte Druck, dass Saule sich um jeden Preis bei Melanie entschuldigen soll, aber Saule sagte: »Nie und niemals!! Sie verlangen von mir absolut Absurdes!!«

Die ganze Stunde war ein totaler Horror. Saule ging in ihr Zimmer, sie wusste nicht mehr, wohin ... Manchmal wollte sie nur schlafen und nie mehr aufwachen ...

Die Zeit lief schnell und alles änderte sich. Saule versuchte die Ruhe zu bewahren, egal was weiter noch passieren würde.

Der nächste Termin bei Dr. Hering war zusammen mit dem Hannibal. Saule erzählte, dass sie später ein Buch schreiben möchte, aber der Hannibal sagte sofort: »Seit Saule in diesem Haus ist, schreibe ich Saules Biografie unter ihrem Namen, und in den nächsten Monaten wird das Buch fertig sein, weil ich liebe meine Frau, ich will nur helfen.«

Dr. Hering freute sich, dass der Ehemann eine gute Arbeit machte und Saule überall half.

Mit großen Augen schaute Saule und dachte, ist das ein Witz? »Was soll das alles?!«, fragte sie.

»Frau Saule, Sie verstehen nicht, wie gut Ihr Ehemann zu Ihnen ist, er kümmert sich um Ihr Leben!«

»Aber das Buch will ich allein schreiben!!«, sagte Saule.

»Aber allein können Sie nicht schreiben!! Sie haben einen guten Ehemann und er macht alles für Sie, alles!!«

»Sind wir vielleicht hier in einer Bananenrepublik?«, fragte Saule, so absurd war das.

Dr. Hering redete immer nur das Gleiche, immer und immer wieder.

Als der Chefarzt Dr. Faulzahn mitbekam, dass Saules Ehemann unter Saules Namen eine Biografie über sie schrieb, war er sehr begeistert und sagte: »Was ein guter Ehemann! Wenn das Buch da ist, dann will ich auch eins haben, mit Ihrer Unterschrift, Frau Saule.«

Das ist absurd, das ist ein Horror ..., dachte Saule und tief atmete sie. Sie war kraftlos und zu hilflos, um sich zu schützen ...

Der Hannibal schrieb das Buch weiter, erzählte er, aber Saule wusste nicht, was er schrieb, kein einziges Wort, und wie konnte er Saules Biografie schreiben, wie?!

Manchmal dachte Saule, das ist nur ein Witz, mehr nicht. Der Hannibal hatte mit Saules Namen übers Internet mit einem Verlag alles organisiert, ohne Saules Wissen, und die Ärzte in diesem Haus freuten sich sehr.

Am Wochenende war Saule wieder zu Hause bei Hannibal und sagte: »Ich will wissen, was du schreibst, bitte zeig es mir jetzt!!«

»Das wird eine wunderschöne Biografie von dir, mit deinem Namen und deinem Foto!«, sagte Hannibal.

»Aber ich will sehen, was du schreibst!!«, wiederholte Saule noch mal.

»Wenn das Buch fertig und produziert ist, dann kannst du es sehen!! Dein Buch wird überall präsentiert und auch in allen deutschen Bibliotheken, dann sollen alle wissen, wer du bist!!«

»Ich will es jetzt und sofort sehen!!«

»Das brauchst du nicht!!«

»Sofort zeig mir, was du mit meinem Namen überall präsentieren willst, aber sofort!!«

»Ich schreibe deine Biografie, weil ich dein Ehemann bin!! Alle haben dir erklärt, dass ich ein wunderbarer Ehemann bin und dir überall helfe, das weißt du!!«

»Was schreibst du, ich will das lesen!!«

»Mein Herzblättchen, wir fahren sofort in den Süden ins Haus zurück, du bist sehr krank und die Ärzte sollen dir helfen!!«

Saule ging zum WC, um sich zu übergeben, sie war total am Ende …

Im Haus konnte sie mehrere Tage nichts essen, sie hatte Todesangst und Schmerzen, die unerträglich waren. In der Nacht konnte sie nicht schlafen, sie war erschöpft, aber …

NICHT AUFGEBEN!!
GLAUB AN DICH SELBST UND BEFREI DICH!!
WIR SIND ALLE FÜR DICH DA!!

Der Opa, die Oma, die Taufpaten … Als Saule ganz kurz eingeschlafen war, waren plötzlich alle wieder da und wiederholten deutlich und ganz klar wieder und wieder diese Worte.

Später wachte Saule mit leichtem Lächeln im Gesicht auf, sie fühlte sich viel besser und sie glaubte an sich. Danach saß sie frühmorgens auf dem Balkon ihres Zimmers und beobachtete den magischen Sonnenaufgang, mit strahlenden Blick schaute sie ganz weit nach vorn.

In diesem Haus konnte sie es nicht mehr aushalten. Nach mehreren Monaten hatte Saule das Haus verlassen. Nur für Saule hat keiner einen Euro für

Abschiedsgeschenke gesammelt, aber Saule war nicht überrascht, sie wusste, dass das genau so kommt, das war die »Heilungsbehandlung« von den Ärzten. Aber sie gab für die Ärzte und Schwestern ein kleines Abschiedsgeschenk, aus Todesangst …

Zu Hause versuchte Saule nicht zu diskutieren, sondern einen Termin für eine neue Anwältin zu suchen, und sofort weg von hier …
Der Hannibal redete, dass jetzt alles gut wird, und die nächsten Tage mache er mit Saule wunderschöne Reisen, wollte Konzerte und Museen besuchen und alles …
»Weil ich dich liebe, mein Herzblättchen!!«, redete er wieder und wieder.
»Ich will das Skript für mein Buch sehen, bitte zeig es mir!«, sagte Saule.
»Mein Herzblättchen, dein Buch habe ich schon lang bestellt und in den nächsten Tagen ist dein Buch da und das Paket mit deinen Büchern wird auch zu uns geliefert!«
»Ich will jetzt sehen, was du geschrieben hast über mich!«
»Du brauchst das nicht zu wissen, alles ist erledigt. Ich bin dein Ehemann!!«
Der Hannibal schrie und schrie den ganzen Tag lang. Das war der erste Tag nach dem Haus in Süden. Danach, am späten Abend ging er zum Schlafen. »Und du geh auch sofort zum Schlafen!!, sagte er zu Saule. »Ja, ja«, sagte sie, »sofort …«
Saule wusste nicht, bei welchem Verlag er das Buch veröffentlicht hatte, sie wusste total nichts. Aber sie fühlte, dass er mit der Hilfe von den Ärzten versuchte, Saules Leben um jeden Preis zu zerstören. Schlafen konnte sie nicht mehr, sie schaute Fernsehen. Aber danach, als der Hannibal eingeschlafen war … Jetzt geht's los, dachte Saule, aber richtig. Sie schaute im Wohnzimmer in jedem Schrank nach, in jedes Regal, das dauerte lang, aber danach hatte sie das Skript für das Buch gefunden. Geschrieben mit ihrem Namen und vorne zwei gleiche Fotos von Saule, ein kleines, ein großes. Saule las die Biografie und war total schockiert, »Von Freiheit zum Folterlager«, hochinteressant …
Dann machte sie Feuer im Kamin und warf das Skript hinein, es brannte alles ganz schnell. Es war nach drei Uhr in der Nacht. Sie versuchte, sich zu beruhigen, sie atmete ganz tief durch und ging ins Schlafzimmer.
»Aufstehen, du Menschenfresser!! Was hast du über mich geschrieben?!

Warum tust du das, warum?!«, schrie sie weiter. »Jetzt schreib ein Fax an den Verlag, sie sollen sofort den Druck dieses Buches einstellen!!«

Er war richtig in Schock, er stand auf und zitterte mit dem Kopf.

»Was ist los, mein Herzblättchen?«, rief total verwirrt, mit glühenden Augen der Hannibal.

»Jetzt schick ein Fax an den Verlag, aber sofort, oder ich rufe die Polizei!!«

»Ja, mach ich sofort, mein Herzblättchen, ich mache alles für dich ...«, sagte er.

Er schrieb am Computer, Saule hat unterschrieben und schickte dann ein Fax. Danach sah Saule durchs Fenster, dass er sofort wegging.

Sie war allein im Haus und versuchte, sich zu beruhigen, versuchte etwas zu essen, Haferflocken mit etwas Obst und eine Tasse Kaffee, mehr war nicht da, aber genug zum Überleben. Der Hannibal aß oft bei seiner Schwester Margot, deswegen kaufte er nur ganz wenig Lebensmittel ein.

Wenige Tage danach kam für Saule das Skript mit Brief wegen der Kündigung vom Verlag, aber der Hannibal riss Saule den Brief aus ihren Händen und war ganz schnell mit seinem Auto verschwunden. Er nahm wieder alles von Saule weg, weil alle den Hannibal unterstützt hatten. Dieses Skript brachte der Hannibal in das Haus zu Dr. Hering. Der Hannibal hatte die ganze Biografie geschrieben, als Saule hier in diesem Haus mehrere Monate zur Zwangsbehandlung gefesselt war.

DIE GROSSE KRAFT LIEGT IN DER RUHE!

Zu Hause erinnerte sich Saule an diese brillanten Worte immer und immer wieder. Sie machte die Augen zu und hörte klassische Musik, eine CD von Georg Friedrich Händel »Wassermusik« und »Feuerwerksmusik«, danach Ludwig van Beethovens Symphonie Nr. 5, ta ta ta taaaa, ta ta ta taaaa ... von »Electric Light Orchestra«. Danach schaute sie durch das Fenster und sah, dass es etwas schneite, und die Winterkälte sah man in den Bäumen. Sie erinnerte sich an ihr Heimatland in der Winterzeit und an die brillant-weißen Kristalle. Danach trank sie eine Tasse Kaffee mit guten Freunden am Kamin in einem Kaffeehaus. Sie hatte so viele schönen Erinnerungen von ihrem Heimatland, aber die Zeit ging so schnell und alle waren plötzlich in die ganze Welt ausgewandert, um ein freies und erfülltes Leben zu leben. Aber jetzt war das Wichtigste der Weg zur

BEFREIUNG UND DIE FREIHEIT!

Am nächsten Morgen nach dem Frühstück ging sie zum Jogging, später entspannte sie mit Musik, sie organisierte jeden Tag selbst, ohne zu diskutieren mit dem Hannibal. Manchmal gab sie auch Musikstunden und verdiente etwas Geld, dann kaufte sie sich etwas zum Essen, zum Überleben.

Hannibal merkte, dass Saule oft wegging, dann spielte er den sehr perfekten Ehemann, wie immer.

Als Saule an einem Tag von der Stadt zurückkam, sagte er: »Herzblättchen, ich liebe dich sehr und habe entschieden, ein Haus bei uns am Ort zu kaufen, was meinst du?«

»Was sagst du, du bist sicher?!«

»Ja natürlich, wir kaufen ein großes Haus nur für uns und du kannst im Haus private Musikstunden geben, wie du willst. Und du kannst tun im Haus, was du willst, nur du selbst kannst alles entscheiden!!« Er redete und erzählte sehr viel.

»Ist das ein neuer Witz?!«

»Nein, nein!!«

»Ich will nur die Scheidung, ich war beim Scheidungsanwalt, mehr will nicht!«

»Wozu?! Du kannst im neuen Haus so leben, wie du willst, du bist frei, und die Scheidung kommt nie in Frage, ich mache keine Scheidung, das weißt du genau!! Eine Scheidung kostet sehr viel Geld, du selbst kannst das nie bezahlen und du wirst bestraft!!!« Er schrie ...

Saule ging sofort weg den ganzen Tag.

Am späten Abend war er wieder beruhigt und sagte: »Morgen früh machen wir eine Häuserbesichtigung und du kannst entscheiden, welches dir am besten gefällt. Ich war auf der Bank und wir können wieder ein neues Haus kaufen. Ich liebe dich und ich tue alles nur für dich, mein Herzblättchen.«

Beide schaute viele Häuser an, eins nach dem anderen, am gleichen Ort. Hannibal machte sehr großen Druck auf Saule, wie immer. Danach entschieden sie zu kaufen, auf beider Namen. Ein schönes Haus am Fluss, die Besitzer von dem Haus kannte der Hannibal von früher. Nach einem Jahr war für den Hannibal das Haus nicht mehr gut genug und er schrieb einen Brief an den früheren Hausbesitzer und hat ihn sehr gedemütigt.

Das Haus renovierten beide, zu zweit, von morgens bis abends, drei Monate lang. Saule tapezierte Zimmer nach Zimmer, Hannibal schnitt die Tapeten zusammen. Saule hat alle Zimmerdecken gestrichen in weiß, der Hannibal kommentierte und schaute nur. Saule legte die Bodenfliesen, der Hannibal schnitt die richtig großen Fliesen, danach machte sie die Fugen für die Fliesen. Danach ging er über die frisch gelegten Fliesen und machte den Boden wieder kaputt, er hasste es, dass Saule sehr perfekt und gut arbeitete, er hatte richtige Wutausbrüche …

Danach gings weiter im Erdgeschoss: Tagelang brach er eine Wand heraus und machte aus zwei Zimmern ein großes Wohnzimmer, das machte er am besten und mit Leidenschaft. Dann gabs eine neue Heizungsanlage, eine neue Elektroinstallation, neue Fenster und noch vieles mehr. Die Arbeit für beide war zu viel, aber Saule machte alles ganz locker. Leider fehlte ihr das Essen sehr. Der Hannibal aß oft bei seiner Schwester Margot.

In den Herbsttagen begann der Umzug ins neue renovierte Haus. Saule hatte Hoffnung, dass jetzt alles gut wird und er sie in Ruhe leben lassen würde, wie er es so oft versprochen hatte.

Wieder packte Saule wochenlang alles und brachte es ins Haus, zusammen mit dem Hannibal, bis alles da war. Danach musste alles wieder ausgepackt werden. Aber für ein neues Leben, dachte Saule.

Als Saule im Haus Musikstunden gab, um ihr eigenes Geld zu verdienen, bekam der Hannibal plötzlich Wutausbrüche, er schrie weiter und weiter.

Am Abend ging Saule in die Chorprobe, der Hannibal reagierte genau gleich. Genauso reagierte er, wenn Saule Kontakt mit den Menschen hatte. Er diktierte mit grausamer Gewalt, wie Saule leben muss, von morgens bis abends, er wollte einen Tagesplan für Saule schreiben. Er bedrohte und misshandelte sie weiter Tag und Nacht, eiskalt, brutal und sadistisch …

Diesmal mit einer Motor-Kettensäge …

Sie telefonierte mit der Polizei und schrie um Hilfe. Sie war mehrere Male bei der Polizei aus Not, aber keiner half, keiner …

Saule hat sofort entschieden, das Haus zu verlassen, JETZT UND HEUTE!

Sie versuchte, den Hannibal zu einem Arzt zur Behandlung zu bringen, in einer anderen Stadt. Das dauerte viele Tage, er schrie und drohte, er fuhr in diese Stadt und danach sofort zurück nach Hause. Aber Saule blieb am

Ball und redete, sofort einen Termin zu machen für ihn und sofort wieder hinzufahren. Das dauerte noch mehrere Tage, aber dann ging er mit Saule zu dem Arzt! Saule kannte diesen Arzt von den anderen Patienten in dem Haus im Süden und sie wollte nur zu ihm den Hannibal zu bringen, sie hatte das Gefühl, dass dort der Arzt die richtige HILFE bieten würde. Sie suchte Hilfe seit vielen Jahren, sie wollte zur Anwältin wegen der Scheidung, aber dieses Mal wollte sie, dass der Hannibal im Trennungsjahr vom Arzt richtig behandelt wird. Nur dann kann sie überleben und umziehen in ihre neue Mietwohnung.

Gesprächstermin war am Morgen um zehn Uhr, der Arzt begrüßte beide freundlich.
 Saule, in Not, redete mit aller Kraft sofort: »Mein Ehemann misshandelt mich Tag und Nacht, er schlägt mich, er ...«
 »Ja natürlich, weil ich meine Ehefrau schützen will«, sagte mit zitternder Stimme der Hannibal, und mit feuerrotem Gesicht und glühenden Augen redete er weiter.
 Der Arzt war sehr schockiert und schaute ... Dann war Stille ...
 Ein großartiger Mensch. Der Arzt, Dr. HELD bot sofort die RICHTIGE HILFE und er entwaffnete den Hannibal ein Jahr lang.

Das war für Saule an diesem Tag ein faszinierendes Erlebnis. Seit vielen Jahren wollte sie in diese Stadt fahren, um das Feuerwerk am Abend zu erleben, das dort jedes Jahr am Fluss stattfindet. Das Feuerwerk war immer an Saules Geburtstag, aber bis jetzt war sie noch nie da. An dem Morgen, als sie zum Arzt kam und ins Zimmer ging zum Gespräch, fühlte sie plötzlich sehr tief dieses Feuerwerk in diesem Raum, genau dort und in ihr drin, sie sah plötzlich in allen Farben Harmonie, diese Magie dauerte etwas ... Sie war sprachlos und der Atem stand still ... Sie fühlte, dass sie jetzt aufwachte, und plötzlich sah sie wieder alle klaren Farben ... Dann atmete sie wieder ganz tief durch ...

Am nächsten Tag beschäftigte der Hannibal sich mit der Motor-Kettensäge nur im Garten, vom Morgen bis zum Abend, er zerlegte alle alten Bäume in kleine Stücke, einen nach dem anderen. Er sah aus, als wolle er all seinen Hass, seine Wut, seinen Neid mit der Kettensäge im Garten auslassen. Saule schaute durchs Fenster und freute sich, dass er mit der Kettensäge nur im Garten war, und sie überlebt hatte.

Das Trennungsjahr dauerte sehr lang. Sie machte sehr viel, sie packte langsam alle ihre Dinge wieder für ihren Umzug. Die Anwältin, Frau Juice, redete nur über Scheidung, alles andere wollte sie nicht wissen, und tschüss! Obwohl Saule versuchte zu erzählen, dass sie das neue Auto finanzierte und der Hannibal mit Saules Bankkarte von ihrem Konto jahrelang sein Leben finanzierte und er sie Tag und Nacht misshandelt und jahrelang bedroht hatte. Die Anwältinnen wollten das alles leider nicht wissen.

Am Scheidungstag war Saule die GLÜCKLICHSTE FRAU DER WELT.
Nach über zehn Jahren war die Horrorehe zu Ende und der Hannibal war völlig ausradiert und gelöscht für immer aus SAULES LEBEN.

Als Saule noch im Haus war bis zum Umzugstag, versuchte der Hannibal mit seiner Familie Saule weiter zu attackieren. Haperd kam ins Haus zu Hannibal, dann demütigte und bedrohte er Saule, danach attackierte er Saule am Telefon weiter so oft er konnte, das war das große Hobby von Haperd, das tat er sein Leben lang. Saule ging in die Stadt, am Bahnhof war ein Anwalt, Herr Höhle, und bat um Hilfe. Er war ein junger Mann, circa 45 Jahre. Sie war im Schock, erzählte und schrie um Hilfe, aber der Anwalt verweigerte es, Hilfe zu leisten, und tschüss. Der Hannibal versuchte mit seiner Familie, Saule zu bestrafen, er machte einen Prozess vor Gericht wegen der Schlüssel von dem Auto, das mit Saules Namen gekauft und von ihrem Konto finanziert war. Und wegen dem Hausschlüssel eines seiner Geschwister, obwohl Saule seit Jahren nur minimalen Kontakt hatte und die letzten Jahre mit keinem von Hannibals Familie. Aber dann ist der Prozess geplatzt. Denn er hatte sich ein Bein gebrochen, er versuchte aus Wut, mit seinen Krücken Saule auf den Kopf zu schlagen, aber Saule reagierte sehr schnell und am Ende gab sie dem Hannibal eine kräftige Ohrfeige, sein Kopf drehte sich viele Male, bis er ganz auf den Boden stürzte. In dieser Zeit war er am Fuß operiert und konnte nicht richtig gehen. Die Polizei kam mehrere Male ins Haus. An einem Tag klopften zwei Polizisten an Saules Tür, dann stürzten sie mit ihrer ganzen Kraft in die Wohnung, ohne sich zu erklären. Saule war total schockiert und schaute mit großen Augen zu.

Einer war klein und kräftig, Herr Unterrock, er drückte Saule an die Wand und sagte, dass der Kollege den Schlüssel von Hannibal sucht!

»Wie bitte?«, fragte Saule. »Aber Sie dürfen ohne richterliche Entscheidung nicht in meine Wohnung stürmen!!«

»Na ja«, redete er weiter. »Mein Kollege schaut überall in der Wohnung nach!«

Der Kollege war ein kräftiger Mann, ungefähr so alt wie Saule, und er ging von einem Zimmer zum anderen und schloss die Tür. Was er dort machte, keiner weiß es. Danach gingen beide ins Erdgeschoss zum Hannibal. Später, als Saule für den Umzug packte, fehlten sehr viele Sachen und viele von Saules persönlichen Dingen.

Nach der schriftlichen Einladung fuhr sie noch mal nach Süden ins Haus zum Treffen, und viele andere Patienten kamen auch. Dort erfuhr Saule, dass die anderen auch ähnliche Erfahrungen im Haus gemacht hatten und einige andere nach der Behandlung in diesem Haus Suizid machten, aber Saule überbrachte das nicht mehr. Mehrere Jahre hatten Ärzte mit Hannibals Hilfe geplant und gezielt versucht, Saule zu vernichten, aber sie allein hat überlebt, was EIN WUNDER!

Später auf der Terrasse des Hauses kam Frau Dr. Kleinvogel und setzte sich zu Saule. Saule war nach der Scheidung voller Lebensfreude und strahlte vor Glück. Danach unterhielten sich beide kurz, plötzlich sagte Dr. Kleinvogel: »Frau Saule, wenn Sie weiter über Musik reden, dann schließen wir Sie in eine Psychiatrie, ha, ha, ha, ha …«

»Ja«, dachte Saule, »ein Kleinvogel versucht groß zu sein, aber das ist unmöglich.«

Später sagte Frau Dr. Balkenwerk zu Saule, dass sie wie eine Pubertierende mit Hüftschwung durch die Diele geht, ha, ha, ha, ha, ha, ha …

Saule schaute mit lächelndem Gesicht und dachte, das war der Neid von einer »verrosteten Straßenlaterne«.

Danach erzählte Dr. Hering sehr hart Saule, dass der Hannibal an Ärzte im Haus wieder über Saule ein Brief geschrieben hatte. Aber die ausgeprägte Fantasie des Hannibals hatte keine Bedeutung mehr.

Zum Finale sagte Saule: »Dr. Hering, jetzt schauen Sie meinen Lieblingsfilm von Roman Polanski ›Der Pianist‹.«

Aber Dr. Hering schaute sehr wütend mit glühenden Augen zu Saule und ging schnell fort. Saule schaute mit lächelndem Gesicht, wie er am Ende für immer verschwand.

Sie machten sich alle zusammen einen schönen Abend, und sie freute sich aufs Leben in Freiheit.

Wenige Monate danach versuchte Saule von Dr. Hering alle ihre Unterlagen zu bekommen, die der Hannibal abgegeben hatte ohne Saules Erlaubnis, aber sie bekam nichts. Plötzlich waren die Ärzte im Haus in Süden nicht zu erreichen. Obwohl sie telefonierte und einen Brief schrieb und um Übersendung bat.

»WER ZULETZT LACHT, LACHT AM BESTEN.«
Deutsches Sprichwort

… freute sich Saule und gestaltete ihre Zukunft mit viel Lebensfreude und neuen Ideen. In ihrer Mietwohnung kam sie zur Ruhe, und ihr Leben organisierte sie, wie sie das wollte. Sie war wieder voll im Leben, sie lachte und strahlte und genoss das Leben voll und ganz. Sie war sehr vorsichtig geworden.

Jede Erfahrung ist sehr wichtig für unser Leben, mit Erfahrungen wachsen wir, reifen wir und lernen vieles, um ein erfülltes Leben zu leben.

Trotzdem ist Saule eine Frau, sehr nachdenklich, mit zartem und anmutigen Stil der modernen Eleganz, mit strahlendem und klarem Blick nach vorne.

Wir sind alle in diese Welt geboren, um so zu sein, wie wir sind, alle Nationalitäten. Mit Liebe können wir unser Leben kreativ gestalten, wachsen, reifen, wie wir uns selbst entscheiden. Zum Singen und Tanzen, zum Lieben und Lachen, mit Frieden im Herzen und Freude.

Keiner hat das Recht, die Ausländerinnen grausam zu misshandeln, zu foltern, zu demütigen, denn der Hass und Neid sind niemals wahre, echte, stärkste Anerkennung eines wertvollen Menschen.

Glaub an dich selbst, du bist das Wichtigste für dein Leben und denk nach.

DER WERTVOLLE MENSCH IST UNZERSTÖRBAR,
UNZERBRECHLICH UND EINZIGARTIG,
WIE EIN EDELSTEIN.

INHALT

Prolog	7
Teil 1	9
Teil 2	71
Teil 3	133
Teil 4	203